La
pasadora

Laia
Perearnau

La pasadora

Laia Perearnau

Traducción de Rosa María Prats de la Iglesia

Ediciones Destino
Colección Áncora y Delfín
Volumen 1631

Título original: *La passadora*

© Laia Perearnau Colomer, 2024

© Columna edicions, Llibres i Comunicació, S.A.U.
© por la traducción del catalán, Rosa María Prats de la Iglesia, 2024
© Editorial Planeta, S. A., 2024
Ediciones Destino, un sello editorial de Editorial Planeta, S. A.
Avda. Diagonal, 662-664, 08034 Barcelona (España)
www.planetadelibros.com
www.edestino.es

La traducción de esta obra ha contado
con una ayuda del Institut Ramon Llull.

Primera edición: febrero de 2024
ISBN: 978-84-233-6458-9
Depósito legal: B. 318-2024
Composición: Realización Planeta
Impresión y encuadernación: Rotoprint by Domingo, S. L.
Printed in Spain - Impreso en España

La lectura abre horizontes, iguala oportunidades y construye una sociedad mejor. La propiedad intelectual es clave en la creación de contenidos culturales porque sostiene el ecosistema de quienes escriben y de nuestras librerías. Al comprar este libro estarás contribuyendo a mantener dicho ecosistema vivo y en crecimiento. En **Grupo Planeta** agradecemos que nos ayudes a apoyar así la autonomía creativa de autoras y autores para que puedan seguir desempeñando su labor.
Dirígete a CEDRO (Centro Español de Derechos Reprográficos) si necesitas fotocopiar o escanear algún fragmento de esta obra. Puedes contactar con CEDRO a través de la web www.conlicencia.com o por teléfono en el 91 702 19 70 / 93 272 04 47.

A Jordi y a Roger.
A mi padre

Ellos intervinieron en la guerra, en el maquis, en la resistencia (...) y pasaron a la historia, se les condecoró, se les dedicaron monumentos. Ellas también hicieron la guerra, estuvieron en el maquis, en la resistencia (...), pero en los libros de historia la mujer siguió ausente, no han recogido sus batallas.

Antonina Rodrigo,
Mujer y exilio

Fuimos las olvidadas entre los olvidados.

Neus Català,
activista antifascista y superviviente
del campo de concentración
de Ravensbrück

I

*Kursk, Unión Soviética. Frente oriental de la guerra
23 de julio de 1943*

La granja se había convertido en un montón de escombros y todavía humeaba. A lo lejos se oían explosiones de la encarnizada batalla que rusos y alemanes estaban llevando al límite en los campos de trigo de Kursk, que una vez habían sido fértiles y donde ahora ardía hasta la última brizna de hierba. Los alemanes ya habían perdido Stalingrado y no podían permitirse otro fracaso, por eso luchaban a la desesperada, conscientes de que, si no ganaban aquel combate de tanques blindados, la guerra estaba perdida. En medio de los establos derrumbados se vislumbraban tres vacas aplastadas por unas vigas de madera de grandes proporciones. En el aire se mezclaban el hedor de descomposición de los animales, el polvo y el humo. Un batallón de soldados rusos apuntaba con sus rifles Mosin-Nagant a seis soldados alemanes que apenas se aguantaban en pie frente al muro que rodeaba la finca. Estos, llenos de sangre y de barro, lloriqueaban, rezaban e imploraban perdón; solo uno de ellos permanecía aparentemente tranquilo.

Era un hombre de veintitrés años, de mandíbula

valiente, que mantenía la mirada fija en el soldado ruso que tenía enfrente, un muchachito imberbe que probablemente solo pensaba en volver a casa y abrazar a su madre. El alemán se entretenía en observar la estrella roja con la hoz y el martillo de la gorra del chico, que chispeaba con el reflejo del sol, e incluso esbozó una leve sonrisa; le parecía irónico que, después de todo, un muchacho, que debía cuidar el ganado y trabajar en el campo como él mismo, pusiera fin a su vida. Una bomba chasqueó muy cerca y el suelo crujió justo cuando el capitán ruso a cargo de esa unidad cruzaba por la antigua puerta de la finca, ahora convertida en un amasijo de hierros. El hombre era de proporciones gigantescas, imponía con su andar pesado y la multitud de medallas y condecoraciones que lucía con orgullo en la solapa. Ordenó a sus hombres que se pusieran en situación y estos enseguida levantaron ligeramente las armas, preparados para disparar. A lo lejos se acercaban unos aviones que surcaban las nubes entre un enjambre de detonaciones. El soldado alemán cerró los ojos para realizar un último viaje a las montañas nevadas, en aquella habitación de hotel donde la luz de la mañana se filtraba a través de las cortinas de flores... El capitán lanzó un segundo grito y los soldados pusieron el dedo en el gatillo. El muchacho ruso tragó saliva y, claramente turbado, intentó detener sin éxito el temblor de las manos. El alemán levantó los ojos al cielo, convertido en un espectáculo apocalíptico provocado por el humo de las explosiones, los cerró, apretó los puños y susurró con voz rota:

—Sol.

2

Bescaran, Alt Urgell
Octubre de 1942

El rostro recortado de Greta Garbo la miraba con esa caída de ojos tan seductora. La chica había sacado la foto de una revista antigua y la tenía pegada a la pared, de un azul desvaído. Intentó imitar la pose frente al espejo, pero al cabo de un rato se cansó. Su cara chupada y ese color de piel no eran precisamente los de una estrella del cine. ¡Y qué decir del cabello! Se lo recogió con exasperación. Odiaba su pelo. Liso, negro, sin gracia. Y ese cuerpo, tan recio y poco femenino, sin las curvas de las chicas que hacían enloquecer a Errol Flynn y a todos aquellos galanes de las películas que tanto le gustaban. Frustrada, abrió la cómoda, el único mueble aparte de la cama, revolvió entre las medias y sacó un cigarrillo. Lo había cogido de la habitación de su hermano Ton cuando nadie la veía. Estaba nerviosa por la sensación de estar a punto de hacer algo prohibido. Se acercó al espejo de nuevo, encendió el pitillo e inhaló. Ahora sí, ya se parecía más a una diva, pensó satisfecha, aunque el hechizo se rompió cuando le sobrevino un ataque de tos. La chica se apresuró a abrir la ventana, tirar el cigarrillo fuera e intentar ventilar el humo con las manos. Recordó que aún tenía mucho trabajo por hacer, así que volvió a cerrar la ventana, lanzó una última mirada triste a la Garbo y bajó las escaleras.

Al lado de la cocina había un cuarto oscuro y aireado donde colocaban los quesos en estanterías y, uno a uno, los fue frotando con sal por toda la superficie y volvió a dejarlos en su sitio. De ese modo iban ganando en sabor y firmeza. Antes venía mucha gente de Puigcerdà a comprar sus quesos, pero después de la guerra la venta había disminuido. Cuando estaba acabando de limpiar los estantes y las queseras oyó un grito que provenía de la cocina.

—¡Sol! ¡Tienes que ir a llevar la leche, que dentro de poco llegará el carro de La Seu! ¡Date prisa! —gritó su madre.

La cocina olía a pan, debía estar acabando de cocerse en el horno de piedra. Le gustaba ese aroma, era de las pocas cosas que no habían cambiado desde que su padre había abandonado aquel caserón viejo del que se sentía orgullosa por ser uno de los mayores del pueblo. Se acercó a la enorme chimenea donde hervía la escudella desde hacía horas; en ese tiempo en que ya empezaba a hacer frío allí se estaba bien. La madre vestía de negro, su uniforme oficial desde que el padre de Sol se había marchado, y estaba acabando de despellejar a un conejo.

—Las lecheras están en los establos —dijo la mujer sin levantar la vista—. Y coge los zuecos, que esta noche ha nevado.

—Sol... —dijo Ton desde un rincón de la cocina. Su hermano mayor se estaba balanceando en la mecedora mientras trabajaba la madera de unas raquetas de nieve.

—¿Sí? —respondió ella desde el umbral de la puerta.

—Los de La Seu sí que nos pagan la leche... Recuérdalo cuando le lleves embutidos o quesos a Tomàs, a la borda donde cuida el ganado, que ya sé que lo haces a escondidas. Que te lo pague todo y, si no te lo quiere pagar, le dices que las vacas y los cerdos comen todos los días y que ni los quesos ni el *bull* blanco se hacen solos —rezongó.

Plantó la punta del pie en la pared y el balanceo se detuvo en seco.

—Y si no pagamos el préstamo de los cojones, nos echarán de casa, que ahora quienes tienen los cuartos son los falangistas y en esta mierda de pueblo cada vez hay más. Ya quedan pocos que no hayan cambiado de bando...

—¡Quieres hacer el favor de no decir eso! —exclamó la madre, que había dejado el conejo—. Si te oyeran, Ton...

—¿Qué pasa? ¿No podemos llamar a las cosas por su nombre? Somos unos apestados porque padre era republicano. Punto —dijo con voz agria.

—Ton, por favor... —intervino Sol para apaciguar los ánimos—. Ya sabes cómo están las cosas en Bescaran y cómo se las gastan los carabineros. Si alguien te oye hablar así, puedes acabar muy mal...

El chico tiró al suelo las raquetas.

—¡No os preocupéis, que no me oiréis más!

Se levantó de la mecedora y salió de casa en dirección al huerto que había más abajo, a orillas del río.

—Algún día tendrá que dejar de estar tan enfadado con el mundo. —Suspiró la madre—. Venga, ve, ve, no llegues tarde que esperan la leche.

Sol salió con un peso en el estómago hacia los establos, pero antes cogió un poco de queso de oveja de la despensa, lo envolvió con un pañuelo y se lo guardó en el bolsillo de la falda. Por mucho que Ton quisiera cobrarle a Tomàs de Cal Blasi ella no pensaba reclamarle nada. Al pobre chico se le había muerto la madre y se había quedado solo después de que su padre se marchara a la guerra y no volviera. «Lo mataron en la batalla del Ebro», contaba siempre Tomàs entre el orgullo y la rabia contenida.

Cuando entró en los establos, el olor de estiércol y el vapor caliente que salía la sacaron de aquel ensimismamiento. En el gallinero que había al fondo el gallo no paraba de cantar, como si se hubiera dado cuenta demasiado tarde de que ya había amanecido. Su hermano Salvador, que había nacido entre Ton y ella, estaba poniendo paja a las vacas mientras canturreaba una canción y no se dio cuenta de que Sol había entrado.

—La reina quiere corona, corona le daremos, que venga a Barcelona y el cuello le cortaremos...

—¡Shhh! ¡No cantes eso, Salvador! —le advirtió.

—¿Tan mal lo hago?

El chico dejó la horca y se puso a ordeñar una vaca que emitía una nube de vapor con cada soplo.

—¿Ya te has acabado el cigarrillo?

Sol se sonrojó.

—¿Y tú cómo...?

—¿Crees que no sé qué haces tantas horas encerrada en tu habitación? —dijo Salvador—. Todo el día suspirando por ser una actriz de tetas grandes... —Se rio mientras hacía un gesto obsceno con la mano como si se tocara unos pechos imaginarios.

—¡Idiota! Va, ayúdame a llenar las lecheras.

—A pesar de querer parecer enfadada, a la chica se le escapaba la risa; no podía evitarlo casi nunca con Salvador, aunque siempre buscase fastidiarla. La vaca soltó un mugido y espantó a unas cuantas moscas con el rabo.

—Aunque no seas una de esas mujeres de tetas grandes, a Josep creo que siempre le has gustado —dijo él con apatía mientras iba vertiendo la leche del cubo en las lecheras—. Si no pusieras siempre esa cara de vinagre, quizá se atrevería a dirigirte la palabra.

—No me interesa nada de lo que pueda decirme.

—¿Lo ves? ¡Parece que te hayas tragado un sapo! Ríete un poco, mujer. Cuando te ríes no eres fea del todo.

Sol le dio un golpe en el brazo a modo de queja.

—¡Quieres callarte, pesado! Josep dejó de hablarme hace tiempo.

Y volviendo la mirada hacia los tejados del pueblo añadió:

—De hecho, todo el mundo nos dejó de hablar desde que se marchó padre.

—Bueno, bueno..., no es para tanto. Tú también podrías hacer un esfuerzo, ¿eh?, que estás todo el día encerrada allí arriba con tu Garbo. —El chico ya había acabado de echar toda la leche y rebuscó en su bolsillo.

Le dio un pintalabios.

—Va, ten, para que animes esa cara de perro rabioso. Es de Andorra.

A Sol se le iluminaron los ojos.

—Vaya, ya veo que he acertado... Solo tienes que darme las gracias y decirme que soy el mejor hermano del mundo y que harás lo que sea por mí.

—¡Burro! —dijo ella, contenta.

—Así me gusta, que te rías... No como esos dos, que están siempre de funeral —se quejó el chico señalando la casa con la cabeza. Acomodó en el hombro de su hermana el yugo de lechera, una barra de madera ligeramente curvada que se adaptaba a la nuca—. Madre tiene la excusa de que padre ha tenido que irse, pero, ostras, debemos superarlo, ¿no?, que tampoco se ha muerto y podemos ir a verlo de vez en cuando.

Salvador levantó el dedo e, imitando la voz de su hermano Ton, añadió:

—Estamos cargados de deudas; pero, mientras espero que vengan los maquis y hagan caer a Franco, prefiero tumbarme a la bartola y no dar golpe...

Los dos rieron.

—Supongo que le cuesta aceptar que ahora todo es diferente, él estaba muy unido a padre —aventuró Sol.

—Ayer me volvió a decir que quiere irse a la Colonia Vidal.

—¿Otra vez? Creía que ya se le había pasado esa fijación.

—Un nido de comunistas, como decía madre.

Desde pequeño, Ton tenía ese lugar idealizado. Sol recordaba como si fuese ahora que su padre siempre hablaba con orgullo de esa colonia textil de Puig-reig donde había nacido. Les contaba que allí había descubierto el socialismo gracias a los libros que le habían dejado sus compañeros de la fábrica y que precisamente aquello le despertó las ganas de cambiar ese mundo tan injusto en el que le había tocado crecer. Los agobiaba haciéndoles leer a autores que promulgaban ideas tan innovadoras que ella apenas entendía, con aquella eterna letanía de fondo: «No olvidéis nunca de dónde venís». Sol todavía no se explicaba cómo había podido casarse con su madre y tener una vida modestamente feliz, pues eran muy diferentes, pero suponía que dejar de ganar un sueldo miserable a cambio de perder la vida entre telares y poder disponer de campos y ganado fue una razón de peso.

Salvador le puso una lechera en un extremo del acarreo, que la chica aguantaba con los dos brazos en el hombro para equilibrarlo.

—Ya, pero eso no es excusa para no levantar ni un dedo para ganar un duro. Ayer fui a vender una cabeza de ganado a La Seu y después al prado a segar los bordes. Tú limpiaste la cuadra, ordeñaste las vacas... Pero ¿y Ton? Con el pretexto de que es el heredero no da golpe.

—Y tú quizá haces demasiado. Lo del contrabando, Salvador... Un día te pillarán.

—Nunca me atraparán —respondió su hermano con una seguridad en sí mismo que la enterneció.

El chico puso la segunda lechera en el otro extremo del yugo y Sol se lo recolocó bien en los hombros con un par de movimientos diestros.

—Otra cosa... —Salvador se puso serio y dudó un instante antes de continuar. Se quitó la gorra que llevaba y la arrugó con las manos como si quisiera exprimirla. La chica lo miraba curiosa, no era propio de él mostrarse tan inquieto—. Me han dicho que estos días hay mucha gente atravesando las montañas por el collado de Pimés.

—Es normal, todavía hay ganado allí arriba y los vaqueros lo llevan a pacer antes de que lleguen las nevadas.

—No... no hablo de campesinos. Me refiero a gente que no es de aquí. Extranjeros. Si ves a alguien extraño, no te pares...

—¡Vaya, vaya, quién lo habría dicho! —respondió ella con sorna—. ¿Ahora te preocupas de tu hermana?

—Vamos, lárgate de aquí.

Salvador simuló que le daba una patada en el trasero y Sol se marchó con una sonrisa en los labios.

Dejó las dos lecheras en la caseta de la leche, en la bajada del molino, justo cuando ya aparecía por la última curva de la carretera el carro que debía llevarla a La Seu. También dejó el yugo de lechera, que ya recogería más tarde, y se dirigió hacia la montaña para llevarle el queso a Tomàs. Para llegar no tenía más remedio que atravesar el pueblo, y siempre lo hacía muy rápido para no tener que cruzarse con nadie. Esta vez no tuvo suerte. Cuando ya estaba en la plaza de la iglesia, vio de lejos a Josep acompañado por su padre. El chico, además de hacer de cartero, en verano iba hasta la cima del Port Negre con el mulo, llenaba las alforjas de nieve bien prensada envuelta con sacos y la bajaba a La Seu para venderla en un bar. Más de una vez ella lo había acompañado, pero de eso hacía ya mucho. Pensó que quizá ahora sería diferente, que, como decía la madre, «el tiempo pone las cosas en su sitio», pero no. El padre de Josep, al verla, hizo una señal a su hijo y ambos cambiaron de dirección para no encontrársela de cara, y a ella se le apretó un poco más el nudo que siempre llevaba en la garganta. Salió del pueblo consciente de que algunos vecinos la observaban a través de las ventanas. Casi podía oír aquellos susurros odiosos, despotricando de su padre, de aquella familia de rojos... Pasó junto a la torre antigua, un campanario altísimo que decían que tenía siglos, pero que había quedado fuera del pueblo, ya nadie recordaba por qué. Cuando ascendía por el camino de Arànser distinguió dos figuras sentadas en un muro de piedra seca un poco más arriba que, cuando la vieron, dejaron de charlar y se levantaron.

—¡Mierda! —dijo la chica.

No podía esquivarlos, así que apretó el paso y clavó la mirada en el suelo.

—¿Dónde vas con tanta prisa, niña? —preguntó Dolors, la mujer del carabinero. Su marido estaba a su lado con ese bigotito odioso que escondía unos dientes amarillos por el tabaco. Vestía con el tricornio y el uniforme oficial, que siempre se veía algo sucio.

—¡Parece que hayas visto al diablo! —dijo él con esa voz estridente que pretendía ser amable—. Acércate, guapa.

Sol continuó sin levantar la cabeza.

—¡Que te pares te digo! —gritó de repente el carabinero.

La chica se detuvo en seco.

—Ya te he dicho mil veces que es una maleducada, José —dijo Dolors—. La han criado como a una comunista, que no tienen respeto por la autoridad ni por nadie.

Entonces la mujer se le acercó. Iba vestida de negro y lucía un collar que pretendía ser elegante. Siempre con los labios apretados, como si quisiera esconder un secreto muy grande, se le marcaban mil arruguitas alrededor de la boca.

—¿Qué llevas en el bolsillo? Ah, no, no, no me lo digas. Déjame adivinarlo —dijo lanzando una mirada cómplice a su marido—. Será comida para el otro muerto de hambre que tenemos en el pueblo... Tomàs, el hijo del rojo de Cal Blasi, seguro. Ya lo dicen: Dios los cría y ellos se juntan.

—Va, mujer, no seas tan dura con ella... —dijo el hombre incorporándose—. Precisamente de eso quería hablarte, guapa. Si pasáis por problemas económicos, solo tenéis que decírmelo. Ya se lo he repetido mil veces a tu madre, pero es tozuda, me cago en diez.

Vuestra casa, Cal Pasqual, es cara de mantener, he oído rumores de que habéis tenido que pedir un préstamo en La Seu. —El tipo se quedó callado unos segundos antes de continuar—: Yo podría pagar un buen precio...

—Gracias, pero no está en venta —espetó Sol.

—Uy, a ver si bajamos esos humos, ¿eh? —exclamó Dolors—. Yo de ti sería algo más modestita, que te recuerdo que tienes un padre que ha huido para no tener que ajustar cuentas con la justicia, que los de la FAI mataron al capitán de carabineros. ¿O crees que todo está olvidado?

—Mi padre no era de la FAI, era de la UGT, y nunca ha matado a ningún carabinero ni a nadie —respondió Sol apretando los dientes.

—¿Y qué diferencia hay entre unos y otros si se puede saber? —preguntó el carabinero con una mirada cargada de rencor—. Todos son un hatajo de asesinos. Yo mismo vi cómo los rojos enterraban vivo al pobre marido de la Paca de La Seu. ¿Y cuál era su crimen? Pues ser dueño de un colmado. ¿Y al Armero? ¡A ese por ser de derechas lo arrastraron con un burro por todo el pueblo hasta matarlo!

Mientras escuchaba a su marido, a Dolors le iban subiendo los colores.

—Habéis perdido la guerra, a ver si se te cae la venda de los ojos, guapa. Sois unos muertos de hambre y unos ladrones. —Dolors salpicaba saliva con cada palabra—. Que si a la gente les da pena es porque no saben la historia de vuestra familia, pero a mí me la contó mi padre, así que no me enredáis. —Había ido levantando la voz y ahora ya gritaba—. Vuestro abuelo emborrachó al mío, que era un buen hombre, y cuando iba tan bebido que no se enteraba de nada le compró las tierras a precio de ganga. Por eso tendrá que ajustar cuentas con nuestro señor, ¡ya lo creo! Y el día que pillen a tu padre y lo lleven a la cárcel... ¡ay, ese día! ¡Dios sabe que entonces nos suplicaréis para que os compremos Cal Pasqual porque no tendréis ni un duro para pagar abogados!

Entonces a Sol le vino un no-sé-qué de dentro que le hizo levantar la cabeza y con la mirada nublada por la rabia y una voz más serena de lo que hubiera pensado añadió:

—¡Vosotros seríais los últimos a quienes venderíamos la casa de mis abuelos, sanguijuelas!

Y sin esperar respuesta reanudó la marcha hacia la montaña. Oyó cómo ambos, riéndose, gritaban detrás de ella:

—¡En el pueblo no sois nadie! ¡Largaos de una vez!

3

El mal sabor de boca de la conversación con el carabinero y su mujer se fue disolviendo a medida que Sol se alejaba de Bescaran siguiendo el curso del río. Iba a buen paso, aunque la nieve era cada vez más abundante. Caminar la ponía de buen humor. Su frescura la vigorizaba, le aclaraba las ideas y los pensamientos oscuros se desvanecían como la niebla a mediodía. Desde muy niña, conocía todos sus secretos. Como a todos los del pueblo, le habían enseñado a distinguir los diferentes tipos de nieve para que le fuera más fácil andar: estaba el granizo, que eran granos de hielo blancos y redondos que se deshacían al tocar el suelo y que presagiaban una fuerte nevada; la nieve fresca, recién caída, seca y tan ligera que volaba con apenas una ráfaga de viento; la nieve dura, que se formaba cuando bajaba mucho la temperatura; la húmeda, que había estado en contacto con la niebla; la oxidada, de color marrón; la corteza, que cuando se rompía escondía debajo una nieve diferente; el agua nieve... Sol sabía cómo caminar en cada situación para no hundirse, y también la ayudaban los zuecos de madera de avellano que le había hecho su padre y que siempre se calzaba antes de salir. Estaban trabajados con destreza, hechos a medida y con la suela llena de tacos de hierro estratégicamente clavados para que se agarraran fuerte. La única zona de la montaña donde los zuecos no le servían era por encima de la nieve helada. Esta era dura y brillante, y le imponía respeto, sobre todo después de la muerte del viejo de Cal Mateu. Lo habían encontrado con la cabeza abierta y un charco de sangre helada en el camino de Estamariu, tras haber resbalado al pisar una veta de hielo. Había aprendido muy pronto que era mejor apartarse del hielo. Y por encima del hielo, del frío y de las nevadas, aún había otro peligro que la gente de aquellas montañas había aprendido a temer y a respetar. Se trataba de un viento que aparecía de repente de la nada con una fuerza inaudita y levantaba toda la nieve que encontraba a su paso, convirtiendo el mundo en un lugar gris y salvaje, con unas temperaturas demasiado frías para que un humano pudiera soportarlas: el viento blanco. La única manera de salvarse de él era correr montaña abajo y encerrarse en casa.

Después de un rato, pasó junto a una lobera, un cercado con paredes de piedra y en forma de círculo que se levantaba junto a una peña. Había visto a su padre y a otros hombres del pueblo poner una cabra viva en medio como cebo para el lobo y, cuando este había bajado por la pared para comérsela, había quedado atrapado. Después de horas de intentar salir, cuando los hombres iban a matarlo ya estaba tan agotado que ni se defendía.

Llegó al cerro de la Palomera, al bosque de las Bassetes, y al ver que la nieve era compacta, decidió tomar el desvío que llevaba directamente a la borda en lugar de ir por el camino largo. Los pinos de copas gigantes se habían camuflado con la blancura que se lo tragaba todo y solo los delataban los troncos rojizos. La tupida capa de escarcha había quebrado las ramas de más de uno. Las que se mantenían todavía firmes aguantaban con fuerza el peso de aquella masa blanca con un balanceo suave, como si ellas y la nieve midieran las fuerzas en un pulso silencioso. El aire era glacial, de ese que despierta los sentidos, pero a ella le gustaba sentir la piel tensa y adormecida por la baja temperatura. Se detuvo un momento para mirar hacia arriba y que el sol le acariciara un poco la cara. De repente, oyó un ruido mortecino. Un rebeco había aparecido de la nada y la miraba fijamente. Era un ejemplar joven, aún tenía los cuernos muy cortos. La chica sonrió y el animal echó a correr en medio de los árboles. Se dejó mimar unos instantes más por el sol y después continuó la marcha.

Cuando ya llevaba un buen rato caminando y calculaba que debía de estar a punto de encontrar de nuevo el camino principal, le pareció oír un chillido. Primero pensó que era un águila o un quebrantahuesos, era normal verlos en esa zona. Se detuvo y aguzó el oído. Otro chillido. No era un pájaro. Ahora estaba segura. Era un grito de mujer. El corazón empezó a latirle deprisa. No se lo pensó dos veces y se apresuró hacia la dirección de donde provenía. Un nuevo grito, esta vez más estremecedor que los anteriores. Fuera quien fuera quien llamaba, estaba justo detrás de una gran roca que había a la izquierda del sendero. La rodeó despacio y se asomó por el otro lado. La escena que se encontró le cortó la respiración.

Un hombre con una cazadora oscura y gorra estaba tumbado sobre una mujer en una posición grotesca. La embestía con movimientos severos y violentos y ella luchaba con todas sus fuerzas para quitárselo de encima sin éxito. El hombre le rodeaba el cuello con las manos. Le pareció que la estrangulaba. Al poco rato la mujer dejó de luchar. Los brazos perdieron fuerza y se desplomaron sobre la nieve. Sol dio un paso atrás, perdió el equilibrio y cayó al suelo con tanto ímpetu que le salió disparado el pañuelo con el queso. El hombre levantó la cabeza en el acto con el tiempo justo para que Sol pudiera esconderse de nuevo detrás de la roca, pero suficiente para verle la cara fugazmente. A la joven le sobrevino una arcada. Era un niño dentro del cuerpo de un adulto. Tenía las facciones ridículamente infantiles, con unas mejillas redondas y rosadas y los labios carnosos, pero el pelo de la barba y las cejas oscuras delataban su auténtica edad.

—¿Quién anda ahí? —gritó el hombre.

A Sol le pareció que se había levantado del suelo y caminaba hacia ella. La joven tenía la respiración acelerada, pero no podía moverse. Notaba un sabor amargo en la boca.

—Sal de ahí, no te haré daño —dijo el hombre con voz insegura. Estaba mucho más cerca y eso sacó a la chica de su desconcierto. Un jadeo ronco se acercaba como el lamento de un animal agónico. El niño-monstruo. Sol sabía que debía huir, pero se había convertido en uno de esos muñecos de nieve sin piernas que de pequeña hacían ella y sus hermanos en el campo de al lado de casa. Estaba clavada en el suelo. «¡Corre, Sol! ¡Corre, por el amor de Dios!» Una vocecita se abría paso en su interior. Oyó como el asesino resoplaba muy cerca de ella. Solo tenía que acabar de rodear el último tramo de roca y se encontrarían frente a frente. El terror le subió por el espinazo como un torrente y, al fin, el cuerpo reaccionó, empujándola a correr camino abajo. No podía pensar en nada, solo veía las manos de esa mujer caer sobre la nieve. Muertas. El niño-monstruo. Con el rabillo del ojo, vio como una sombra la perseguía. Aceleró aún más. Chocaba con las ramas, que dejaban caer la nieve a su paso. Los pulmones le dolían. Volvió a mirar hacia atrás. La figura se había hundido y luchaba por liberarse, pero no se detuvo a comprobarlo. Siguió corriendo con la mirada fija hacia delante hasta que al cabo de mucho rato vio los tejados de Bescaran. «Los zuecos de padre. Los zuecos me han salvado.»

4

—Pero ¿estás segura de que te ha visto la cara? —preguntó Salvador por enésima vez.

—Sí, ¡ya te he dicho mil veces que sí! —respondió Sol con las mejillas encendidas. La mano con la que aguantaba el vaso de aguardiente le temblaba. Dio otro trago.

Estaban sentados en el banco de madera, alrededor de la chimenea encendida. La madre se secaba las lágrimas con un pañuelo y le acariciaba la mano. Ton estaba acabando de tostar unas hojas de tabaco en el fuego y, cuando las tuvo listas, las enrolló en forma de puro.

—Si es quien creo, es peligroso. Cara de niño, mejillas redondas... Por cómo lo describes, debe ser el hijo de puta de Cabrero, el Maño, un republicano aragonés que pasa gente de Francia hacia aquí, que de malnacidos hay en los dos bandos, en el de los fascistas, pero también en el nuestro. —Ton puso unas gotas de ron en el puro y se lo encendió.

—Gente aprovechada y sin escrúpulos siempre la ha habido y siempre la habrá. Todos los guías que conozco son honestos, pero personas como ese tipo, el Maño, son las que nos dan mala fama. —Salvador golpeó los troncos con un hierro y saltaron chispas que subían hacia arriba—. Dicen que algunos de esos extranjeros que guían por las montañas hasta aquí nunca llegan a su destino. Me contó uno que se dedica a ello, Quim Baldrich, que una vez encontró un cadáver con un disparo entre ceja y ceja y que se trataba de un diputado francés director de un periódico que Cabrero tenía que pasar. Todo son rumores, pero no me extrañaría que fuera cierto. Son personas que viajan solas, llevan dinero encima y, si los matan en lo alto de la montaña, ¿quién se va a enterar?

—¡Os queréis callar, por Dios! —imploraba la madre—. ¿Qué haremos ahora, eh? ¡Bernal no moverá un dedo por nosotros!

—¿El carabinero? Ese, si pudiera, también nos quitaría de en medio para quedarse la casa. No entiendo por qué nos la tiene jurada...

—Todo es culpa de Dolors —explicó la madre—. Se inventó esa historia absurda de que nuestro abuelo emborrachó al suyo para estafarlo en la compra de unos terrenos. Y el abuelo no hizo nada de eso, pobre hombre, ¡si era un trozo de pan! El tipo era un borracho y lo perdió todo por sus vicios, aunque eso Dolors no quiere ni oírlo. Según ella, nosotros tenemos la culpa de todo.

—Sí, pero ahora es ella quien tiene el poder en Bescaran, y no solo quiere arruinarnos, es que yo creo que sería la mujer más feliz de la tierra si nos pudiera echar del pueblo —se quejó Salvador—. Y en el pueblo...

—En el pueblo nadie nos ayudará. Todos son unos vendidos y unos traidores. Mucho salir a celebrar la República y ahora todos levantan el brazo y cantan el *Cara al sol* como si lo hubieran hecho toda la vida. Hijos de puta... —Ton hablaba con infinito pesar.

Se lanzaron una mirada fugaz que escondía muchos desengaños, rencor y tristeza.

Sol bebió otro trago de aguardiente, esta vez más largo que los anteriores. Su mirada febril saltaba del fuego a su hermano y de su hermano a su madre, buscando una respuesta que nadie era capaz de darle.

—Entonces... me estáis diciendo que ese hombre me querrá... A Sol se le resquebrajó la voz.

—Me temo que sí... —Ton dio una larga calada y la miró de reojo—. Ese desgraciado no está para hostias, y tú lo has visto violar y matar a una mujer. Sí, querrá quitarte de en medio y, si puede, también nos pasará a nosotros por la piedra.

Y como si hablara para él añadió:

—Mira que quedarte allí...

—Ton, por el amor de Dios —gimió la madre.

Sol, al oírlo, se volvió con demasiado ímpetu y derramó el poco aguardiente que todavía tenía en el vaso.

—¿Qué? ¿De qué me acusas?

—¡Es que no entiendo cómo te has quedado mirando qué hacía en lugar de correr! —respondió Ton golpeándose la frente con los dedos—. ¿Qué tenías en la cabeza?

—O sea, que si ese depravado viene aquí y me mata, ¿me lo tendré bien merecido? Y si os mata a vosotros, ¿será culpa mía? —Los ojos le chispeaban.

Salvador lanzó una mirada de desaprobación a su hermano al tiempo que asestaba un golpe más fuerte en el tronco, y se oyó un chasquido.

—¡Queréis hacer el favor de calmaros los dos! —ordenó, levantando la voz—. ¡Aquí nadie matará a nadie! Tendremos que espabilarnos solos, pero ya encontraremos una solución —añadió sin demasiada convicción.

—Tienes que marcharte —susurró la madre de repente. Las lágrimas ya se le habían secado y apretaba con fuerza la mano de su hija—. Aunque se me rompa el corazón, márchate a Toulouse, con tu padre.

—Padre apenas sobrevive con lo que le mandamos. No, con él no puede ir —aseveró Salvador, que apoyó los codos en los muslos y dejó caer la cabeza—. Pero madre tiene razón. Debes irte.

Al oírlo, Sol se estremeció.

—Al menos durante una buena temporada.

La chica dejó caer los hombros hacia delante. Aquella era la única casa que había conocido, vieja, húmeda, atravesada por corrientes de aire y con pocas comodidades, pero suya al fin y al cabo. Nunca había imaginado que tendría que marcharse, y menos de forma tan precipitada.

—¿Irme adónde? —preguntó sin ánimo—. ¿Quién quieres que me acoja?

Salvador levantó la cabeza y miró a su hermana de hito en hito.

—Conozco a una gente que se dedica a pasar fardos por la montaña...

—Ah, ya. Contrabandistas como tú... —espetó Ton con una carcajada amarga.

Salvador esbozó una sonrisa cansada y respondió a su hermano con voz oscura:

—Sí, contrabandistas como yo que llevamos unas perras de más a casa para que no se nos coman las deudas. Porque ni las patatas, ni los huevos, ni el queso, ni la leche dan para nada, y te recuerdo que apenas tenemos ganado, por si lo habías olvidado —le reprochó a su hermano. Luego, más calmado, se volvió hacia su hermana—. Escúchame, Sol. Son guías de montaña, buena gente que ayudan a quienes huyen de la guerra de Europa, y por su trabajo viven de forma discreta, así que son difíciles de encontrar. Será un buen escondite, créeme.

—Pero ¿de qué montañas hablas, hijo mío? —preguntó la madre.

Salvador se levantó.

—De las de Andorra.

—Andorra... —musitó Sol.

—Madre, ve a prepararle una bolsa con ropa y comida que nos vamos ahora mismo, no hay tiempo que perder, que el Maño podría venir en cualquier momento. Y no sufras, que allá donde me la llevo estará segura, te doy mi palabra.

5

Central hidroeléctrica de Vemork. Telemark, Noruega
Marzo de 1940

Uno de los barriletes rodó por el suelo con un estruendo que retumbó por todo el almacén de la central. Se hizo un silencio que solo rompían los gemidos del viento.

—¿Se puede saber qué cojones le pasa? ¡Este es un material muy peligroso! —gritó el lugarteniente Jacques Allier, que observaba aquella actividad frenética con un movimiento rítmico del pie. Era un hombre elegante y bien vestido, con ojos casi transparentes de tan azules.

Por la gran puerta del almacén, abierta de par en par, entró una ráfaga de viento gélido que los hizo estremecer a todos. La tormenta de nieve ondeaba con fuerza las lonas del vehículo, que repetían un sonido acompasado y persistente.

—Disculpe, señor —respondió uno de los trabajadores, que se apresuró a volver a cargar el bidón en la carretilla. Luego lo arrastró hacia el camión que había aparcado fuera con los motores en marcha. Con aquel ya había cargado veintiséis bidones metálicos y relucientes del tamaño de una pelota grande, de algo más de un palmo cada uno y fabricados expresamente para transportar agua pesada, lo que dentro del mundo científico se conocía como óxido de deuterio.

Alertado por el ruido, el director de la central hidroeléctrica, Axel Aubert, entró en el almacén. Había tenido la previsión de ponerse un grueso abrigo sobre la bata blanca.

—¿Todo en orden, señor Allier? ¿Listo para irse? —preguntó.

—Sí, sí, todo resuelto. Dentro de cinco minutos ya nos podremos marchar. Muchas gracias por haber agilizado la compra del material —respondió Jacques Allier.

—Tantas prisas... ¿Acaso debería sospechar de usted? —preguntó Aubert con una sonrisa irónica. Una nueva ráfaga de viento polar recorrió el almacén y los dos hombres se estremecieron. Los trabajadores estaban terminando de cerrar la lona del camión.

—No sé de qué me habla, francamente —dijo Allier con brusquedad.

—No esperará que me trague que, en medio de una borrasca y en plena noche, se lleva las únicas existencias de agua pesada del mundo solo para fabricar fertilizante.

El lugarteniente se mantenía mudo.

—Y, además, me la ha pagado a precio de oro. Venga, Allier, que su gobierno lo ha enviado aquí con otros propósitos, ambos lo sabemos. Ya sé que si trabaja para los servicios secretos franceses no lo puede ir diciendo...

—Puede especular tanto como quiera, no seré yo quien se lo impida.

Aubert lo miró de reojo e hizo una larga pausa antes de continuar.

—Permítame que le diga que aquí en Noruega no vivimos aislados del mundo, también llegan los rumores sobre la construcción de la bomba atómica, amigo mío.

Allier se sacó del bolsillo del abrigo un paquete de Gauloises, se encendió uno y con una sola calada consumió casi la mitad.

—Dicen que estará hecha de energía atómica y que podría destruir ciudades enteras. —Volvió a mirarlo de reojo, tratando de adivinar algún gesto en aquel rostro de hierro que le confirmara sus sospechas—. Y que sin el agua pesada esa bomba no se puede construir.

El lugarteniente dio una última calada, tiró el cigarrillo al suelo y lo apagó con la punta de sus Oxford de cuero perfectamente lustrados. Se metió las manos en los bolsillos y, mirando al techo, respondió:

—No sea tan suspicaz, Aubert. Ya le he dicho antes que el gobierno francés quiere el óxido de deuterio como fertilizante.

El director de la central suspiró y bajó los hombros levemente.

—De acuerdo, no me lo diga si no quiere. Con franqueza, puestos a elegir prefiero que la bomba la construyan ustedes y los ingleses antes que Adolf Hitler. Supongo que ya lo sabe, pero los nazis están a punto de invadir Noruega, es cuestión de meses... o semanas.

—Algo he oído, sí, y lo siento. Y ahora, si me disculpa, tenemos que irnos.

—Hasta la vista, Allier. Y buen viaje de regreso a Francia.

Ofreciéndole la mano para despedirse, añadió:

—Y buena suerte, sea lo que sea lo que esté tramando el presidente Albert Lebrun.

Allier le estrechó la mano sin añadir nada más. Se encaminó a grandes zancadas hacia el camión y se sentó junto al conductor, un hombre de complexión delgada y aspecto enfermizo.

—¿Dónde vamos ahora, Foley? —le preguntó el francés.

A pesar de su físico, Frank Foley era una de las mentes más brillantes de los servicios de inteligencia británicos, en concreto del MI6, por lo que lo habían enviado a ayudar en aquella misión desesperada. Con ese aspecto de funcionario anodino nunca levantaba sospechas, y eso lo hacía especialmente valioso para la agencia de espionaje.

—Al aeropuerto de Oslo. Ya lo tenemos todo preparado para sacarlos a usted y al cargamento del país. Agárrese fuerte, Allier, que no podemos perder ni un segundo —dijo en un francés más que correcto.

El vehículo cargado con los veintiséis bidoncitos de agua pesada arrancó a gran velocidad, dejando atrás aquel edificio que parecía un castillo fortificado con decenas de ventanas góticas en la fachada. Empezó el descenso por la sinuosa carretera que se adentraba en aquel valle aislado, blanco y silencioso. Desde allí, se veían las enormes conducciones que llevaban el agua desde lo alto de las montañas hasta el interior de la central hidroeléctrica, tubos larguísimos conectados en paralelo que con la luz de la luna brillaban como la plata. No muy lejos, por otra carretera, un vehículo de la marca Mercedes-Benz, modelo 170, con dos grandes faros iluminados y un capó de lona blanco, subía hacia la central con tres soldados alemanes dentro vestidos de paisano. Unos y otros no se encontraron por poco.

6

Escaldes, Andorra
Noviembre de 1942

Cruzaron un puente de piedra que había aguantado de forma admirable el paso del tiempo, por debajo pasaba un arroyo de aguas heladas. Justo al otro lado, se levantaba una casa grande con un tejado de losa; en la fachada, cubierta por una hiedra, se leía Hotel Pla.
—Ya hemos llegado —anunció Salvador.
Sol se detuvo antes de entrar y miró a su alrededor. Un niño harapiento que no debía de tener más de diez años arrastraba una carretilla con cuatro coles marchitas. Esa imagen tan triste le pareció un presagio de lo que la esperaba.
—Por favor, Salvador, no me dejes aquí. Quédate conmigo, te lo ruego.
Su hermano suspiró y dijo que no con la cabeza.
—Ya sabes que no puedo, viene la feria de san Ermengol en La Seu y es de las pocas oportunidades que tenemos de vender ganado. Llevaré el cerdo, un par de vacas y leña, a ver si así podemos ir tirando un par de meses más. Aquí estarás bien, ya lo verás.
La cogió por el hombro con fuerza y la hizo tambalearse.

—¿Dónde está mi Garbo ahora, eh? Los demás quizá no se den cuenta, pero yo sé que eres fuerte como una mula. Podrás sobrevivir sin mí.

Entraron en el caserón y los recibió un olor intenso de escudella que, en un instante, transportó a Sol a Cal Pasqual, su casa. Se encontraban en una sala amplia, con mesas esparcidas aquí y allá sin ninguna simetría, y con bastantes comensales. Las vigas del techo, largas y robustas, daban fe de que la casa era antigua, aunque el suelo alicatado con un mosaico rojo y blanco le proporcionaba un toque de modernidad. Como en todos los restaurantes como aquel, que solían ejercer también funciones de centro social, no podía faltar una barra de bar con las estanterías deformadas por el peso de las botellas. Justo al lado, una puerta batiente se abría y se cerraba insistentemente por las idas y venidas de una chica de trenzas largas cargada con guisos de conejo que, sin duda, procedían de la cocina. La pared del fondo estaba presidida por una chimenea con tres bancos de madera donde se calentaba un grupo de personas. A Sol le llamó la atención algo de aquel grupo, pero no tuvo tiempo de descubrir qué era porque enseguida se les acercó a zancadas un hombre de unos treinta años, corpulento y enérgico, con una boina negra y un bastón largo. Se lo veía curtido, con horas de trabajo duro encima, y lo rodeaba un aura de coraje que la chica había visto en pocas personas en su vida. Su presencia era tan imponente que juraría que la gente se volvía a su paso.

Él y Salvador se dieron varias palmadas en la espalda.

—¡Tienes mala cara, Baldrich! ¿Qué coño te ha pasado?

—Vengo de Francia, de traer a un grupo, todos

huyen de Europa por la guerra. Ha sido complicado, una tormenta que levantaba mucha nieve allá en el puerto de Siguer... —dijo él, señalando con la cabeza a la gente que se sentaba junto al fuego—. Ahora nos dedicamos más a esto que a los fardos, nos ganamos mucho mejor la vida. ¡Ya lo dicen, que la guerra va bien para los negocios! —exclamó frotándose las manos.

Sol se estremeció. ¿Cómo podía cobrar dinero a esa pobre gente que huía? No parecían precisamente personas acomodadas, más bien al contrario. Llevaban la ropa en muy mal estado, llena de desgarrones, sucia y descosida. Solo de pensar que debía quedarse a vivir con aquel hombre sin corazón se ahogaba.

—¿Y tú qué? ¿Cómo ha ido la ruta para llegar aquí? ¿Sin incidentes? —preguntó Baldrich.

—Sí, sí, todo bien, ¿por qué lo preguntas? —contestó su hermano, extrañado.

—¿No lo sabes? ¿En Bescaran estáis aislados del mundo o qué? —El contrabandista pasó a adoptar un tono grave que despertó aún más el interés de Sol por aquel personaje—. Hace dos días que los alemanes entraron en la Francia libre en tromba y se hicieron los dueños de todo. Ayer ya estaban en Toulouse, y dicen que hoy se han plantado en Pas de la Casa y han colgado esa banderita suya en la aduana. Parece ser que han repartido dos mil hombres a lo largo de los Pirineos, ¿te lo puedes creer? ¡Dos mil! No te engañaré, Salvador, tengo los cojones por corbata y si fueras listo, tú también los tendrías. Si ya era bastante difícil con los gendarmes, imagínate con esos hijos de puta por toda la frontera...

Salvador lanzó una mirada furtiva a su hermana, que enseguida intuyó lo que le pasaba por la cabeza:

que los alemanes hubieran llegado a Toulouse no era bueno para su padre ni para ningún exiliado republicano.

—¿Y tú crees que llegarán también aquí? ¿A Andorra?

—No creo que les interese mucho este país de ovejas y campos de tabaco, pero con estos alemanes nunca se sabe. Se han comido Europa entera y, por las noticias que escucho en la radio, ahora mismo los soviéticos están defendiendo Stalingrado a vida o muerte. Está claro que Hitler acabará dando por el culo al mismísimo Stalin, ¡ya lo verás!

Entonces Baldrich prestó atención a Sol, que estaba fascinada con todas aquellas historias que apenas comprendía.

—¿Y a quién tenemos aquí? Lo de hablar de la guerra nos hace olvidar los modales, ¡maldita sea! —exclamó el hombre—. Me llamo Quim Baldrich.

—El mayor caradura de Andorra —añadió Salvador—. Ella es mi hermana.

Sol esbozó una sonrisa y se estrecharon las manos.

—Soledat —respondió ella con timidez—, pero todo el mundo me llama Sol.

—Esto..., Quim —le dijo Salvador—, te quería pedir un favor... —Cogió aire y habló deprisa, para pasar antes el mal trago—. Mi hermana debería quedarse un tiempo con vosotros. No será mucho, te lo prometo, pero ahora mismo no puede volver a Bescaran.

A Baldrich le cambió la cara.

—¿Qué quieres decir con que debería quedarse? Salvador, no me jodas, que yo no puedo hacerme cargo de nadie y menos de una niña, ¡cojones!

Sol empezó a mirar hacia otro lado. Le sudaban las manos.

—No es ninguna niña, tiene cerca de veinte años. Y no te lo pediría si no fuera... una cuestión de vida o muerte. Tiene que esconderse.

—¡Me cago en Dios! Pero ¿qué ha hecho la criatura de las narices? ¿Robar cuatro gallinas? Hostia, Salvador, ¿qué quieres que haga con ella? Que este trabajo nuestro no es ninguna broma, ¡ya lo sabes!

—Hará lo que le pidas —se apresuró a añadir—. Es trabajadora como ella sola. Os puede ayudar en lo que sea necesario, cocinar, limpiar...

Baldrich mantenía un silencio huraño, espeso, casi violento. A Sol le dieron unas ganas irrefrenables de salir corriendo de aquella sala. El rechazo de nuevo. A esas alturas ya debería estar acostumbrada y, aun así, sintió ese puñetazo en el estómago que la doblaba, como si fuera la primera vez que alguien le daba la espalda.

—Da igual, Salvador..., ya encontraremos otro sitio —se atrevió a insinuar ella.

—Cabrero la busca —espetó su hermano clavándole una mirada implacable a Baldrich.

Al oír ese nombre, a Sol se le apareció el rostro del niño-monstruo. Las embestidas. Los gritos de la mujer. Un sabor a hiel le subió hasta la boca. En pocos segundos, algo en las facciones del contrabandista también había cambiado. Sí, estaba segura, reconocía una señal de alarma.

—El Maño. Entiendo... —musitó Baldrich. Parecía que estaba intentando asimilar esa información y lo que comportaba.

—Por favor —imploró al fin Salvador—. No tenemos otra opción.

Baldrich suspiró mirando a Sol de arriba abajo y ella se hizo pequeña, muy pequeña.

—Acércate a la chimenea, Marta te dará un poco de comida —le mandó, secamente—. Y tú... —añadió golpeando fuerte el pecho de Salvador con un dedo—. Tú eres un malnacido. Pasa ahí dentro, que tenemos que hablar a solas.

Ambos hombres desaparecieron por una puerta y a Sol la invadió una sensación de profunda desolación como nunca había sentido. Las piernas la llevaron al banco de enfrente del fuego y se dejó caer con la vista clavada en las llamas. Le pareció ver por un momento los ojos del chiquillo asesino de cejas gruesas, que le decía sin palabras que la encontraría, se escondiese donde se escondiese. Y mientras aquella voz le retorcía el cerebro y la hacía estremecerse de miedo, la chica de las trenzas que no paraba de entrar y salir de la cocina le plantó delante un cuenco de sopa caliente con butifarra, pollo, fideos y patatas. El olorcillo que desprendía era delicioso y Sol se dio cuenta de que estaba muerta de hambre, de frío y de cansancio, y mientras comía con deleite la cara del niño-monstruo se disolvió dentro de las brasas. Cuando acabó de comer, la invadió una sensación de bienestar que la dejó medio adormecida. Solo entonces, con la barriga llena y la cara caliente, empezó a fijarse con detenimiento en las personas que tenía alrededor, que hablaban en una lengua que, estaba segura, nunca había oído. Ahora entendía qué le había llamado la atención de ese grupo heterogéneo. Estaba formado por dos hombres con unas barbas largas algo estrafalarias, que recordaban a personajes de la Biblia, y dos mujeres, y enseguida dedujo que se trataba de dos matrimonios. Además de llevar la ropa deshecha, estaban fatigados, con las mejillas hundidas. Lo más inquietante era que las dos mujeres lloraban en silencio, tan pálidas que parecía que se les escapase la sangre del cuerpo. Poco a poco, bajó la mirada hasta los pies desnudos de ambas, que los habían apoyado sobre un pequeño escabel muy cerca del fuego, y ahogó un grito. Los dedos estaban negros y justo por debajo de la negrura, llagados, en carne viva. «Gangrena», se dijo tragando saliva. Sabía qué hacer y no podía perder un segundo.

—¡Aparte los pies del fuego ahora mismo! —saltó, asustada.

Todo el mundo la miró con sorpresa. Ponían cara de no entenderla, así que lo repitió en la misma lengua. Entonces uno de los maridos respondió:

—Están congeladas, ¿cómo van a entrar en calor si no es con el fuego?

—¡Así no! Aún se les van a quemar más y entonces ya no habrá solución. ¡Los tendrán que amputar! ¿Acaso nadie se lo ha dicho? —exclamó Sol agitando las manos.

Al oír la palabra «amputar», las mujeres retiraron los pies del borde de las llamas.

—Deprisa, ¡no hay tiempo que perder!

Sol corrió a la cocina, donde casi chocó con la chica de las trenzas, que se la quedó mirando con cara de asombro. Le explicó qué pasaba y entre ambas llenaron un barreño con mitad de agua caliente y mitad fría. Lo llevaron hasta la sala y lo dejaron a los pies de las dos desconsoladas mujeres. Durante ese rato, un grupo de curiosos se había acercado y observaba las maniobras de la chica.

—¡Métanlos dentro! —ordenó Sol.

Las mujeres miraron a sus maridos, que asintieron, e introdujeron los pies en el barreño, pero el dolor que sentían era tan fuerte que tenían que ir sacándolos para soportarlo. Al cabo de un buen rato, Sol les dijo que ya los podían sacar, se los secó con cuidado con unas toallas y les recomendó que repitieran todo el proceso tres veces al día y que sobre todo avisaran deprisa a un médico. Uno de los hombres fue a preguntar a la recepción del hotel dónde podían encontrar uno y, mientras tanto, el que se había quedado allí esbozó una sonrisa enigmática e hizo un gesto a Sol para que se le acercara. De dentro del pantalón, sacó una bolsita muy bien guardada y, sin intercambiar una palabra, extrajo un objeto diminuto, que le acercó. La chica lo cogió sin entender bien de qué iba. Un destello como nunca había visto le cruzó ante los ojos.

—¿Un diamante? —preguntó sorprendida—. ¿Por qué me da un diamante?

—Para pagarle lo que ha hecho por mi mujer y mi cuñada —respondió el hombre, visiblemente conmovido.

Sol le devolvió la joya.

—¡Dios mío! ¿Un diamante por traerles una palangana de agua? No puedo aceptarlo, no tiene que pagarme nada.

Quizá Baldrich les cobraba por salvarles la vida, pero ella no lo haría. Desconcertado, el hombre volvió a guardarse el diamante dentro de la bolsita, que se apresuró a esconder, y cerró los ojos como si, al fin, se dejara vencer por un cansancio infinito. Después de darle vueltas, la curiosidad pudo más que Sol y con delicadeza para no asustarlo le dijo:

—Perdone, señor.

El hombre abrió los ojos enrojecidos.

—¿Le puedo preguntar quiénes son ustedes? ¿De dónde vienen?

El extranjero mostró una sonrisa cansada.

—Mi mujer y yo somos de Polonia y mis cuñados, de Alemania...

Hizo una pausa que a Sol le pareció eterna y añadió:

—Y somos judíos.

Sol estaba en la cocina y ayudaba a la chica de las trenzas, Marta, a fregar unas ollas.

—Aquí vienen un montón de judíos, menos los que se quedan en el cementerio, pobrecitos —le dijo Marta—. Pero eso de ponerles agua tibia en los pies... ¡a mí no se me hubiera ocurrido nunca! Vamos, acércame la cocota.

—¿La cocota? Ah, ¿quieres decir la olla? —respondió Sol, divertida por cómo hablaba aquella andorrana—. Lo del agua tibia se lo vi hacer a mi abuelo en Bescaran con uno que los tenía igual de negros que esas pobres mujeres y gracias a ello no tuvieron que cortárselos.

—Entonces, ¿eres de Bescaran? Yo nunca he salido de Andorra y tampoco he podido ir a la escuela, pero un día me marcharé a trabajar a Barcelona —dijo Marta mientras fregaba—, de criada, de planchadora... me da igual. También sé hacer de matrona, he ayudado a parir a mi madre y a varias vecinas del pueblo. Cuando me vaya podré ganar dinero para mí solita. —Se detuvo y levantó el dedo—. Quien tiene la sartén por el mango le da la vuelta a la tortilla cuando quiere —sentenció, y continuó fregando—. No pienso quedarme toda la vida en los valles. Miseria y más miseria... ¡Y poca tierra para tantas bocas! En casa, todos mis hermanos se han ido. Uno trabaja en la fábrica de tabaco de Canturri, en Sant Julià, y los otros en Lleida...

A Sol le hizo gracia su manera desenvuelta de hablar, parecía una anciana, pero no debía de pasar de los dieciséis años. Mientras charlaba, se subió a una silla para colocar la olla limpia en una estantería muy alta.

—Esos del grupo de Baldrich son paqueteros, ya lo sabes, ¿no? —comentó bajando la voz, aunque sin esperar respuesta—. Me tratan bien, no me quejo, pero se pasan el tiempo arriba y abajo, arriba y abajo... Un día los pillarán los gendarmes o los carabineros, ¡ya lo verás! ¡Seguro que estarían más tranquilos alimentando los rebaños en el campo que acarreando fardos! Pero yo no digo nada, que mejor pensar lo que se dice que decir lo que se piensa.

Sol rio mientras fregaba otro caldero.

—¡Sí que ganan dinero! ¡Por cada paquete, allá en Berga, les dan quinientas pesetas! —dijo abriendo mucho los ojos—. ¡Y aquí un mozo cobra quince por día!

Marta le arrebató la olla de las manos y la siguió frotando con fuerza.

—Siempre tengo una escudilla en la mesa y un lecho donde dormir, y de vez en cuando me traen algo de esos mundos de Dios. —Se apartó el pelo que la estorbaba—. Baldrich me regaló unos botones de nácar —confesó, muy orgullosa—. Pero ya me pueden llenar de regalos, que yo pienso marcharme en cuanto pueda. Además, ahora estamos muy cerca de la guerra de los alemanes y eso no me gusta. —La chica negó con la cabeza para dejar bien claro su descontento—. Baldrich y el resto no lo saben, pero cuando hablan de la guerra pego la oreja y escucho cosas escalofriantes.

—¿Ah, sí? —dijo Sol con interés—. ¿Cómo cuáles?

Marta era todo energía e ímpetu; mientras charlaba, no dejaba ni un momento de restregar la olla con fuerza.

—Pues cosas sobre ese Hitler, que es un zoquete. ¿Sabías que se ha quedado un país entero para él? Él lo quería y él lo ha tomado. Se ve que es más terco que el cuerno de un marrano.

—¿Un país para él solo?

—Sí, sí, como lo oyes —aseguró la chica, que empezó a enjuagar la olla—. Así, como quien coge romero del bosque para hacer sopa. —Y se rio de su propia ocurrencia.

Sol intuía que todo eso no tenía demasiado sentido, pero como ella tampoco sabía nada de lo que ocurría en Europa decidió no ponerlo en duda. Aunque aquella conversación con Marta le había despertado la curiosidad y pensó que, ya que estaba allí, podría intentar dejar de ser tan ignorante y mantener los oídos bien atentos para ver qué aprendía.

Los dos hermanos estaban sentados en la cama e iban siguiendo con la mirada a Quim Baldrich, que caminaba arriba y abajo por aquella minúscula habitación.

—No te engañaré, en Andorra te espera una vida dura. Tendrás que trabajar mucho para ganarte el pan y pasarás muchos días sola y te morirás de frío. Aquí nos jugamos la vida para ganar cuatro duros y yo no... —Miró de reojo a Salvador—. Yo no puedo perder el tiempo con chicas.

Sol luchaba por disimular el desprecio que sentía por él. Pese a que hacía muy poco que lo conocía ya lo había calado, y la idea de tener que compartir el mismo espacio se le hacía insoportable. ¿Cómo podía cobrar dinero por ayudar a aquellas pobres personas? Todo ello no hacía más que confirmar lo que ya sabía: que los contrabandistas eran gente egoísta, ambiciosa y sin escrúpulos.

—Ya has visto que puede ser útil, Baldrich. Acaba de salvar los pies de esas mujeres y tú ni te habías dado cuenta de que los tenían congelados —insistió Salvador.

El contrabandista no le hizo caso y ni siquiera levantó la mirada del suelo.

—Dormirás aquí, pero no siempre será así. A veces cambiamos de hostal y no a sitios cómodos, incluso dormimos al raso. Además, tendrás que trabajar, que aquí no se regala nada a nadie. Cocinarás, lavarás, servirás y harás todo lo que se te mande sin abrir la boca. Quiero que lo entiendas bien antes de decidir que te quedas.

Dejó la frase en el aire. Sol sabía que lo decía con la esperanza de que ella se echara atrás. «Mala bestia.» Baldrich apoyó uno de sus colosales hombros en la pared desconchada del habitáculo y, ahora sí, la miró con atención.

—¿Así qué? ¿Te quedas? —Era una pregunta que escondía muchas otras: «¿Me traerás problemas?», «¿por tu culpa me atrapará la policía?», «¿perderé mi vida por ayudar a una jovencita estúpida?».

Sol se limitó a mirar a su hermano y hacer un pequeño gesto afirmativo con la cabeza. A pesar de la repulsión que le provocaba Baldrich, era mejor quedarse allí que tener que enfrentarse con Cabrero.

El contrabandista suspiró y se frotó la barba incipiente con la mano.

—Muy bien. Mañana nos levantamos a las seis de

la mañana y quiero que nos tengas el desayuno a punto. —Después giró en redondo y, antes de que se cerrara la puerta detrás de él, todavía pudieron oír cómo rumiaba para sí mismo—: Seguro que me arrepentiré.

7

Se levantaba a las cinco de la mañana para ser la primera en bajar al comedor, encendía la chimenea y esperaba a que apareciera Lina Pla, la dueña del hotel. Aquella mujer de gesto nervioso y palabra seca la tenía maravillada; era de las pocas, por no decir la única, a la que había visto conducir un coche, gestionaba sola el hotel que había heredado de su padre y también era la única a la que Sol había oído hablar en inglés. Quizá por eso siempre había ingleses que se hospedaban allí. Lina le daba una lista con todo lo que tenía que ir a comprar a Escaldes y a los pueblos de alrededor; era una tarea muy complicada por la gran escasez de alimentos que había y por la rapidez con que debía volver a la cocina para que pudieran hacer los desayunos y almuerzos para los clientes. Sol limpiaba, cocinaba y servía las comidas sin recibir ningún sueldo a cambio, pero lo cierto es que poco a poco se fue haciendo un hueco en ese entramado de relaciones y, en especial, encontró una buena amiga en Marta, que siempre le llenaba la cabeza con mil historias de contrabandistas y del hotel.

—Mi tío ya era contrabandista. Siempre lo veías traficando. Durante la guerra española, de bajada llevaba tabaco y de subida, gente de derechas y curas, que, si no, los pasaban por la piedra —contaba muy desenvuelta—. Cuando ganó Franco, la señora Lina se hartó de recoger a todos los soldados desarrapados que huían y ahora todo el día tiene aviadores ingleses porque ella habla como ellos. —La chica, de repente, bajó la voz—: Además, la gente dice que Lina lo hace sin cobrar un duro... Puede parecer una generala, pero a mí no me engaña, es todo corazón.

En ese momento, Sol comprendió que todos aquellos ingleses que rondaban por el hotel no eran simples turistas, sino soldados que, de una u otra forma, habían podido llegar hasta Andorra.

Baldrich, aquel hombre duro y severo que nunca cruzaba más de dos palabras con ella, nunca hablaba de qué hacía durante el día; según Marta, nada bueno. Solo sabía que viajaba mucho y que a menudo venía con fardos que escondía en una habitación en el sótano de la que solo él y Lina tenían la llave. Ella sospechaba que era precisamente de esos fardos de donde salían la grasa de cerdo para cocinar y la harina con la que hacían el pan, ya que en Andorra, en aquellos momentos, no eran productos fáciles de encontrar. A los otros dos miembros del grupo los conoció al día siguiente de haber aterrizado en el Hotel Pla: Eduard Molné, un vecino de La Massana, y uno al que llamaban el Conejos, que, según le contó Marta, era combatiente republicano como Baldrich. Eduard le causó una fuerte impresión. Nada más verlo, le recordó al actor Boris Karloff en su personaje de Frankenstein. Aquel ser deforme la había impresionado tanto cuando fue a verlo al cine La Unió de La Seu que, sobre todo en los primeros días, cada vez que veía a Molné se sobresaltaba. Él, por su parte, no se esforzaba demasiado en disimular su desacuerdo con que una chica como ella formara parte del grupo. Con el Conejos, un tipo rudo, primitivo y poco hablador, apenas llegaron a intercambiar un par de palabras.

Siempre que los hombres charlaban de política o de la guerra europea, Sol intentaba prestar atención y ese día, mientras Baldrich y Eduard almorzaban, se puso a fregar las mesas de al lado porque la conversación prometía.

—... ¡que no, te digo! ¡Que Hitler no ganó las elecciones, cojones, Eduard, créeme!

—Pues yo siempre he oído decir que se presentó y que los tontos de los alemanes lo votaron. Si no, cómo explicas que llegara a canciller, ¿eh?

Mientras tanto, el Conejos mojaba pan en el guiso, totalmente absorto en las formas que la salsa iba dejando en el plato.

—Si lo hicieron canciller es porque nadie se ponía de acuerdo en quién debía serlo y pensaban que así tendrían a Hitler controlado. Y les salió el tiro por la culata, mira tú, porque de controlado nada. Luego ya demostró que tenía muy claro hacia dónde quería llevar a Alemania.

—Vale, vale, reconozco que no sé mucho de eso —admitió Eduard.

—Pues si no sabes mucho, calla y escucha como hace el Conejos, ¡que sois los dos una panda de ignorantes! —Parecía enfadado, pero ahora que Sol ya lo conocía un poco más, sabía que era su talante—. ¿Queréis enteraros o no de lo que ha pasado en Alemania?

Ambos rezongaron un sí mientras seguían tragando.

—Pues primero Hitler dio un golpe de Estado, pero lo metieron en la cárcel, y esperó paciente su oportunidad, como hacen los pícaros.

—¡O como hacemos nosotros cuando hay gendarmes! —exclamó el Conejos con una carcajada basta. Enseguida volvió al plato.

—Supo ver que por ese camino no lo lograría. El tipo puede ser lo que tú quieras, pero no es burro. Entonces se presentó a las elecciones y, como ya te he dicho, si has estado atento, Eduard, no las ganó. Pero pese a no ganarlas lo nombraron canciller, que sería como el síndico Francesc Cairat aquí en Andorra, porque creyeron que era una manera de tenerlo tranquilito... Que no tocara los cojones, vamos. ¿Y a que no adivinas qué hizo?

—No lo sé... ¿mandar? —dijo Eduard.

—Hostia, tú, qué cerebro privilegiado tienes, chico —respondió Baldrich.

El Conejos se hartó de reír.

—Decidió que no habría más elecciones. ¡Fuera! —exclamó acompañado de un gesto con la mano—. Desde ese momento mandaría sin oposición, como un dictador. Después de eso, le dieron ganas de conquistar y construir un imperio, así que empezó cogiendo un pedazo de Checoslovaquia y después los alemanes se anexionaron Austria, pero sin disparar un tiro, que así lo quisieron los austríacos.

Sol estaba maravillada de enterarse de lo que ocurría en el mundo. ¡Y había tenido que ser en un hotel de Andorra!

—¡No conozco a ningún austríaco y ni ganas! Si quisieron juntarse con el loco de Hitler, es que ellos tampoco andan demasiado bien de la azotea —dijo el Conejos, y a continuación se acabó el vaso de vino de un solo trago.

—Hicieron un referéndum, así todo parecía más legal. Hitler quiso que fueran los mismos austríacos quienes decidieran si se anexionaban o no, y ¿os podéis imaginar qué ganó? ¡Pues que sí! Querían formar parte del Tercer Reich, que ahora llaman así a Alemania. ¡Ya tiene cojones la cosa! —aclaró Baldrich—. Yo también entiendo a ese Hitler. Si nadie te para los pies, pues te acabas creyendo que eres invencible, ¿no? Creo que por eso cogió carrerilla y en un arrebato envió sus tanques a conquistar Polonia.

El contrabandista hizo una pausa para beber vino.

—Jodidos alemanes, la madre que los parió... ¡No te extrañe que un día vengan a anexionarse el Hotel Pla! Nunca tienen suficiente... —se limitó a decir el Conejos mientras se servía más vino.

—Decías que ha conquistado Polonia, ¿y entonces qué? —preguntó Eduard.

—Entonces Inglaterra y Francia, que ven cómo avanza por Polonia, se cagan encima y declaran la guerra a Alemania. Y ahora, escuchadme bien: ¡en solo seis semanas, seis, los alemanes conquistaron Bélgica, Dinamarca, Países Bajos y la mitad de Francia! La otra mitad dijeron que iba a ser libre. ¡No te jode! ¡Libre! ¡Menuda pantomima! Pusieron a un títere al que Hitler manipula como quiere, el mariscal Pétain. De este sí habéis oído hablar, ¿o tampoco?

Los otros dos respondieron levantando los hombros.

—Ya no sé si creer que Hitler es muy listo o los demás muy tontos —remachó.

—¿Y qué les ha picado ahora para ocupar ese pedazo de Francia que todavía era libre? —preguntó Eduard—. Explícamelo, porque no lo entiendo.

Baldrich se sirvió un poco de vino.

—Vamos, cojones, no te pares ahora, que la cosa se ponía emocionante —dijo el Conejos, que parecía francamente interesado en la historia—. Es como un *flime* de esos que echan en el cine.

—Pues sí, ahora la cosa se pone interesante. Los norteamericanos y los ingleses se han unido para luchar juntos y, para llegar a Europa, han empezado por invadir el norte de África y eso, claro, a Hitler no le ha gustado. ¿Y qué hace él? Va y ocupa la Francia que quedaba libre, un poco como una pataleta de niño pequeño para decirles: ¡Eh! No me toquéis los cojones porque mirad de lo que soy capaz.

—¡Caramba, jefe, eres un pozo de ciencia! —exclamó el Conejos—. ¿De dónde coño sacas todas estas historias? ¿No te las estarás inventando...?

—De la radio, Conejos, de la radio. Si la escucharas, también lo sabrías... Y ahora basta de cháchara, que de tanto hablar de Hitler se me está atragantando el conejo.

Sol tomó buena nota de que, si quería saber qué pasaba en el mundo, tendría que estar cerca cuando los contrabandistas comieran.

Cuando ya llevaba un par de semanas viviendo en el Hotel Pla, Baldrich le anunció que al día siguiente por la mañana la necesitaban para una operación delicada en La Massana. Esto, en el lenguaje de los contrabandistas, quería decir que corrían peligro de ser atrapados por la policía, y la chica no pudo pegar ojo en toda la noche. Dio vueltas y más vueltas hasta que cayó en un duermevela donde se le aparecieron de forma desordenada las caras de los carabineros que tantas veces habían pasado por su casa a buscar a su padre después de la guerra. Sobre todo las de José y su mujer, Dolors, que la arrastraban por la nieve hasta un abismo y allí, entre las tinieblas, veía las manos de aquella mujer asesinada por el Maño. Y este asomaba la cabeza entre las sombras con esas mejillas rellenas de niño. Se despertó sudada de pies a cabeza y lo primero que vio fueron los ojos impenetrables de la foto de Greta Garbo que tenía pegada en la pared. Eran las cinco de la madrugada, pero estaba bien despierta, así que se levantó, se lavó, se vistió y bajó a la cocina, donde Marta ya trabajaba. Para mantenerse ocupada, la ayudó a amasar la harina para hacer pan y empezó con los caldos del mediodía, pero no podía deshacerse de la angustia que la mortificaba porque se acercaba la hora en la que debería acompañar a los contrabandistas y, si nada lo impedía, tendría que ayudarlos en algún negocio turbio. ¿Y si hablaba con Baldrich? ¿Y si le abría el corazón y le confesaba la verdad, que no era nada valiente y que su miedo y torpeza seguro que arruinarían de una manera u otra los planes, fueran cuales fueran? ¿Cómo explicarle que desde que su padre se había marchado apenas salía de casa y que los carabineros del pueblo le daban pánico? Baldrich era un hombre sin alma y duro como una piedra, de acuerdo; pero incluso con alguien como él se podía razonar. Que la hubiese acogido no era carta blanca para hacer con ella lo que quisiera, así que sí, estaba decidida, hablaría con él.

Cuando apareció Baldrich, iba con aquella boina que nunca abandonaba y tenía cara de malas pulgas. Lo acompañaban Eduard y el Conejos, que hablaban poco, con monosílabos, como si no se atrevieran a poner de peor humor a su líder. Sol abrió la boca, pero el nudo que tenía en la garganta le impidió articular palabra y, con una maraña de nervios en el estómago, se metió con los demás dentro del Peugeot destartalado de Eduard, que estaba aparcado justo delante del establecimiento, y emprendieron el camino hacia La Massana. La carretera era complicada, con mucha subida y curvas cerradas que bordeaban el río Valira; incluso en algunos momentos el mal estado del camino los obligaba a reducir la marcha.

Finalmente, llegaron a su destino en medio de una neblina baja y gris que empezaba a despejarse. Las nubes altas habían engullido todas las montañas blancas de alrededor y no se veía ningún pico. Había tanta humedad que Sol sentía los pies empapados y el frío se le había metido tan adentro que se notaba el estómago helado. El vehículo salió del camino principal y tomó un sendero muy ancho; al cabo de un buen rato llegaron a una pequeña explanada donde aparcaron detrás de unos árboles. Los tres hombres salieron del Peugeot, pero Sol no se movió. Se comía las uñas. Era ahora o nunca, o sea que se armó de valor y con la voz más segura que pudo, dijo:

—Preferiría quedarme en el coche, por si viene la policía.

El Conejos, desde fuera, soltó una carcajada y respondió:

—Mira, morena, te contaré cuatro cosas de la policía. La andorrana son seis agentes, unos desgraciados muertos de hambre. También hay unos cuantos guardias civiles borrachos y una docena de gendarmes que ahora, con todo el follón de los alemanes, están a las órdenes de la Gestapo. Pero tú tranquila, que estos solo buscan a los republicanos que se esconden en las granjas... O sea, que ve saliendo, que a ti no te vendrá a buscar ningún policía.

Sol no sabía qué era lo de la Gestapo, pero seguro que nada bueno.

—No... —se atrevió a contradecir ella con un hilo de voz—. No quiero hacer nada ilegal.

Ahora fue Eduard Molné quien metió la cabeza dentro del automóvil y le dijo:

—¿Ilegal? En Andorra el contrabando no es ilegal. ¡Cojones, cómo se las gasta la marquesa! Oye, guapa, esto es un negocio, ¿entiendes? ¿La gente necesita tabaco? Pues los de la granja Roca, que cultivan, nos lo venden y nosotros llevamos el tabaco a España. ¿Que la gente necesita blondas? Blondas. ¿Perfumes, netol, botones de nácar? Lo que sea. Y de subida llevamos lana, porque los alemanes la necesitan para los uniformes. Lo único que hacemos es transportar por la montaña cosas que la gente necesita, ¡así que baja esos humos!

Se produjo un silencio incómodo.

—Aun así, me quedo en el coche —insistió ella.

Desde fuera del vehículo, se oyó la voz de Baldrich, que, con tono grave, ordenó:

—Sal ahora mismo.

Al ver que Sol no reaccionaba, bajó la cabeza para que ella pudiera verlo a través de la ventanilla.

—¿Me has entendido?

La joven callaba.

—Si esto va a ser un problema para ti, te vuelves hoy mismo a Bescaran —sentenció con voz alta y clara.

Ante la amenaza, la chica murmuró:

—Sí, te he entendido.

Sol salió del Peugeot y sintió cómo se clavaban en ella todas las miradas, cargadas de reproches.

—Tú te quedarás en el claro a vigilar que no venga nadie. Me han dicho que hace días que ronda gente extraña por aquí y no quiero problemas —dijo Baldrich.

Los hombres tomaron un sendero que se adentraba en el bosque.

—Si ves a alguien, corres a avisarnos, ¿te ha quedado claro? Estaremos en la borda que hay al final del camino —añadió el contrabandista.

Y dicho esto, se unió al resto del grupo. Cuando todavía no habían dado dos pasos, Sol pudo oír claramente cómo Eduard se quejaba a Baldrich de que más hubiera valido dejarla en el hotel, pero cuando Baldrich le dijo que el Maño la buscaba, Eduard se giró y le lanzó una mirada de lástima, como si tuviera delante a un condenado a muerte. Al final, las voces de los paqueteros desaparecieron entre los pinos.

Sol se quedó sola con el corazón encogido y echó un vistazo al paraje. «Un escondite perfecto», pensó. Era imposible ver la borda desde donde ella estaba, y aún menos desde la carretera principal. Estaba rodeada de un bosque de abedules, y el silencio habría sido total de no ser por unas campanas que tocaban a muerto, insistentemente, a lo lejos. En cada respiración salía una nube de vaho, y empezó a caminar arriba y abajo con las manos debajo de las axilas para darse calor mientras iba echando ojeadas por donde se había marchado el grupo. ¿Por qué tardaban tanto? ¿No se trataba de coger cuatro mercancías y marcharse? Se empezó a angustiar, pero no se atrevía a hacer nada. Al fin y al cabo, las órdenes de Baldrich habían sido claras. Solo tenía que avisarlos si veía a alguien. De repente, un ruido. El motor de un coche que se acercaba por el camino principal. El corazón empezó a latirle rápido y se escondió detrás de unos arbustos frondosos aguantando la respiración. Al poco rato, apareció un camión con dos hombres dentro que se detuvo en medio del claro. El motor se apagó. Portazos. Habían salido. Sentía como si de las piernas le hubieran nacido raíces que la tenían clavada en el suelo, al igual que le ocurrió el día que vio el asesinato en la montaña de Bescaran. Los gritos de la mujer. Las manos cayendo a los lados. Muertas. Sacudió la cabeza, como si eso la ayudara a expulsar esa imagen infecta de su pensamiento. Ahora podía oír claramente dos voces masculinas hablando en una lengua extranjera, aunque se esforzaban en hacerlo bajito.

Como los forasteros hicieron el gesto de dirigirse hacia el sendero, la única opción que le quedaba a Sol era correr a través de los árboles, dar un rodeo y llegar donde más o menos creía que debía de estar la cabaña. Se metió en el bosque deprisa, procurando no hacer ruido, y después de una carrera bastante larga divisó entre las ramas las paredes de un edificio. Se trataba de una casa grande, como las que se utilizaban en Bescaran para guardar el ganado, aunque destartalada e invadida por las hiedras y las zarzas. Se acercó a la puerta de entrada, pero, para su sorpresa, estaba cerrada por dentro. Lo intentó de nuevo con más fuerza. Nada. Pensó en gritar. No. La oirían los extranjeros. Desesperada, miró hacia atrás. Aún no los veía, pero no tardarían mucho. Debía entrar para avisar a los suyos, aunque ¿por dónde? Entonces caminó hacia la pared lateral del edificio y allí, a unos dos metros de altura, vio una ventana rota. Sin pensar siquiera en lo que estaba haciendo, cogió un par de cajas de madera que había tiradas en el suelo, se encaramó y se metió por aquella pequeña abertura. Cayó desde una altura considerable y se topó con algo duro. Un dolor en el lado derecho del cuerpo la hizo doblarse. Había quedado tendida sobre un suelo frío y húmedo y, como pudo, se fue incorporando. Al tocarse las costillas notó una punzada, pero ya lo miraría después.

Cuando sus ojos se acostumbraron a la oscuridad, se dio cuenta de que estaba en medio de una sala grande y necesitó unos instantes para comprender lo que veía. «La cueva del tesoro», se dijo. Trastos, cajas y mucho olor a tabaco... Enfrente había un saco de arpillera con la tela más bonita que nunca había visto, parecía un pañuelo hecho para una reina.

—¿Qué cojones haces aquí? —dijo el Conejos, que recogió el costal y se lo cargó al hombro. Los demás se acercaron enseguida—. ¿Es que no has oído a Baldrich? Tienes que quedarte vigilando fuera...

—¡Están en el claro! —lo cortó ella procurando no gritar—. ¡Unos hombres! ¡Vienen hacia aquí!

A una velocidad que casi resultaba irreal, cargaron sobre sus espaldas los fardos que había esparcidos y echaron a correr hacia la puerta. Por suerte Baldrich la cogió del brazo, si no se habría quedado allí plantada. Se adentraron en el bosque para bordear el camino cuando vieron que los intrusos caminaban a unos metros de ellos en dirección a la borda. Sol pudo observarlos desde el arbolado sin ser vista; uno de ellos era alto, fornido, con una nariz un poco aguileña y ojos claros, un aspecto muy diferente a la gente que estaba acostumbrada a ver. Al otro apenas podía distinguirlo entre el ramaje, pero le pareció bajo y con una cara muy extraña, marcada por alguna enfermedad.

Lanzaron los paquetes dentro del Peugeot con una agilidad asombrosa y Sol se quedó admirada de cómo lo habían hecho todo en un silencio absoluto. Los hombres entraron y le dejaron la puerta abierta para que se metiera dentro, pero las fuerzas le fallaban y una punzada muy fuerte junto a las costillas la detuvo en seco.

El motor se ponía en marcha. «Me dejan aquí.» Una ola de pánico le invadió el cuerpo y le dieron ganas de vomitar. El Peugeot pasó justo a su lado. Ya se iba... cuando, de repente, notó que un brazo fuerte la cogía por la cintura y la metía en el asiento trasero de un tirón. El dolor la acalambró de arriba abajo y apretó los ojos. La puerta se cerró de un fuerte golpe. Acurrucada, sintió cómo el coche aceleraba y se alejaba a gran velocidad por el sendero.

—¡Me cago en todo, Baldrich! ¿No has visto que la puerta se había quedado atascada? —le reprochó Eduard, sujetando el volante y con el pie pegado al acelerador.

—Si lo hubiera visto, ¿tú crees que sería tan tonto de cerrarla? —respondió él con la cara empapada de sudor. Se arrancó la boina con un gesto brusco.

—¿Quiénes eran esos? ¿Alemanes? ¿La Gestapo? —continuó Eduard—. ¿A qué venían? ¿A robarnos el tabaco?

—Ahora ya ni disimulan, ¡desgraciados! Entran en Andorra a hacer contrabando como si fueran los reyes.

—Es que son los reyes. Te recuerdo que ahora Andorra está gobernada por un magistrado francés que es un malnacido nazi. Y por encima de él, el copríncipe Phillipe Pétain, otro malnacido. ¿Qué esperábamos?

—Y ya verás qué pasa como Franco nos meta un copríncipe de su cuerda, ¡aún iremos a peor! —rezongó Baldrich, enfadado como nunca—. ¡Pues que busquen, que no hemos dejado nada a su alcance! ¡Si quieren tabaco, tendrán que mirar en otro lado!

A Sol le costaba seguir el hilo de la conversación porque, pese a saber que los dos jefes de Estado andorranos eran el copríncipe francés, el jefe del Estado francés, y el español, el obispo de La Seu, no sabía casi nada de Andorra. Le habría gustado que continuaran la conversación para saber todos sus detalles, pero el dolor que sentía cada vez era más intenso y no pudo. Con cada sacudida notaba pinchazos más fuertes hasta que, cuando aparcaron el coche enfrente del Hotel Pla, el suplicio acabó.

—¡Venga, bajad los fardos! —ordenó Baldrich.

Inmediatamente, los hombres empezaron a sacar los sacos hacinados dentro del Peugeot. Sol seguía acurrucada.

—Esta moza parece muerta —dijo el Conejos.

Baldrich y Eduard se acercaron. El primero le abrió los ojos, le tocó el cuello... Cuando le puso los dedos en la barriga, la chica dio un grito. Entonces le levantó el jersey con cuidado y todos soltaron una exclamación.

—¡Mierda! —exclamó Eduard.

—Me cago en diez, parece un conejo destripado —añadió el Conejos.

—O sea, que al final se ha hecho daño solo para avisarnos —dijo Baldrich con un susurro—. ¡Me cago en la puerta de los cojones!

Los siguientes dos días Sol permaneció en la cama. Marta subía a curarle las lesiones, que eran bastante superficiales y cicatrizaban bien.

—¡Menos mal que estás viva! —exclamó la chica, que le curaba las heridas con ternura—. ¡Baldrich y los demás se han ido unos días fuera, pero cuando vuelvan me van a oír! Y el próximo día que te digan que los acompañes a una de sus escaramuzas, ¡te esconderé debajo de mi cama y se habrán terminado las aventuras! ¡Tan cierto como que sale el sol!

Incluso Lina la visitó un par de veces, y eso que era una mujer que prácticamente no se juntaba con nadie si no era para cobrarle la estancia. Pero lo cierto era que Sol trabajaba duro, y que la gente fuera trabajadora era una cualidad que la dueña admiraba. Los siguientes días, Sol fue volviendo a sus tareas y Marta le fue desgranando más detalles sobre los miembros del grupo. Con cada nueva revelación, más desconcertada se sentía la joven, sobre todo por lo que respectaba a Baldrich; era cierto que vivía básicamente del contrabando, pero era un republicano convencido que había tenido que huir de su pueblo, el Pla de Santa Maria, para no volver nunca más. «Como padre», pensó Sol.

Estaba sirviendo a unos clientes un plato de bringuera, un embutido que tenía mucha fama en el Hotel Pla, una trucha de río y algo de alioli de membrillo cuando la puerta del comedor se abrió y aparecieron los tres hombres. Baldrich, al verla, acudió sin disimular su preocupación.

—¿Ya estás bien para estar levantada? ¿No te duele nada?

Se lo veía inquieto de verdad y eso la desconcertó. ¿Desde cuándo se preocupaba por ella?

—Sí, sí, estoy muy bien. Sentaos, que ahora traigo la comida.

Después de tantos días, sabía exactamente cuáles eran sus gustos, así que les preparó unas patatas, repollo y embutido acompañado de vino caliente y *cremat*. Cuando ya se lo iba a servir, se detuvo detrás del marco de la puerta de la cocina. Baldrich estaba hablando de algo que había escuchado en la radio y eso le interesó. Según decía, Winston Churchill, el primer ministro británico, había asegurado que si los aliados ganaban a los alemanes invadirían España y echarían a Franco. Por eso, siguió contando Baldrich con entusiasmo, era importante seguir pasando aviadores ingleses por las montañas para llevarlos a Barcelona y que así pudieran volar hasta Inglaterra para volver a lanzar bombas sobre los alemanes. Quizá, después de todo, pensó Sol, el contrabandista no solo pasaba refugiados para sacarles el dinero...

Entró a servirles más vino y cuando acababa de llenarle la copa a Eduard este le dijo:

—Siéntate aquí con nosotros, morena.

La chica dudó unos instantes. Nunca la habían invitado a su mesa ni a participar en la conversación, pero obedeció.

—Esto... —empezó Baldrich—. Queríamos decirte que el otro día en La Massana... —Miraba una y otra vez el cuchillo como si fuera el objeto más interesante de la sala—. Cuando llegaron esos dos extranjeros...

—Que lo hiciste muy bien, cojones. Te arriesgaste para avisarnos y si no lo pudiste hacer fue por nuestra culpa, porque dejamos la puerta atascada —soltó Eduard lanzando una mirada a Baldrich—. Es lo que querías decir, ¿verdad, Quim?

Sol nunca habría imaginado que unas palabras pudieran tener el efecto de un bálsamo.

—Sí, eso —añadió Baldrich, que ahora miraba el tenedor—. Que muy bien.

—¡Hostia, jefe! ¡Qué labia tienes! —se mofó el Conejos con una carcajada que dejó al descubierto una dentadura ennegrecida.

A Sol se le escapó una sonrisa y se marchó hacia la cocina con el pecho más henchido que nunca.

8

Los dos hermanos se fundieron en un largo abrazo. Parecía que hiciera un siglo que no veía a Salvador y, cuando se separaron, ella tenía los ojos enrojecidos.

—¡No me digas que te has emocionado al verme! —exclamó el chico.

—Pero ¿qué dices? Se me ha metido algo en el ojo —respondió ella dándole un golpecito amistoso en el brazo—. Venga, vamos a comer y me cuentas cómo va todo por casa.

Se sentaron a una mesa del comedor con un trinchado que ella misma había cocinado y una coca *masegada* de postre y estuvieron charlando dos horas seguidas, en las que ella le contó que, tras la aventura de La Massana, los tres hombres ya no la trataban con la indiferencia de antes. Incluso Baldrich le había traído un pañuelo de cuello muy bonito de su último viaje.

—¿Así que no se está tan mal en Andorra, eh? —preguntó socarrón su hermano—. Ahora que precisamente te venía a proponer un cambio de...

—¿Qué? —dijo Sol, ilusionada—. ¿Volvemos a casa?

—¡No corras! No, no, no, todavía es pronto y no quiero arriesgarme.

Sol vio que una sombra atravesaba la cara de su hermano.

—¿Qué pasa, Salvador? Dime la verdad —exigió.

—Encontraron el cadáver de la mujer que viste en la montaña. Parece que no fue la única víctima de ese malnacido. Un poco más allá, enterrado bajo la nieve, había un hombre, se supone que su marido, con un disparo en la cabeza. No llevaban documentación ni, evidentemente, el dinero que aquel cabrón les robaría, y los han enterrado en un rincón del cementerio con dos cruces sin nombre alguno.

—¡Dios mío!

La escena del crimen se le apareció a Sol con tal viveza que por unos momentos se olvidó de respirar.

—Si te digo que todavía no puedes volver es porque Cabrero ronda por los alrededores del pueblo. Lo han visto cerca de la fuente de la Rabassa. —Mientras lo decía se le había formado una arruga entre las cejas—. Pero no he venido a hablar de cosas tristes. ¿Qué te parecería ir a Toulouse a ver a padre?

Sol se levantó de un salto de la silla.

—¿Qué? ¿De verdad? ¿A nuestro padre?

—Tengo que ir por unos encargos, asuntos que tenemos entre Baldrich y yo... —lo dijo deprisa porque de sobra conocía la opinión que le merecían a Sol sus negocios—. Y he pensado que podríamos aprovechar para hacerle una visita, porque al final no se acordará de que tiene una familia, carajo. ¿Cuánto hace que no lo ves?

«Demasiado.» De la última vez hacía más de un año, cuando ella y sus dos hermanos habían ido a la vendimia al sur de Francia para llevar dinero a casa, como habían estado haciendo los últimos dos años. Ir a la vendimia era habitual entre los jóvenes del pueblo, al menos entre los de las familias más pobres. Quizá no habían ganado una fortuna, pero habían aprendido un buen francés, que después habían reforzado con algunas lecciones extras por parte del maestro del pueblo. Ahora, después de tantos meses, tenía el recuerdo de su padre enterrado bajo una gruesa capa que había ido tejiendo con el tiempo, aunque de vez en cuando asomaba la cabeza para recordarle que seguía allí. Nunca olvidaría el día que se marchó a Francia.

Era tarde cuando alguien golpeó muy fuerte la puerta de entrada. Desde la ventana de su habitación observó a un pequeño batallón de soldados que, como el resto del ejército republicano vencido, se retiraba a través de las montañas hacia Francia. Aquellos días era usual que llamaran a las casas pidiendo comida y un rincón para dormir. Iban sucios, llenos de piojos y sarna. De repente, Sol se quedó paralizada observando una cara que le resultaba familiar. Su padre. Corrió escaleras abajo y salió a abrazarlo. Su madre y sus hermanos fueron tras ella y poco después todos juntos, familia y soldados, se sentaban alrededor de la mesa de la cocina, que se llenó de escudella, pan recién hecho y embutidos que todavía quedaban de la última matanza del cerdo. A los soldados, una vez tuvieron la barriga llena, los dejaron lavarse y su padre los acompañó al pajar para que durmieran.

Después, toda la familia se sentó junto al fuego. Sol tuvo de inmediato la sensación de que se trataba de uno de esos momentos importantes que debía retener en la memoria. Su padre les dijo que no tenía más remedio que irse a Francia, que los del bando perdedor lo tenían muy jodido, y más él, que había estado en el sindicato obrero, un crimen que los franquistas no perdonarían. Estuvieron alrededor del fuego hasta bien entrada la madrugada; su padre les contó anécdotas de la guerra, y también se rieron y recordaron viejas historias del pueblo. Alargaron tanto como pudieron la inevitable despedida. Salvador y Ton fueron los primeros en irse a dormir, pero Sol se resistía a marcharse. Su madre terminó de recoger y también subió a su cuarto. Entonces, su padre le dijo:

—Ven aquí, Sol.

Ella se levantó y lo acompañó al ventanuco por donde se veían las montañas que rodeaban el pueblo.

—Cuando vine aquí, apenas sabía ordeñar una vaca. Yo solo conocía el ruido de los telares y de las turbinas, pero, mira, cosas del azar, me casé con tu madre y gracias a ella he llegado a amar este pueblo y aquí me moriré, eso te lo prometo. Un día volveré, Sol, cuando Franco caiga, que no tardará mucho, pero ahora tengo que irme.

Sol luchaba por retener las lágrimas que se le acumulaban en los ojos. Hizo un gesto afirmativo con la cabeza porque tenía miedo de que, si abría la boca, toda la pena que sentía le saliera en forma de grito.

—Y recuerda bien todo lo que os he enseñado. Ahora más que nunca vienen tiempos difíciles, no olvides que los hombres y las mujeres nacen libres, que debemos rebelarnos contra la injusticia y que la riqueza debe repartirse. Elige qué vida quieres vivir y no dejes que los demás la decidan por ti, hija mía.

Su padre le dio un beso en la frente y se volvió para que no lo viera llorar.

Al día siguiente, muy temprano, Salvador y Baldrich se encerraron en una salita; Sol supuso que debían de estar resolviendo los últimos flecos del viaje. Aunque el episodio de La Massana había hecho que ya no le diera tanto miedo todo aquel grupo de traficantes, tampoco le hacía ninguna gracia que su hermano participara de sus negocios. Cuando terminaron la reunión, Baldrich los acompañó hasta la puerta y les dio las últimas instrucciones.

—Recordad, no podéis ir por el Pas de la Casa porque los alemanes no dejan pasar a nadie a menos que lleve un salvoconducto. Esa gente no son como los gendarmes y no tienen reparos a la hora de sacar las pistolas. Tendréis que atravesar por las montañas y llegar a vuestro primer objetivo, el pueblo de Ax-les-Thermes; allí tomaréis el tren que pasa por Foix y Pamiers hasta Toulouse. Os aconsejo que atraveséis por el collado de Juclar, que en estos momentos tendrá un buen espesor de nieve y es una ruta segura. No será un camino fácil, Sol; Salvador ya lo sabe porque lo ha hecho otras veces, pero tú... no las tengo todas. Tened cuidado.

—¡Sufre por mí, no por ella! —exclamó Salvador—. No conocerás a nadie que se mueva mejor por la montaña que mi hermana.

Baldrich suspiró y les hizo un gesto con la mano a modo de despedida. Ambos hermanos, cargados con unas mochilas donde llevaban comida y ropa de abrigo, salieron del hotel y se encaminaron hacia los valles de Envalira que debían conducirlos a Francia. Sol se había puesto unos pantalones de lana, mucho más prácticos para andar que las faldas. Antes de llegar a Soldeu giraron por el valle de Incles, que estaba medio encalado por la nevada de la noche anterior, y subieron un camino sinuoso con algunas bordas aisladas. Era un valle amplio, equilibrado y armonioso, sin grandes picos ni accidentes en el terreno. A Sol le pareció un reducto diferente de todo lo que había visto hasta entonces de Andorra, donde la tónica eran siempre contrastes extremos, montañas colosales y valles constreñidos. El refugio del grupo de Baldrich no podía estar demasiado lejos; era un lugar donde normalmente pasaban la noche antes de iniciar la travesía por las montañas y donde escondían las mercancías. Al cabo de un rato de caminar por un sendero que corría entre los campos blancos dibujando una ese infinita, encontraron la cabaña escondida entre unos pinos, en la parte umbría de la montaña. El interior era gélido y olía fuertemente a tabaco. Encendieron un quinqué y a Sol se le cayó el alma a los pies. Había restos de comida sobre la mesa, las camas eran simples jergones de paja y le pareció ver alguna rata que se escurría en un rincón del fondo.

—Ve preparando la cena que yo voy a buscar leña —dijo su hermano.

Mientras él subía hacia la montaña, Sol barrió y salió a tirar toda la porquería a un arroyo que discurría a pocos metros de la cabaña. Cuando ya regresaba le pareció oír a alguien que silbaba y se volvió esperando encontrarse a Salvador, pero, para su sorpresa, era un hombre joven, no debía de pasar de los veinticinco años, que bajaba por el camino principal. Por un instante la chica pensó en correr a esconderse en la borda, pero él ya la había visto. Se quedó unos segundos indecisa. No parecía peligroso, aunque era muy consciente de que allí no había nadie en muchos kilómetros y que las probabilidades de que si gritaba la oyese su hermano eran escasas. De repente, el chico salió del camino y se le acercó.

—Buenos días —dijo en francés. Sol le notó un acento diferente del que había aprendido en el sur de Francia cuando iba a la vendimia y que no supo identificar—. ¿Voy bien para llegar a Soldeu?

Su voz sonaba como una música exótica que daba ganas de seguir escuchando.

—Sí... sí, vas bien —respondió Sol titubeando. Se enfadó con ella misma por su inesperado tartamudeo—. Si sigues hacia abajo llegarás. Justo allí, ¿ves? Y detrás del pueblo se pueden ver los Pessons y los picos de Cubil, me lo ha dicho mi hermano.

Tuvo que detenerse a coger aire y se maldijo. ¿A qué venía aquella charla desenfrenada? Mira que Baldrich le había dicho que no hablara con desconocidos para que nunca pudiera llegar a oídos de Cabrero dónde se escondía, pero el chico la había desquiciado con su simple presencia. Tampoco ayudaba que la mirase con una sonrisa burlona, como si la encontrara de lo más divertida.

—¿Eres de por aquí? —le preguntó él. Ahora ya lo tenía a apenas dos pasos y lo pudo observar mejor. No podía decirse que no estuviera de buen ver y, además, tenía un aire exótico. No era de los alrededores, de eso estaba segura. Nunca había visto unos ojos más verdes que aquellos que la estaban atravesando.

—N-no... no soy de aquí. Soy... de más lejos —respondió ella.

«Calla, por favor.» Tenía que hacer un esfuerzo ingente por cerrar la boca. Pero ¿qué le ocurría? Se intentó sobreponer, aunque era consciente de que tenía la cara roja como un tomate.

—De más lejos... —dijo él, que ahora la inspeccionaba como si se tratara de una oveja con cinco patas—. ¿Cómo de lejos? ¿De la Costa? ¿De Canillo? ¿De Andorra la Vella?

—De Bescaran.

Ya está. Ya lo había dicho y se maldijo de nuevo. Tenía que estar bajo algún tipo de hechizo que le había lanzado ese chico, si no no tenía ningún tipo de explicación.

—¿Bescaran? Eso no está en Andorra, ¿verdad? Quizá somos ambos los que nos hemos perdido —añadió risueño. Pero enseguida se volvió a poner serio. Le rodeaba un aire reservado y misterioso. Cuanto más lo miraba Sol, más guapo le parecía, excitante como esos pecados de los que hablaba el cura en misa los domingos, un enigma envuelto de belleza para atraer a la gente, pero cargado de peligros, de eso estaba segura. Entonces se dio cuenta de que se había quedado con la boca abierta y, avergonzada, la cerró de golpe.

—No, no está en Andorra. Y tú, ¿de dónde eres? —preguntó para cambiar de tema.

El muchacho claramente se tensó y el rictus se le endureció, pero, por algún motivo, volvió a mostrar esa media sonrisa que lo iluminaba todo.

—Yo de aquí y de allá... —eludió responder—. ¿Sabes que te has puesto muy roja?

Sol notó cómo toda la sangre del cuerpo le subía a las mejillas. «Por favor, señor, ten piedad.»

—¡Y ahora todavía más! —apuntó él, divertido—. Perdona, perdona, lo que hago no es de muy buena educación.

No parecía demasiado arrepentido de lo que había dicho. De hecho, pensó Sol, se lo estaba pasando en grande a su costa.

—¿Qué edad tienes? ¿Diecinueve años? —le preguntó como si nada.

—A punto de cumplir veinte.
—Yo veintitrés.

A continuación, el chico se sentó en un murete de piedra.

—¿Te gusta leer? ¿Cuál es tu libro favorito?

La respuesta era fácil:

—*Ana Karenina*.

En su casa solo había habido libros el tiempo que su padre todavía vivía allí. Recordaba haber visto obras de Lenin, de León Trotski, de Ángel Pestaña... Pero el de *Ana Karenina* era el único que había devorado innumerables veces sin cansarse nunca; que una mujer desafiara a la estricta sociedad donde se había criado y abandonara a su marido por el conde Vronski le parecía atrevido y excitante. Uno de los días más tristes que recordaba fue cuando su madre, una vez perdida la guerra, echó aquella y otras muchas lecturas al fuego porque «son libros rojos y si los encuentran, nos acusarán de comunistas».

El chico parecía sorprendido por la respuesta.

—Vaya, *Ana Karenina*. León Tolstói. ¿Te gustan los rusos?

—No conozco a ningún ruso.

El chico soltó una carcajada muy sincera que, de nuevo, dejó a Sol sin aliento.

—Lo que sí te gusta son los juegos de palabras, veo. Me refería a los autores rusos. Yo siempre que puedo llevo un libro encima, este lo he conseguido en una biblioteca —dijo enigmáticamente.

Se sacó un pequeño libro del bolsillo de su abrigo y se lo mostró. Después, dio tres golpes con la mano, invitándola a sentarse a su lado. Inexplicablemente, Sol se sentía muy segura con él, teniendo en cuenta que no hacía ni cinco minutos que lo conocía.

—Estoy bien de pie —mintió ella. Se habría sentado enseguida a su lado, aunque tuvo que refrenarse. Nunca había dominado demasiado el arte de la seducción, pero si algo había extraído de las lecciones mal explicadas de su madre era que las chicas nunca iban detrás de los chicos, y menos de desconocidos. El muchacho se la quedó mirando con la cabeza torcida y le cayeron dos mechones de pelo rubio en la frente de la manera más deliciosa que Sol hubiera visto nunca. De repente, todos aquellos sermones se difuminaron en su cabeza.

—Soy mayor que tú y a los ancianos hay que hacerles caso. Ven aquí —insistió—. No te haré nada, no tengas miedo.

Las ganas que Sol tenía de acercarse a aquel desconocido eran incomprensibles.

—Yo no tengo miedo.

Y era cierto, no sentía miedo alguno, así que se armó de valor y, al fin, se sentó a su lado. El chico hojeó el libro y se detuvo en una página en concreto. Hizo una pausa y recitó:

Para el hogar tengo la aspiración de una mujer que tenga razón,
un gato entre libros, bien libre,
y amigos en cualquier estación sin los que no puedo vivir.

Y dirigiéndose a ella:
—Es de Guillaume Apollinaire.
—No sé quién es, pero está bien. Me gustan los gatos, van a lo suyo.

El chico se la quedó mirando unos instantes en silencio.

—Has nacido en la montaña —dijo volviéndose a guardar el libro en el bolsillo. No era ninguna pregunta—. Se nota.

Ella asintió algo desconcertada. Aquel acento la tenía hipnotizada.

—¿Cómo lo sabes?

—No lo sé, quizá porque eres una chica y no te importa ir con pantalones.

—Solo me los pongo para ir por el monte.

—Pues deberías ponértelos siempre. Te quedan bien, te marcan las formas.

—¡Descarado! —Sol quería enfadarse, pero le era imposible. Intentó recordar a alguien que remotamente se pareciera a aquel chico y no se le ocurría nadie.

—También lo sé por cómo caminas por la nieve, se nota que lo has hecho desde siempre. Yo también me he criado en una granja en la montaña, ¿sabes? Y un día probé unos esquís para bajar por un glaciar —contó con un deje de nostalgia en la voz—. ¿Has intentado esquiar? Es divertidísimo.

Sol volvió a mirarlo de arriba abajo. ¿Esquiar? ¿Quién hacía esas cosas?

—No, nunca lo he probado —confesó—. Nosotros utilizamos las raquetas que construyen mis hermanos, de madera de avellano. Son las mejores que verás jamás —añadió, orgullosa.

—¿Cómo se llaman? Tus hermanos, quiero decir.

Ella pensó si responder o no, pero entonces decidió que era mejor que supiera que no estaba sola en un sitio tan aislado.

—Ton y Salvador. Salvador está ahí arriba, cogiendo leña —dijo señalando el bosque.

—A mí no me ganarías haciendo una carrera con raquetas de nieve.

Sol soltó una carcajada, consciente de que aquel muchacho la estaba intentando provocar.

—Si es lo que piensas... No solo soy rápida sino que no me canso —añadió con naturalidad.

Aunque estaba muy convencida de lo que decía, no era propio de ella presumir de nada; había aprendido a guardarse sus opiniones y a esconder sus méritos y virtudes porque así era mucho más fácil todo, y ahora no acababa de entender por qué era tan franca con aquel desconocido.

—Empiezo a creer que tengo delante a una heroína de verdad —aceptó él, divertido—. Y si eres de Bescaran, ¿qué haces aquí?

Sol volvió a sonrojarse.

—Pues... tenemos ganado aquí abajo y... hemos venido a darle de comer.

El chico esbozó una sonrisa pícara.

—Mientes fatal.

En lugar de indignarse, a ella se le escapó la risa.

—Sí, la verdad es que no sé mentir. ¿Y tú? ¿Qué haces aquí?

—He venido a buscar setas —contestó el chico con socarronería.

—Pues tú tampoco eres ningún genio del engaño —concluyó ella.

—Somos unos grandes mentirosos. Haríamos buena pareja...

Una ráfaga de viento gélido les pasó por delante y Sol se separó bruscamente del chico.

—Está oscureciendo —dijo. Se levantó y empezó a sacudirse del abrigo una brizna imaginaria—. Si no te vas ahora, ya no habrá luz cuando llegues a Soldeu.

El chico no se movía de su sitio, parecía abstraído y la expresión le había cambiado; aquella nube oscura que revoloteaba sobre él al principio había vuelto. Ahora se lo veía receloso y parecía que estuviera intentando descifrar un enigma muy difícil.

—¿Cómo te llamas? —Su tono de voz denotaba una curiosidad genuina.
—Sol.
La joven no entendía qué era aquella inquietud que la tenía totalmente confundida.
—Yo me llamo Max. ¿Nos volveremos a ver, Sol? Me gustaría. ¿Vienes mucho por aquí?
—A veces.
—Mentira —dijo con una sonrisa—. Búscame, a mí últimamente me envían a menudo. —Y al decirlo, una sombra le atravesó la mirada.

Volvió a exhibir esa sonrisa que fundía la nieve, se giró y se marchó camino abajo, pero a los pocos metros la miró de nuevo.

—¿Te gusto? ¿Aunque sea un poco?
La chica sonrió y respondió:
—¡Qué tonterías preguntas! ¡Eres un descarado!
—Sí, ya me lo has dicho antes y no eres la primera... Pero no me has contestado —insistió—. ¿Te gusto?
Sol se lo pensó unos instantes.
—Tu apariencia por lo general no me desagrada.
La cara de Max era de desconcierto absoluto.
—¿Cómo dices?
—Nada, es una frase de una película de Greta Garbo... *Ninotchka*... En una escena, el chico le hace exactamente esta pregunta y me ha hecho gracia responderte lo mismo que dice ella. Olvídalo, seguramente solo me divierte a mí.
—Ah, sí, Greta Garbo... —dijo él recuperando la sonrisa—. A mí tu apariencia por lo general tampoco me desagrada. De hecho, me gusta bastante.

Sol notó cómo el calor le volvía a subir a las mejillas y se puso la mano en el pecho para serenarse. Cuando le iba a contestar, Salvador salió del bosque cargado de leña.

—¡Sol! ¿Quién era ese? —preguntó, preocupado.

—No lo sé, nunca lo había visto —respondió tranquilamente ella mientras mantenía la mirada en aquel puntito que desaparecía camino de Soldeu.

Pero, curiosamente, sentía que lo conocía desde hacía mucho mucho tiempo.

Al día siguiente, se levantaron cuando todavía era noche cerrada e iniciaron la subida. Tras un rato caminando, la nieve se hizo tan abundante que les dificultaba el paso y los dos hermanos se pusieron los calcetines de lana que les había tejido su madre y los zuecos con clavos de hierro, y continuaron a buen ritmo siguiendo el río hasta el collado de Juclar. Sol apenas abrió la boca, no comprendía qué le había pasado la noche anterior con aquel chico y, como no sacaba nada en claro, decidió centrarse en las montañas que la rodeaban, que cada vez eran más altas. Salvador le indicó que ya habían pasado la frontera con Francia y entonces llegaron a un punto bastante elevado. El paisaje que se abría ante sus ojos era impresionante, una cordillera blanca y brillante con tantas cumbres escarpadas que era imposible abarcarlas todas.

—Qué maravilla —exclamó Sol.

Allí la travesía se complicaba, el espesor de la nieve era mayor y la subida pronunciada, así que se pusieron las raquetas que llevaban en la mochila. Dejaron atrás los dos lagos de Juclar, uno más grande y otro más pequeño, que ahora eran dos grandes manchas de hielo, y continuaron por un camino que costaba distinguir porque un manto blanco lo había borrado. Por un momento, a Sol le pareció que su hermano dudaba de la dirección, pero consultaron la brújula y enseguida volvieron a orientarse hacia el norte. Al cabo de un par de horas apareció el pico de Rulhe, que tenía una estructura curiosa, con tres puntas encadenadas. Lo bordearon por un corredor estrecho con una fuerte pendiente en un lado que los obligó a clavar muy bien las raquetas en la nieve para no resbalar cuesta abajo. Sol observaba a Salvador y en un par de ocasiones le tendió la mano para ayudarlo a continuar. Superado ese tramo, se detuvieron sobre unas rocas que el viento había limpiado de nieve para comer un poco de pan con queso y embutido. A lo lejos les pareció ver a un pequeño grupo de gente que avanzaba con lentitud por la nieve hasta que se perdió de vista.

—Salvador, ¿qué pasa exactamente con los judíos?

—¿Lo dices por esos de allí?

—Y por aquellas mujeres que tenían los pies congelados. Me dijo Marta, mi amiga, que llegan muchísimos, cada vez más, todos en muy malas condiciones después de atravesar las montañas. Ellos mismos me dijeron que eran alemanes, entonces... ¿por qué huyen?

—Lo poco que sé es lo que me cuenta padre cuando voy a verlo a Toulouse. Dice que los nazis los culpan de la falta de trabajo y de la pobreza del país, y que la situación se ha vuelto tan peligrosa que lo único que pueden hacer es irse.

—Pero si por lo que sea no pueden, ¿qué les hacen?

—Cosas escalofriantes que vete a saber si son verdad... los encierran en campos de concentración donde los matan, les disparan en la nuca en plena calle... Hay un grupo de militares que se llaman SS, una especie de policía del régimen, que se dedican a ello, a matar a judíos y también a gente contraria a su amado Führer. Son tan salvajes que nadie los detiene.

—Pues no entiendo que Baldrich se aproveche de estos pobres...

Salvador le lanzó una mirada extraña.

—No juzgues tan a la ligera a Baldrich. Él mismo es un refugiado, si no se hubiera marchado lo habrían ejecutado porque era de la CNT, o sea, que se puede imaginar muy bien el sufrimiento de esa gente. Es un hombre de convicciones como las de padre, y tan bueno en lo que hace que nunca nadie se le ha perdido en la montaña, algo que no todos los guías pueden decir. Una vez me contó que el fin de la guerra lo pilló en Madrid, luchando por la República, y tuvo que volver a pie a su pueblo de Tarragona, y allí, como lo acusaban de más de ochenta asesinatos, que seguro que se los inventaron los franquistas, tuvo que huir a Andorra. —Se quedó unos instantes mudo, como si estuviera digiriendo lo que le acababa de contar—. No... Quimet no lo ha tenido fácil. Y si cobra es porque corre un riesgo enorme y porque los ingleses le pagan bien por cada piloto que consigue llegar al consulado de Barcelona. ¿Qué sería mejor? ¿Hacerlo gratis y que lo cobraran otros? —añadió de forma vehemente. Sol adivinó en sus palabras una chispa de admiración—. Así que no. No se aprovecha de los judíos, más bien lo contrario.

Sol bebió un poco de vino y se acabó la rebanada de pan.

—¿Y a padre? ¿Crees que le harán algo los alemanes?

—Espero que sea lo suficientemente listo como para no hacer ninguna tontería ni llamar la atención ahora que los tiene tan cerca...

Reanudaron la marcha y Sol se quedó un rato en silencio, reflexionando sobre si era posible tanta maldad.

83

Eran conscientes de que si querían llegar a Ax-les-Thermes antes de que oscureciese, no podían perder tiempo, así que subieron el ritmo. A partir de ese punto, comenzó la bajada hacia el collado de Belh y se quitaron las raquetas. La blancura del paisaje fue sustituida por el marrón y el verde de bosques y campos. No les costó nada, guiados por la brújula y por el ruido del agua, encontrar el arroyo Najar, que debía conducirlos directamente hasta el pueblo. Cuando llegaron, solo podían ver gracias a las linternas.

Una vez en la cama del hotel, después de ocho horas de travesía y con el cuerpo dolorido y cansado, Sol se dio cuenta de que no había dejado de pensar en todo el día en aquel chico tan estrafalario, Max, y le dedicó un último pensamiento antes de caer rendida. En sus sueños se le apareció su padre, que la esperaba con los brazos abiertos, pero también otras personas con las caras borradas, hombres siniestros que disparaban en la cabeza de mujeres con los pies congelados.

9

Aeropuerto de Oslo. Noruega
Marzo de 1940

Jacques Allier sacó un fajo de billetes del bolsillo de su abrigo y se los ofreció al piloto.

—Entonces, ¿cuánto tarda el vuelo hasta Ámsterdam? —le preguntó.

—Con el tiempo de hoy, y si los alemanes nos dejan en paz, unas tres horas, lugarteniente Allier —respondió el chico en un francés defectuoso y con un marcado acento británico.

El piloto entró a continuación dentro de la cabina de una avioneta y empezó a activar los controles. Mientras, del camión que había aparcado junto a ese hangar del aeropuerto bajaron los mismos hombres con los que había salido de la central de Vemork y cargaron en la aeronave unos bidones vacíos como si trabajaran a contrarreloj. Allier se encendió uno de sus Gauloises. Fumaba dando largas caladas, como siempre. Tiró la colilla, que se apagó al contacto con la nieve sucia.

—Listos, lugarteniente —dijo uno de los mozos—. Todo cargado.

—Buen trabajo. Dubois, Laurent, gracias por

vuestro servicio a Francia. Aquí se separan nuestros caminos —dijo Allier con un movimiento de cabeza a modo de despedida—. Si lo hemos hecho todo bien, los alemanes os seguirán a vosotros, pero si consiguen atraparos y descubren que dentro de los barriles que lleváis solo hay aire no serán muy amables, así que hacedme el favor de ser más rápidos que ellos. Que tengáis un buen viaje.

Los hombres entraron en el aparato, que ya tenía los motores en marcha. La puerta se cerró con un golpe sordo y, a continuación, la avioneta salió de ese hangar tronado y se dirigió hacia la pista de despegue. Justo cuando empezaba a tomar velocidad, el Mercedes 170 con los alemanes dentro entraba en el aeropuerto.

Sin perder un segundo, Allier bordeó el cobertizo procurando que nadie lo viera. Justo detrás había otro camión con los bidones auténticos llenos del óxido de deuterio y el motor en marcha. El francés entró con prisa.

—¡Los alemanes ya están aquí! —exclamó—. Esos hijos de puta parece que nos huelan, tienen un sexto sentido...

—Le recuerdo que era una posibilidad que habíamos previsto, por eso hemos preparado el señuelo de la otra avioneta. Al fin y al cabo, están a punto de invadir este país y tienen un ejército de espías desplegado por todo el territorio —respondió Frank Foley con serenidad.

—Qué envidia ese carácter británico suyo, amigo, nunca se altera por nada —dijo Allier, que tenía el rostro enrojecido.

Foley sonrió, cogió con fuerza el volante y, al hacerlo, se le marcaron todos los huesos de las manos.

Condujo el camión hasta una pista alejada con restos de nieve hacinada a ambos lados. Allí los esperaba una avioneta mucho más pequeña con la hélice en marcha. Foley, Allier y otros dos hombres que salieron de la parte posterior del camión cargaron los veintiséis barriletes en cinco minutos justos. Terminado el trabajo, el lugarteniente francés se encaminó hacia la escalerilla del aparato. Los otros dos hombres estaban ya dentro del camión.

—Gracias por todo, Foley. El gobierno francés está en deuda con Londres. No olvidaremos que nos hayan ayudado a salir de Noruega, se lo aseguro.

—Sacarlo de Noruega no ha sido difícil, amigo mío. Lo realmente complicado es lo que le toca hacer ahora a usted, que es alejar el agua pesada de las manos de los nazis. No sé si está al corriente de los progresos del científico alemán Werner Heisenberg.

—Sí, algo he oído... ¿No tiene un Premio Nobel de Física?

—Exacto. Según nuestra información, está liderando un proyecto para construir una bomba atómica en Alemania que ya está bastante avanzado. Y para conseguirlo...

—Necesita esta agua pesada, lo sé. No hay ni una gota más en todo el mundo —lo cortó el francés.

—Le deseo mucha suerte, Allier.

Ambos hombres se estrecharon las manos y al poco tiempo la avioneta, cargada hasta el límite de su capacidad, despegaba en dirección a Escocia.

Hacía poco más de una hora que sobrevolaban el mar del Norte cuando el piloto empezó a cambiar el rumbo hacia el sur.

—¿Cambiamos la ruta? ¿Algún problema? —preguntó Allier.

—Creo que tenemos compañía —respondió el piloto.

Allier miró por la ventanilla y, a lo lejos, en medio de un cielo despejado y sin nubes, vio un puntito negro que se iba acercando.

—¿Nos siguen?

—Es lo que intento descubrir, señor —contestó el piloto—. Abróchese el cinturón, hágame el favor.

El lugarteniente obedeció. El piloto giró el timón a la izquierda y el aparato viró. Allier comprobó que la avioneta que tenían detrás también giraba en la misma dirección.

—¡Jodidos alemanes! No se han tragado el señuelo de Ámsterdam —refunfuñó para sí mismo—. ¿Opciones?

—No sabría decirle, señor... —respondió el piloto—. Su aparato es más potente que el nuestro. No tardaremos demasiado en estar en su radio de acción.

—¿Radio de acción? ¿Significa eso que nos pegarán un tiro en el culo en qué, cinco? ¿Diez minutos?

—Diría que menos, señor.

—Pues tire hacia arriba.

—¿Aa... arriba, señor? —titubeó al piloto.

—¿No me ha oído, cabo? He dicho arriba.

—No tenemos oxígeno. Si subimos demasiado, podríamos perder el sentido y...

—No me cuente lo que ya sé.

Allier volvió a mirar por la ventanilla. La nave que los perseguía había avanzado vertiginosamente y la tenían cerca. De repente se oyó una ráfaga de metralleta y el piloto dio un golpe brusco de timón.

—¡Arriba, cojones! —ordenó.

Inmediatamente, el piloto obedeció y tiró del timón hacia sí. El morro de la nave se encaró hacia el cielo. Todos los bidones resbalaron en el fondo de la bodega de carga con un fuerte estruendo. Se oyó una segunda ráfaga de disparos que les pasó por el flanco derecho. El piloto mantenía firme el rumbo vertical, a pesar del extremo temblor del timón. Allier respiraba cada vez con más dificultad y cerraba los ojos con fuerza. El tintineo y la vibración del salpicadero eran preocupantes. El aparato empezó a vibrar como si estuviera poseído por el mismo diablo y el ruido de los motores se volvió insoportable. El lugarteniente, con el rostro blanco y jadeante, volvió a mirar por la ventanilla. No había rastro del otro aparato. Esbozó una sonrisa satisfecha y se desmayó.

La tierra, desde allí, era un mosaico de colores terrosos y verdes.

—¿Dónde estamos? —preguntó con voz ronca y la boca pastosa—. ¿Nos siguen todavía?

—No, lugarteniente Allier, el cielo está limpio de alemanes —dijo satisfecho el piloto con una sonrisa de oreja a oreja—. Y Escocia, a nuestros pies.

10

Toulouse. Francia
Diciembre de 1942

Toulouse se había convertido en una ciudad fantasma desde la última vez que la había visitado. Lo que antaño habían sido bares, restaurantes y terrazas llenas a rebosar ahora eran establecimientos cerrados o prácticamente vacíos. Muchas tiendas tenían las persianas bajadas y la vida que bullía en las calles prácticamente había desaparecido. Se veía algún que otro ciudadano en bicicleta y carros tirados por caballos que acarreaban verduras, pero poco más. El viaje en tren había transcurrido sin incidentes, aunque al poner los pies en el andén de Matabiau, cubierto por una marquesina de hierro y cristal a dos aguas, a Sol se le contagió la inquietud tensa que se cernía sobre el ambiente. La estación estaba muy poco concurrida, había muchos menos trenes de lo habitual. Se quedó observando la majestuosa fachada en la que se alineaban los veintiséis escudos de armas de los pueblos a donde se dirigían los trenes.

Se encaminaron hacia casa de su padre a buen ritmo y a medida que se adentraban por las calles, ese primer sentimiento de desconcierto se fue convirtiendo en miedo. Las esvásticas ondeaban en los balcones de los edificios oficiales y algunas incluso bajaban por las fachadas como grandes goterones de sangre. Los vehículos, camiones y blindados de la Wehrmacht, el ejército alemán, circulaban a toda velocidad por calles y avenidas mientras grupos de soldados perfectamente uniformados se habían ido instalando en los cruces más transitados y agarraban los fusiles de forma amenazante y sin dar lugar a interpretaciones: eran las fuerzas invasoras y todo el mundo estaba bajo su control. Atravesaron deprisa el puente sobre el canal que rodeaba la ciudad antigua y al poco llegaron a la calle Pénitents-Gris, con aquellas casas de ladrillos rojos que pintaban toda la ciudad. Entraron en el portal de un edificio de dos plantas con la fachada desconchada pegado a la iglesia de Nuestra Señora de Taur.

La impaciencia por ver a su padre se la comía por dentro y notaba como si se le estuviera formando un nudo de nervios debajo del ombligo. La joven empezó a subir las escaleras poco a poco, pero en el último tramo se puso a saltar los escalones de tres en tres. Entonces se detuvo en seco. Su padre la estaba esperando en el umbral.

—Hija..., cómo has cambiado.

Todas las ganas de hablarle del niño-monstruo, de pedirle consuelo por lo que había visto, de contarle ese miedo paralizador que la asediaba cuando se iba a dormir y la frustración de levantarse cada mañana lejos de casa se le habían atragantado a la altura del cuello y la habían dejado muda. Su padre dio lentamente un paso adelante, parecía tener miedo de asustarla y que la chica huyera escaleras abajo.

—Qué ganas tenía de verte, Soledat. —Él era el único que la llamaba así.

Aquel hombre que estaba delante de ella era solo un recuerdo desdibujado del héroe enérgico y optimista con el que subía a cuidar las vacas en la montaña. Tenía las mejillas chupadas y un cuerpo en el que se adivinaban los huesos a través de la ropa. Su padre esperó, paciente, hasta que Sol notó cómo aquella masa espesa se iba disolviendo y un calor le inundaba el cuerpo. Se le arrojó al cuello con tanto empuje que casi lo derribó y se quedaron así un buen rato hasta que Salvador, resoplando, llegó al piso de arriba y se añadió al abrazo.

El sol ya se ponía detrás de los cristales sucios de la ventana y ellos apuraban el último trago de café aguado sentados en aquella habitación decrépita que su padre realquilaba. Después de una comida más bien escasa, se habían sumergido en un silencio agradable, donde planeaba todo lo que habían compartido sobre su madre y Ton, la casa y el futuro.

—Gracias por el almuerzo, padre —dijo Salvador mientras se tocaba la barriga.

—Cierto, ¡qué gran festín! Menos mal que vosotros habéis traído embutidos que si no... —dijo con amargura—. He hecho lo que he podido con las cuatro cosas que he recogido. Todo lo que cobro en la tienda de comestibles debo destinarlo al alquiler de la habitación.

Sol levantó una ceja.

—Pero ¿aquí estás bien? Quiero decir, ¿con lo que te vamos enviando puedes ir tirando?

Él suspiró.

—Voy tirando, voy tirando, pero sé que en casa van mal dadas y no quiero ser una carga. Este piso es pequeño para todos los que vivimos aquí y cuando vas cargado de mierda... todo explota. De hecho, de eso quería hablaros.

El padre se sirvió el culo de vino que quedaba y se lo bebió de un solo trago.

—Me voy de aquí —soltó de repente—. He encontrado trabajo en una granja cerca de Muret, para hacer de labrador y cuidar ganado. Ya le enviaré la dirección a vuestra madre cuando esté allí, pero decidle que por ahora no venga, con tantos alemanes por todas partes sería un suicidio.

La voz se le entrecortó.

—¿Es por lo que hemos visto en la calle? ¿Te vas porque los alemanes están aquí en Toulouse? —preguntó Sol cogiéndolo del brazo.

El hombre se rehízo como pudo y dijo que sí con la cabeza mientras se secaba la frente con la manga de la camisa.

—Antes la vida ya era bastante deprimente, pero desde que han llegado esos malnacidos... Los compañeros exiliados como yo se han escondido, nadie está ya seguro. A muchos los han puesto a trabajar como esclavos para la Todt.

—¿Todt? ¿Qué es eso?

—Una organización que utiliza trabajadores forzosos para construir puentes y fábricas para los nazis. Hay rumores que ponen la piel de gallina...

—No será para tanto, padre...

—No le quites importancia, Sol, que esto va muy en serio —dijo el hombre dando un puñetazo débil en la mesa.

Sol se sorprendió, pero le acarició el brazo para animarlo a continuar.

—Hace tres días, justo aquí delante, metían a unas

familias a golpes de fusil en un camión y se las llevaban vete a saber dónde... Eran gente de la Resistencia. —Sol no sabía a quién se refería, pero no quiso interrumpirlo—. ¡Me cago en la cruz! Si todo esto me hubiera pillado más joven..., pero ya no estoy para luchas ni para hostias. Me siento demasiado cansado.

Ver rendirse a aquel hombre al que ella admiraba era tan sobrecogedor que agradeció que su hermano cambiase de tema y acabara de alargar la tarde contando chismes del pueblo hasta que tuvieron que ir a coger el tren de vuelta.

—No tardaré nada, te lo juro —dijo Salvador mientras golpeaba la puerta de una casa en la avenida de los Minimes que lucía una curiosa figura de mosca en la fachada—. Son asuntos entre Baldrich y yo, ya lo sabes, y cuando lo haya cobrado seguro que no arrugas tanto la nariz... —dijo dándole un toque con el codo—. Recogemos un paquete y nos marchamos.

Sol puso los ojos en blanco, pero se resignó. La puerta de la calle se abrió y subieron unas escalerillas muy estrechas hasta el primer piso. Allí, una mujer de unos cuarenta años, muy elegante, con el pelo recogido, asomaba la cabeza por la rendija de una puerta entreabierta.

—Buenos días, vengo de parte de René —dijo Salvador en francés. Sol no comprendía nada.

—¿René? —preguntó ella, secamente—. ¿Qué René?

—El fabricante de tejidos.

La puerta se abrió de par en par y la mujer los dejó pasar.

—¿Qué significa esto de René? —susurró Sol al oído de su hermano.

—Una contraseña que me dio Baldrich. No pensaba que funcionara, pero mira... —murmuró él, satisfecho.

Entraron en una salita con una mesa redonda en medio y la mujer los invitó a sentarse con un gesto adusto.

—Tú debes ser Salvador, ¿verdad? —preguntó en catalán—. Baldrich me dijo que vendrías.

Él asintió.

—Y ella es mi hermana, Sol.

—Encantada de conoceros —dijo escuetamente la mujer—. Yo me llamo Teresa Carbó. —Y apretando los labios—: Hacía días que os esperaba. ¿Tienes una carta para mí?

Salvador buscó en los bolsillos interiores de la chaqueta y le alargó un sobre. Inmediatamente, ella salió de la habitación haciendo volar la falda de su vestido verde oscuro con margaritas blancas. Sol se quedó embobada mirando aquel estampado, las hombreras marcadas y el cinturón de piel rojo... ¡Cómo la estilizaban! No pudo evitar sentir una punzada de envidia por aquella señora con tanto estilo, mientras que su propio reflejo, que le llegaba desde el cristal del balcón, era el de una pueblerina con una falda áspera y una chaqueta de lana gastada. Teresa volvió enseguida con un paquete.

—Aquí hay una documentación importante que debe llegar a Barcelona lo antes posible. No le pido a Baldrich que lo haga por la causa, los británicos se lo pagarán a precio de oro, se lo aseguro. Lo único que debe procurar es que los alemanes no la intercepten.

Sol se tensó.

—¿Y qué ocurre si nos la encuentran? ¿Qué pueden hacernos?

Teresa estudió a la chica con mucho interés.

—Tú no lo has hecho nunca, ¿verdad? Es tu primera vez. Si la Gestapo os detiene con información sobre los aliados, lo más probable es que os maten —añadió, rotunda.

La chica se quedó blanca.

—¿Qué... qué es la Gestapo? —Ya había oído a Baldrich y al resto hablar de ello, pero nunca les había preguntado qué era por miedo a parecer una ignorante.

La mujer esbozó una sonrisa cansada y se sentó en la silla.

—La Gestapo es la policía secreta de los nazis. Básicamente, unos asesinos a sueldo sin escrúpulos que cometen todo tipo de abusos y crímenes porque están amparados y protegidos por las autoridades. Arrestan a los disidentes, los maquis, comunistas, judíos... La lista es muy larga y cada día que pasa crece. Y puedo aseguraros que los contrabandistas tampoco les gustan.

Los dos chicos se habían quedado mudos. Se hizo un silencio incómodo y entonces Teresa acercó su cuerpo hacia ellos con los brazos sobre la mesa. Su cara, hasta entonces fría e impasible, se relajó y se le formó una pequeña arruga entre las cejas.

—Mirad, chicos. No os conozco, no sé de dónde venís ni quiénes sois ni cuál es vuestra historia, pero me imagino que si habéis llegado hasta aquí es por algún motivo, seguramente económico. Y es lícito que todo esto lo hagáis por dinero, pero dejadme que os cuente algo: este trabajo nuestro es duro, pero es muy importante. Nos dedicamos a salvar las vidas que nadie quiere salvar, las vidas de los que todo el mundo se ha olvidado, de los desamparados, de los pobres, de los que son culpables por pensar diferente o por creer en el Dios equivocado. Y esto no siempre es fácil y muchas veces lo pagamos con nuestra vida.

Entonces se volvió a apoyar en la silla y la máscara gélida apareció de nuevo.

—Sin embargo, también es verdad que no todo el mundo tiene la madera para hacerlo y que la mayoría de la gente prefiere mirar hacia otro lado sin plantar cara, y eso también es muy legítimo. Antes de coger este paquete, pensad bien de cuál de los dos grupos deseáis formar parte.

Salvador respiraba deprisa, una pátina de sudor le cubría la piel. Sol lo miraba de reojo y podía intuir qué le pasaba por la cabeza: no tenía ni idea de que Francia hubiera cambiado tanto desde que la habían ocupado los alemanes.

—Me estás pidiendo —dijo el chico despacio— que lleve unos papeles a Barcelona que no sé ni qué dicen, pero que me pueden llevar a la cárcel... ¿o a la muerte? ¿Es eso? ¡El desgraciado de Baldrich no me dijo nada de todo esto!

Teresa le lanzó una mirada de felino.

—Sí, es exactamente eso lo que te estoy pidiendo, y Baldrich no tiene ni idea de cómo han cambiado las cosas en pocos días aquí, él no tiene ninguna culpa —dijo con vehemencia—. Y si quieres saber qué son, ya te lo digo yo: diez fotografías que tendrás que llevar al Consulado Británico de Barcelona y dárselas a miss Collins. Ella después te entregará un sobre para mí con los diez pasaportes de nacionalidad británica que habrán hecho con las fotografías. Solo necesitas tener presente que estos pasaportes pueden salvar las vidas de los que luchan contra Hitler y ayudar a ganar la guerra a los aliados. —Y añadió con una media sonrisa—: Y, claro, te pueden hacer ganar mucho dinero, no lo olvides.

Salvador y Teresa se sostuvieron las miradas un rato. Parecía un duelo sin espadas donde se medían la persuasión, el miedo y la desconfianza. Al final, Salvador dijo:

—Vale, lo haré.

Sol soltó un grito ahogado. Miró incrédula a su hermano, sin llegar a entender cómo había podido aceptar. En cambio, le pareció que Teresa suspiraba aliviada.

—Muy bien. Pues ya que estáis metidos los dos, escuchadme bien porque esto que os diré puede salvaros la vida —continuó la mujer—. La Gestapo ha ocupado el Hotel Ours Blanc de la ciudad y dicen que quien entra allí ya no sale, así que no os acerquéis. También os conviene saber que el que manda es el coronel Retzek, pero el que maneja los hilos en serio y al que le gusta ensuciarse de sangre es el capitán Dreyer, de los Einsatzgruppen.

—¿De qué? —preguntó Salvador.

—Unos escuadrones de la muerte que cometen matanzas detrás de la línea del frente. Judíos, gitanos, enemigos políticos y tullidos, nadie escapa de ellos. Dicen que hay pueblos enteros enterrados en fosas comunes por orden del capitán Dreyer y que le gusta matar con sus propias manos. A Dreyer lo acompaña siempre un asesino a sueldo, un hombre que es hijo de un gitano argelino y de una beduina al que llaman Berkane. Tiene una cara inconfundible, con la nariz rota y marcas de viruela, y al parecer cobra ocho mil francos por asesinato... No olvidéis estos nombres.

—El tren ¿es seguro? —quiso saber Salvador.

—Lo es relativamente. De momento, los controles alemanes están sobre todo en las ciudades. Para pasar la frontera es mejor por la montaña y, si tenéis problemas, los gendarmes de Porta os ayudarán, están metidos en la red que saca gente de Canillo. También sabemos que hay alemanes dentro del territorio andorrano que visten de paisano y controlan todos los movimientos de refugiados, y tened cuidado, hay algunos hoteles que son auténticos nidos de nazis.

—Pues si no hay nada más —dijo Salvador mientras se levantaba—, lo mejor será que nos vayamos y así podremos dormir en Ax-les-Thermes esta noche.

—Espera —lo cortó Teresa—, una última cosa. Están llegando aludes de refugiados a Toulouse estos días, no podéis imaginaros cuántos, decenas, incluso cientos. Toma —dijo alargándole una carta—. Esto es para Francesc Viadiu. Él es quien organiza la red de Baldrich y recibe el dinero de los británicos.

¿Baldrich bajo las órdenes de alguien? De entre toda la información que Sol intentaba digerir, que el contrabandista trabajara para otro casi la hizo reír.

—En la nota le explico que necesitamos muchos más pasadores —continuó Teresa— y le propongo cómo organizarnos, cada cuánto deberían ser las travesías y dónde deberíamos encontrarnos.

Se despidieron y los dos hermanos salieron de la casa de la mosca con la certeza de que su vida estaba a punto de cambiar para siempre.

—Pero ¿acaso te has vuelto loco? —estalló Sol tras alejarse un poco—. ¿Quieres que nos juguemos la vida por... por... unos papeles?

—No lo entiendes. ¡Nos darán mucho dinero por

este trabajo! ¡Puede salvarnos de las deudas y de perderlo todo!

—¡Prefiero perderlo todo que la vida!

De súbito oyeron el ruido de suelas de botas marcando el paso. Se acercaba un grupo de seis soldados vestidos con el uniforme de la Wehrmacht y se apartaron para dejarlos pasar. Ni siquiera los vieron, porque tenían la vista clavada en el frente y una determinación feroz en la mirada. Sol constató que las piernas le flaqueaban. Una vez desaparecieron al fondo de la calle, Salvador la cogió de la mano y la arrastró hacia la estación de Matabiau para tomar el primer tren que saliera hacia el sur.

11

El tren traqueteaba dulcemente en medio de la oscuridad. De vez en cuando alguna lucecita revelaba la existencia de una granja o un vehículo que circulaba por alguna carretera. Sol, con la cabeza apoyada en el cristal del vagón y pese al adormecimiento, no quitaba el ojo de la mochila que su hermano aguantaba sobre el regazo. «Los documentos.» Después de mucho discutir, había tenido que rendirse ante la tozudez de Salvador, lo conocía bien para saber que cuando se le metía una idea en la cabeza era imposible hacerlo cambiar de opinión. Quizá finalmente todo iría bien. La suerte también podía sonreírles de vez en cuando a ellos, ¿no? A pesar de repetírselo, cada vez que se abría la puerta del compartimento, el corazón le daba un salto. Se imaginaba a unos policías arrastrándolos fuera del tren, haciéndoles abrir las bolsas y... «Basta, Sol, detén la cabeza.»

Hacía ya bastante rato que habían salido de Toulouse cuando, de repente, el tren empezó a aminorar la marcha y pasó un revisor anunciando que harían una parada imprevista en Le Vernet. El ruido rítmico de la maquinaria se fue ralentizando hasta fundirse con un larguísimo silbato. Con tanta negrura fuera apenas se podía ver qué pasaba en el andén. Como muchos pasajeros, Sol se pegó al cristal para averiguar a qué se debía esa parada, pero lo único que logró ver fue un juego extraño de luces de linternas que se acercaban en medio de la oscuridad. Nerviosa, abrió la ventana, asomó la cabeza y el frío la sacudió de golpe. Entonces, gracias a la única farola que iluminaba la estación, pudo distinguir que llegaba un grupo de hombres vestidos de negro que llevaban atados a varios pastores alemanes y que, efectivamente, se iluminaban con linternas. Los canes se movían muy excitados, como si, hambrientos después de días de no comer nada, olieran una presa. Entonces, sin motivo aparente, se pusieron a ladrar de forma violenta.

—¿Qué ocurre? —preguntó Salvador, medio dormido.

—Están haciendo bajar a todo el mundo del tren —dijo una mujer con un sombrero verde que se asomaba por la ventana de al lado.

Sol se metió dentro de golpe.

—Rápido, ¡deshazte de la mochila! ¡Tírala! —susurró a su hermano—. ¡Esto está lleno de soldados!

Él la cogió por los hombros obligándola a sentarse y mirarle a la cara.

—¡Sol, tranquila, por el amor de Dios! Estás llamando la atención. Si actuamos con normalidad, no va a pasar nada.

La chica respiró profundamente dos o tres veces y asintió. Al cabo de unos instantes, el revisor cruzó con prisas el vagón anunciando que todos los pasajeros tenían que apearse de inmediato y, cuando le preguntaron por qué, solo respondió «Policía».

Los hermanos bajaron con las mochilas al hombro junto al resto de los pasajeros. Había quien protestaba, pero se callaron en cuanto aquellos soldados de negro con metralletas se les plantaron delante. De malos modos, les indicaron que caminaran hasta el final del andén y que esperaran allí. Sol estaba convencida de que cualquiera, incluidos los alemanes, podía notar el temblor de su cuerpo. Se cogió fuerte al brazo de su hermano y empezó a andar pegada a él. Al pasar delante de los soldados, procuró fijar la mirada en el suelo, pero no pudo evitar lanzar una ojeada fugaz, que se quedó encallada en la calavera de metal que aquellos hombres lucían en las gorras y en dos letras S muy grandes cosidas en el cuello del abrigo. Eran miembros de las SS. «Son tan bestias que nadie los para», recordó que le había contado Salvador. Un escalofrío le recorrió el espinazo y aún apretó más fuerte el brazo de su hermano, que, por la palidez de su cara, también había entendido a quiénes tenían delante. Los perros estaban fuera de sí, ladraban con tanta brutalidad, mostrando unos colmillos afilados como cuchillos, que parecía que en cualquier momento se les lanzarían al cuello. Los vahos que les salían de las bocas y las babas que les chorreaban eran señales de un hambre que no debía de satisfacerse solo con comida, sino con violencia. El efecto intimidatorio en todos los pasajeros fue inmediato: silencio absoluto, mirada baja y andar sin detenerse. En nada llegaron al final del andén y observaron cómo el tren se volvía a poner en marcha y se desviaba poco a poco hacia una vía muerta.

—Pero ¿qué pasa? —preguntó Sol a Salvador—. ¿Qué están haciendo?

Alguien murmuró en occitano que estaban dejando el paso a otro tren, o eso al menos es lo que les pareció entender. Los nervios se podían palpar. Al cabo de unos minutos, un convoy de ganado muy destartalado entró por una vía secundaria y se detuvo en el andén.

Los soldados se habían encaminado con los perros hacia una zona poco iluminada de la estación en la que se podía distinguir movimiento de personas. Gracias a las linternas, ahora sí, podían ver con claridad a un grupo de gente que avanzaba pesadamente hacia el tren de ganado estacionado, hombres, mujeres y niños, todos mal vestidos, algunos descalzos y sin maletas ni bolsas de viaje. Los soldados los instaban a caminar a gritos y con prisas, a veces incluso golpeándolos con la culata de los fusiles o azuzando a los perros, que no dudaban en morderles las piernas.

—¿Quiénes son? —preguntó Salvador a la mujer del sombrero verde.

—Los presos del campo de concentración que hay más arriba —musitó esta con los ojos llenos de miedo.

Al oírla, un viejo se puso un dedo en el cuello simulando el gesto de un cuchillo cortando la garganta de un animal, de derecha a izquierda.

—Se los llevan a Drancy —dijo el anciano con una media sonrisa—, y de ahí a Alemania para matarlos.

Entonces todo se aceleró. Se oyeron unos chillidos, seguidos de ráfagas de metralleta. Un prisionero echó a correr y otros muchos lo aprovecharon para huir en todas direcciones mientras los guardias los perseguían y disparaban. Salvador, Sol y el resto de los pasajeros, que hasta entonces no se habían movido de su sitio, se tiraron al suelo. Al levantar la vista, la joven vislumbró cómo un preso, un chico delgado que cojeaba, se les acercaba tan rápido como podía. Ya estaba a solo unos quince metros cuando una descarga lo alcanzó y cayó con los ojos abiertos cerca de ellos. Sol tenía la sensación de estar viendo una película, todo le parecía tan irreal que apenas entendía lo que pasaba. A unos pasos, se acercaba un oficial alemán. Andaba con una calma insospechada que contrastaba con la confusión de su alrededor. Si no hubiera llevado ese uniforme lóbrego y, sobre todo, una pistola en la mano, podría haber recordado la figura de un bellísimo ángel: cabellos rubios, ojos claros, rostro blanco..., todo bondad e inocencia. Y, como un fogonazo, situó ese rostro en medio de una arboleda, en La Massana. Aquel era el intruso que había irrumpido en la borda cuando Baldrich y el resto cogían los fardos.

—El capitán Dreyer —dijo el anciano de antes con el terror en el rostro. El nombre que había pronunciado el viejo también le sonó a Sol dentro de la cabeza y todo acabó de encajar. Dreyer era el personaje funesto de quien les había hablado Teresa y que había cometido tantas atrocidades en la retaguardia, lejos de los ojos de todos. Sí, todo encajaba. Se le ocurrió que quizá el compañero con el que apareció ese día en La Massana era aquel otro asesino de la Gestapo, Berkane. Un escalofrío la recorrió de arriba abajo al pensar que se los había cruzado a ambos.

Mientras, Dreyer, de aspecto impoluto y con el uniforme sin una arruga, se detuvo. Algo chirriaba en aquella carcasa de apariencia perfecta, pero Sol aún no conseguía discernir qué era. El alemán sonrió, una mueca esperpéntica que escondía rabia y deleite por la sangre. De ser beatífico se transformó en una criatura demoníaca. Sol también percibió otra cosa: un sufrimiento más allá de lo soportable. No habría sabido decir por qué, pero sabía que el dolor estaba allí, y aquello aún hacía a aquel personaje más perturbador. Le recordó una fruta podrida por dentro, reluciente por fuera, pero llena de gusanos y bichos que le comían las entrañas. El oficial levantó sin prisa la pistola, que temblaba levemente. Por un instante, clavó su mirada en Sol y forzó un poco más esa sonrisa de autómata triste. Fue como si le dispararan una flecha en medio del pecho, porque, en ese momento, la chica tuvo la certeza de que su propia imagen quedaría para siempre grabada en la retina de aquel hombre repulsivo. Acto seguido, el capitán fijó la vista en el chico tendido en el suelo y le disparó en la cabeza, que quedó totalmente reventada. El estruendo hizo reaccionar a Sol.

—¡Huyamos! —gritó decidida.

Le pareció que Dreyer los oía y levantaba la vista, pero no se detuvo a comprobarlo. Los dos hermanos saltaron a las vías amparados por la oscuridad y las cruzaron hasta el otro lado de la estación, donde había una valla con listones de madera mal clavados. Los otros pasajeros los siguieron, primero dudosos, después a la desbandada. Entre varios, arrancaron los tablones y salieron corriendo campo a través. El tren de ganado los protegía de ser descubiertos por los alemanes, que, en el otro lado, seguían disparando a discreción. Tiros, llantos, ladridos. Sol se habría arrancado las orejas para dejar de oír aquella pesadilla. Por mucho que intentaba mantener la vista fija al frente para no caer en medio de la oscuridad, no podía evitar ir echando ojeadas hacia la estación para saber qué estaba pasando cuando, de repente, le pareció ver a alguien debajo del tren de ganado. Sí, sí, no era su imaginación, había una sombra que, agachada, había logrado atravesar las vías entre las ruedas del tren. ¿Un soldado que los había descubierto mientras huían? No, era una figura demasiado pequeña para ser un hombre. Se trataba de una mujer... No, una mujer no. Una chica, casi una niña, y muy harapienta que corría hacia la valla de madera. Sol cogió de la manga a su hermano para que se detuviera. Desesperada, la chica trataba de arrancar las maderas que la separaban de la libertad, pero no podía. Ya se veían los haces de luz de las linternas buscando por debajo del tren, era cuestión de segundos que los soldados también pasaran al otro lado y la pillaran.

—¡Salvador! ¡Allí! —gritó Sol señalándola.

Corrieron y con un par de tirones consiguieron arrancar tres placas de madera, suficiente para hacer un agujero por donde la chica, que era muy pequeña, pudiera colarse.

—¡Síguenos! —le dijo en francés.

Los tres echaron a correr hacia un espeso bosque que había a un centenar de metros mientras la estación de Le Vernet se teñía de sangre. Sol lanzó una última mirada atrás y pudo ver cómo las linternas se movían en su dirección. Los tenían detrás y estaba segura de haber visto entre ellos a aquel ser podrido: el capitán Dreyer.

12

Colegio de Francia. París
Marzo de 1940

Frédéric Joliot y su esposa, Irene Curie —hija de la gran científica Marie Curie—, ambos ganadores del Premio Nobel de Química, miraban a Jacques Allier, expectantes.

—Supongo que entienden que esto es un secreto de Estado, ¿verdad? —preguntó el lugarteniente.

Ambos científicos asintieron.

—Tenga —dijo Frédéric alargándole un papel—. Según consta aquí detallado, nos deja en depósito ciento ochenta y cinco kilos de dióxido de deuterio en nuestras instalaciones. Más vale reflejarlo por escrito.

Allier se guardó el papel en el bolsillo.

—No se preocupe —añadió Irene—. Puede estar seguro de que aquí, en el Colegio de Francia, estarán bien protegidos.

Irene señaló detrás de ella, donde había tres arcadas y un poco más allá el edificio clásico que albergaba una de las instituciones de enseñanza más antiguas y prestigiosas de Francia y donde Frédéric impartía clases. Allier se había quedado encantado mirando fijamente uno de los ojos de Irene, que estaba ligeramente desviado hacia la izquierda.

—Gracias por su servicio al país —añadió, conciso—. Hasta pronto.

La pareja de científicos se despidió y acto seguido entraron de la mano en el edificio, abrumados por la responsabilidad que les había caído encima y también preocupados porque cada vez serían menos para proteger el agua pesada si las cosas se torcían; buena parte de su equipo, entre ellos muchos judíos, habían tenido que huir a Inglaterra frente al avance nazi.

Mientras se alejaba por la calle des Écoles abajo con paso elegante, Allier encendió un cigarrillo. Había logrado llevar de forma segura todo el cargamento a Francia y ya podía dar por cerrada la misión que le habían encomendado. Aliviado, se perdió entre la multitud.

París
13 de junio de 1940

Los alemanes estaban a las puertas de la capital francesa. Ni en su peor pesadilla habría podido imaginar que eso fuera posible. La Wehrmacht había avanzado con unas cuantas divisiones formadas por carros de combate llamados Panzer a través del bosque de las Ardenas, en Bélgica, y, con una estrategia que dejó al ejército francés fuera de lugar por su rapidez y contundencia, habían invadido Países Bajos, Bélgica y Francia en un mes. La cúpula militar francesa estaba abrumada, sus generales desmoralizados y el gobierno pensando en la fuga. ¿Y París? París era una ciudad desierta, aterrada, recluida. Quienes no habían podido marcharse miraban constantemente por la ventana para comprobar si los alemanes ya desfilaban por los Campos Elíseos. En medio del caos, Jacques Allier, Frédéric Joliot y otros dos ayudantes estaban sacando a contrarreloj los veintiséis barriletes de agua pesada que habían sido escondidos durante tres meses en el Colegio de Francia. Cuando los cargaron en el camión, Frédéric le dijo a Allier:

—No sé hasta qué punto conoce la importancia de lo que está haciendo, amigo, pero debe mantener ese material lejos de los alemanes cueste lo que cueste. Sabemos que Heisenberg cada vez está más cerca de construir una bomba atómica, y si lo consiguiera sería catastrófico.

Allier se sintió más abrumado de lo que ya estaba. Había dado por cerrado aquel asunto y ahora no solo había tenido que preocuparse de volver a trasladar el agua pesada a un lugar seguro, sino que debía hacerlo más solo que nunca: el gobierno francés estaba en retirada y sus jefes procurando llevarse toda la documentación sensible para que no la encontraran los alemanes cuando ocuparan la capital.

—Estoy haciendo todo lo que está en mis manos, señor Joliot, créame —respondió con amargura.

El lugarteniente condujo toda la noche por una carretera llena de curvas con multitud de coches, carros y familias enteras que huían de la capital hasta Clermont-Ferrand, una ciudad situada en lo que a partir de ese momento se conocería como la Francia libre. Gracias a sus contactos, logró que lo dejaran esconder el cargamento en el sótano del Banco de Francia, una especie de cripta húmeda donde tuvo que pasar la noche. Allí, antes de caer dormido, rezó para que los alemanes no avanzaran demasiado rápido hacia el sur y así disponer de cierta tregua. Debía llegar a tiempo de coger el último barco que zarpaba hacia Inglaterra.

Burdeos
18 de junio

Cuando llegó al puerto, tuvo la sensación de estar en medio de una de esas escenas épicas de la Biblia. El trasiego de gente era infernal: refugiados, diplomáticos, políticos de varios países europeos... Tras la noticia de la caída de París, en Burdeos se respiraba un ambiente donde se mezclaban la incertidumbre, la desesperación y sobre todo la prisa por escapar del implacable avance alemán. Amarrado a uno de los muelles se encontraba el buque británico *SS Broompark*, que debía zarpar hacia Londres y en el que estaban embarcando los últimos pasajeros por un puente de madera. Allier le dio su nombre a un oficial que enseguida le presentó al conde de Suffolk, un tipo extraño con los brazos tatuados y manga corta que actuaba como adjunto científico y coordinador del viaje. No parecía la persona más adecuada para estar al cargo de una operación tan delicada, pero el aristócrata inglés iba a sorprenderlo, y mucho.

—Es de los últimos, señor Allier, ya nos temíamos que no llegaría —dijo en francés.

El lugarteniente se dio cuenta de que el conde llevaba dos pistolas enfundadas a la vista de todos, lo que, sumado a los tatuajes y la vestimenta, le confería un aire de lo más extravagante. Tuvieron que apartarse porque los mozos estaban cargando una treintena de cajas enormes.

—No tenemos un segundo que perder —dijo el conde mirando al cielo—. Hoy hemos sufrido ya un ataque aéreo, y seguro que no será el último. ¡La suerte nos ampara, amigo, la suerte nos ampara! —aseguró con una sonrisa pletórica—. Lo que suben ahora son herramientas y maquinaria, pero créame si le digo que eso es lo menos valioso que transportamos. La nave va cargada de las mejores mentes científicas francesas, hay algunos físicos nucleares que ya estarán en sus camarotes —continuó el hombre, de quien Allier pensó que pecaba de indiscreción, al fin y al cabo era una misión secreta—. Y no solo eso, también navega con nosotros el gerente del Banco de Diamantes de Amberes, ¡que lleva diez millones de dólares en piedras preciosas! Ya solo nos faltaba su agua pesada —añadió con una sonrisa irónica, dándole a entender que estaba al corriente de todos los secretos de su gobierno—. ¡Arriba con esos bidones! ¡Ya son los últimos y podremos marcharnos! —gritó con autoridad a los estibadores.

Los hombres obedecieron en el acto y empezaron a trajinar el material del lugarteniente.

—¿Sube, señor Allier? —preguntó el inglés.

—Prefiero esperar hasta que todo el cargamento esté en el barco si no le importa.

El conde asintió.

—Desconfiado hasta el final, ¿eh? Me gusta, sí... ¡Esa es la esencia de los que hacen bien su trabajo! —dijo con gestos ampulosos—. Lo espero a bordo.

Allier se quedó mirando desde el muelle cómo los mozos iban subiendo uno a uno los barriletes; no podría relajarse por completo hasta que la última gota de agua pesada estuviera a salvo. Entonces, se fijó que en lo alto de la cubierta había una barca bastante grande y que era allí donde estaban atando con cuerdas los bidones, en lugar de bajarlos a las bodegas. En un primer momento aquello lo desconcertó, pero luego entendió por qué lo hacían: si el *SS Broompark* era abatido por el fuego enemigo y se hundía, se aseguraban de que el agua pesada no terminara en el fondo del océano y se salvara, gracias a estar almacenada dentro de una barcaza más pequeña. El lugarteniente sonrió. Tenía que reconocer que aquel conde Suffolk, por muy estrafalario que fuera, tenía buenas ideas y entendió por qué se le había encomendado una misión tan delicada.

Ya solo quedaba un bidón solitario a su lado y respiró, aliviado. Después de tantos esfuerzos, parecía que al fin había conseguido el objetivo que le había sido confiado por el Deuxième Bureau. Se sentía pletórico, tranquilo. Hasta que oyó los zumbidos.

Cazas. Entre las nubes grises que tapaban el cielo en el norte de la ciudad, aparecieron de la nada varios aviones de la Luftwaffe. En pocos minutos se situaron sobre la ciudad de Burdeos y descargaron un puñado de bombas que destruyeron buena parte del centro histórico. Los aparatos avanzaban hacia el puerto y era cuestión de minutos que también dejaran caer ahí su fuerza destructora. Allier miró con desesperación el último bidón que quedaba. De repente, todo se convirtió en un infierno. El lugarteniente tuvo el tiempo justo de ver cómo los marineros retiraban la escalera de madera y la embarcación empezaba a moverse. Entonces, viendo que no tenía más opciones, corrió hacia el barrilete, se lo cargó a la espalda y echó a correr para buscar refugio en medio del estruendo de los proyectiles, cuando una bomba cayó a pocos metros de él y salió volando.

La mayor parte del agua pesada llegaría a Falmouth el 21 de junio y la llevarían al castillo de Windsor, donde sería almacenada junto a las joyas de la corona inglesa. Pero la suerte de ese último bidón que se había llevado el lugarteniente francés sería muy distinta.

13

Le Vernet. Francia
Diciembre de 1942

Las calles del pueblo estaban desiertas y mal iluminadas y, como si las noticias de lo que acababa de pasar en la estación hubieran volado hasta las oídos de sus habitantes, todas las puertas y ventanas estaban cerradas a cal y canto. Ni un ruido. Ni un alma. Los dos hermanos y la chica habían corrido entre las tinieblas hasta llegar al centro del pueblo; se detenían en cada cruce para asegurarse de que nadie los veía. Salvador las fue guiando y al poco llegaron a la plaza principal, donde se escondieron debajo del pórtico de la iglesia.

—Ya hemos llegado —susurró él, señalando una tienda con un cartel que decía Boucherie—. Es ahí.

Recorrieron el último tramo pegados a la pared, sin apartar los ojos de las ventanas que rodeaban la plaza y cruzando los dedos para que nadie las abriera. Eran conscientes de que, en un régimen de terror como el que se estaba imponiendo, muchos estarían encantados de hacer algún favor a los alemanes. Sol caminaba con paso firme guiada por una excitación que le mantenía los sentidos en alerta como nunca los había tenido. De súbito, notó que, detrás de ella, la jovencita empezaba a tambalearse. Se detuvo para esperarla y le indicó que se apresurara con la mano. La chica se agarró fuerte del brazo de Sol e hizo un gesto afirmativo con la cabeza. Ambas caminaron hacia Salvador, que las esperaba unos pasos adelante, impaciente e inquieto porque notaba que algo no iba del todo bien. Cuando ya estaban junto a la tienda, la joven desfalleció y se desplomó.

—¡Está herida, Salvador! —exclamó en un murmullo Sol, clavando los ojos en la mancha de sangre del abrigo.

El chico empezó a golpear la puerta del establecimiento con toques insistentes. Nada. Volvió a llamar, cada vez más fuerte. Sol miraba las ventanas de la plaza. Al cabo de un rato que le pareció una eternidad, alguien abrió la cerradura. Era un hombre gordo que los recibió en ropa interior y con cara de no creerse lo que veían sus ojos.

—¿Qué demonios haces aquí a estas horas? —dijo como si se despertase justo en ese momento.

—No sabíamos adónde ir, Antoine —imploró Salvador—. Por favor, tenemos a todo un regimiento de alemanes detrás.

El hombre los conminó a entrar con un gesto seco de la mano, miró a ambos lados para asegurarse de que nadie los había visto y cerró la puerta sin hacer ruido.

—¡Rápido! ¡Aquí! —ordenó con urgencia.

Entre los dos hermanos consiguieron arrastrar a la chica hacia el obrador, donde los recibió una cabeza de cordero con los ojos ensangrentados que reposaba sobre una mesa. En el aire se cernía un hedor, mezcla de metal y piel de animal, que Sol no supo identificar hasta que vio que bajo la mesa había un cubo lleno de sangre oscurísima, seguramente para hacer butifarras.

—No os mováis de aquí ni hagáis ningún ruido. Voy a buscar a un médico.

Y dicho esto, Antoine cerró la puerta detrás de él. Salvador y Sol dejaron a la chica en el suelo con suavidad y se sentaron a su lado.

—Eh, eh... —le dijo Sol sacudiéndola—. ¡No te duermas! ¿Cómo te llamas?

—Ra... Raquel. Raquel Psankiewicz —contestó ella con un hilo de voz—. Me duele mucho.

Le abrieron cuidadosamente el abrigo harapiento y le desabrocharon los botones de la camisa. Raquel gimió de dolor, pero, por suerte, se desmayó. La pobre debía haber soportado aquel suplicio desde la estación, pero no se había quejado ni una sola vez. Le apartaron la ropa y descubrieron, con horror, que tenía un disparo de bala muy feo justo debajo de la clavícula derecha.

—Aguanta, Raquel —murmuró Sol sin tenerlas todas consigo. Le recolocó bien la cabeza sobre su regazo—. Aguanta, por el amor de Dios.

Lanzaron una mirada desesperada a su alrededor por si había algo que pudiera detener la hemorragia. Enfrente tenían una gran fresquera donde guardaban la carne y unas estanterías de madera cargadas de objetos colocados de cualquier modo. Salvador se dirigió a ellos y los repasó con ansia de arriba abajo hasta que encontró unos trapos y una palangana, que llenó de agua de un fregadero. Entre ambos le limpiaron la herida como pudieron, pero la hemorragia no paraba.

—¡Pierde mucha sangre!

—Ya lo sé, ¡ya lo sé! —exclamó él, impotente.

¿Qué edad debía de tener? ¿Trece? ¿Catorce

años? Y moriría en la sala de despiece de un carnicero si no eran capaces de detener ese chorro rojo que iba empapando toda la ropa. Entonces oyeron un disparo a lo lejos. Luego algunos gritos. Perros. Se quedaron inmóviles, esperando.

«Maldita sea. Ya están aquí», pensó Sol. Los ruidos se acabaron de repente.

—Quizá han descubierto a Antoine —murmuró Salvador.

«Por favor, que no lo hayan cogido», rezó Sol con los ojos cerrados. Si lo habían atrapado, acabaría confesando que los tenía escondidos en casa y estarían perdidos, sobre todo cuando encontraran los documentos que Salvador llevaba en la bolsa. Estaban presionando la herida de Raquel, que cada vez estaba más pálida, cuando oyeron ruido fuera. Sol se agarró fuerte a la mano de su hermano, convencida de que vería entrar a aquellos hombres uniformados de un momento a otro. Cuando la puerta se abrió y apareció Antoine con otras dos personas, ambos hermanos suspiraron aliviados. El carnicero les presentó concisamente a su mujer, Claire, y al doctor Mestre, un hombre muy mayor y encorvado que ponía cara de asustado.

—¿Aún está viva? —preguntó el carnicero.

Los dos asintieron. Lo primero que hizo el médico fue buscarle el pulso. Cuando lo tuvo, se dibujó una mueca en su rostro. Luego sacó unas tijeras de su maletín y, con sus manos huesudas y diestras, le cortó el abrigo y la camisa y dejó al descubierto la ropa interior y la herida bajo la clavícula. Le levantó el torso para comprobar que la bala no había salido por detrás.

—Aún la tiene dentro. Si no le ha atravesado el pulmón es un milagro, no entiendo cómo sigue viva.

A continuación, el médico se recolocó las gafas redondas, cogió unas pinzas de hierro largas y empezó a hurgar dentro de la herida de Raquel. Todos los presentes miraban la operación aguantando la respiración mientras la chica rumiaba palabras ininteligibles y volvía la cabeza de un lado a otro. Finalmente, el hombre, que se iba secando el sudor de la frente con la manga, logró extraer la bala y la dejó caer sobre las baldosas con un sonido metálico. Luego le limpió con desinfectante la herida, se la cosió y por último se la vendó con maña. Raquel estaba blanca como el papel y temblaba de arriba abajo.

—Ahora solo podemos esperar que la naturaleza haga su trabajo —explicó el doctor—. Hay que ir poniendo paños fríos en la cabeza y en el cuerpo y darle líquidos, pero no os engañaré, ha perdido mucha sangre...

—Pero... vivirá, ¿verdad? —Sol no entendía por qué tenía ese sentimiento tan fuerte de protección por una chica a la que apenas conocía.

El médico se colocó bien las gafas mientras guardaba su instrumental en el maletín.

—Vosotros dadle caldo de gallina e intentad que baje la fiebre. —Cogió el maletín y antes de salir de la habitación añadió—: Y si podéis y sabéis, rezad.

Entre Antoine y Salvador bajaron a Raquel por unas escaleras hasta un cuarto oscuro y húmedo con unas cuantas botas de vino y garrafas vacías en el suelo que olía intensamente a bodega. Claire, una mujer con dotes organizativas, bajó mantas y un pequeño colchón, donde tendieron con cuidado a Raquel, aunque la chica parecía no darse cuenta de nada porque seguía inconsciente. También les dejó toallas, agua y restos de la cena.

—¿De dónde la habéis sacado? —preguntó Antoine.

—Se ha escapado cuando los alemanes querían hacerla subir a un tren. Era prisionera del campo de concentración del pueblo y se llama Raquel Psankiewicz, es todo lo que sé.

—Entonces, es judía —dijo Antoine.

—¡Dios mío! ¡Cuándo se acabará esta locura! Ya hace días que los están cogiendo a todos y los envían al campo de Drancy —exclamó Claire poniéndose las manos en la boca—. Dicen que desde allí los llevan en trenes de ganado a Polonia, hacia un campo, del que nadie sale vivo.

—Eso solo son rumores, Claire, nadie lo sabe a ciencia cierta.

—Si mañana por la mañana tenéis que marcharos, yo puedo hacerme cargo de la chica, ya habéis hecho suficiente por ella —añadió la carnicera—. ¿Verdad que podemos cuidar de ella, Antoine?

Este suspiró.

—Sí, contad con nosotros.

—Gracias, pero, si no os importa, me gustaría esperar hasta que le baje la fiebre y salga de peligro —dijo Sol.

—Como queráis —contestó Antoine con su tono adusto—. Nosotros deberemos abrir la tienda para no levantar sospechas.

—No sé si sois conscientes de lo que habéis hecho, chicos —intervino la mujer con los ojos húmedos—, pero hoy le habéis salvado la vida a esta pobre chica.

Sol miró a aquella joven raquítica. Se intentó imaginar el país del que procedía. Quizá era francesa, quizá venía de más lejos. ¿De Alemania? Como aquellos judíos del Hotel Pla, recordó. Quizá debía de tener una familia, hermanos... Era un misterio, pero su cuerpo escuálido, sus mejillas hundidas y, sobre todo, sus ojos gigantes hablaban de historias terribles y de pérdidas que no podía ni imaginar. ¿Cómo había terminado a las puertas de la muerte en un sótano de un pueblecito de Francia?

Tenía que bajarle la fiebre, fuera como fuese. Parecía un reto fácil en comparación con lo que aquella niña seguramente había tenido que pasar, así que se puso a remojarle el enflaquecido cuerpo con trapos húmedos que iba refrescando cada poco y a hacerle beber agua con azúcar con una cucharilla. Salvador no aguantó mucho y cayó rendido acurrucado en una manta, pero ella no cerró los ojos en toda la noche, poseída por una energía que la mantenía en constante movimiento y con la cabeza clara. Allí abajo, sin ventanas ni luz natural, costaba mantener la noción del tiempo, pero cuando Claire abrió la puerta y les dijo «Buenos días», una ola de alegría le ensanchó el corazón: habían logrado sortear la muerte, al menos unas horas más.

La mujer les había bajado pan con embutidos para desayunar y un poco de caldo caliente para Raquel. Se interesó por cómo se encontraba y se quedó a cuidarla para que los hermanos descansaran. A mediodía les dijo que tenía que ir a la tienda y volvieron a quedarse solos.

—¿De qué conoces al carnicero? —le preguntó Sol a su hermano.

—No te va a gustar...

Sol puso mala cara.

—Vale, vale, pero será mejor que no le digas nada a madre, que ya sufre suficiente —dijo el chico levantando los brazos como si se rindiera—. Formaba parte de un grupo con el que había hecho negocios. Ellos llevaban fardos hasta Ax-les-Thermes y allá me los pasaban a mí. Solo sabía de él que vivía en Le Vernet y era carnicero, así que tampoco podía ser demasiado difícil encontrarlo.

—De verdad, Salvador, ¿hay alguien que conozcas que no sea contrabandista?

—Déjame pensar... —dijo como si se esforzara en recordar—. Pues ahora que lo dices, tengo una hermana muy pesada que quiere ser estrella de cine como Greta Garbo y...

Sol le dio un golpe en el brazo y, por primera vez en mucho tiempo, le arrancó una sonrisa.

—Antoine es buena gente, se la está jugando por ella, ¿sabes? Es de la Resistencia.

—¿De qué?

—Son un grupo de gente más o menos organizada que lucha contra los nazis. Guerrilleros, vamos. También los llaman maquisardos, como los maquis españoles que luchan contra Franco, esos que todavía corren por el Pirineo. Malviven escondidos por las montañas, en granjas aisladas, y van organizando pequeños atentados, pero creo que no les hacen ni cosquillas a los alemanes.

—¿Por qué no me habías hablado nunca de todo esto?

—No lo sé, nunca pensé que te interesara.

—Pues sí que me interesa y quiero saber más. Si viven escondidos, ¿cómo subsisten los de la Resistencia?

—Muchas veces la misma gente de los pueblos los ayuda, pero no siempre, hay quien también los ve como unos guerrilleros violentos que cometen atentados, y a menudo los denuncian a la milicia francesa y, antes de que me preguntes qué es la milicia, te diré que son franceses paramilitares que luchan junto a los nazis. Ya ves que nunca nada es del todo blanco o negro, aquí también hay algunos que adoran al alemán del bigote.

Se quedaron un rato pensativos.

—Escucha, Sol —dijo Salvador lanzando una mirada fugaz a la mochila—, tenemos que irnos. Recuerda, los documentos... Cada minuto que sigamos en Francia correremos el peligro de que nos pillen.

—Un poco más de tiempo... —pidió ella—. Cuando le baje la fiebre.

Él asintió y se entretuvo mirando unas revistas que les había bajado Claire mientras Sol ponía la mano en la frente a la enferma. Ardía.

Al final del día, justo cuando Claire les hubo dejado más sopa y algo de pollo, Raquel abrió los ojos y empezó a barbotear:

—¿Dónde está mamá?

A Sol se le hizo un nudo en la garganta.

—¿Mamá?

—¡Mamá! ¡Vámonos de aquí!

De repente, la muchacha gritó y Sol y Salvador dieron un salto. Estaba muy nerviosa y se revolvía dentro de la cama.

—Tranquila, Raquel —trataba de calmarla ella—, estoy aquí contigo...

La muchacha se quedó inmóvil, con los ojos muy abiertos y los labios blancos. Por un momento, Sol pensó que había muerto, pero le tocó la muñeca y tenía pulso.

—Mamá, no me obligues a irme —lloriqueó—. Por favor, no me obligues a irme.

Sol la abrazó con fuerza mientras le susurraba al oído que allí no le pasaría nada. ¿Qué horror estaba reviviendo? ¿Qué podía haberle ocurrido que la desquiciara de esa manera?

14

París
16 de julio de 1942

Chana se había levantado temprano, hacía días que dormía mal por los nervios y el calor. Se había quedado ensimismada mirando la pared de baldosas blancas de la cocina mientras daba un último trago de café cuando golpearon la puerta.

—¡Haga la maleta, rápido! —exigió un policía de malos modos.

Permaneció unos instantes paralizada, pero el trajín de los vecinos por la escalera la devolvió a la realidad. Era evidente que el círculo se estrechaba y ya no le quedaban opciones de huir. Como cuando, dos años atrás, el Gobierno francés reclamó a Abraham, su marido, y lo encerró en un campo de prisioneros. Siempre se maldijo por haberlo dejado marchar, por permitir que confiara ciegamente en aquel país que los había acogido. Y ahora la historia se repetía.

—¡Es para hoy! —gritó el gendarme, haciéndola reaccionar.

Chana fue corriendo a despertar a Raquel, metió cuatro prendas de ropa para ella y la niña en una maleta vieja y salieron con el policía a la calle, donde las esperaba un grupo numeroso de personas, familias enteras que llevaban encima las pocas pertenencias que podían cargar. Entre el calor e ir arriba y abajo, a Chana se le habían desprendido unos cuantos rizos rebeldes, que, inútilmente, intentaba fijar con unas horquillas.

Madre e hija empezaron a caminar en medio de la muchedumbre. La gente comentaba entre susurros que a primera hora de la mañana se habían desplegado miles de policías que obligaban a todos los judíos, hombres, mujeres y niños, a desplazarse a un punto determinado de la capital. Por un segundo, Chana acarició la idea de que quizá la situación no era tan grave como se la imaginaba. ¿Qué sabía toda esa gente? ¿Y si tan solo eran rumores? Entonces recordó el momento en que pidieron a todos los judíos que se fueran a inscribir como tales en una oficina; recordó cuando en los parques de París colgaron grandes carteles donde se leía «Prohibido entrar a los perros y a los judíos»; recordó cuando tuvo que coser esa estrella amarilla en el abrigo de Raquel... Y tuvo la certeza de que aquello era el final.

Desde las ventanas, algunos ciudadanos se santiguaban y rezaban, otros los señalaban y reían. Chana procuraba no levantar los ojos, hacía tiempo que había perdido la confianza en que alguien moviera un dedo para salvarlos.

Cuando doblaron la esquina y vieron que los ponían al final de una cola para entrar en el llamado Velódromo de Invierno, un pabellón gigante donde se hacían carreras de bicicleta, sus temores quedaron confirmados. Pensó en huir, pero los gendarmes vigilaban la cola cada pocos metros e, impotente, no tuvo más remedio que entrar en el edificio. Se trataba de un espacio oval con el techo translúcido por el que apenas entraba la luz y estaba tan lleno de gente que Chana y Raquel se quedaron sin aliento; aunque el local era enorme, era ya pequeño para los cientos o miles de personas que habían encerrado allí. Los ruegos de la gente, los llantos de los niños, el bochorno y el hedor intenso de orina y heces eran insoportables.

—Nos llevarán a trabajar a Alemania —saltó una mujer con un bebé en los brazos que entraba con ellas—. Me lo ha dicho un gendarme. ¡Cómo lo haré para trabajar con un niño pequeño, Dios mío!

Chana intentaba domar un rizo de forma automática, una y otra vez.

—No —se dijo para sí misma—. No vamos a trabajar a Alemania.

Miró el torrente de gente sumisa y obediente que se acomodaba aquí y allá, buscando el mejor sitio para pasar las horas, confiada en que sus propios conciudadanos no les harían ningún daño y que, como franceses de pleno derecho, estaban protegidos. Y entonces todo ocurrió muy rápido. Chana cogió a Raquel por el brazo y se la llevó hacia una de las salidas de emergencia. Se volvió hacia su hija y le ordenó:

—Tienes que marcharte, Raquel. Sal por esa puerta ahora mismo.

La chica se quedó mirando a su madre como si no entendiera lo que le decía.

—Que salgas te digo —dijo Chana subiendo el tono de voz.

—No —replicó la niña con los ojos llenos de lágrimas—. No pienso irme. ¡Quiero quedarme contigo!

Entonces la madre suspiró y, en un arrebato que ni ella esperaba, le plantó un guantazo descomunal en la mejilla. Raquel se quedó unos instantes atónita, con esos ojos grises gigantes abiertos como platos. No se creía que aquella mujer tierna, amorosa, que siempre tenía una palabra amable para ella, la acabara de abofetear.

—Sal de aquí —insistió la madre, fría como el hielo. El pelo, como toda ella, estaba fuera de control, pero, aun así, la determinación en su mirada era incuestionable. Aquello hizo decidirse a la niña, que dio la vuelta y se escabulló por la pequeña puerta. Al otro lado, se topó con un gendarme que vigilaba aquella salida de emergencia y se detuvo en seco, convencida de que la obligaría a volver dentro al instante; pero en lugar de ir hacia ella, el gendarme distrajo la mirada y se volvió, dando a entender que no haría nada para detenerla. Años más tarde, Raquel comprendería que aquel hombre acababa de realizar un acto de resistencia único, como tantos otros anónimos que pasaron desapercibidos para siempre. La niña se arrancó la estrella del pecho y empezó a correr sin parar. El bofetón de su madre le había salvado la vida.

El 29 de julio de 1942, Chana Psankiewicz subió al convoy número doce desde Drancy hacia Auschwitz, donde murió asesinada. En ese mismo lugar habían matado a su marido, Abraham, pocos días antes.

15

Vernet. Francia
Diciembre de 1942

—Entré en el bar y me senté a una mesa del fondo sin saber bien qué hacer. Y estuve allí hasta que entró un hombre encorvado que, al rato de mirarme, vino hacia mí.

Sus ojos grandes y grises se entornaron, como si quisieran borrar una imagen que no quería recordar.

—Estaba segura de que sabía que había huido, no sé cómo, que sabía que era una judía aunque ya no llevara la estrella, y me levanté corriendo para escaparme. Aún no sabía adónde más podía ir, pero ese hombre me cogió por el brazo y me dijo que no quería hacerme ningún daño. Quizá porque tenía cara de buena persona o quizá por su voz, que me recordaba a la de mi padre, me lo creí. Me dijo que lo esperara allí, que a las ocho me vendría a buscar para ayudarme a huir de París. —Raquel hizo una breve pausa. Tenía la frente brillante de sudor y Sol le puso un trapo húmedo encima.

La niña empezó a hablar con más ganas, incluso se había incorporado un poco y respiraba con mucha agitación. Sol tenía miedo de que aquello la perjudicara, pero no se atrevía a detenerla.

—¿Seguro que no quieres descansar?

—No, no, quiero contártelo. El hombre volvió a buscarme como me había dicho y me llevó fuera de la ciudad, a una casa con otros niños y niñas como yo.

Raquel agarraba fuerte la manta, pero su voz había ganado seguridad.

—Allí me dijeron que mis padres estaban en el cielo y que tenía que ser fuerte, y nos llevaron en tren a una casa, y luego a otra... No sé cuántas veces me cambiaron de sitio. Y yo nunca me quejé, porque seguro que es lo que mis padres habrían querido. Además, si estás contento parece que las cosas no sean tan malas, ¿no?

Raquel miró a Sol con ojos enfebrecidos.

—Pero una noche entraron los alemanes en casa y nos llevaron a Le Vernet. Algunos de mis amigos ya no llegaron, no sé lo que les hicieron. ¿Has visto alguna vez a un alemán? Si ves a uno debes huir, porque te llevan al Velódromo y...

Respiraba de nuevo con dificultad y tenía el cuerpo empapado en sudor.

—Descansa, Raquel. No debes preocuparte. Nadie te va a llevar a ninguna parte. Estás en casa de unos amigos, en un lugar seguro... —dijo con ternura Sol apartándole el pelo de la cara.

El esfuerzo del relato la había dejado agotada y se durmió al instante, y los dos hermanos se pasaron la noche turnándose para ponerle trapos húmedos en la frente. Al día siguiente, cuando Sol despertó se encontró los enormes ojos grises de Raquel cargados de preguntas.

—¿Cómo te llamas? —inquirió la niña.

—Me llamo Sol, y este es Salvador, mi hermano. Te ayudamos a escapar de la estación de tren, ¿te acuerdas?

—Y cuando estés bien te llevaremos a Andorra y

de ahí viajarás a Estados Unidos para que los desgraciados de los alemanes no te puedan hacer nada —dijo Salvador para sorpresa de su hermana, a la que ni se le había pasado por la cabeza esa opción—. Suena bien, ¿eh?

Al cabo de un rato, Salvador fue a la trastienda para acabar de hablar con Antoine de cómo salir del pueblo sin ser vistos y sobre cuál sería la mejor ruta para atravesar la montaña. Según le explicó después, en Ax-les-Thermes había muchos controles alemanes y, por tanto, deberían apearse del tren en Tarascon y empezar desde allí el viaje a pie. Mientras esperaba a su hermano, Sol le dijo a la niña:

—Raquel, mi hermano y yo tenemos que marcharnos, pero te quedarás con Claire, que te cuidará muy bien hasta que volvamos a vernos.

—Pero yo quiero que te quedes... Tienes cara de buena persona, como aquel hombre del bar. Además, siempre que alguien me ha dicho que volveríamos a vernos, nunca se ha cumplido. Por favor, quédate...

A Sol se le hacía difícil aguantar la mirada de aquella niña a la que habían abandonado demasiadas veces en su corta vida.

—Mira, para que no te sea tan pesado, te regalaré esta foto para que te acuerdes de mí. ¿Sabes quién es?

Le alargó el retrato de Greta Garbo que llevaba en el bolsillo de la falda. Raquel dijo que no con la cabeza.

—Se llama Greta Garbo y es una actriz norteamericana. A mí me gusta mucho, por eso siempre la llevo conmigo. ¿Te gusta?

—Sí, es hermosa, pero tú aún lo eres más. Seguro que ya te lo dice tu novio, ¿verdad?

Sol soltó una carcajada.

—¡Yo no tengo novio! —Enseguida le vino a la cabeza la imagen de aquel extraño que conoció en el valle de Incles y se sonrojó. ¿Cómo podía ser que un simple recuerdo que ahora veía tan lejano la desquiciara tanto?

—Pues yo sí que tengo y se llama Samuel. Su padre y el mío trabajaban en el mismo taller de ebanistería, e hizo esto para mí.

Del bolsillo sacó un caballito de madera en miniatura.

—¡Qué bonito! —exclamó Sol, sorprendida de que la niña hubiera conservado aquel obsequio durante su periplo.

—Ten, te lo dejo hasta que nos volvamos a encontrar —dijo la chica alargándole la figurita—. Así seguro que nos veremos pronto. ¿Verdad que nos veremos pronto?

Sol, emocionada por el gesto, dudó en aceptarlo, pero ante esos ojos grises tan llenos de esperanza fue incapaz de rechazarlo.

—Muchas gracias, Raquel. Te lo guardaré hasta que nos reencontremos.

16

Embajada española. París
Agosto de 1942

—Yo lo único que quiero es ayudarle a huir de París, ¿me entiende? —dijo César González-Ruano mientras se tocaba ese bigotito tan delgado que le confería un aire de aristócrata decadente. Desprendía un olor empalagoso, mezcla de perfume barato y de nicotina agria, y allí en la embajada se hacía llamar don Antonio. Tenía el gesto elegante y pausado, y también la habilidad de otorgar a esa conversación tan tensa un aire de normalidad.

—Lo que me está pidiendo... ¡Es muy irregular, señor! ¿Firmarle un poder para vender todos mis bienes? No es que no me fíe de su palabra, pero... —respondió Rosenthal, un judío que a través de un contacto había ido a parar a aquel minúsculo despacho de la embajada de España. Tenía un tono de piel de color de cirio antiguo y todo él era un saco de huesos, pero desprendía una energía insospechada.

—Le confesaré algo, señor Rosenthal. Esto que ve aquí, ¿lo lee? —preguntó, señalando una placa con su nombre y cargo—. ¿Agregado cultural? Supongo que no habrá sido tan iluso de creérselo... —González-

Ruano se acercó a su interlocutor, como si quisiera confesarle un secreto jugoso—. Mire, se lo diré claro: este título es una tapadera para que los alemanes nos dejen tranquilos. El gobierno español me ha enviado aquí para ayudarlos. ¡A ustedes! ¡Los judíos! Cada día vienen más y más, pero enviarlos a atravesar la frontera vale una fortuna, ¿comprende? Guías, documentación, sobornos... ¿Y de dónde sacamos el dinero? ¡Ya me contará! —exclamó con un golpe vehemente en la mesa—. Lamento decirle esto, amigo, pero las propiedades que usted tiene en París ya no podrá utilizarlas nunca más. Nunca más. Olvídese y úselas con astucia, por el amor de Dios.

—No sé... —El hombre se retorcía las manos.

—Mire, la cosa funciona así: firmamos los poderes y yo vendo su piso y todo lo que tenga. Muebles, cuadros... Todo. Le hago ahora mismo un pase, que tendrá que darle a un guía que lo estará esperando en un punto concreto de la frontera andorrana que yo le indicaré. Una vez vendido todo, le envío el dinero por valija diplomática y listo. Usted contento y yo aún más por haberlo podido ayudar. Tenemos buenas relaciones con los alemanes, no nos van a tocar las narices, se lo puedo asegurar.

Rosenthal tenía la cara impregnada de sudor. Cuando estalló la guerra había enviado a su mujer y a sus dos hijas a Estados Unidos, pero él se había quedado en Francia para rescatar a su padre y a sus hermanas y sacarlos de Coblenza, en Alemania. Después de mil intentos y mil fracasos había desistido y se había convencido de que estaban muertos. Ahora solo pensaba en reunirse con su familia y empezar una nueva vida, porque la vieja había quedado hecha pedazos: su carrera de ingeniero químico se había interrumpido de forma brusca y por lo que respectaba a sus amigos, vecinos y colegas de trabajo..., prácticamente todo el mundo le había dado la espalda después de que las SS atacaran los comercios judíos de la ciudad. La «noche de los cristales rotos», la llamaron.

—Le estoy ofreciendo una salida, Rosenthal, la única que le queda, de hecho. Supongo que ya sabe lo que está pasando con los judíos a los que se llevan en trenes de París, ¿verdad?

El judío se estremeció. Ese era su castigo, que sí lo sabía, probablemente con mucha más certeza que el propio González-Ruano. Y lo que le habían contado eran atrocidades que la mayoría de las personas sensatas nunca creería. Se removió por enésima vez en la silla, se secó las manos en los pantalones y, finalmente, cogió una pluma que reposaba en un tintero.

—De acuerdo —accedió—. ¿Dónde debo firmar, don Antonio?

Cuando Rosenthal se marchó, la puerta del despacho se abrió y asomó la cabeza Pedro Urraca, un policía de mirada maliciosa y cabello tan liso que parecía que se hubiera pasado una plancha por encima. Se dedicaba básicamente a cobrar de la Gestapo y a perseguir a republicanos exiliados. Apenas dos años atrás, había podido localizar al expresidente de la Generalitat catalana, Lluís Companys, y lo había llevado preso hasta Madrid.

—Don Antonio, ¿tú? ¡No jodas! —exclamó risueño.

González-Ruano se rio con franqueza.

—Ya lo sé, ya lo sé... Muy vulgar. Pero qué quieres que te diga, siempre me ha gustado el nombre de Antonio, más que César. César es demasiado evidente, ¿no crees? Demasiado...

—¿Arrogante? Venga, va. Si eres la persona menos modesta que conozco, no me jodas —respondió el otro—. Entonces, ¿qué? ¿Un judío más en el cajón? ¿Dejará caer mucho dinero?

—Eso espero, Urraca, eso espero. Estos desgraciados están podridos de duros, ya sabes. Ratas...

González-Ruano se encendió un cigarrillo y su amigo entró y cerró la puerta. Se sentó en la silla y cogió otro, que también prendió.

—No te hagas el loco —lo increpó jocosamente—. Lo celebraremos e invitas tú, cojones, que ahora ya eres un potentado.

—Qué hijo de puta eres —dijo González-Ruano mientras ponía un papel en la máquina de escribir de encima del escritorio—. Ya me gustaría, pero antes debo terminar este maldito artículo que tengo atravesado y que me pagan a precio de ganga. Nunca volveré a cobrar tanto como cuando estaba a sueldo de Goebbels y publicaba en *ABC* para limpiar la imagen de Alemania. ¡Qué tiempos aquellos! ¡Seiscientas pesetas por artículo me apoquinaba la embajada alemana!

Urraca se levantó y dio una larga calada.

—No me das ninguna pena, que te estás haciendo de oro a costa de los judíos. Sé sobradamente que en tu casa tienes colgado un Zurbarán... Vete a saber a qué pobre muerto de hambre jodiste. ¡Con todo lo que robas te podrías comprar el *ABC* entero!

Ambos se rieron y luego Urraca se levantó, se dirigió a la puerta y añadió:

—Vamos, escribe deprisa que se me ha quedado el cuerpo con ganas de putas.

17

El Tarter. Andorra
Diciembre de 1942

Estaban descendiendo por el camino del valle de Incles en medio de una de las nevadas más intensas que podía recordar y, quizá por el agotamiento, quizá por el recuerdo de todo lo que habían vivido en Le Vernet, Sol notaba un dolor en los huesos que le dificultaba seguir caminando. Cuando pasaban por el lago de Leparan, un mar helado en medio de las montañas que la había dejado impresionada, la temperatura había bajado en picado y ese cielo de mármol había empezado a dejar caer copos. Al agotamiento, ahora se sumaba un dolor de cabeza persistente y, aunque ya estaban a punto de llegar a la cabaña, las piernas no le respondían.

—No puedo más, Salvador —dijo con un hilo de voz. La nieve se les acumulaba sobre las gorras y los hombros en forma de pequeñas montañas.

El chico le examinó el rostro.

—¿Qué te pasa? Estás muy... —Y poniéndole la mano en la frente exclamó—: ¡Estás ardiendo! Tienes fiebre... ¡Mierda! —Salvador miró a ambos lados, como si buscara una ayuda que no podía llegar de ninguna

parte—. Aquí en la borda no podemos detenernos...
—pensaba en voz alta—. Aguanta un poco más, Sol. Iremos a Cal Martí, una casa que está muy cerca. Conozco a sus dueños.

La cogió del brazo para ayudarla a caminar en medio de la nieve que caía sin tregua. Pasaron por delante de la borda, pero continuaron andando pendiente abajo. La nevada había borrado cualquier rastro del camino, así que lo fueron siguiendo por intuición hasta que se toparon con la primera casa habitada de la zona, una construcción vieja y robusta enterrada por una alfombra blanca muy gruesa y con una chimenea humeante. Abrieron la puerta un hombre y una mujer ya mayores, con los hombros curvados y el rostro surcado por mil arrugas, que recibieron con alegría a Salvador. En ese punto, la chica apenas se aguantaba de pie y la acomodaron en un banco de madera maciza junto a la chimenea, que era el único lugar donde se estaba caliente.

—¿Qué le pasa a la chica? —preguntó la mujer.

—¿No se encuentra bien? —Ahora era el hombre quien preguntaba. La miraba de lejos, como quien examina a un becerro enfermo para determinar qué mal sufre.

—Es mi hermana y tiene fiebre —explicó el chico.

—Ahora mismo le haré una sopa de tomillo bien caliente y se la tomará antes de acostarse. Ya verás qué bien le sienta —dijo la mujer, que ya estaba eligiendo entre las hierbas que tenía colgadas junto al ventanuco.

—Salvador... —dijo Sol, que temblaba como una hoja de arriba abajo. Le dolía mucho la garganta y el dolor de cabeza apenas la dejaba hablar—. Tú vete a llevar aquello a Viadiu. No te preocupes por mí.

Su hermano estaba consumido por la ansiedad. Se

notaba que dudaba si dejarla allí o no, pero lo cierto era que no tenía demasiadas opciones.

—¡Que te vayas te digo! —le dijo la chica, haciendo un esfuerzo por parecer animada.

Salvador, al fin, se decidió.

—Martí, Jacinta, yo... yo tengo que irme a Sant Julià antes de que caiga demasiada nieve y no se pueda andar, pero si ella pudiera quedarse... —dejó la pregunta en el aire.

—¡Por supuesto! ¡No sufras por eso! —exclamó el hombre.

—Gracias, Martí. —Y dirigiéndose a Sol dijo con ternura—: Te quedarás aquí con ellos hasta que te pongas buena, ya verás que te cuidarán como si fueras su hija.

La muchacha sonrió levemente.

—Márchate, chico, que todavía te falta un trecho y esta nevada es de las gordas —le advirtió Martí.

—Cuando estés lo suficientemente fuerte, ve hacia Escaldes, ¿de acuerdo? —le dijo Salvador a Sol con una arruga de preocupación en la frente.

Ella le dijo que sí.

—Vete de una vez, pesado —susurró.

Cuando el chico desapareció por la puerta, ella se permitió cerrar los ojos. Ni siquiera con esos gigantescos troncos que ardían con ganas se le iba el frío del cuerpo.

Debían de haber pasado dos o tres horas cuando unos golpes secos la despertaron. Se había dormido tumbada en el banco y tenía un plato con restos de sopa enfrente que recordaba vagamente haber tomado. Oyó voces en la entrada y una corriente de aire gélido inundó la cocina. Cerraron rápidamente la puerta y la chica aguzó el oído: alguien estaba pidiendo cobijo en medio de la tormenta de nieve, un hombre. Jacinta se quejaba de no entender nada de lo que le decía y cuando Martí se acercó, tampoco parecía entender nada porque el forastero hablaba en francés. La fiebre debía de haberle subido mucho porque Sol habría jurado que conocía aquella voz. Se tocó la frente y ardía. Con un gran esfuerzo, se incorporó y se lo encontró allí plantado.

—¿Sol? —exclamó Max, totalmente confundido—. Sol, ¿eres tú?

La chica trató de hablar, pero notó como si en la garganta tuviera cien víboras clavándole los dientes y se puso la mano en el cuello.

—¿Conoces a este chico? —preguntó Martí.

Ella asintió.

—Pues siéntate tú también y caliéntate, por el amor de Dios —ordenó Jacinta, que ya le estaba sirviendo un plato de sopa de la olla que hervía sobre el hogar—. Lleva la chaqueta empapada, ¡pobre chico! Tienes que cambiarte de ropa —le dijo con gestos para hacerse entender.

Una montañita de nieve aún le cubría el gorro y tenía el rostro congestionado por el frío. Temblaba todo él y no reaccionaba a las palabras de la mujer.

—Quítate la ropa mojada —susurró Sol haciendo un esfuerzo.

El chico se desentumeció y obedeció. Una vez en ropa interior, se sentó en el banco de madera, muy acurrucado, y Martí le dejó una manta con la que se envolvió para conseguir algo de calor. No dejaba de mirarla, absorto, como si no se acabara de creer lo que veía mientras se soplaba las manos para que el aliento caliente las devolviera a la vida. Todavía temblaba, aunque poco a poco los escalofríos fueron menguando.

—Estos días sí que hemos tenido gente... Como somos la primera casa del valle, todos los que llegan de la montaña paran aquí —dijo Jacinta mientras tendía la ropa junto al fuego—. Y tú, chica, vamos a la cama que debes reposar. Martí, sírvele más sopa al chico francés y un poco de setas confitadas.

Sol se levantó y tuvo que agarrarse al respaldo del banco porque todo empezó a darle vueltas. Jacinta la ayudó y ambas subieron hasta el primer piso, que estaba helado e iluminado por unas bombillas misérrimas que apenas arrojaban un hilo de luz. Se metió en una cama gigante y quedó enterrada por una manta de lana que pesaba muchísimo. Al poco cayó dormida en un sueño agitado por la fiebre.

A la mañana siguiente se levantó con los ojos hinchados y la garganta seca. No podía hablar de tanto que le dolía y tenía la sensación de que la cabeza le explotaría en cualquier momento. Jacinta le había subido una taza con una infusión de hierbas medicinales y le aseguró que era una mezcla que ya preparaba su madre y que tenía la virtud de curar cualquier resfriado gracias a la planta del eringio y el saúco, que hacían bajar la fiebre. Sol se lo bebió despacio porque hervía y luego se volvió a dormir. No pudo decir cómo transcurrió ese día porque solo se despertaba de tanto en tanto para tomarse las hierbas que Jacinta le iba dando con paciencia y palabras de consuelo.

Cuando ya era de noche, abrió los ojos y le pareció ver una sombra inmóvil en un rincón, pero la debilidad y el aturdimiento le impidieron dirigirse a ella. La siguiente noche la pasó más o menos como la primera, con las continuas idas y venidas de Jacinta con su poción mágica, hasta que oyó cantar al gallo y abrió los ojos.

—Le he dicho a la mujer que ya te daría yo el remedio y me parece que me ha entendido. La pobre no ha dormido mucho esta noche...

Max estaba sentado a su lado y le alargaba la taza caliente. La chica se enderezó para beber y constató que el ardor de la cara le había bajado un poco y que el dolor de garganta ya no era tan intenso. Los tederos, unas aberturas en las paredes que tenían la función de pequeñas chimeneas, estaban encendidos; pensó que había sido él quien se había tomado la molestia de prenderlos para calentar la habitación.

—Gracias —dijo ella con un hilo de voz.

El chico la ayudó a acabárselo todo y luego dejó la taza en una mesita que estaba junto a la cama. Estaba tan guapo como lo recordaba, con unos ojos verdes como la hierbabuena.

—Ya me voy entendiendo con tus amigos, son buena gente. Me han dado unos tomates en conserva y unos embutidos de color negro muy buenos.

—Butifarra negra... Es lo más barato de toda la matanza del cerdo porque le ponen sangre y sobre todo mucho pan, por eso te lo dan —dijo ella con media sonrisa.

—Lo que me dijiste, que eras tan rápida caminando por la nieve, que no te cansabas nunca... Aquello también era mentira, ¿no?

Sol puso cara de no entenderlo.

—Mírate. La primera nevada y casi te vas al otro barrio —ironizó.

Sol se picó, pero aún no se sentía lo suficientemente fuerte para contestarle de forma contundente.

—Me he resfriado un poco y ya está —protestó con una voz nasal que la hacía morirse de la vergüenza.

—¿Sabes que estamos aislados? Hay al menos un metro y medio de nieve en la puerta y sigue nevando.

Ella no contaba con que habría seguido nevando hasta ese punto y, como el postigo de madera de la minúscula ventana de la habitación estaba cerrado, tampoco podía ver lo que ocurría fuera.

—¿Qué es eso? —preguntó ella. Había visto que tenía algo en la mano.

—Un libro de poesía. Me gusta llevar siempre uno encima. Aún no sé si te gustó o no la del gato que te leí el otro día.

Poesía. La única que recordaba de memoria era la que le habían hecho aprender y tenía apuntada en su cuaderno de la escuela con el dibujo de un burro:

Un día al despertarse, el burro dijo:
quiero aprender a leer o me aflijo.
Si el sabio para serlo un libro leyó,
también quiero ser sabio yo.

—No te sabría decir... —dijo, al fin—. Yo no entiendo demasiado de poesía.

El chico abrió el libro y, sin preámbulos, se puso a leer en voz alta y firme:

En mis cuadernos de escolar
en mi pupitre en los árboles
en la arena y en la nieve
escribo tu nombre.

La cadencia de las palabras con sus rimas iba entrando como una melodía dulce en los oídos de Sol, que cerró los ojos para concentrarse:

En las páginas leídas
en todas las páginas vírgenes
en la piedra, la sangre y la ceniza
escribo tu nombre.

Era un poema de amor extraño, muy diferente a los que había oído alguna vez, cargados de palabras retorcidas y de sentimentalismo empalagoso. Se iba sumergiendo y sumergiendo acompañada de la potente voz de Max, que parecía tenerla cogida de la mano y que la hacía caminar por encima de cada palabra, de cada pausa, de cada cambio de entonación, de cada acento:

En la selva y el desierto
en los nidos, en las emboscadas
en el eco de mi infancia
escribo tu nombre.

Notó un calor en el pecho que nada tenía que ver con la fiebre, sino más bien era un aliento reconfortante. ¿Sería posible que unas simples palabras le estuvieran provocando aquello?

En cada suspiro de la aurora,
en el mar, en los barcos,
en la montaña desafiante
escribo tu nombre.
...
Y por el poder de una palabra,
vuelvo a vivir,

nací para conocerte,
para cantarte.
Libertad.

¿Libertad? Le costó unos segundos entenderlo, pero enseguida sintió unas ganas de llorar irrefrenables. Le vinieron a la cabeza recuerdos antiguos, desordenados; cuando, sin que su madre lo supiera, su padre los había llevado a mojarse bajo una tormenta de verano; cuando durante la fiesta mayor se escondía detrás de la iglesia y bailaba al ritmo de la música sin seguir los pasos que le habían enseñado; cuando caminaba sola por la montaña con la única compañía de los rebecos... Su padre, que siempre tenía esa palabra en la boca, ahora ni siquiera podía escapar de un país que no era el suyo. Rememoró las veces que les contaba que debían luchar para ser libres, para que los trabajadores pudieran defender sus derechos en un sindicato, que las mujeres debían poder votar, que era necesario poder escribir, pensar y soñar libremente sin miedo a recibir un castigo... Y captó todo el sentido de aquellos versos y se sintió agradecida de haberlos escuchado. Ese poema era un escrito de amor al hecho de ser libre. Oyó cómo Max se reía por debajo de la nariz.

—Creías que era una poesía de amor hacia alguien, ¿no? —dijo el chico—. La verdad es que cuando lo leí por primera vez también pensé lo mismo. Pero, oye, si no te ha gustado, no pasa nada, ¿eh? Mira, aquí tengo otro que...

—¡No, no! ¡Me ha encantado! —dijo ella con los ojos bien abiertos. Una punzada en la cabeza la obligó a volver a cerrarlos—. ¡Ay!

—Necesitas descansar —respondió él, preocupado—. Te dejo...

—¡Espera! Antes, dime, ¿quién lo ha escrito?

Max sonrió.

—Un poeta francés, Paul Éluard, un surrealista, como Guillaume Apollinaire.

—¿Surrealista? ¿Qué es eso?

—A ver... ¿Cómo te lo diría...? Digamos que son poetas que huyen de la realidad y se inspiran en el mundo de los sueños y de la imaginación. —El chico se rascaba la cabeza de forma enternecedora, como si eso lo ayudara a encontrar las palabras justas—. Por ejemplo, ¿sabes qué hacen para crear? Pues en lugar de pensar qué ponen en cada línea, cogen un papel y un lápiz y escriben lo primero que se les pasa por la cabeza. Lo llaman escritura automática.

—Eso también lo sabría hacer yo —afirmó ella.

—Ya... pues quizá también eres surrealista y no lo sabes —dijo, divertido—. Los admiro. Quieren cambiar la sociedad de arriba abajo y hacer una revolución para dar la vuelta al orden establecido. Tienen un espíritu libre y el valor de romper con lo que conocemos, la valentía de experimentar con el arte —explicó el chico con intensidad—. Pero los surrealistas no les gustan a todos. De hecho, a Paul Éluard lo están buscando para encarcelarlo, aunque dicen que ha entrado en la Resistencia y no creo que lo encuentren.

El chico lanzó una mirada rápida a Sol.

—Ya sé qué es la Resistencia —lo cortó ella, orgullosa. No quería que la considerase una ignorante, aunque también era cierto que no detectó en ningún momento que le hablara con suficiencia, al contrario.

—Los aviones ingleses lanzan desde hace semanas panfletos con su poesía *Libertad* por toda Francia. —A Sol le pareció reconocer melancolía en la voz del chico—. Así creen que subirán la moral de los franceses.

—Pues a mí me parece muy buena idea —protestó ella. Luego pensó que Max lo estaría viviendo diferente por ser francés y que probablemente tenía familia y amigos bajo la opresión alemana. El recuerdo de Raquel le provocó una ola de tristeza—. Siento lo que ocurre en tu país. Es duro lo que tienes que vivir y... —dijo ella agarrándole la mano. El simple contacto con su piel le pareció electrizante, pero él la retiró de inmediato.

—Sí, bueno... La guerra ya se sabe —divagó. Acto seguido se levantó—. Y ahora duerme, que, si no, no te vas a poner buena.

Y con esas palabras contundentes salió de la habitación, dejando a Sol en un estado de confusión total.

A lo largo del día, Max no apareció más y ella no se atrevió a preguntar a Jacinta dónde se había metido. La mujer le dio un caldo de gallina y col que hubiese podido resucitar a un muerto y un poco de queso y paté, y a media tarde se vio con ánimo de bajar hasta la chimenea, donde el chico yacía despreocupado con un libro en las manos mientras los dos campesinos trabajaban en la despensa. Se quedó mirándolo hasta que él notó su presencia y levantó los ojos.

—Vaya, ¿no te has muerto?

Se sentó cerca del fuego envuelta con un mantón de lana.

—¿Cómo te encuentras? —preguntó él, interesado.

—Ya no tengo la sensación de que me están serrando la garganta cuando hablo, pero todavía me duele la cabeza.

El chico sonrió.

—Creo que tendremos que estar un tiempo más encerrados aquí —anunció—. Hoy el señor Martí y yo hemos intentado quitar la nieve de la puerta de entrada, pero hasta que deje de nevar es inútil. Cada vez estamos más unidos, aunque no entiendo un carajo de lo que me dice... —bromeó.

La simple idea de estar unos días encerrada en esa casa con Max le resultaba atractiva, casi excitante. Estaba pensando que debía tener un aspecto espantoso, con el pelo alborotado y la cara ojerosa, y deseó no haberse movido de la habitación, cuando él la distrajo de sus pensamientos con una propuesta desconcertante:

—Como estamos encerrados aquí sin posibilidad de salir, ¿qué te parece si jugamos para conocernos mejor? Para establecer, digamos, relaciones interculturales.

—No estoy de mucho humor para juegos... Tengo la cabeza embotada.

—Venga, mujer. Es una forma como otra de matar el tiempo. Mira, yo te digo algo que me gusta y después tú haces lo mismo. La regla principal es no juzgar al otro.

—¿Y podemos decir cosas que no nos gusten?

—También.

—Pues no me gusta este juego —dijo ella enfurruñada.

—Este no es el espíritu, pero no te lo tendré en cuenta. Empiezo yo. Me gusta el pan tostado con mantequilla.

—A mí me gusta el pan con tomate.

—¿Con tomate? Qué asco.

—¿Y lo de no juzgarnos?

—Me gusta saltarme las normas —respondió sonriente.

La chica pensó durante unos segundos.

—Me gusta mucho ir al cine La Unió los domingos que puedo librarme de los trabajos de la casa. Así me olvido del pueblo y de la gente que vive allí —añadió con una punta de rencor.

—No conozco tu pueblo, pero olvidar es una palabra muy fuerte. ¿No crees que exageras? —rebatió él.

—Tú no conoces Bescaran.

Un gato pasó por su lado y se acurrucó a los pies de la chica, que lo acarició. El dolor de cabeza había regresado, pero aquel juego le gustaba demasiado para volver a la cama.

—Si tenemos que conocernos mejor, ¿no sería más fácil preguntarnos? —sugirió ella.

Notó cómo enseguida el chico se ponía tenso.

—Quizá sea más fácil, pero no tan divertido, seguro.

Había dado bastantes vueltas a que un francés viviera por aquellos parajes y solo se le ocurría una posibilidad, y era que fuese un fugitivo, como tantos otros, que había optado por dedicarse al contrabando. No lo veía descabellado, pero las evasivas con las que a menudo le respondía le habían hecho tener la mosca detrás de la oreja. Ahora podía preguntarle abiertamente sus dudas, pero no quería asustarlo y por eso se propuso hacerlo con sutileza.

—Entiendo que has huido de los nazis, muchos franceses lo hacen y no debes inquietarte, que yo no voy a decirle nada a nadie... Pero ¿qué haces en el valle de Incles? Aquí no te conocen y si ayer te pilló la tormenta y pediste refugio es porque vivirás lejos...

El chico tenía una expresión extraña, como si, a

pesar de sentirse a gusto con ella, mantuviera alerta todos los sentidos y calculara cada palabra que saliese de su boca.

—Sí que vivo lejos de aquí. Ahora llevo unos días en el Hotel Mirador, pero no sé hasta cuándo, voy cambiando de sitio.

Aquel hotel le sonaba a Sol de haberlo visto alguna vez en Andorra la Vella. Tenía un gran balcón con vistas sobre el pueblo, que es lo que le daba el nombre.

—Y en el valle de Incles había quedado con alguien —lo dijo intentando que sonara despreocupado, pero a Sol se le encendió una pequeña alerta.

Max lanzó un par de miradas fortuitas hacia los troncos encendidos y las chispas que volaban alrededor, se frotó con fuerza el pelo y suspiró.

—Venga, dejémoslo, que es muy aburrido hablar de mí. Me toca preguntar —replicó recobrando el ánimo—. Sé que eres de Bescaran y, que yo sepa, de ahí no debes de huir de la guerra, así que, ¿qué haces aquí?

El corazón de Sol empezó a latir con fuerza. No había previsto que aquel juego podía volverse peligroso y recordó las palabras de Baldrich advirtiéndole una y otra vez que no podía desvelar nada sobre su pasado si quería estar realmente a salvo de Cabrero.

—Tengo una tía en Andorra y he venido a pasar una temporada con ella —respondió al fin poniendo todo el esfuerzo por sonar convincente.

—¿Dónde?

—En el Hotel Pla.

Sol se maldijo una vez más en cuanto lo hubo dicho. ¿Por qué no podía mantener la boca cerrada? Si Baldrich lo supiera, le cortaría la cabeza. El chico asintió como si conociera dónde estaba el hotel.

—Y desde el último día que nos vimos, ¿has estado aquí en Incles?

—...

Sol se quedó en blanco. No se le ocurría ninguna mentira que sonara mínimamente creíble.

—¿O has cruzado las montañas...? —aventuró él con una mirada tan intensa que parecía querer atravesarla.

—No... Bueno, sí.

—¿En qué quedamos? ¿Has ido a Francia sí o no?

Ante la incomodidad de la chica, Max sonrió mientras removía con unas tenazas los maderos que ardían.

—Vale, vale, no me lo cuentes. Pero te diré una cosa: has estado pensando en mí, no lo niegues.

—¡Claro que sí!

Él levantó una ceja, divertido.

—Quiero decir que sí, que lo niego. O sea, ¡que no he pensado nada! Ay, mira, dejémoslo...

—Es mentira. Sí que has pensado en mí. —El chico la atravesaba con la mirada—. ¿Y ya sabes que es peligroso ir por las montañas? Hay controles alemanes por doquier —advirtió.

Sol se enfadó porque ya daba por hecho que había estado en Francia, pero luego le hizo gracia que un chico al que apenas conocía se preocupara por ella. De repente, él se incorporó y se sentó a su lado. La observó un momento, como si la estudiara.

—Y sé otra cosa de ti sin que me la hayas contado.

Ella sintió curiosidad.

—Sé que has vuelto diferente de como te fuiste. Estos días que has estado fuera ha pasado algo que te ha cambiado. ¿Me equivoco?

Aquellas palabras la atravesaron como flechas. ¿Cómo había podido adivinar lo rota que estaba por dentro desde lo ocurrido en Le Vernet? Aquel chico tenía el don de leerle el alma. Por un momento se vio sentada junto a Raquel, acariciándole aquella cara que solo eran ojos y poniéndole trapos mojados sobre sus piernas delgaduchas... Y también estaba con su padre, que había abandonado sus sueños para siempre, y con los prisioneros del tren, que nunca más salieron de aquella maldita estación y acabaron sus días tendidos en un frío andén. Y también se vio delante de aquel chico con la cabeza reventada... No podía reprimir aquellas ganas de llorar que tenía pegadas al pecho y, de repente, se puso a sollozar con la cara entre las manos. A medida que lloraba sentía como aquella gruesa tela de araña áspera que la atenazaba se volvía más ligera. El muchacho se quedó inmóvil, totalmente desconcertado.

—Sol..., ¿estás bien? —dijo, inquieto.

—No, no lo estoy —gimoteó ella—, he visto morir a gente. Los alemanes los matan como ratas. —La sensación de sacarlo de dentro era fantástica, liberadora—. Había una chica, Raquel... La hemos salvado de milagro...

El chico se puso serio.

—Es injusto que hayas tenido que vivir eso...

Max levantó el brazo para tocarla, pero enseguida lo volvió a bajar. Quizá se equivocaba, pero Sol habría jurado que mantenía una especie de lucha consigo mismo; quería abrazarla, aunque algo se lo impedía.

—No quiero ser del grupo de los que miran hacia otro lado. Quiero ser del grupo de los que salvan a quienes nadie más quiere salvar —murmuró para sí misma.

Entonces se estremeció y sintió como toda la angustia de aquellos días se convertía en algo muy diferente, algo parecido a una determinación.

El chico seguía desconcertado.

—¿Qué quieres decir? No te comprendo.

—Justo aquí detrás —aseveró señalando las montañas—, hay mucha gente que necesita ayuda y no quiero pensar que no existen, como hace todo el mundo. Como he hecho hasta ahora —rectificó—. Aunque esté lleno de alemanes.

—Las cosas aún se pondrán más difíciles —advirtió él—. No cruces más por estas montañas, hay soldados y gente de la Gestapo. No sé si sabes qué hacen estos, pero te aseguro que no te invitarán a comer pan con tomate —dijo acalorado, con una dureza que Sol no le había visto nunca—. ¿Me estás escuchando?

La voz de Martí irrumpió en la habitación y el chico se separó de ella abruptamente.

—Si queréis, venid a comer sopa de calabaza y arenque, que si tardáis mucho, ya no quedará ni un poquito.

Al atardecer, a Sol le subió la fiebre y al acostarse cayó dormida al instante. La conversación con Max la había revuelto y soñó con Raquel huyendo de la estación y con aquel capitán Dreyer de sonrisa rígida.

Al día siguiente por la mañana, Sol se despertó bajo la gruesa capa de las mantas y, contenta, se dio cuenta de que ya no tenía dolor de cabeza ni molestias en la garganta. Abrió un ojo y vio a Max sentado a su lado, con un libro en las manos, absorto en la lectura. No se atrevió a moverse por miedo a romper el hechizo y lo estuvo observando un buen rato en silencio, examinando cada rincón de aquella cara exótica, de aquel pelo de oro...

—Ya ha dejado de nevar, Bella Durmiente. ¿Te

encuentras mejor? —preguntó él de repente sin levantar la mirada del libro—. Creo que sí. Ya no tienes tanta cara de muerta.

—¡Insolente! —protestó ella—. ¿Qué lees hoy? ¿Más poesía?

—Sí, nada mejor que levantarse con una buena dosis de poesía para empezar bien el día —bromeó él. Se aclaró la garganta y recitó:

Si puedes soñar sin hacer que los sueños te dominen,
si puedes pensar sin tus pensamientos en un fin en sí mismos;
si puedes enfrentarte al Triunfo y a la Catástrofe
y tratar por igual a estos dos impostores;
si puedes soportar escuchar la verdad que has dicho,
tergiversada por bergantes para atrapar a los necios,
o puedes contemplar, roto, aquello a lo que has dedicado la vida,
y agacharte y construirlo de nuevo con herramientas viejas;
si puedes llenar el minuto que no perdona
con sesenta segundos que valgan el camino recorrido,
tuya es la Tierra y todo lo que ella tiene,
y, más aún, llegarás, hijo mío, a ser un Hombre.

No se había dado cuenta y, poco a poco, se había ido incorporando y ahora ya estaba completamente sentada, metida tan dentro de aquellos versos que tenía la cara de Max muy cerca, a tan solo un palmo; prácticamente podía notar su calor. El chico levantó la vista y se sorprendió.

—¿Te ha gustado? —preguntó orgulloso, como si la poesía la hubiera escrito él mismo aquella mañana—. Es de un inglés, Rudyard Kipling. Nos habla de saber ser pacientes...

—Y valientes —continuó ella.

—Y humildes... Y mantener la cabeza clara cuando todo te va en contra..., aunque fracases en lo que haces.

Se quedaron mudos, observándose el uno al otro, como si temieran que con cualquier movimiento aquellas palabras maravillosas que todavía flotaban en el aire se esfumaran. El chico se le aproximó un poco más, dudoso. A Sol le era imposible poder ordenar las ideas que le bailaban por la cabeza. Sentía una poderosa atracción hacia él, ineludible.

—Te dejo las hierbas aquí. Tómatelas —le dijo—. Después de comer me marcharé, supongo que tú también te irás si ya estás mejor. —Ahora se mostraba taciturno, incluso parecía molesto por algo que a ella se le escapaba—. Bajo, que debo ayudar al dueño a ordeñar las vacas.

Se levantó de golpe y se marchó de la habitación a grandes zancadas, como si huyera del diablo.

Por unos momentos, Sol se planteó alargar allí su estancia; el mero hecho de pensar en separarse de aquel chico la dejaba en un estado de abatimiento inquietante, desgarrador, pero la realidad era que ya estaba en condiciones de marcharse y había abusado lo suficiente de la hospitalidad de esa buena gente. Paseó los ojos por aquella sencilla habitación y se detuvo en la mesita. Con las prisas, Max se había llevado un libro, pero se había dejado otro y empezó a leerlo, excitada por encontrar en sus páginas ideas y frases que la hicieran caminar por lugares que nunca había pisado.

Después de bastante rato se quitó la pereza de encima y se levantó. Abstraída por los poemas de amor que había leído de un tal Heinrich Heine, Sol se empezó a desnudar. Antes de marcharse necesitaba lavarse un poco después de tanto sudar por la fiebre de los últimos días. Fue hasta el aguamanil que había en una esquina de la habitación, cogió el trapo que reposaba junto a él y echó agua en un barreño de barro. Con cuidado porque el agua estaba helada, se empezó a lavar el sexo, las axilas, el pecho y los hombros.

No creo en el Dios
del que hablan los curas;
solo creo en tu corazón,
y más Dios no tengo.

Recitaba de memoria los versos que acababa de leer cuando se volvió y lo vio allí, inmóvil, observándola a través de la puerta medio abierta, con unos ojos que nunca le había visto. Estaban llenos de un deseo tan profundo y salvaje que no pudo evitar soltar el aire de golpe. Ningún chico antes la había mirado así y, sin embargo, no se le pasó por la cabeza taparse, al contrario. El anhelo de que Max la tocara era casi doloroso y le encendía unos pensamientos que no sabía que existieran. Cuando él le clavó los ojos en los senos desnudos, la respiración de Sol se volvió confusa, errática. Por un instante estuvo segura de que se le echaría encima y no podía imaginar nada más placentero. Cuando Max bajó la mirada hasta el pubis y ella ya pensaba que no podría permanecer quieta más rato, se oyó un golpe de alguna puerta que rompió el hechizo y el chico volvió a la realidad en un segundo. Se aclaró la garganta y dijo:

—Te esperamos para el almuerzo.

Y luego se dio la vuelta y bajó apresurado.

Estaban acabando de fregar el plato de escudella sin osar ni mirarse y cada vez que Martí o Jacinta se dirigían a ellos se sobresaltaban.

—No sé qué le pasa al francés... —dijo Martí sorbiendo la última cucharada de sopa—. Parece que haya visto a un muerto.

—Sol, dile que debe ayudar a quitar toda la nieve de la entrada para poder salir —ordenó la mujer.

La chica le tradujo a Max, que asintió. Viendo que los dos jóvenes habían enmudecido, la mujer comenzó a hablar con su marido de cosas del pueblo sin demasiado interés cuando, de repente, una frase captó la atención de Sol:

—... toda condena le será poca a ese pobre desgraciado de Cal Gastó por haber matado a su hermano de esa forma —soltó la mujer.

La chica dejó el plato y se puso a escuchar a Jacinta, que, como le gustaba tener público, se explayó.

—¿No sabes la historia del crimen de Cal Gastó? —le preguntó la mujer.

Sol negó con la cabeza.

—¡Si todo el mundo la conoce! Pasó justo aquí al lado, en la masía de la Costa —exclamó Martí, a quien hablar de aquella historia le había hecho subir los colores a la cara.

A Sol le vino el recuerdo de alguna conversación captada al vuelo en el Hotel Pla, donde sí había oído hablar de un asesinato en el Tarter, pero hasta entonces no lo había relacionado. Max, que no estaba entendiendo nada, preguntó qué pasaba y, a partir de ese punto, Sol se lo fue traduciendo con todo detalle.

La mujer les contó que el hermano pequeño de Cal Gastó, Pere Areny, había matado de un disparo en la cabeza al hermano mayor, Anton, con una escopeta de caza mientras este dormía. Parece ser que Pere no tenía demasiadas luces y negó que hubiera sido él quien lo había hecho, hasta que la policía lo presionó y acabó confesándolo todo. Ahora estaba en la cárcel de la Casa del Valle de Andorra la Vella esperando sentencia, pero todo el mundo estaba convencido de que los jueces dictarían pena de muerte.

—Me imagino por qué lo hizo, pero a ciencia cierta, a ciencia cierta, pues no lo sé... —apuntó Jacinta, que estaba encantada de tener toda la atención de los jóvenes.

—Pero ¿qué piensa usted? ¿Por qué cree que lo mató? —preguntó intrigada Sol.

—Pues porque Anton tenía que casarse, lógicamente, y cuando el heredero se casa, el segundón estorba. Y por eso Pere quiso resolverlo por la vía rápida matándolo.

—Tan importante que había sido la masía de la Costa, con tantos mozos trabajando, y ahora, mira, bien vacía que ha quedado. Da pena incluso verla... —dijo Martí.

—¡Y nadie se atreve a acercarse a ella por miedo a que Anton salga a recibirlos con la cabeza destrozada! —añadió ella. Y luego soltó una carcajada como si lo que acababa de decir fuese el chiste más divertido del mundo.

18

—Antes de irnos, ¿quieres que salgamos a respirar aire fresco? —propuso Max al cabo de un rato, despreocupadamente.

Aunque a Sol la mortificaba que la hubiera visto desnuda, habría hecho lo que fuera para alargar el momento de la despedida, así que aceptó.

Fuera, el paisaje era precioso. Todo lo que abarcaba la vista era de un blanco nítido y deslumbrante y, un poco más abajo, se asomaban otras casas también blanqueadas con las chimeneas humeando.

—¿Te atreverías a ir a la masía de la Costa? —dijo Max de repente.

—¿Donde sucedió el asesinato? No, no, ¡qué dices!

—Nos ha dicho Martí que es la siguiente casa, justo aquí al lado. No creerás en fantasmas, ¿verdad? —la retó—. Pensaba que eras más valiente, pero cada uno es como es.

Sol se picó y aceptó la propuesta más rápido de lo que en realidad hubiera querido. No es que creyera, pero lo de entrar en un lugar donde se había cometido un crimen tan execrable no le hacía ninguna gracia, aunque se habría dejado cortar el cuello antes que reconocerlo. Se encaminaron hacia aquel caserón viejo y, mientras avanzaban, tenía que quitarle los ojos de encima a Max porque, cuando lo miraba, le crecía dentro un desasosiego que le era muy difícil mantener a raya. La posibilidad de que la casa estuviese cerrada y tuvieran que darse la vuelta se desvaneció cuando llegaron: la puerta estaba entreabierta.

—Tú primero —dijo ella invitándolo a entrar con gesto teatral.

El chico se rio y entró.

—Gallina.

Una vez dentro lo siguió de cerca. Se respiraba un ambiente casi hostil, enrarecido, como si realmente los espíritus que la habían habitado permanecieran vagando por aquellas habitaciones húmedas y lóbregas. Se hallaban en una sala grande, con las paredes de piedra vista, vieja y gastada. La verdad era que no invitaba nada a entrar, por eso se pegó al cuerpo del chico para notar su calor y se recreó un momento en esa proximidad, que ahora podía disfrutar sin disimulo.

—El cuarto donde pasó todo estará en el piso de arriba... —dijo él mientras empezaba a subir los escalones de madera vieja que llevaban hasta allá. A cada paso se oía un crujido.

—Espera, espera... ¿Estás seguro de que podemos? Quiero decir, que si alguien nos pilla...

—¿Quién quieres que haya por aquí? Venga, va. No tengas miedo.

—No tengo miedo —exclamó ella sin convicción.

Se pegó aún más al chico mientras iba echando vistazos hacia abajo, como si de un momento a otro pudiera aparecer Anton con el cráneo abierto. Cuando estuvieron en el piso de arriba se encontraron la puerta de la habitación principal abierta.

—Debe de ser aquí.

Sol se agarró al brazo de Max sin darse cuenta. Este

se había puesto serio porque, a pesar de la excitación del primer momento, podría jurar que ahora él tampoco las tenía todas consigo, no sabía si por la presencia de fantasmas o porque la chica le había cogido el brazo. Caminaron despacio y entraron en el cuarto, que estaba en penumbra. Cuando los ojos se les acostumbraron a la oscuridad, observaron, estremecidos, una cama con una enorme mancha del color del café y todas las paredes salpicadas. El olor era putrefacto y tuvieron que taparse la nariz con la manga. De repente, pasó un gato corriendo por delante de ellos y el chico pegó un grito. Se volvió y se topó con la cara de Sol. Estaban a menos de un suspiro. Respiraban agitadamente, pero ninguno de los dos se movía. Eran tan fuertes las ganas de tocar su piel que Sol olvidó a Anton, la sangre y las salpicaduras; solo podía ver aquellos labios que parecía que le pidieran a gritos ser besados.

—Aquí no —dijo él en un murmullo—. Así no.

La cogió de la mano y tiró de ella escaleras abajo. Aquella impaciencia y la prisa la excitaron todavía más. Al salir de aquel lugar cargado de desgracia, el pecho se le ensanchó. Caminaron mudos un buen trecho y cuanto más andaban, más le temblaban las piernas a Sol. ¿Qué pasaría? ¿La besaría? ¿Sería como una de esas escenas de sus películas favoritas? La impaciencia y la anticipación la devoraban, pero lo que había empezado como una caminata llena de expectativas, al poco se convirtió en una carrera hacia la nada. Max iba más y más rápido. Huía. Cuando ya habían recorrido un buen tramo valle arriba, ella se paró de golpe.

—¡Basta! ¿Se puede saber de qué tienes miedo?

El muchacho la miró con una extraña mezcla de alegría y sufrimiento.

—¿Miedo? ¡Mira quién habla! Tú sí que tenías miedo dentro de la casa de la Costa... —dijo con una sonrisa tan forzada que parecía más bien una mueca.

—No te hablo de ese tipo de miedo —lo cortó ella sin contemplaciones.

Max miraba atrás, como si pensara en empezar a correr en cualquier momento. Sol podía notar su sufrimiento, pero no lo entendía. ¿Qué le hacía dudar tanto?

Notó como si el vasto paisaje que los rodeaba empezara a estrecharse a su alrededor más y más, hasta ahogarla. Era muy parecido a lo que sentía cuando atravesaba Bescaran y notaba todas las miradas clavadas a su espalda y no se atrevía a girarse y gritarles que la dejaran en paz de una vez, por mucho que deseara hacerlo con todas sus fuerzas. En un esfuerzo titánico, Sol levantó la mano y la miró extrañada, como si esa mano valiente no fuera la suya. Absorta, observó su recorrido hasta que reposó sobre la mano de Max. No supo encontrar en la cara del chico nada de lo que ella hubiera querido, ni lo más mínimo; era una expresión de tanta incomodidad que, humillada y avergonzada, retiró la mano como si se hubiera escaldado. Habría querido fundirse en medio de aquel mar de nieve que los rodeaba.

—Lo siento, creía...

El chico mantenía aquella actitud de turbación con la mirada clavada a lo lejos.

—¿Me oyes? Digo que...

—¡Mira allí! ¡En la montaña! —gritó él.

Sol miró hacia donde él señalaba, convencida de que era algún otro subterfugio para evitarla.

—¡En lo alto de la cima!

Y entonces los vio. Eran varias personas que bajaban por una ladera de la montaña que tenían delante.

«Fugitivos.»

Caminaban con dificultades, uno de ellos se había caído y los otros intentaban levantarlo, pero no lo conseguían. Max miraba de nuevo hacia el valle.

—Debemos ir a ayudarlos —exigió ella—. ¡Venga! ¡No perdamos tiempo!

Sin detenerse a pensar en lo que hacía, Sol emprendió una carrera fatigosa hacia lo alto de la montaña. Cuanto más subía, más se le hundían los pies en la nieve fresca y blanda y, a pesar de sentirse todavía débil por la fiebre, no aflojó en ningún momento. Cuando notó que necesitaba parar y recuperarse un momento se volvió y, totalmente desconcertada, vio que Max no se había movido de donde estaba.

—¡Max! ¿A qué esperas? —lo conminó a seguirla—. ¡No hay nadie más! Debemos sacarlos de allí nosotros.

Ante su insistencia, finalmente él empezó a andar muy despacio. Se iban acercando al grupo; eran seis personas, cuatro hombres y dos mujeres, y estaba claro que se encontraban al límite de sus fuerzas. Sol agilizó aquella carrera agónica para llegar lo antes posible. Volvió a girarse y Max la seguía, aunque a cierta distancia.

—¡Ya vamos! —gritó en francés.

El eco de su voz retumbó por todo el valle y se encontró rodeada por el regreso de las últimas notas desde varios lugares. Cuando el último sonido se extinguió, un chasquido seco seguido de una especie de trueno que se alargó más de la cuenta cruzó por encima de su cabeza. Cerca de la cima, se había desprendido una enorme placa de nieve y había empezado a bajar a gran velocidad. Se oyeron gritos un poco más arriba. El grupo de desconocidos inició una carrera desesperada que no podían ganar en modo alguno; al cabo de unos segundos, una masa blanca enfurecida los devoró y desaparecieron. Sol, aterrada por la visión, se volvió a tiempo de ver a Max gritando y gesticulando.

—¡Sal de ahí!

Presa del pánico, la joven echó a correr pendiente abajo con las dificultades que esto suponía por la profundidad de la nieve. Sentía su propio pulso en los oídos. Aquel bramido grave que parecía salido de una caverna se iba aproximando, pero Sol no se atrevía a girarse. Notaba como si cientos de piedras caídas del cielo se estuvieran estrellando justo detrás, como una ola hambrienta que lo devoraba todo a su paso. Horrorizada, constató que el alud le pasaba por un lado y bajaba hacia Max. La gigantesca serpiente se deslizó ante sus ojos rodeada de una polvareda cegadora cuando, de repente, notó como una fuerza bruta la empujaba al suelo y la hacía rodar y rodar. Perdió el sentido de la orientación, todo le daba vueltas y era incapaz de parar, aunque buscaba desesperadamente un sitio donde agarrarse. Al cabo de un rato, que le pareció eterno, el movimiento se detuvo. Solo notaba sus propios resoplidos y el latido de su corazón desatado. Aturdida, intentó incorporarse. Tenía una capa de nieve dura sobre la cabeza, pero le dio un par de golpes con la frente y esta cedió. Sentía el cuerpo apresado, embutido por una estructura helada que la tenía inmovilizada.

«No voy a morir aquí —se dijo—. Tengo que devolverle el caballito a Raquel.» Poco a poco fue moviendo los hombros y agrandando el agujero hasta que pudo sacar un brazo. Con la mano, se apresuró a hacer una pala para quitar la nieve que le atrapaba el otro brazo y, cuando este también lo tuvo libre, hizo lo mismo con el cuerpo y las piernas. Había salido. Echó un vistazo a su alrededor. Reinaban una calma y un silencio aterradores. «Max.» Empezó a andar hacia abajo despacio, dolorida por los golpes. Después apresuró la marcha, cayendo y levantándose a cada momento. Esquivaba los bloques de nieve prensada más grandes, pero se tropezaba con los más pequeños y abombados.

—¡Max! —gritó con todas sus fuerzas.

Si estaba vivo, debía oírla. Gritó más y más, pero el rato pasaba y la única respuesta era un silencio asfixiante. Al fin, oyó un grito mortecino. Se acercó hacia donde provenía.

—¡Max! ¿Dónde estás?

La voz se oía cada vez más cerca, pero eran palabras ininteligibles. Llegó al punto de donde creía que salía y se puso a escarbar con las manos como una poseída. Al cabo de un rato las tenía enrojecidas y le dolían mucho, pero no se detuvo.

—¡Aguanta! ¡Estoy aquí!

Le pareció ver algo oscuro en medio de la masa blanca. Un trozo de la chaqueta. Un poco más y ya lo tenía. No lo oía, así que se esforzó aún más. Con las manos doloridas, acabó de sacar la última nieve que cubría la tela hasta que reconoció su brazo. Lo siguió hasta llegar a la zona donde se suponía que debía estar la cabeza. «Respira, por el amor de Dios.» Ya ni siquiera se notaba los dedos, pero ahora no podía rendirse. Si el chico se había quedado sin aire, no le quedaba mucho tiempo. Llegó al cuello y finalmente a la cara. La boca y la nariz. Estaba de color lila.

—¡Max!

Nada. El chico no reaccionaba. Le metió los dedos en la boca y extrajo un buen trozo de nieve. Enseguida se puso a toser. Sol reía como si fuera tonta y no se daba cuenta de que las lágrimas se le deslizaban mejillas abajo.

Después de haber sacado a Max del agujero donde estaba enterrado y asegurarse de que no corría peligro, lo dejó sentado y volvió montaña arriba con pocas esperanzas de encontrar a nadie vivo. Aun así, estuvo gritando hasta quedarse afónica, pero no hubo respuesta. Con un nudo en el estómago, se rindió y volvió a su lado.

—No encuentro a nadie, Max... —dijo desolada—. Están muertos... Todos muertos... —gimoteó—. Venga, vamos a casa para ver si te has roto algo...

—Espera —dijo él tirándole de la mano.

—Cógete a mí y podremos...

—Un momento —insistió Max con un tono más imperioso—. Siéntate, por favor. Será solo un minuto.

Sol obedeció.

—Cuando he visto que el alud te engullía... —Dejó caer la cabeza y negó—. Solo de pensar que... Sol, solo de pensar que...

Max levantó la cabeza y la miró de hito en hito con la mirada más limpia y más clara que Sol hubiera visto nunca.

—Te quiero.

A pesar del dolor que tenía en todos los huesos del cuerpo, Sol sintió como si toda ella flotara.

—Desde la primera vez que te encontré en el valle de Incles, cuando te leo poesías, cuando te he visto desnuda antes... Te quiero.

Fuera lo que fuese aquello contra lo que había estado luchando Max, había desaparecido, y Sol pudo notar cómo el deseo los iba envolviendo. Se abrazaron y el chico le clavó la nariz justo en el espacio entre el cuello y la clavícula e inspiró con fuerza, como si le quisiera robar el olor de la piel.

—¡Yo también te quiero!

¿Cómo podía querer a alguien a quien apenas conocía? No le importaba ni el porqué ni el cómo. Sol quería gritar lo que sentía a los cuatro vientos y ahuyentar la oscuridad que hasta hacía nada había habido entre ambos.

Después de mirarse unos instantes eternos, él la cogió por la nuca y la besó. Le buscaba la cara con las manos y los labios y le besaba cada rincón de piel con ansia, como si temiera que se le desvaneciese de entre los dedos en cualquier momento. Sol, con una sonrisa de júbilo, tenía la sensación de que un torrente se la llevaba montaña abajo y se dejaba ir, feliz.

Una vez en Cal Martí, le contaron al matrimonio lo que les había pasado y se recuperaron del frío junto a la chimenea. El dueño de la casa les dijo que cada año había deslizamientos y que en primavera siempre salía algún cuerpo a la superficie, que enterraban en el cementerio con una cruz sin nombre.

Ambos eran conscientes de que había llegado el momento de la despedida. El día estaba despejado y, una vez estuvieran en la carretera, seguro que el paso de la gente ya habría endurecido la nieve y les sería fácil andar. Se despidieron de los ancianos y Max les dejó un saquito con monedas sobre la mesa como pago por su hospitalidad. Después de caminar un rato, llegaron a la carretera principal, por donde, efectivamente, ya circulaba bastante gente. A Sol la invadía una inquietud que tenía atascada en el pecho y no sabía qué hacer con ella. ¿Se volverían a ver? ¿Se separarían para siempre? ¿O él la acompañaría a Escaldes? Habría querido bombardearlo a preguntas, pero por algún motivo no le salía ningún sonido de la boca.

Fue él quien se detuvo, le cogió las manos y le dijo:

—Si yo pudiera... —insinuó. Parecía que tuviera que pescar cada palabra en un pozo muy hondo—. Todo es muy complicado, pero... me gustaría verte de nuevo.

—A mí también —se apresuró a responder ella—. Y no entiendo que todo deba ser tan complicado.

El chico negó con la cabeza mientras esbozaba una sonrisa amarga.

—Voy hacia el Pas de la Casa —explicó— y tú vas hacia abajo. Aquí nos separamos.

—Pero ¿no vivías en el Hotel Mirador de Andorra la Vella? ¿Qué haces en Andorra en realidad? ¿Quién eres? —preguntó ella al fin.

Tenía su boca tan cerca que apenas podía concentrarse en las palabras.

—Quién soy... buena pregunta —repitió para sí—. Pues mira, tengo a mi familia en L'Hospitalet, al otro lado de la frontera, y hace días que no me ven, así que tengo que ir a decirles que estoy bien. Sin embargo, iré a verte —soltó de mejor humor.

Era la primera vez que él le contaba algo de su vida. Parecía un trocito muy pequeño, pero para Sol era un tesoro.

—Y mientras tanto no hagas ninguna tontería, ¿de acuerdo? Quiero decir, eso que decías de ayudar a la gente que pasa por las montañas. Ya te he dicho que ahora es peligroso.

—No entiendo que esto me lo pidas tú, precisamente. ¿Qué decía el poema de Kipling? —rememoró—. «Si puedes llenar el minuto que no perdona con sesenta segundos que valgan el camino recorrido.» Tengo que hacer que valga la pena, si no, ¿qué sentido tiene todo esto?

El chico suspiró.

—Te recuerdo que también dice: «Si puedes soñar sin hacer que los sueños te dominen».

—No sufras por eso. Nunca he sido persona de soñar mucho.

Se fueron separando muy despacio, entrelazando los dedos hasta que se despegaron del todo y cada uno continuó su camino, uno hacia el norte y otro hacia el sur. A Sol, con la cabeza gacha y repleta de preguntas, la atormentaba la sensación de estar caminando por una de esas placas de hielo que de pequeña le habían enseñado a evitar a toda costa.

19

—No, ni hablar —dijo rotundo Baldrich—. Tú no pasarás fardos.

—Yo no digo fardos, digo pequeños encargos, una carta, documentos, lo que sea que pueda ayudar a ganar la guerra a Inglaterra y Francia —respondió Sol determinada. Había dado muchas vueltas a cómo pedírselo y ahora que se había atrevido no podía dar marcha atrás. Pensar en Raquel y en toda la gente de aquella estación le daba el empuje necesario para insistir. También lo hacía por su padre, porque nadie de la familia había mostrado nunca propensión alguna a luchar por sus mismas ideas, así que cuando supiera qué se proponía seguro que se sentiría orgulloso de ella—. Alguna vez te he oído decir que eso puede ayudar a echar a Franco...

—No, Sol, es demasiado peligroso. Además, te recuerdo que hasta hace solo cuatro días veías a un carabinero y te ponías a temblar. No estás hecha para esto.

Baldrich se levantó y empezó a andar arriba y abajo de aquella habitación donde los contrabandistas se reunían.

—Tú no me conoces demasiado... Quiero decir, que yo allá en el pueblo subía sola a apacentar las vacas en la montaña. Piensa que si hago de correo puedo ir por los collados y así no tendría que atravesar por la frontera de Pas de la Casa...

—Pero ¡¿te has vuelto loca?! ¿Quieres que tu hermano me mate? Y más ahora que no está en Barcelona y no puede opinar. No, y no hablemos más.

Baldrich fue hacia la puerta, dando a entender que la conversación había finalizado, pero Sol se quedó plantada donde estaba, no pensaba rendirse tan fácilmente.

—Oye, Quim. —En pocas ocasiones lo llamaba por su nombre—. Mi hermano no decide por mí, lo que hago o dejo de hacer lo elijo yo. Necesitáis más gente que nunca, nos lo dijo Teresa Carbó en Toulouse, y el hecho de ser mujer lo hace todo mucho más fácil, ¿no te das cuenta? Nadie sospechará de mí.

El contrabandista iba diciendo que no con la cabeza, pero callaba y ella aprovechó para darle más argumentos.

—Y eso de ir por la montaña... Escúchame bien, no necesito a nadie para ir por los montes. ¡Soy fuerte y puedo caminar por la nieve más que cualquiera de tus hombres!

Cuando acabó estaba jadeando y Baldrich se la había quedado mirando, estupefacto. Nunca, ella era muy consciente de ello, la había visto sacar el genio ni hablar con tanta vehemencia.

—Por favor, dame una oportunidad y, si no va bien, si no hago exactamente lo que me mandéis, me volveré a encerrar en la cocina bien calladita a preparar escudella.

Baldrich sonrió por debajo de la nariz.

—No sé si serías capaz de estar calladita...

Se quedó de pie mirando por la ventana hacia la plaza desierta y ella pensó que quizá el silencio fuera ahora un buen aliado para que todo lo que le había dicho le calara bien adentro. Debía darse cuenta de que era una buena oferta.

—Como todos los que nos dedicamos a esto, deberías cobrar...

—Sí, claro, aunque por eso no nos pelearemos, no lo hago por el dinero.

Finalmente, Baldrich levantó las manos como si se rindiera.

—Pero nada de ir por las montañas sola, en eso no pienso ceder. Te haremos un salvoconducto falso e irás en tren. Primero tendrás que coger el autobús de línea que te llevará hasta La Seu, de allí a Puigcerdà y luego tomarás un tren a Francia. Es más seguro.

Por primera vez en mucho tiempo, Sol se sentía triunfante, como una de sus heroínas de película. Marlene Dietrich enamorada por las calles de París en *Ángel*, Joan Fontaine sobre un acantilado en *Rebeca* o la maravillosa Claudette Colbert haciendo de corista en *Medianoche*.

—No está todo decidido. Deberé presentarte a Francesc Viadiu, él es quien lleva la red y quien recibe el dinero de los británicos, o sea, que él tiene la última palabra y decide quién entra y quién no.

—¿Cuándo vamos a conocerlo?

El coche se acercaba por la carretera a Sant Julià de Lòria, donde vivía el líder de la red, Francesc Viadiu. Por el camino, Baldrich y Eduard le habían contado cosas sobre él: que había sido el alcalde de Solsona durante la República y que, terminada la guerra, había tenido que emprender el camino del exilio como tantos otros. Sol estaba nerviosa, quería causarle buena impresión al jefe de aquella cadena de evasión, pero lo cierto era que ahora ya no se sentía tan segura de sí misma y que no encontraba por ninguna parte la fuerza de aquella revelación en Cal Martí con Max ni la determinación que había demostrado con el propio Baldrich.

Max. Todo en él era un gran secreto envuelto y metido dentro de una caja con candado. ¿Acaso era eso lo que tanto la atraía de aquel francés singular? Mientras se perdía en estos pensamientos, el vehículo frenó ante una casa con vigas de madera en cuya fachada un cartelito anunciaba que habían llegado a Cal Senzill.

Lo que por fuera era ciertamente una casa de apariencia sencilla, como su nombre indicaba, por dentro parecía un campamento militar. Al entrar, Sol se encontró con un enorme hormiguero de tamaño humano, con pequeñas habitaciones entrelazadas unas con otras llenas de gente que las recorría en un orden que todavía no era capaz de entender. En el recibidor, un grupo de cinco o seis personas yacían en el suelo, medio apoyadas unas en otras y adormiladas. «Refugiados», pensó. No debía hacer mucho que habían atravesado las montañas, todavía llevaban los bajos del pantalón mojados por la nieve. En pie, fumando y charlando animadamente, había cuatro hombres fornidos y de aspecto fiero que tenían toda la pinta de ser los pasadores y que le sonaban de haberlos visto comer alguna vez en el Hotel Pla. Cuando ella, Eduard y Baldrich entraron en la siguiente sala, tuvieron que abrirse paso entre un río de gente que formaba una cola irregular. Esta moría en una mesa con una secretaria ajetreada que estampaba sellos, firmaba y redactaba papeles. Otra mujer iba recitando nombres de personas, casi imposibles de entender en medio del alboroto general. Los tres consiguieron llegar a otra habitación en la que había un cura y tres mujeres sentadas. Le dijeron a Sol que esperara allí mientras ellos mantenían una primera reunión con Viadiu, así que se sentó en un taburete, alejada de los demás, y se distrajo observándolos de reojo. Las mujeres tenían mucha clase, debían ser gente rica porque iban vestidas con ropa buena de montaña, botas de piel y jerséis y chaquetas de lana de calidad. Se fijó en que la mayor, que parecía la madre, simulaba buscar algo dentro de una bolsa y aprovechaba para levantarse la falda y deshacerse una venda que le envolvía la pierna. Su primer pensamiento fue que estaría herida, pero enseguida se dio cuenta de que entre la venda y las medias tenía escondidos pequeños diamantes que la mujer se apresuró a guardar en una bolsita, sin sospechar que Sol la estaba viendo. Hizo una mueca de dolor, no podía ser menos si tenía clavadas todas esas piedras en la carne.

—Nicole, Monique —susurró en francés a las chicas—: Rápido, sacadlas y dádmelas que ahora tendremos que pagar.

La mujer se volvió y pilló a Sol, que enseguida fijó la mirada hacia delante, disimulando.

—¡Baronesa Rothschild e hijas! —gritó alguien desde lejos.

De inmediato, la mujer y las dos chicas se pusieron en pie y pasaron por delante de ella con altivez para dirigirse al cuarto de donde entraba y salía gente constantemente.

Pasó mucho rato hasta que Sol se dio cuenta de que se había quedado medio adormecida con la cabeza apoyada en la pared y una mano le tocaba el hombro. Era Baldrich, que le dijo que Viadiu los recibiría. En un despacho con una mesa grande y varias sillas los esperaba el jefe de la red con una sonrisa de oreja a oreja. Sol se lo había imaginado alto y fuerte, como una versión de Clark Gable en la película *Rebelión a bordo*, capaz de luchar contra la tiranía más cruel. En cambio, se encontró ante un hombre normal y corriente, vestido con camisa y corbata y con aspecto de dependiente de una mercería. Sentada frente a una mesita auxiliar con una libreta y un lápiz había una mujer pequeña de una edad indeterminada y de pecho generoso que parecía estar atenta incluso al vuelo de una mosca.

—Adelante, siéntense, siéntese... Bienvenidos de nuevo a mi casa, queridos amigos, me complace verlos a todos en buena forma... ¿Y usted, señorita? —dijo dirigiéndose a ella—. Usted debe ser Soledat Mentruit, la hermana de Salvador, del pueblo de Bescaran. Sé que su pobre padre ha tenido que dejar la patria, como tantos de nosotros, y huir al exilio. Ay, qué país el nuestro, no tiene solución, no tiene solución... —añadió con nostalgia—. ¡Pero hablemos de otras cosas más estimulantes! ¡Del futuro! Qué gran adquisición, Salvador, sí, señor, un valor al alza, que se dice ahora. Ya felicité a su hermano, señorita Mentruit, pero también la felicito a usted, aquí no quitamos el mérito a nadie. —Sol no podía prever el torrente de palabras que era capaz de decir aquel hombre sin respirar—. No debió ser fácil llegar a Toulouse justo cuando los alemanes la estaban ocupando, y menos salir de ella. ¡Qué dolor de cabeza, Dios mío! ¡Qué dolor de cabeza! Salvador también me contó lo de Le Vernet...

La muchacha asintió mientras se sentaba y, dentro de su cabeza, resonaron los ladridos enloquecidos de perros. Con un gesto sutil, se sacudió aquel recuerdo que, aún ahora, le oprimía los pulmones por dentro y no la dejaba respirar.

—Bien, pongámonos al tajo, que aquí todos tenemos mucho trabajo y poco tiempo que perder. Mi secretaria, Lola, irá tomando nota de todo lo que decimos y la ayudará en lo que sea menester. —Señaló a la mujer menuda, que ya tenía el lápiz levantado—. Me ha dicho Quim Baldrich que le sería conveniente trabajar para nosotros... Lo cierto es, no quiero engañar a nadie, que contar con una mujer sería de notable ayuda para la red, sobre todo para atravesar la frontera francesa. En el buen sentido de la palabra, ¡se entiende! —se apresuró a decir mientras se tocaba el nudo de la corbata—. Los alemanes no son diferentes de los demás hombres, ya me comprenderán los aquí presentes, y los encantos de una chica pueden hacerles bajar la guardia y, en fin, beneficiar a nuestros intereses. Sin embargo, no voy a engañarla, este trabajo comporta un riesgo, es de vital importancia que le quede bien claro antes de aceptarlo. El ejército alemán y la Gestapo se están desplegando por todo el territorio, esto es algo innegable que conlleva muchos peligros.

Viadiu desplegó un mapa de Andorra sobre la mesa y fue marcando con los dedos todos los puntos:

—Ahora mismo ya los tenemos en el puerto de Juclar, en el Hotel Massana, en el Hotel Mirador, en Soldeu y en Canillo. ¡Sí, sí, amigos míos, crean lo que les digo, que lo sabemos de buena tinta! —aseguró volviéndose a anudar bien la corbata—. Aunque parezca mentira, los alemanes campan libremente por Andorra, pese a que este es un país neutral.

Sol recordó el episodio de La Massana, donde estuvieron a punto de toparse con el capitán Dreyer.

—Y saben a quién buscan, ¿verdad? ¡A nosotros,

amigos! ¡A nosotros! —siguió alzando la voz con grandes gesticulaciones—. Precisamente a los guías, a los que hacen de correo y a los contrabandistas, porque quieren impedir la fuga de personas, sobre todo de aviadores ingleses. Señorita, quisiera estar seguro de que es consciente de que, como todos nosotros, estará en el centro de la diana.

—Sí, soy muy consciente —respondió ella.

—Aaah, es una chica de pocas palabras la señorita Mentruit, ¿eh? —dijo con una carcajada exagerada—, pero me parece bien, me parece bien, sí, que lo que dicen de «por la boca muere el pez» es una verdad como un templo. Nuestro lema es mantener un perfil bajo, pocas palabras y mucha discreción.

Baldrich carraspeó.

—De hecho... Si me lo permite, señor Viadiu, yo le he puesto una única condición a Soledat, y es que, si va acompañada, no me opongo a que vaya por la montaña, pero si va sola a Toulouse, lo hará en tren y pasando por la frontera, o sea, que a la fuerza necesitará que le haga documentación falsa.

—¿Lola? —dijo Viadiu.

—Eso no será ningún problema, pero tardaremos unos días —respondió la aludida mientras apuntaba algo en su cuaderno—. Necesitaremos sus datos y una fotografía reciente.

—Mientras tanto... —dijo Viadiu, abriendo una caja de hierro con una llave. Sacó un fajo de francos y se lo acercó a Sol—. Aquí tiene algo de dinero para pagar los gastos del viaje y el resto, a la vuelta. Así es como trabajamos nosotros.

La chica los cogió.

—Y yo, si me lo permite señorita Mentruit, le pondré otra condición para trabajar en la red que tengo el honor de haber consolidado —añadió el hombre con una sonrisa condescendiente—. La primera vez que viaje en tren lo hará con él —dijo mientras señalaba a un chico que había estado todo el rato en un lado del despacho sin abrir la boca— y, si todo va bien, después ya irá sola a Francia. Nos traerá aquí el material que le entregue Teresa y nosotros ya nos encargaremos de llevarlo a Barcelona.

El joven al que se refería Viadiu tenía un aspecto más bien salvaje, con barba de varios días y el pelo un poco largo. Con esa pose desganada y el pie apoyado en la pared parecía que todo lo que se hablaba en aquella habitación no le diera ni frío ni calor.

«O sea que él tendrá que darme el aprobado», pensó un tanto ofendida Sol.

—Les presento a Nico, una muy buena pieza que hemos fichado recientemente para nuestra organización —exclamó Viadiu orgulloso—. Es de Polonia y luchó con las Brigadas Internacionales en nuestra guerra, junto a los republicanos, en la batalla del Ebro. Solo por eso tiene ya todo mi respeto y gratitud. Fue uno de los brigadistas venidos de muchos lugares del mundo para luchar contra el fascismo y tuvo la suerte de salir de una pieza, no como tantos otros.

Sol lo saludó con un movimiento de cabeza y el tal Nico se giró con una sonrisa burlona.

—No quiero alargarme más, que siempre hablo y hablo y, si nadie me para, se nos podría hacer de noche, ¿no? Su primer trabajo será ir hasta Toulouse en tren, a buscar un paquete en la casa de la mosca, que ya conoce. Allí tendrá que dar la contraseña...

—Buenos días, vengo de parte de René, el fabricante de tejidos.

Viadiu se mostró satisfecho y dio un golpe con las manos.

—Exacto, exacto... Me parece que usted y yo, señorita Mentruit, nos entenderemos muy muy bien.

Cuando salían del despacho, Lola la cogió por banda y le dijo en un susurro:

—Cuidado con ese prenda de Nico. Si sabes mantenerlo a raya, te será útil, pero tiene las manos muy largas, no sé si me entiendes.

Sol le dio las gracias por el consejo y Lola le guiñó un ojo.

Se acercó al resto, que estaba bajando por las escaleras que conducían a la calle, y, con un gesto sutil, Nico cogió a Sol por el codo.

—Yo también tengo una condición para aceptar este trabajo —le dijo al oído en francés.

—¿Ah, sí? ¿Cuál? —respondió ella procurando disimular su sorpresa.

—Si quieres que te acompañe a Toulouse, antes tendrás que acompañarme al cine Principal, aquí mismo en Sant Julià. Esta tarde ponen una buena película y después hay baile, y si tú quieres podemos alargarlo, no sé, hasta que salga la luna... Seguro que en Bescaran no hacéis estas cosas, ¿verdad, forastera?

Sol ni siquiera aminoró la marcha mientras hablaba.

—La verdad es que no necesito que me acompañe nadie a Toulouse. Así que, si tantas ganas tienes, vete tú al cine. —Ni ella se creía lo que acababa de decir. Aquella nueva misión le había dado una gallardía que no sabía que poseía.

Se metió en el coche dejando al chico con la palabra

en la boca. Este, lejos de arredrarse, entró en el vehículo al instante y se sentó a su lado.

—Vale, me parece que no he empezado con buen pie... Mira, hace mucho que me muevo por estas montañas y he perdido, digamos, el don que tenía para confraternizar con chicas bonitas.

—Ya —dijo ella poniendo los ojos en blanco—, y has pensado que podrías confraternizar conmigo a la luz de la luna. ¿Es eso?

Él sonrió, se veía que estaba acostumbrado a que las chicas sucumbiesen rápidamente a sus encantos.

—De acuerdo, me rindo —dijo levantando los brazos—. No me gusta el cine, ni siquiera sé la película que echan, y tampoco creo que haya ningún baile. Lo cierto es que me extrañaría mucho que alguien se pusiera a bailar con el frío que hace...

No sabía por qué, pero a Sol esa sinceridad pueril le hizo gracia.

—Pues a mí sí me gusta el cine —replicó ella de repente—, y la condición ahora la pondré yo. Me acompañas al cine y, cuando acabe, cogemos el autobús de línea hasta Escaldes y me dejas en el Hotel Pla. Ni baile ni luna. ¿Hecho?

Nico le tendió la mano.

—Hecho.

Acto seguido, se estrecharon las manos. Baldrich y Eduard se fueron en coche al hotel y ella se quedó mirando cómo se marchaban. Volvería a entrar en una sala de cine después de tanto tiempo, pero con una sensación de culpa que no sabía de dónde le venía.

20

Algún lugar de Francia
Diciembre de 1942

—¿Y tú, Rosenthal? ¿Cómo has llegado hasta aquí? —preguntó el chico que tenía delante. Les acababa de contar que había logrado escapar de Holanda gracias a un matrimonio católico que ayudaba a los fugitivos.

Acurrucado en su asiento del tren, Rosenthal lo observaba con la mirada vacía. No podía sentir nada por aquel muchacho por triste que fuera su historia, porque historias como aquellas las había escuchado a decenas, a cientos en los últimos años.

—Venga, que no te dé vergüenza. Aquí no juzgamos a nadie —insistió otro de los doce hombres fugitivos que iban en ese vagón. Este en concreto había vivido escondido en casa de un comunista belga hasta que los alemanes lo encontraron de madrugada en casa y pudo huir de milagro.

Habían estado la mayor parte del viaje en silencio, pero viendo que en ese vagón solo viajaban ellos, habían empezado a charlar.

—Fue por un rabino —dijo al fin Rosenthal.

Todos los del grupo lo escuchaban con atención.

—Si no hubiera sido por él, muy probablemente ahora me estarían comiendo los gusanos.

Así fue como Rosenthal se dispuso a hablar de un lugar que era solo una leyenda negra, del que nadie sabía nada, pero sobre el que planeaban las sospechas de las peores atrocidades cometidas por el hombre. La historia que les iba a contar cambiaría las almas de aquellos jóvenes, así como había cambiado la suya cuando la escuchó por primera vez.

Todo empezó poco después de llegar a Bélgica, cuando, en una fuga desesperada, logré salir de Alemania y refugiarme en un piso de mala muerte que una organización judía disponía para esconder a refugiados y que operaba desde la clandestinidad. Allí había un hombrecillo arrugado como una pasa, asustado y que por cómo se movía y lo que decía parecía un demente. Con la mirada clavada en la pared y ajeno a si lo escuchábamos o no, el rabino hablaba con una vocecita ronca y débil, como si, a fuerza de repetirla una y otra vez, aquella historia se le hubiera ido comiendo la energía. De entrada, no me la creí, como la mayoría de los que estábamos allí. Ya había oído historias terribles y rumores de todo tipo. Pensé que podía ser una fábula como tantas otras que habían ido creciendo por culpa de la guerra, el miedo, la miseria..., pero después de un rato de escuchar al anciano empecé a sospechar que ese relato iba en serio.

El viejecito se refería insistentemente a un supuesto documento del que le había hablado un judío que se había escapado de Polonia: el informe Pilecki. El nombre no me dijo nada, como supongo que no os dice nada a vosotros. Según decía, Witold Pilecki, un capitán del ejército polaco vencido por los nazis, protagonizó un acto inaudito, valiente, digno de un héroe: había entrado voluntariamente en un campo de trabajo de una localidad a sesenta kilómetros de Cracovia llamada Oświęcim, Auschwitz en alemán. Había oído que allí se cometían todo tipo de castigos corporales y asesinatos masivos que quería ver con sus propios ojos, así que se dejó detener en una redada. Una vez dentro, se dedicó a recopilar información que él mismo había podido corroborar e iba pasando pequeñas notas en las que se lo contaba todo a otros compañeros que se habían quedado fuera del campo. Estos, a su vez, se las hacían llegar al gobierno polaco en el exilio y a los gobiernos aliados para que vieran la gravedad de los hechos y desmantelaran el campo. En resumen, Witold Pilecki los conminaba a bombardear Auschwitz de inmediato para detener el genocidio que se estaba cometiendo, pero, ante su sorpresa, nadie creyó que todos esos horrores pudieran ser reales. El tiempo iba pasando y al cabo de dos años y medio, convencido al fin de que nadie movería un dedo, Pilecki decidió escapar. Él y otros dos presos que trabajaban en la panadería consiguieron escabullirse y cruzaron el bosque mientras las balas les rozaban el uniforme de preso. Ya en Varsovia, escribió, ahora sí, un informe completo que debía llegar a Londres donde detallaba todo lo que ocurría en Auschwitz, un informe que acabó tomando su nombre: el informe Pilecki. Y lo que narraba, no podía dejar a nadie indiferente.

Los judíos llegaban en trenes de ganado y eran clasificados en dos grupos: por un lado, los ancianos y mujeres con niños y, por otro, los adultos en edad de trabajar. En aquellos momentos en que muchas familias eran separadas, y para que nadie se rebelara, los calmaban con la promesa de que enseguida les devolverían las pertenencias y que repartirían postales para que pudieran escribir a sus familiares. También les decían que necesitaban trabajadores cualificados, sastres, zapateros, carpinteros... A quienes se identificaban como tales, los ponían en el grupo de hombres y mujeres que podían trabajar. Quienes se habían quedado en el primer grupo, ancianos, mujeres y niños o que no tenían ningún oficio, estaban condenados. A estas personas las llevaban hacia unas duchas con el pretexto de que debían desinfectarse y entonces las hacían desnudarse a toda prisa y entrar en unos barracones, y cerraban las puertas.

Lo que ocurría a continuación parecía imposible de creer, pero Pilecki lo contaba con tantos detalles que no dejaba lugar a dudas. De dentro de las duchas, empezaban a oírse gritos, primero tímidos, después más fuertes y finalmente desesperados. Al cabo de un rato iban languideciendo hasta apagarse del todo y cuando el silencio era absoluto, un grupo de judíos encargados del orden en el campo abrían las puertas y se encontraban con una montaña de cadáveres. De las duchas, en lugar de agua, salía un gas mortal. Con muchas prisas, los cargaban dentro de carretillas y se los llevaban a unos grandes hornos crematorios que estaban justo al lado y que no paraban de funcionar día y noche. La ceniza caía sobre los barracones, las calles del campo e incluso sobre las ciudades más cercanas. Y, básicamente, así era como funcionaba ese campo, que, además de ser un centro de trabajos forzados para prisioneros donde también se realizaban experimentos médicos inhumanos, era una máquina con un engranaje perfecto que permitía el exterminio de personas a un ritmo y eficiencia extraordinarios, tanto de judíos como de disidentes políticos, intelectuales, homosexuales, gitanos y, en general, cualquier espécimen que pudiera ser considerado enemigo del régimen. En los últimos meses, los trenes llegaban a un ritmo frenético, como si la aniquilación total de los enemigos del Tercer Reich se estuviera ejecutando a contrarreloj.

Cuando el rabino acabó su relato, las dudas sobre la existencia de ese lugar se habían desvanecido del todo y entendí enseguida que, si me dejaba atrapar, tenía muchos números de terminar en un lugar como ese para no salir de él nunca más. Por eso, cuando me comunicaron que todos los judíos debíamos presentarnos aquella mañana en el Velódromo de Invierno de París, planeé la huida. Asistí, impotente, a que miles de personas se dirigieran allí como ovejas al matadero, porque, aunque supiera el destino que los esperaba, no podía hacer nada. Seguro que la mayoría de las personas que se encaminaron al Velódromo aquella mañana acabaron en Auschwitz porque nadie nunca hizo nada por desmantelarlo. Nadie quiso investigar. Nadie lo bombardeó como pedía Pilecki. ¿Por qué? Pues porque los gobiernos aliados creyeron que lo que contaba el informe era, sencillamente, demasiado atroz para ser cierto.

Absortos por aquellas últimas palabras, ninguno de los doce hombres que lo escuchaban se dieron cuenta de que el tren estaba deteniéndose en la estación de Perpiñán. Enseguida espabilaron y bajaron al andén, donde los recibió un nuevo guía español llamado

Puigdellívol, un hombre serio y barbudo que los hizo subir a un camión. Allí todos se relajaron un poco y comprobaron que llevaban los mismos pases para cruzar la frontera, todos expedidos por don Antonio, el periodista que se hacía pasar por agregado cultural de la embajada española. Los judíos, tranquilos por portar ese papel sin ninguna validez en el bolsillo, se dirigían de cabeza a la boca del lobo sin sospecharlo.

Mientras recorría las calles de la ciudad en lo alto del vehículo, Rosenthal dio gracias a Dios por estar vivo, por poder abrir los ojos un día más y se sintió más cerca de su amada Ana y sus dos hijas, Sara y Míriam, a quien hacía años que no veía. El camión dejó la ciudad y se perdió por una carretera con un destino funesto que solo Puigdellívol conocía.

21

Escaldes. Andorra
Diciembre de 1942

—¡Jodidas sillas! —dijo Nico mientras se frotaba el culo, dolorido—. Los nazis las podrían utilizar como sistema de tortura. ¿Crees que las hacen así para que las parejas no se queden una vez terminada la película a... ya me entiendes?

—Sí, seguro que las hacen así por eso —respondió Sol, desganada.

El polaco sacó una petaca del bolsillo y dio un buen trago.

—¿Quieres, forastera?

Ella respondió que no, apenas se estaba despertando entre una bruma de bienestar y placidez. Habían sido las primeras dos horas en mucho tiempo en las que había conseguido despejar la cabeza de ruido y solo había dejado entrar vestidos de seda, bulevares de París, música y sonrisas radiantes. Se dirigieron al autobús Dodge de la Hispano Andorrana, que ya estaba a rebosar de gente, y se sentaron al fondo. Les fue por poco porque enseguida arrancó.

—Esa actriz se llama Greta Garbo, ¿verdad?

—Mmm —asintió ella con la cabeza muy lejos de allí.

—El papel de comisaria comunista le queda de perlas. Admito que me ha puesto a cien... Tan estirada ella, con esa frialdad, no lo sé, me recuerda a alguien... —dijo el polaco mirándola de reojo con ese ademán despreocupado.

—¿No lo dirás por mí? Aparte de que no nos parecemos en nada, Ninotchka odia París y, en cambio, a mí me encantaría ir.

—Te aseguro que, llena de nazis, la ciudad pierde todo su encanto —dijo él con sorna—. Y la película, ¿qué quieres que te diga? Estaba llena de tópicos.

—Pues a mí me ha gustado. De hecho, es la tercera vez que la veo. Hasta podría recitar diálogos enteros.

—No sé qué le ves.

—Que me hace reír, ¿te parece poco?

—Me imagino que lo dices por la escena del restaurante... Si te gustan las caídas idiotas y los platos de nata en la cara, es divertida, sí.

—No disimules, Nico, que también te ha gustado, lo que pasa es que no puedes admitirlo porque es una película anticomunista y sería pecado decir lo contrario, pero, si eres honesto, estarás de acuerdo conmigo en que los diálogos son inteligentes y divertidos. Cuando en el restaurante él se cae de culo al suelo, pensaba que me tronchaba —dijo la chica con una carcajada. La risa le había ablandado el cuerpo y sentía como si tuviera dentro miles de muelles que de pronto se habían aflojado.

—No es para tanto. De hecho, se han dedicado a jugar con un montón de estereotipos viejos y gastados. Pintan a la chica rusa, Garbo, como una frígida, como si todos los comunistas tuvieran un palo clavado en el culo. ¡Va, hombre, va! Y después, cuando reniega de sus principios marxistas, ¿es la mujer más simpática del mundo? Propaganda capitalista.

Dio unos sorbos de ratafía de su petaca.

—No sirve de nada que finjas, te he oído reír.

El polaco levantó una ceja.

—¿A mí? ¿Cuándo?

—Pues cuando Ninotchka llega en tren a París y un mozo quiere cogerle las maletas y ella le pregunta: «¿Por qué debe llevar las maletas de los demás?».

Con voz teatral, Nico respondió:

—«Porque es mi oficio, señora».

—«Esto no es un oficio, es una injusticia social» —replicó Sol.

—«Eso depende de la propina.»

Ambos rompieron a reír.

—Admito que tiene algunos diálogos buenos, sí.

—Es cierto que empieza siendo una amargada, pero al final acaba descubriendo el amor.

—Uy, sí, el amor. Os han comido el cerebro —respondió el chico con sarcasmo.

—Y lo dices tú que vives aquí en Andorra. Vete a Rusia si tanto te gusta.

—Tampoco sería un buen lugar para ir ahora mismo, sobre todo desde que Hitler decidió convertirla en su jardín particular. Dicen que el frente oriental, sobre todo la ciudad de Stalingrado, ahora mismo es una carnicería. No creo que haya un sitio en la tierra que se parezca más al infierno que aquello, aunque seguro que el pueblo ruso no se rendirá. Los rusos están hechos de otra pasta...

Después de un buen rato de curvas llegaron a Escaldes y, tal y como le había prometido, el chico la acompañó hasta el Hotel Pla. La noche era helada y ambos exhalaban nubes de vaho al respirar. Se detuvieron a pocos metros de la puerta y a Sol le pareció ver una sombra que se movía más allá del puente que atravesaba el río, pero enseguida el chico la distrajo:

—Oye, quiero que sepas... —dijo, dubitativo. A ella le sorprendió esa señal de timidez en alguien tan seguro de sí mismo—, que sepas que yo no he pedido acompañarte a Toulouse. Quiero decir que yo soy partidario de la emancipación política y económica de las mujeres, creo que el sistema capitalista os tiene totalmente esclavizadas y la lucha por liberarse es tan vuestra como mía. Puedes hacer ese trabajo perfectamente sin mí y es una putada que Viadiu te haga llevar una carabina que te controle.

Le hicieron gracia las palabras del chico, parecían extraídas de uno de esos panfletos que corrían por casa cuando su padre vivía allí y que a ella le costaba entender. Era un lenguaje enrevesado, incluso enervante, pero intuía que en el fondo escondía una forma de ver el futuro más abierta, más libre.

—Gracias, Nico. Te agradezco mucho que me lo hayas dicho. Bien, buenas noches.

—Ya sé que dijimos cine sin baile ni luna, pero si quieres... esta ratafía es de primera... —sugirió mientras sacudía la petaca.

—Va, para el carro. No lo estropeemos ahora, que ha ido muy bien.

El chico levantó las manos.

—Tú mandas, forastera. Ya nos veremos cuando tengamos los salvoconductos para viajar. Salud. —Saludó levantando el puño.

El chico se marchó y cuando Sol ya se volvía para empujar la puerta, oyó un ruido al otro lado del puente.

Le pareció ver una sombra y, enseguida, entró en el hotel y echó el pestillo por si acaso. Lina estaba haciendo cuentas en una mesa del comedor.

—¿Quién era ese? —preguntó la mujer con desdén—. Parece sacado de una de esas películas de aventuras de las que siempre hablas. Con ese pelo largo, la media barba... No me digas que te ha engatusado con estos trucos, ¿eh? Creía que eras más lista.

—No, no, te equivocas... —respondió Sol—. A Nico lo he calado a la primera. Es buen chico, pero cree que todas las mujeres caerán rendidas a sus pies.

—Así me gusta, que tengas ojo para esto. Algunas ya habrían corrido a su cama. Mírame a mí, no tengo que rendir cuentas a nadie. Estoy sola, pero yo mando en mi casa. Haz como yo, te lo dice una que sabe de estas cosas, y te ahorrarás muchos disgustos.

Si no había oído decir mil veces aquella frase, no la había oído ninguna. Lina siempre se vanagloriaba de su independencia, de ser de las pocas mujeres que gestionaba un hotel sola, que para salir adelante no necesitaba a nadie, pero a veces la veía con la mirada perdida observando a través de la ventana y no podía evitar percibir unas cicatrices invisibles.

—¡En fin! Vamos a dormir, que mañana a las cinco debes empezar a hacer los caldos. Buenas noches —dijo con los ojos fijos de nuevo en el libro de contabilidad.

—Sí, Lina, no te preocupes. Buenas noches.

Sol estaba cansada y solo soñaba con acostarse después de un día tan lleno de emociones. Se quitó la ropa y, cuando ya llevaba el camisón, sintió como si arañaran en la ventana. Primero pensó que quizá fuera una rama rozando la madera, o un pájaro. El ruido seguía, así que se acercó y la sorpresa le paralizó el corazón.

—¡Max! —susurró mientras abría las contraventanas para dejarlo pasar—. Pero... ¿se puede saber cómo te has subido? ¡Pasa que te matarás!

El chico entró de un salto y se quitó la bufanda y el gorro.

—Me ha resbalado el pie por la cañería y un poco más y me rompo el cuello —afirmó muy contento. Se la quedó mirando en silencio como si observara la obra de arte más valiosa de la tierra—. Estás preciosa.

Sol notó cómo le subían los colores.

—Llegas tarde...

Ella se acercó, aún con la impresión de la sorpresa.

—He ido al cine con un compañero. ¿Por qué no has entrado por la puerta?

—He pensado que a estas horas no me dejarían pasar y no quería marcharme sin verte. Pero no podré quedarme mucho rato, tengo que volver pronto... —dijo mientras miraba la ventana y una sombra le oscurecía la mirada—. Así que en el cine, ¿eh? Allá de donde vengo yo, a eso se le llama festejar.

—Pues de donde vengo yo, a eso se le llama ir al cine con un compañero —rebatió ella con las manos en la cintura—. Tú tampoco me cuentas de dónde vienes ni adónde vas...

Él se quitó la chaqueta y se acercó sin prisas.

—Porque soy muy aburrido. Entonces, ¿vives aquí?

Repasó con la mirada la habitación y se detuvo unos segundos en un libro que había en la mesita de noche.

—Y veo que has vuelto a los viejos hábitos. *Ana Karenina*...

—Sí, mira. Lo he sacado de la única biblioteca que hay aquí, en Cal Guillemó, en Andorra la Vella. Quería encontrar a alguno de tus poetas, pero ni Heine ni el surrealismo han llegado a los valles. ¡Si hubieras visto las caras de los hombres que había allí dentro cuando me vieron! —recordó, risueña—. ¡Yo, una mujer, profanando su templo sagrado!

Max parecía fascinado con lo que le contaba, tenía todos los sentidos puestos en ella y se acercó un poco más.

—Tenía muchas ganas de verte.

Sol solo pudo asentir porque se le había formado un nudo en la garganta. El chico dio un paso más, ya lo tenía a solo un metro de ella.

—Ya sabes que ahora deberías decirme que tú también tenías muchas ganas —se burló él.

Se aproximó más. Casi rozándola.

—Sí, pero entonces se te subirían los humos —logró pronunciar Sol.

En un impulso, Max le cogió las dos manos y ella se sonrojó hasta las orejas. Le pasó la mano por la mejilla con suavidad, lo que encendió un remolino en la mente de Sol. La sorpresa de sentir dentro ese deseo incontenible, el miedo por si no sabría qué hacer, el anhelo de convertirse en una mujer adulta, todos esos sentimientos empezaron a colisionar entre ellos para acabar enredándose y haciendo un nudo. Por eso, en un impulso casi desesperado, le preguntó:

—¿Me querrás por siempre?

Las palabras quedaron suspendidas en el aire. Incluso ella quedó suspendida en el aire.

—Sí, te quiero —respondió Max tras lo que a ella le pareció una eternidad.

No tuvo tiempo de pensar más, porque él la agarró por la cintura y le buscó los labios con avidez, mientras los pies, como si estuvieran ambos de acuerdo, los llevaban hacia la cama. Se desplomaron sobre el colchón de lana. Mientras la besaba, él le pasó la mano por debajo del camisón, como si necesitara desesperadamente tocarle la piel. Sol se estremeció. Aquel tacto le provocaba un deseo intenso, brutal, y empezó a apretarlo por la cintura para sentirlo cerca. Cuanto más subía la mano del chico por las costillas, más se encendía ella, hasta que llegó al pecho, donde se detuvo, y entonces Sol sintió un pinchazo de inquietud, ese viejo conocido que siempre la paralizaba.

—Tienes miedo —susurró Max.

La chica negó con la cabeza, jadeando.

—Mentirosa.

Entonces sonrió y él le dio un beso en la punta de la nariz.

—No tengo prisa —dijo él retirando la mano—. Solo quiero estar contigo...

La volvió a besar y, de repente, unos golpes en la puerta rompieron el hechizo.

—¿Quién es? —preguntó Sol mientras se levantaba de un salto.

—Soy yo, Marta.

—¡Ya va, un momento!

Sol le dio la chaqueta, la bufanda y la gorra a Max, abrió la ventana y le indicó con gestos que tenía que marcharse. Se despidieron con un último beso con sabor a promesa.

—Ten, quédate esto. Hasta la próxima vez que nos veamos —susurró él.

Cogió un librito del bolsillo y se lo dio. Se trataba de *Adiós a las armas*, de Ernest Hemingway. Luego saltó por el alféizar de la ventana y se deslizó canal abajo hasta desaparecer.

Cuando Sol abrió la puerta, tenía el pelo revuelto y la cara roja como un tomate.

—He tenido una pesadilla —dijo Marta—. ¿Verdad que me dejas dormir contigo?

22

—Yo creo que debemos terminar la guerra —dije—. Y no se acabará si uno solo de los dos lados deja de luchar. Si nosotros dejamos de luchar, aún sería peor.
  —Peor no podría serlo —dijo Passini, respetuosamente—. No hay nada peor que la guerra.
  —La derrota es peor.
  —No lo creo —dijo Passini, con el mismo tono respetuoso—. ¿Qué es la derrota? Que vuelves a casa, he aquí.

Cerró los ojos y guardó el libro. Aquellas palabras la trasladaron a la guerra, cuando nada sabían de su padre y cada carta que recibían pensaban que llevaba la peor de las noticias. El protagonista de la novela *Adiós a las armas*, Henry, era un teniente estadounidense voluntario en el frente italiano de la Primera Guerra Mundial que había resultado herido y se enamoraba de la enfermera que lo cuidaba. Ya vería dónde la llevaría la historia, de momento todavía no podía decir si le gustaba o no.
  Leer le había servido para distraerse porque aquel era el gran día y toda ella era un manojo de nervios. Habían salido a primera hora en coche de línea desde Andorra y ahora pasaban por Bellver. Recordó que su

padre siempre les decía que allí mataron a Antonio Martín, el famosísimo Cojo de Málaga, así lo llamaban, un anarquista de la CNT que se había hecho dueño y señor de la Cerdanya en los años de la guerra civil y cuyo recuerdo aún despertaba el terror de muchos habitantes de la comarca. Instauró un gobierno anarquista único, un experimento que hasta entonces nunca se había llevado a la práctica y que al principio generó muchas esperanzas, sobre todo entre los más desfavorecidos. Se impusieron medidas populares como prohibir la prostitución, promover que los niños fueran a la escuela, montar una biblioteca... Pero bajo su mandato también se perpetraron grandes masacres. Algunas de ellas se producían en el collado de Toses, donde fusilaban a curas y burgueses, hasta el punto de que la propia Generalitat decidió que debían despojarlo de su poder como fuera. El final del Cojo de Málaga llegó cuando se trasladó a Bellver con trescientos hombres armados para sofocar una revuelta de campesinos propietarios que no aceptaban que les pusieran un límite al precio de la carne y de la leche. El pueblo solo lo defendían unos cuarenta ganaderos con fusiles de caza y, por tanto, las fuerzas eran muy desiguales. Parecía claro quién iba a ganar, pero, por sorpresa, un disparo pilló de lleno al líder anarquista cuando pasaba por el puente que atraviesa el Segre. Nunca se supo quién fue, aunque el hecho es que cuando llegaron los hombres de la Guardia Nacional Republicana, que venían a socorrer a los aldeanos, el hombre ya estaba muerto y allí se acabó el reinado del Cojo para siempre. El padre de Sol siempre le decía que, si los republicanos se hubieran dedicado a matar fascistas y no a matarse entre ellos, quizá habrían ganado la guerra...

Nico se había pasado el viaje durmiendo. Aquel chico tenía una facilidad envidiable para caer en el sueño más profundo en cualquier situación, seguramente ayudado por los tragos que le iba dando a aquella amiga íntima que lo acompañaba siempre allá donde fuera, la petaca. La tarde anterior, Sol se había comprado un conjunto de falda y chaqueta de cuadros morados y verdes muy elegante con el dinero que le había dado Viadiu, porque, como le había sugerido Nico, «así los alemanes, cuando te miren el trasero, olvidarán revisarte el bolso con el salvoconducto falso», y se había maquillado con el pintalabios que tiempo atrás le había regalado Salvador. Rezaba para que todo fuera suficiente distracción y no le pidieran los papeles.

En la entrada de Puigcerdà, el autobús de línea giró hacia la izquierda y aparcó justo enfrente de la estación de tren. Sol tuvo que sacudir el hombro de su compañero de aventura con energía para que volviera al mundo de los vivos. El polaco no tuvo ningún problema en apearse del vehículo, caminar hasta el ferrocarril, subir al vagón y volver a dormirse como un tronco en cuanto se sentó en el asiento, pese a que estos eran de madera y muy incómodos.

El ferrocarril arrancó puntual hacia La Tor de Querol, el primer pueblo ya en Francia, donde tuvieron que bajar porque las vías allí tenían una anchura diferente a las españolas y era necesario cambiar de convoy. Esta vez sí que Nico se despertó del todo.

—¡Aquí no hay Dios que duerma! —se quejó.

El nuevo tren era algo más moderno que el que habían dejado, con unos asientos acolchados de color verde. Hacía un rato que esperaban la salida cuando en el andén aparecieron dos soldados alemanes. Sol tiró de la manga del polaco, que todavía tenía la mirada adormecida, pero que al verlos se despertó de golpe. Como una presa que acecha a su depredador, los iba siguiendo con la mirada. Arriba y abajo. Arriba y abajo. Una campesina que cargaba dos gallinas empezó a blasfemar en occitano, pero se entendían perfectamente todas las maldiciones que les lanzaba, y otro pasajero le advirtió que, por el bien de ella y de todos los demás, hiciera el favor de callar. Sol, sin darse cuenta, estaba apretando con demasiada fuerza la bolsa donde guardaba el salvoconducto. Los dos alemanes, tras encenderse un cigarrillo y reírse de algún comentario gracioso, se dieron la vuelta y entraron en el edificio de la estación. Hubo un alivio general y, al cabo de nada, se oyó el silbato y el tren arrancó.

—No ha sido difícil. Quizá sea más difícil que me quede.
—Es necesario que te quedes —dije—. Eres maravillosa.
Me sentía loco por ella. No podía creer que estuviese allí, realmente, y que la tuviera bien abrazada contra mí.
—Que no, que no —dijo—. No estás bien.
—Que sí. Venga.
—No. No estás lo suficientemente fuerte.
—Sí que lo estoy. Te lo pido.
—¿Me quieres?
—Mucho, en serio. Estoy loco por ti. Ven, te lo pido.
—¿Sientes cómo laten nuestros corazones?

Notó que se había sonrojado y le sudaban las manos. La historia de amor entre Henry y Catherine la tenía cautivada e, irremediablemente, la remitía a su propia historia, a su propio Henry. Constató que respiraba agitada y temió que Nico hubiera descubierto que aquellas páginas la enardecían y excitaban hasta unos extremos que nunca había experimentado, pero el chico continuaba con la cabeza pegada al cristal y los ojos fijos en el paisaje.

El convoy empezó a subir poco a poco por el valle del Querol, siguiendo el curso del río. La subida, aunque suave, era constante. Atravesaron un puente bastante largo, un par de pueblos y, a partir de cierto momento, el paisaje se empezó a blanquear.

—Tú de política entiendes poco, ¿no? —preguntó de repente Nico—. ¿Todo esto lo haces por el dinero?

—No, ¡claro que no! —respondió Sol indignada—. Lo hago para ayudar.

—Tampoco pasaría nada, hay muchos que lo hacen por dinero. Yo no, claro, lo hago para derribar al fascismo, como Teresa Carbó. La admiro. Es una mujer firme, de grandes convicciones —reflexionó—. ¿Sabes que es de Begur? Y a lo largo de su juventud se dedicó a enseñar esperanto en el barrio de Sants de Barcelona. Con unas cuantas como ella, el mundo sería mejor... Después, durante la guerra, ella y su marido ayudaron en los hospitales... Pero tampoco lo tuvo fácil entre los que eran sus compañeros. Ella era del POUM, ¿lo sabías?

No sabía demasiado de qué POUM le hablaba, aunque el nombre le sonaba a un partido que a veces su padre había mencionado.

—El POUM era un grupo de comunistas convencidos de que Stalin se había apartado de las auténticas ideas marxistas, así a grandes rasgos, para que nos entendamos —aclaró él—. En un momento dado, Stalin... —Se detuvo un momento y levantó la ceja—. Ese sí sabes quién es, ¿verdad?

—Sí, ¡claro que lo sé! —dijo ella, ofendida—. ¡El que manda en la Unión Soviética!

—Bravo —replicó con ironía él—. Pues como te decía, Stalin pone la directa y decide eliminar a todos los que él considera traidores.

—Los del POUM —dijo Sol.

—Exacto. Entonces fue cuando, en medio de la guerra española, comenzó una persecución sanguinaria contra ellos y tuvieron que esconderse o huir. Otros, como Teresa, fueron arrestados y a algunos los mataron.

Sol se había quedado embobada escuchándolo.

—Pobre Teresa.

—Por suerte la soltaron... ¿Sabes? No estaría de más que te formaras un poco, forastera... Te veo muy pez. Por ejemplo, ¿tú sabes quién es Krúpskaya?

Sol negó con la cabeza. Se sentía como si le estuvieran tomando la lección.

—Pues tú, como mujer, perdona, deberías saberlo. Era la mujer de Lenin, el gran líder bolchevique, y luchó por implantar la educación pública socialista en Rusia, acabar con el analfabetismo y conseguir la emancipación de la mujer.

—Ya, es que yo estaba demasiado ocupada cuidando del ganado en mi pueblo para saber quién era Kurp... Kurpu...

—Krúpskaya.

—Pues eso.

Se oyó el silbato del tren.

—Esto es Porta —dijo Nico señalando cuatro casas—. Buena gente los gendarmes de aquí. Un día que los alemanes estaban más tocacojones de lo habitual, me escondieron en una porqueriza y cuando salí no olía precisamente a colonia. Nunca pensé que la mierda me salvaría —dijo riendo—. Aquellos desgraciados me buscaron durante horas para meterme un disparo en el culo, pero fui más listo que ellos.

Justo detrás de aquella población se levantaba una sierra gigantesca que el chico le contó que era el macizo del Pimorent y que, para sortearlo, el tren pasaba por uno de los túneles más largos que se habían construido nunca. Y así fue. De golpe oscureció y la temperatura dentro del vagón bajó en picado. Sol se acurrucó, pero el frío era tan intenso que se le metió hasta el tuétano. Varios kilómetros después salieron al otro lado, en medio de montañas blancas y escarpadas.

—¡Estación de L'Hospitalet! —gritó el revisor, que cruzó el vagón a zancadas.

Sol lo recordó en el acto. Aquel era el pueblo de Max, el lugar al que se dirigía para visitar a su familia cuando se separaron en Incles. Sabía que era poco probable encontrárselo, pero, aun así, buscó con avidez mientras pasaban junto a las cuatro casas que lo formaban. Había una pequeña iglesia con un cementerio diminuto al lado donde justo en ese instante repicaban las campanas, pero las calles estaban desiertas. El tren iba ralentizando la velocidad cuando pasaron por delante de un edificio bastante grande donde decía HOTEL SOULÉ.

Sol tuvo el impulso de bajar del ferrocarril e ir a buscarlo, descubrir al fin un trocito más de ese enigma llamado Max. El recuerdo del peso de su cuerpo sobre el suyo la alteró y se bajó un poco la falda, como si ese gesto púdico pudiera apagar los pensamientos que le llenaban la cabeza. Se obligó a recordar por qué estaba allí y la misión que le habían encomendado, así que se quedó con la mirada clavada en el hostal hasta que el tren se detuvo por completo.

De inmediato notó una corriente de aire gélido. Se habían abierto las puertas del vagón. Clap-clap-clap. Unas botas de suela dura recorrían el pasillo. Las voces de los pasajeros se apagaron. Nico se enderezó y susurró:

—Mierda. Vienen.

Unas voces en alemán. Soldados. Estaban pidiendo la documentación a todo el mundo. El primer instinto de Sol fue levantarse para huir, pero el polaco, con un gesto muy sutil, la sentó y le lanzó una mirada que pretendía infundirle ánimo y coraje. Las botas se iban acercando. Clap-clap-clap. ¡Qué ruido más odioso!, pensó. No había demasiados pasajeros en ese vagón, así que los pasos pronto llegaron a su lado. Entonces Sol quiso sacar el salvoconducto de dentro de la bolsa, pero constató, sobrecogida, que las manos no le obedecían y no conseguía abrir la hebilla. Nico, con una sonrisa tranquila, le apretó la mano y ese contacto ya tuvo un efecto sedante. Sacó los papeles y se intentó concentrar en el suelo de madera.

Clap-clap-clap.

Silencio. Las botas se habían detenido a su lado y podía verlas de reojo: eran negras, bien embetunadas y brillantes. No se atrevía a levantar la vista, pero sí vislumbraba cómo Nico les facilitaba su documentación con su sonrisa más encantadora, y el soldado la revisaba. A pesar del silencio, podía seguir oyendo nítidamente en su cabeza:

Clap-clap-clap.

Pero las botas no se movían. El ruido había tomado vida y se reproducía libremente en su imaginación.

Clap-clap-clap.

El alemán devolvió la documentación a Nico, así que ahora le tocaba a ella, y le alargó el salvoconducto sin levantar la cabeza. Por instinto, se tocó el borde del sombrero, como si esto pudiera protegerla de algo.

—*Wohin gehen Sie?*

Sol se quedó de piedra, incapaz de reaccionar.

Al ver que ella no respondía, el hombre lo repitió en francés:

—¿Adónde se dirige?

Aquella voz se le metió por el oído y la golpeó fuerte por dentro.

Clap-clap-clap.

Los repiques se aglomeraban en una sinfonía caótica. Aquella voz... Aquella voz era... Con todo el pesar del mundo, levantó la vista deseando que el oído la hubiera engañado. Los ojos verdes la atravesaron como la primera vez que los vio en el valle de Incles. Todos los miedos cristalizaron, todo cobró sentido.

El soldado alemán era Max.

Él blandía el salvoconducto en la mano, completamente inmóvil. Helado. Vestía un uniforme impecable, de color gris, con una funda para la pistola pegada al cinturón y con las insignias nazis. De entre todas ellas, los ojos de Sol se detuvieron en una que llevaba en la gorra, el símbolo de la flor de nieve. La había visto algunas veces, cuando apenas estallaba la primavera en el puerto Negre, en lo más alto de la montaña de Bescaran. Era una flor delicada, extraña, un poco carnosa, y se la veía tan frágil e indefensa que nunca la arrancaba, por hermosa que fuera.

Un golpe de frío la devolvió dentro de un vagón de

tren en una estación gélida de Francia, frente a unos ojos verdes que parecían esconder todo el sufrimiento del mundo. Le cruzaron por la cabeza las palabras medio dichas, las fugas, los secretos. Al llevar la mirada a su boca, el recuerdo del tacto de sus labios y del deseo que sentía cuando lo tenía cerca la atravesaron como una bala. Se puso a temblar y el esófago se le estaba haciendo pequeño, muy pequeño. Si no fuera una tontería, habría jurado que una mano invisible la estaba estrangulando allí mismo porque el aire no le llegaba a los pulmones.

La náusea llegó sin avisar y salió corriendo hacia el lavabo del fondo del vagón. Llegó a tiempo de vomitar en la taza del inodoro todo lo que llevaba en el estómago. Las arcadas eran tan violentas que se le llenaron los ojos de lágrimas y hasta después de un buen rato no pararon del todo.

«Max es un nazi. Un nazi.» Se apoyó en la puerta y cerró los ojos. Enseguida se dio cuenta de que tenía que volver al asiento, podía levantar las sospechas de Nico, así que se pellizcó las mejillas para devolverles el color, respiró profundamente y salió. Max estaba hablando con el polaco, probablemente sobre ella, y, cuando la vieron, ambos enmudecieron. La chica volvió a sentarse, logró tragarse toda aquella amalgama de nervios y esbozar algo parecido a una sonrisa.

—¿La documentación está en orden, señor? —preguntó ella con una máscara de indiferencia.

—Sí, sí —titubeó Max—. ¿Se encuentra bien?

—Muy bien, gracias —dijo ella, flemática.

Max le acercó el salvoconducto y ella lo cogió. Por un instante, las miradas se mantuvieron unidas por un hilo etéreo que se iba haciendo más delgado y largo. Sol llegó a pensar que se estaba volviendo loca.

—*Sergeant Schell!* —dijo en alemán un soldado que apareció detrás de él. Aquello los arrancó del estupor. Ambos hombres intercambiaron cuatro palabras. Él se volvió una última vez y dijo:

—Que tengan un buen día.

Dudó una fracción de segundo, parecía que iba a añadir algo, pero finalmente se giró y pidió los papeles a los pasajeros de los otros asientos. Al fondo del vagón empezó una discusión entre un chico y el primer militar, que le exigía que bajara. Por lo que podía deducirse, no tenía la documentación en regla. Max se sumó a la discusión, que fue subiendo de tono hasta que los dos soldados cogieron al chico por el abrigo y lo sacaron a la fuerza del vagón. Tras lo que le pareció un siglo, se oyó un silbato. Cuando el tren empezó a arrancar, Sol notó un dolor en las manos y descubrió, desconcertada, que estaba cogiendo con tanta fuerza el salvoconducto que se estaba clavando sus propias uñas en la carne.

23

Hacía rato que habían pasado Tarascon y aún no habían abierto la boca, pero Sol notaba que Nico le iba lanzando miraditas furtivas hasta que al final le soltó:

—Tú conocías a ese *boche*, ¿verdad?

—¿A quién? —preguntó ella tragando saliva. Todavía le temblaban las piernas y estaba segura de que el polaco podía notarlo.

—Al alemán, al sargento Schell, me ha parecido que lo llamaban. El tipo te ha desnudado con la mirada —espetó—. Y tú, cuando lo has visto, te has quedado blanca como la leche y has salido corriendo. ¿Qué te ha pasado?

Sol tuvo que hacer un esfuerzo titánico para mantener la calma y no echarse a llorar. Tuvo que encararse a ese dolor que le oprimía el pecho y la garganta y estrangularlo hasta hacerlo muy pequeño. Era consciente de que debía disipar cualquier duda que pudiera planear sobre ella y que se estaba jugando el éxito o el fracaso de aquella misión, así que rompió en una carcajada tan espontánea que ella misma quedó sorprendida.

—Pero ¿acaso te has vuelto loco? Mira que me han dicho cosas extrañas en la vida, pero que me entienda con un *boche*, como lo llamas tú, pues mira, todavía no.

Nico sonrió y se frotó la barba incipiente.

—Y es muy impertinente por tu parte preguntarme por qué he salido corriendo al lavabo. ¿Es necesario que te explique qué se hace en las letrinas? —añadió, haciéndose la indignada.

—No, no hace falta, pero me ha parecido que...

—¡Pues no vayas lanzando insinuaciones al tuntún! Quizá estás acostumbrado a ver soldados y que te pidan la documentación, pero para mí era la primera vez y se me han puesto los nervios en el estómago, ¡ya ves tú! No soy de acero. —Estaba tan exaltada que se le habían subido los colores a las mejillas.

—Vale, vale, no hace falta ponerse así —dijo Nico mientras cambiaba de posición—. Supongo que el tipo no era de piedra, hoy vas muy guapa así vestida y se ha puesto caliente... Bah, no me hagas caso, veo fantasmas por todas partes.

El polaco se acomodó en el asiento y en un santiamén ya dormía. Sol suspiró, aliviada. Por ahora había superado el tropiezo, pero sabía que aquel solo había sido un presagio de los tiempos difíciles que se acercaban.

—No hace falta la contraseña, Nico, adelante —les dijo Teresa abriéndoles la puerta del piso de la casa de la mosca—. Sol, ¡qué sorpresa! ¡Y qué elegante vas! Creía que venía solo él. Pasad en silencio, por favor, que estamos esperando un mensaje.

Alrededor de la radio del comedor se apiñaban un par de hombres que, según le dijo después Nico, también formaban parte de la red. Estaban intentando sintonizar una emisora, aunque había muchas interferencias. Cuando al fin se escuchó un mensaje en inglés, todos gritaron, eufóricos, y se abrazaron. Después los hombres cogieron sus chaquetas, los saludaron y se fueron.

—¿Qué decían en la radio? —quiso saber Sol.

—«La perra de Flora ha tenido cinco perritos» —respondió Nico.

—¿Y qué tiene de especial que una perra haya parido? —preguntó, curiosa.

Fue Teresa quien se lo aclaró mientras les cogía los abrigos y los colgaba detrás de la puerta.

—Es un mensaje cifrado de la BBC y significa que la última expedición que hemos enviado a Barcelona ha llegado a Londres. ¡De vez en cuando también hay buenas noticias! —dijo contenta—. ¿Qué haces aquí, Sol?

—Viadiu la ha fichado, así que vete acostumbrando a su dulce carita porque la verás a menudo, si supera la prueba... —De repente se puso serio—. Estoy a favor de la liberación de la custodia masculina, como dice el gran político Ángel Pestaña, pero quien paga manda. Yo le hago de carabina en este viaje y, si no mete la pata, entra en el club.

Teresa contrajo la boca, como si no acabara de ver clara la participación de la chica en la red, pero enseguida esbozó una leve sonrisa. Iba muy elegante, como la última vez que la vio, con un traje azul marino con un lazo en el cuello y, una vez más, Sol anheló poder comprarse alguna prenda de ropa atrevida como aquella que seguramente provenía de París, aunque ese día no podía quejarse de lo atractiva que estaba ella misma con su nuevo conjunto. Cuando se fijó, además de la mirada dura que ya le conocía, le pareció vislumbrar en los ojos de aquella mujer solitaria algo más profundo.

—Así, ¿al final te has decidido? ¿Ya eres oficialmente uno de los nuestros?

—Sí, digamos que los alemanes me han ayudado a tomar la decisión.

Los alemanes, pensó Sol. La estación de L'Hospitalet. Las botas de cuero paradas a su lado. El salvoconducto en la mano. Detuvo el cerebro y se fijó en que Teresa dibujaba una sonrisa triste.

—A mí también me ayudaron a decidirme. Enrolaron a la fuerza a mi marido en su ejército y ahora —la voz se le resquebrajó, pero enseguida se recompuso—, ahora no sabemos dónde está.

—Tu hombre es un superviviente, Teresa, un luchador que, si ha salido adelante, seguro que lo volverá a hacer —la animó Nico. Se pasó varias veces las manos por el pelo, como si se peinara.

Teresa los invitó a sentarse y les ofreció un café.

—Harás de correo, ¿me equivoco? Viadiu habrá pensado que una chica nos conviene y, si es así, le doy la razón. Es una buena coartada si sabes mantener la cabeza fría y no te delatas a ti misma cuando se te planten delante los soldados alemanes. Por cierto, ¿os habéis topado con alguno?

«Max. El uniforme con la flor de nieve.» Su imagen se le apareció delante con la fuerza de un torrente por mucho que intentaba mantenerla a raya con grandes dosis de voluntad. Nico le lanzó una mirada. Tenía que cambiar rápidamente el rumbo de la conversación o los nervios la acabarían traicionando.

—Sí, sí, haré de correo. Así, ¿qué tienes para mí, Teresa?

—Una carta. —Teresa abrió un cajón del mueble que tenía detrás y sacó un sobre—. Dentro hay un documento que debe llegar al Consulado Británico de

Barcelona a cualquier precio. Es un mapa de un aeródromo de los alemanes que se descubrió cerca de Calais, y es vital que llegue a los ingleses para que lo destruyan. Te lo cuento, Sol, para que te tomes muy en serio el trabajo de llevárselo a Viadiu.

Al coger el sobre, la chica notó como si ese simple papel pesara una tonelada por toda la responsabilidad que le caía encima y se lo guardó en el bolsillo de la chaqueta.

—¿Podrás hacerlo? —preguntó con sequedad Teresa—. No te ofendas, pero la última vez que te fuiste de aquí no sabías ni qué era la Gestapo.

—Eso fue antes de llegar a Le Vernet y descubrir de qué eran capaces los alemanes —respondió Sol con mayor seguridad de la esperada.

—Sí, ya sé lo que están haciendo y todo lo que pasó el día que tú y tu hermano estabais allí. Están vaciando todos los campos de prisioneros del sur y los llevan a Drancy...

Lanzó un largo suspiro y de repente espetó:

—Pero va, que yo quería darte una sorpresa y nos hemos quedado amodorrados —dijo dirigiéndose a Sol.

—¿Una sorpresa para mí?

—Y me parece que te gustará. Me la ha traído Antoine, el carnicero, aunque antes quería dejar cerrados todos nuestros asuntos. Ven, acompáñame. Y tú, Nico, la botella de aguardiente está en el segundo cajón, no hace falta que me revuelvas toda la casa.

A Sol se la comía la curiosidad. Teresa la condujo a una pequeña habitación con una cama en la que había alguien.

—¡Raquel! —exclamó.

Se le echó al cuello y constató que la chica había

ganado un poco de peso y tenía mejor aspecto, aunque seguía muy escuálida y con una venda que le cubría el hombro. Teresa les contó que en Le Vernet las SS campaban libremente por el pueblo, así que habían decidido que lo más prudente era sacar a la chica de allí y llevarla a un escondite más seguro hasta que se recuperara del todo.

—Se quedará aquí hasta que esté lo bastante fuerte para pasar los Pirineos —dijo Teresa, y cerró la puerta detrás de ella para dejarlas charlar un rato a solas.

—Mira, mira lo que he colgado en la pared —dijo Raquel señalando la foto de Greta Garbo—. Así me acuerdo de ti y de que me salvaste la vida. No hay mucha gente que me haya ayudado como lo hiciste tú... —añadió con timidez—. ¡No sé hacer demasiadas cosas, pero tú pídeme lo que quieras que yo lo haré!

Sol se conmovió. No quería imaginarse el montón de decepciones que había tenido que sobrellevar Raquel en su periplo hasta ese momento. Sentirse tan sola en el mundo con solo trece o catorce años debió ser aterrador.

—Quiero que te pongas buena, nada más. ¿Y sabes que yo también guardo tu caballito de madera? Como no esperaba encontrarte aquí no lo he traído, pero te prometo una cosa: cuando podamos salir de Francia, te llevaré a ver una película de la Garbo. El otro día volví a ver una llamada *Ninotchka*. Ah, y no te he hablado nunca de Katharine Hepburn, que...

La conversación entre ambas discurrió sin prisas, como lo habrían hecho dos amigas que se contaban confidencias, secretos y anhelos. Y, durante un rato, se permitieron creer que dentro de esas cuatro paredes de la casa de la mosca volvían a ser dos chicas normales. Solo cuando la niña se durmió y en el piso reinaba el silencio, Sol dejó salir las lágrimas muy pegada a la almohada, como si aquella prenda vieja tuviera que salvarla de un naufragio, porque así era como se sentía, tragada por las olas, y lo único que veía al levantar los ojos era una flor de nieve dando vueltas sobre sí misma y que perdía todos los pétalos.

24

Algún lugar de la frontera entre Francia y Andorra
Diciembre de 1942

Al amanecer, el camión se detuvo y los hombres bajaron a estirar las piernas y a hacer sus necesidades, por lo que dejaron pequeñas manchas amarillas en medio de la nieve. El frío era intenso y todo el mundo se frotaba las manos y expelía una nubecita de vaho con cada respiración. Estaban cerca de una casa alejada de la carretera principal que parecía deshabitada. Los españoles que conducían a los grupos les dieron pan, queso y agua, y después los hicieron volver a subir a los camiones para continuar la ruta. Rosenthal tocó el pase que llevaba dentro de la chaqueta con una sensación extraña porque en ningún momento nadie aún se lo había pedido.

—¡Ya estamos en la frontera! Ahora tendrán que continuar a pie por la montaña —gritó Puigdellívol en francés.

Los apearon a todos en medio de una oscuridad absoluta y avanzaron por un camino estrecho. Los refugiados andaban a buen ritmo, deseosos de llegar a Andorra.

—Perdone —le dijo Rosenthal a uno de esos hombres rústicos que los guiaban—. ¿Cuánto cree que tardaremos?

—Dentro de una hora estarán a salvo —prometió el guía.

Al oírlo, la euforia se generalizó y el grupo reanudó la marcha aún con más ganas.

Rosenthal caminaba enardecido por la idea de estar un poco más cerca de su familia y escapar de aquel infierno en el que vivía, aunque hacía bastante tiempo que huía y se escondía como para saber que algo no acababa de funcionar. No esperaba de aquellos guías una amabilidad extrema, al fin y al cabo, se jugaban la vida para ayudar a unos pobres desgraciados como ellos a pasar la frontera, pero, por mucho que les había intentado buscar una chispa de humanidad en el fondo de aquellas miradas endurecidas, le asustaba no haber visto más que prisas y frialdad. Incluso había sido testigo de cómo, cuando un compañero se había caído al suelo, Puigdellívol lo había cogido por el brazo de malos modos para que no ralentizara la marcha. Él creía en estas cosas, porque así es como su padre lo había educado. Siempre le decía: «Fíate de los pequeños gestos, porque los grandes deslumbran y engañan». También había notado algo más sutil, y eran las miradas que se cruzaban entre ellos y que no habría podido definir con certeza, ¿una mezcla de miedo? ¿De culpa? ¿Codicia? Quizá para hacer caso a aquella voz de su padre que le resonaba dentro de la cabeza, quizá por una excesiva prudencia, fue dejando pasar a todo el mundo y se situó en la cola de la hilera.

Y mientras caminaba sumergido en ese montón de pensamientos se oyó el estruendo. Podía parecer un trueno y, en un primer instante todos se quedaran petrificados, pero con la segunda ráfaga, la gente se dispersó. El sonido era inequívoco: metralletas. Los disparos provenían del inicio de la hilera de fugitivos. Los hombres gritaban, algunos caían desplomados, otros corrían asustados. Por unos instantes, a Rosenthal le cruzó por la cabeza la imagen de un campo lleno de conejos que huían de un zorro hambriento. El retumbar de las armas parecía no tener fin. El único aliado de los que todavía estaban vivos era la oscuridad, que se rompía con el destello de los disparos. Rosenthal, al ser de los últimos, tuvo el tiempo justo de dar la vuelta y echar a correr cuando, de repente, sintió un dolor seco en el hombro. Le habían dado. Rodó por el suelo con tanta suerte que, en lugar de desplomarse en medio del camino, fue a hundirse dentro de unos matorrales espesos. Se mordió un dedo para no gritar, no sabía si por el dolor de la herida o por el pánico que le recorría todos los rincones del cuerpo. Al cabo de un rato se esparció un silencio estremecedor. Desde su escondite, podía ver cómo las linternas de los guías danzaban en medio de la noche. Eran los mismos hombres que les habían dado queso y pan, que les habían dirigido amables palabras. Recitaban una sarta de blasfemias, remataban a los moribundos, les quitaban todas las pertenencias y después los enterraron de cualquier manera en una fosa junto a un arroyo alejado del camino.

Cuando los hombres desaparecieron, borrachos de sangre, Rosenthal salió de entre los setos, lleno de rasguños y en un estado de shock que apenas le permitía pensar con claridad. A pesar de todo lo que había visto desde que huyó de Coblenza, la escena que acababa de suceder delante de sus ojos le parecía irreal. Empezó a caminar a tientas sin saber si esa dirección le llevaría a la salvación o a una muerte segura. Su fe en Dios, que tanto le había ayudado a seguir adelante a pesar de todas las adversidades, se estaba agrietando y no tenía modo de recomponerla. ¿Por qué le hacía pasar ese calvario? ¿Era posible que el creador tuviera un plan trazado para él? Quizá, sí, aunque era incapaz de intuir cuál era.

Así que, poco a poco, continuó andando, caminando sin tregua con la imagen de Ana, Míriam y Sara guiándolo. Volvería a besar esas caras y a abrazar sus cuerpos. En medio de los matorrales y lleno de sangre, había quedado abandonado un pase con el sello de la embajada de España y firmado por don Antonio, agregado cultural.

25

Escaldes. Andorra
Diciembre de 1942

La soledad se había convertido en su sombra. Se iba a dormir con ella y cuando se despertaba, ahí seguía, acurrucada a su lado. La acompañaba cuando se lavaba, cuando se vestía, cuando caminaba como un fantasma por las habitaciones del hotel cargada con las sábanas sucias o cuando apagaba la luz, ya por la noche, en esa habitación fría. A veces le daba rabia no poder quitársela de encima y lloraba, pero al final se acostumbró a convivir con ella. Con la llegada de la soledad se le había ido el apetito y se estaba consumiendo tanto por dentro como por fuera. Si ya estaba delgada antes, ahora se le marcaban los huesos y se le había chupado la cara hasta el punto de que Lina hizo llamar al médico para que le echara un vistazo.

El hombre, un gato viejo, le recetó caminatas al aire libre y distracción del tipo que fuera. «De mal de amor, los médicos no curan», oyó que rumiaba al marcharse. Por mucho que se esforzaba en sonreírle a Baldrich cuando se dirigía a ella, en ponerle buena cara a Lina y en hablar con Marta, sentía que había caído en uno de esos estanques de lodo de los que cuanto más quieres escapar, más te atrapan y te hunden. Y una imagen recurrente le provocaba una rabia muy extraña. La de una flor de nieve. Le parecía irónico: era tan bonita cuando crecía dentro de la brecha de alguna roca en la parte más alta de la montaña, desafiando el mal tiempo y las ventoleras, y tan siniestra cuando estaba bordada en el frontal de una gorra militar. Al igual que Max. Tan fascinante cuando era un chico francés que pudo escapar de los nazis y tan abominable ahora que se había revelado su auténtica identidad.

De todas las posibilidades que había contemplado, que fuera un soldado nazi nunca se le había ocurrido. Y ahora era consciente de que lo habría podido deducir por sí misma si, en lugar de estar tan obnubilada con esos ojos exóticos, se hubiera dedicado a ordenar toda aquella maraña de pistas que el chico había ido dejando a su paso. Aparte de las evasivas con las que siempre respondía a la pregunta de qué hacía en Andorra, tenía un acento que no sabía identificar. De hecho, debajo del alud, estaba segura de haberle oído hablar en una lengua extranjera, y ahora entendía que era alemán. Cuando se conocieron le había dicho que vivía en el Hotel Mirador, un lugar que Viadiu había señalado como punto de encuentro de alemanes. Y, por supuesto, el hecho de que siempre se lo encontrara cerca de la frontera, justo donde Baldrich le había dicho que los alemanes entraban sin permiso para pillar a guías o refugiados que venían de Europa, tampoco era ninguna casualidad. ¿Cómo podía haberse enamorado de ese monstruo? Soldados de su ejército habían matado a civiles en Le Vernet, pero la desconcertaba no haberle visto ni un pequeño indicio de maldad, al contrario: desde el primer encuentro tuvo la sensación de que lo conocía perfectamente.

¡Qué patética se veía ahora! Una pobre chica de pueblo deslumbrada con cuatro poesías de amor... El único recuerdo que tenía, el libro *Adiós a las armas*, le quemaba las manos y lo había tenido que guardar en la maleta, debajo de la cama, aunque notaba su presencia como si fuera un animal vivo atrapado en una jaula que se quejaba y rascaba aquella cárcel con las garras. No había podido terminarlo, así que no sabía si Henry y Catherine acababan juntos o la suya también era una historia con un final trágico.

Lo peor era no poder hablar de ello con nadie; que hubiera confraternizado con un nazi no era algo para ir comentando con los contrabandistas, ni con Marta, ni siquiera con su hermano cuando volviera a Andorra. Guardaría el secreto para siempre, lo envolvería con muchas capas de orgullo y determinación y lo olvidaría.

Estuvo tentada de renunciar a hacer de correo porque sabía que tenía bastantes probabilidades de volvérselo a encontrar en L'Hospitalet, pero había adoptado un compromiso tanto con el grupo como con ella misma que estaba por encima de la humillación que sentía, por lo que optó por hacer lo que ya hacía años que había puesto en práctica: no existir. La vida, una vez más, le daba una lección: ella no era digna de ser amada, al menos no con la pasión con la que había intuido que podía amar.

Lo que se había impuesto no fue fácil porque ya en el siguiente viaje a Toulouse, en cuanto el tren se detuvo en aquella estación recóndita, lo vio. Su vagón se paró exactamente frente a él cuando hacía el saludo nazi a otros oficiales igualmente uniformados. En ese momento volvieron a entrarle ganas de vomitar, pero aguantó la náusea. Al verla, Max le lanzó una mirada cargada de lástima, probablemente, pensó ella, por aquel aspecto demacrado que sabía que ofrecía, aunque intentaba evitar los espejos. Como no podía soportar más humillación, clavó los ojos en el suelo y, por suerte, el tren arrancó.

Después de eso, siempre que entraba en el túnel del Pimorent ya le empezaban a sudar las manos a pesar de la gelidez que reinaba y cuando el tren ralentizaba la marcha y veía la pequeña iglesia con el cementerio al lado, se le hacía un nudo en la barriga. Invariablemente, Max subía al convoy y pedía la documentación a todos, incluida ella. E invariablemente se mantenía cabizbaja, esperaba su turno y alargaba el salvoconducto sin levantar la vista. El miedo a que él pudiera intuir a qué se dedicaba y la delatara le hacía aguantar el aliento hasta que él se alejaba. Alguna vez, Max se había entretenido un poco más de lo normal con ella, como si tuviera una palabra trabada en la garganta, pero nunca supo si era cierto o se lo imaginaba. Él casi siempre iba acompañado de un oficial de rango superior, el teniente Scherhag, según le había parecido entender cuando sus soldados se dirigían a él. Se fijó en que aquel teniente examinaba todos los movimientos de Max con atención, escrutando cada palabra, cada documento dado por bueno. Incluso le pareció que, cuando lo tenía cerca, Max se mostraba más inquieto. O quizá todo eran imaginaciones suyas, al fin y al cabo ahora se daba cuenta de que apenas lo conocía.

Siempre que podía, sustituía los viajes en tren por caminatas por las montañas con Nico, Baldrich o el Conejos cuando debían llevar fardos hacia Francia. La excusa que les ponía era que los alemanes cada día hacían controles más estrictos, hacían bajar a más gente del tren y no se sentía segura, pero la verdad era que cuando veía a Max, una parte de ella se agrietaba más y, como los cristales agrietados, tenía miedo de romperse por completo. Gracias a ello, en poco tiempo se familiarizó con los caminos más habituales que atravesaban las montañas: por el puerto de Siguer, por el de Juclar, el de Fontargent... las rutas que normalmente hacían los contrabandistas tanto para llevar paquetes como personas. Cuando volvía a Andorra, su rutina era siempre la misma: llevaba el correo hasta Sant Julià de Lòria, a casa de Viadiu, y después se encaminaba al Hotel Pla hasta que le llegaba una nueva orden. Sentía que daba vueltas y vueltas en una noria sin fin, pero eso la ayudaba a mantener la mente ocupada.

Al cabo de unas semanas, como resultado de las salidas por la montaña y los esfuerzos de Marta y Lina para que se acabase siempre el plato de comida, ya había recuperado algunos kilos y aquellas manchas oscuras que tenía bajo los ojos fueron desapareciendo.

Aquel día viajaba sola y en casa de Teresa había más movimiento que nunca. Esta, siempre tan comedida en sus gestos y palabras, se había encerrado en la cocina y discutía con alguien. Cuando salió, le habían subido los colores a la cara y se pasaba los dedos por el cuello del vestido una y otra vez. Detrás salieron dos hombres a los que ya había visto en otras ocasiones. Recordaba el nombre de uno de ellos, Josep, un catalán de Rubí cuyo nombre de guerra era «Martín».

—Perdona, Sol, ahora estoy contigo —dijo Teresa.

Los acompañó a la puerta mientras Josep decía:

—Yo iré a buscarlo por la zona norte y tú, Tomàs, ve hacia el sur. Mira en masías, casas abandonadas... Tenemos que encontrarlo antes que los *boches*.

Los hombres abrieron la puerta y, antes de que se

fueran, Teresa les hizo un ruego que llamó la atención de Sol.

—Encontrad a Allier, por el amor de Dios, si no, es hombre muerto.

—Lo encontraremos, Teresa, tienes mi palabra —respondió él.

Teresa asintió y ambos se fueron con prisa. Antes de cerrar la puerta, Sol llegó a ver la pistola que Josep llevaba en el cinturón, debajo de la chaqueta.

La mujer, finalmente, se sentó a su lado.

—Perdona, querida —se disculpó con la voz cansada—. Hoy es un mal día, un día malísimo. La Gestapo ha puesto controles en toda la ciudad y ya han cogido a dos compañeros.

—He visto que Josep iba armado, pero... ¿crees que lo conseguirá si tiene que disparar a los alemanes? No sé, no entiendo mucho, pero los demás son soldados y él es solo un guía.

—¡Un guía! ¡Sabe más de armas que cualquier soldado alemán! Josep Rovira participó con Francesc Macià en la invasión de Cataluña por Prats de Molló, o sea, que está bastante bregado en temas militares. La invasión terminó mal, cierto, pero fue por culpa de un delator, como siempre.

Viendo que Sol ponía cara de no entender de qué le hablaban, le explicó:

—Sí, mujer. Quisieron invadir Cataluña para proclamar la República Catalana. Tú debías de ser muy pequeña.

—Y Allier, ¿quién es? —Sol enseguida se dio cuenta de su indiscreción—. Perdona, perdona... A mí esto no me afecta.

Teresa golpeaba rítmicamente la mesa con los dedos.

—Por tu propio bien, cuanto menos sepas, mejor. Solo puedo decirte que por él se ha montado todo este caos en la ciudad. Tiene a toda la policía alemana pisándole los talones y debemos encontrarlo antes de que lo hagan ellos.

Sol asintió.

—También han llegado malas noticias de Le Vernet... Antoine y Claire, los carniceros que os ayudaron, han sido deportados. Los alemanes no se andan con sutilezas cuando deben castigar a quienes ayudan a la Resistencia o a los refugiados.

—¡Dios mío! ¿Qué les harán? —preguntó Sol con el corazón encogido.

—Ya puedes imaginarlo... Es mejor que a Raquel no le digas nada. Estaba muy apegada a ellos.

—¿Cuándo la podré ver? ¿Cómo está?

La última vez que la había visto, la chica ya se sentaba en la cama, pero según el doctor Mestre no estaba preparada para realizar una travesía por los Pirineos, necesitaba más tiempo de recuperación.

—Sí, sí... Ya sé que solo vienes aquí para verla a ella —bromeó Teresa—. Está mucho mejor, ya verás.

La mujer se sacó del bolsillo un papel con trazos dibujados a mano. Lo desplegó sobre la mesa y apareció el dibujo de la planta de un edificio con algunas anotaciones.

—Esto es el cuartel general de la Gestapo en París, en la calle des Saussaies, comprenderás la importancia que puede tener para los nuestros saber cómo es por dentro y quién trabaja allí. Nos lo ha hecho llegar un miembro de la Resistencia que logró atravesar el país y llegar a Toulouse, pero por desgracia esta mañana lo han matado en el Hotel Ours Blanc. Los de la Gestapo le han pegado un tiro en la cabeza y lo han lanzado al canal. —Teresa tuvo que parar el relato. Con la punta del meñique se tocó la sien de forma delicada para darse algo de tiempo para continuar—. Antes de eso, sin embargo, hemos tenido la suerte de que dejara el documento en buenas manos. —La mujer le cogió el brazo en un gesto insólito, pues siempre que podía evitaba el contacto físico—. La muerte de ese chico no puede ser en vano, Sol.

Esta asintió.

—Lo llevaré a Viadiu —aseguró con emoción—, te lo prometo.

—Ya no me quedan sobres donde ponértelo, se está acabando todo aquí en Toulouse. Te aconsejo que te lo guardes en la manga de la blusa, a veces el escondite más simple es el más efectivo.

Sol obedeció y enseguida se volvió hacia la puerta del pasillo. En el umbral estaba Raquel, que las escuchaba.

—¡Sabía que eras tú! —gritó y fue a abrazarla, todavía con ciertas dificultades para mover los brazos. Sol le plantó un beso en la mejilla—. ¡Qué ganas tenía de verte! ¡Mira, ya puedo levantarme!

—Te he traído algo que sé que te gustará —dijo Sol. Abrió su bolso y le dio un paquetito envuelto en un pañuelo.

Raquel lo abrió, sacó unas medias de nailon y se le iluminó la cara. Las estiró y se las pasó por la mejilla para notar su tacto.

—¡Me encantan! ¡Qué suaves! ¿De dónde las has sacado?

—Me ha costado mucho conseguirlas, ahora requisan todo el nailon para hacer paracaídas, así que guárdalas bien y utilízalas solo para una ocasión especial.

Teresa miraba la escena con una sonrisa cargada de nostalgia.

—¿Sabéis qué? Podríamos hacer que hoy fuese esta ocasión especial... Quién sabe cuándo podremos volver a celebrar algo.

Se levantó y al cabo de un momento volvió con las manos detrás.

—¿Derecha o izquierda?

—Izquierda —dijo Raquel.

Teresa sacó una tableta de chocolate, todo un lujo en los tiempos que corrían. Raquel gritó de emoción y las tres se pusieron a comer el chocolate a mordiscos pequeños para hacerlo durar eternamente. Sol cerró los ojos para retener esa imagen en su pensamiento porque algo le decía que sería la última vez que podría compartir un momento de felicidad con aquellas dos personas a las que amaba tanto.

Cuanto más avanzaba el tren hacia el sur, mayor se hacía la nevada. Se acurrucó en el asiento y pensó que quizá en esta ocasión no se lo encontraría. Era cierto que odiaba todo lo que representaba Max, pero también que no podía apagar del todo una voz que empezó siendo muy débil, pero que con el paso de los días y de las semanas había ido ganando fuerza y que le repetía como el repique de una campana molesta que el hombre que había conocido y que ahora se escondía detrás de aquel uniforme amaba las palabras escogidas con cuidado por los poetas, palabras que estremecían el corazón y apelaban a la libertad y a la alegría de vivir. ¿Podían salir de la boca de un asesino aquellos versos que le había leído? ¿Podían? Mientras recorría con los ojos aquel paisaje nevado que le evocaba Cal Martí, en Tarter, recordó aquellas líneas que la conmovían cada vez que pensaba en ellas:

*Si puedes llenar el minuto que no perdona
con sesenta segundos que valgan el camino recorrido,
tuya es la Tierra y todo lo que ella tiene.*

Puso la mano en el bolso. Llevaba el libro *Adiós a las armas*, pero aún no se había atrevido a sacarlo. Contemplaba la idea de volver a abrirlo, a ver si entre sus páginas descubría alguna pista que la ayudara a entender quién era Max. Se decidió a la altura de Pamiers y, después de pasar la mano por la portada, siguió leyendo a partir del punto donde lo había dejado la última vez.

Me acurruqué y, abriéndome paso entre dos hombres, eché a correr hacia el río, agachando la cabeza. Tropecé en el borde mismo y caí con un gran ¡plaf! El agua estaba muy fría, pero me mantuve sumergido tanto tiempo como pude. Sentía cómo la corriente me hacía dar vueltas, aunque me quedé bajo el agua hasta que me pareció que ya no volvería a flotar nunca más.

Como había imaginado, Henry, el protagonista de la novela, había desertado del ejército. Había visto la brutalidad de la guerra y se la había cuestionado hasta el punto de no encontrarle sentido, y el amor por Catherine se había vuelto un refugio, una huida para escapar de aquella realidad absurda y violenta. La imaginación se le disparó en el acto. ¿Y si aquella era también su propia historia? ¿Y si Max también desertara y la fuera a buscar, como Henry a su amada? Ambos solos contra el mundo. «Deja de pensar que tú eres Catherine, Sol. Olvídalo de una vez.»

Podía acordarme de Catherine, pero sabía que me volvería loco si pensaba en ella cuando aún no sabía si volvería a verla. Así, pues, debía pensar en ella... solo un poco... solo en ella, en el vagón que corre lentamente, con ruido de chatarra... y la luz que se filtra a través de la lona... y yo, acostado con Catherine en el suelo del vagón...

«Dios mío.» Cerró el libro. Parecía que el autor le estuviera contando sus propios pensamientos. Se le acumulaban en la cabeza imágenes de Henry y Catherine enamorados, luchando por estar juntos a pesar de la guerra. Por suerte, un silbato la distrajo. El día estaba nublado y el tren había comenzado a frenar porque llegaban a L'Hospitalet. Sin quererlo, lo buscaba con la mirada por aquellas callejuelas desiertas con la nieve arrinconada en las esquinas hasta que el tren se detuvo.

Un ferroviario pasó deprisa para anunciar que todo el mundo tenía que bajar, que se había acumulado una gran capa de nieve en la entrada del túnel del Pimorent y que no podrían continuar el viaje hasta que la retirasen. Los hicieron bajar a todos y los obligaron a refugiarse en el Hotel Soulé, que Sol tantas veces había visto al pasar. Se trataba de una casa grande de un solo cuerpo cuadrado, con el restaurante en la planta baja y las habitaciones en el primer piso. El grupo entró en el comedor, donde dos camareras, muy ajetreadas por el alud de gente que les había llegado de repente, comenzaban a servir las comidas. Sol se sentó a una mesa pequeña con el mantel manchado y situada frente a un ventanal por donde se veía cómo caían con fuerza los copos de nieve que lo cubrían todo como una alfombra blanca. Comía en silencio patatas con tocino y bebía un vaso de vino aguado cuando la puerta se abrió y entró un viento de aire helado que desató protestas en los comensales. Las críticas enmudecieron y se hizo un silencio incómodo; había llegado un grupo de oficiales y suboficiales alemanes, entre ellos Max y el teniente Scherhag.

Se sacudieron los restos de nieve y se abrieron paso a zancadas. Sol, con sangre fría, guardó más hacia el interior de la manga el plano que Teresa le había dado. Entonces, el dueño del hotel, un hombre que arrastraba una barriga descomunal y que iba con un delantal repleto de manchas, se apresuró a pedir a un grupo que dejara libre la mesa que justo estaba al lado de Sol para que se sentaran los alemanes y todos obedecieron al instante. Los militares pidieron vino y comida, que les sirvieron antes que a nadie. En la silla más cercana a la chica se había sentado un cabo grande y calvo que desde el primer momento empezó a lanzarle comentarios que no requerían saber alemán para ser entendidos. Ante las insinuaciones cada vez menos sutiles del calvo, los demás reaccionaban con grandes risas. Max, que se sentaba en el otro extremo de la mesa, actuaba exactamente como el resto, pero a partir de un momento determinado inició una conversación aparentemente apasionante con su teniente y otros dos suboficiales como él. En cuanto al resto de los soldados, dejaban claro su poder con cada carcajada, con cada gesto y con cada brindis. Cuando Sol hizo el gesto de levantarse, el calvo se lo impidió agarrándola por el brazo y obligándola a sentarse de nuevo. Arrastró su silla cerca de ella y le llenó el vaso hasta arriba de vino mientras le echaba su aliento nauseabundo. En un francés deplorable, le dijo que hacía mucho que no tenía el honor de compartir mesa con una mujer tan guapa y que esperaba poder comerse el postre con ella en una de las habitaciones del primer piso. Se giró hacia sus compañeros guiñándoles un ojo y les volvió a arrancar una carcajada sonora inflamada por los efectos del alcohol. Sol solo podía pensar en cómo escapar de allí. Buscaba la ayuda desesperada de alguien de la sala, pero todo el mundo permanecía en silencio y evitaba mirarla. El tono de los soldados iba subiendo a medida que se vaciaban las botellas de vino y, de repente, el calvo, con un gesto tosco, le cogió la barbilla. Ella trató de deshacerse de él, pero el tipo volvió a sujetarla con más rudeza y entonces, como si hubiera pasado un ángel, se hizo el silencio.

La puerta se había abierto y entraron dos personas. Una corriente glacial recorrió la sala en un instante. A pesar de no creer en espíritus ni fantasmas, Sol habría podido jurar que algo inhumano había llenado la estancia, una especie de presencia que anunciaba la muerte y la desventura a todos los vivos que se reunían allí. El aire se metió entre las piernas de la gente, entró por debajo de las faldas, se coló en medio de los botones de las blusas y lo paralizó todo. La gente dejó de hablar e incluso de respirar. El capitán Dreyer estaba de pie en medio del restaurante como un gato en un jardín lleno de pajaritos. Allí todos lo conocían, era evidente. A su lado, un hombre bajo, tosco y con la cara llena de cicatrices solo miraba a su amo. Sí, su amo, porque era así como lo observaba, atento a cualquier orden o deseo que pudiera salir de su boca. No podía ser sino Berkane, aquel asesino a sueldo del que le había hablado Teresa y que, ahora estaba segura, había visto ese día en la borda de La Massana. Fue el teniente Scherhag quien rompió el silencio. Se levantó decidido y alzó el brazo.

—*Heil Hitler!*

A continuación, todos sus hombres lo imitaron.

—*Heil Hitler!*

Dreyer se limitó a devolverles el saludo y se acercó a la mesa donde se sentaban. Sol se fijó en que llevaba la mano vendada y, en medio del blanco de la venda, había una mancha medio amarillenta. Caminaba con algo de cojera, que procuraba disimular, y, con cada paso, Sol habría jurado que contraía un poco la frente. Recordaba haber intuido ese sufrimiento en la estación de Le Vernet, y ahora estaba segura de que algún mal lo corroía por dentro. Enseguida les cedieron un sitio a él y a su acompañante. El perro.

Los mismos oficiales que hasta hacía un minuto se reían y se mofaban de ella, ahora parecían otros, silenciosos, correctos y disciplinados. Aunque por rango no estaba por encima de la Wehrmacht, era evidente la autoridad que ejercía sobre todos ellos y la intranquilidad que les provocaba. Los allí presentes volvieron a sus platos mientras el dueño del restaurante se apresuraba a servir comida a los dos recién llegados cuando la mirada de Dreyer se clavó en ella unos instantes. ¿La había reconocido? No sería raro, porque se había escapado con Raquel ante sus propios ojos. El plano que llevaba escondido en la manga le quemaba y estaba segura de que, a pesar de llevarlo escondido, Dreyer sabía que lo ocultaba. El oficial cogió con la mano temblorosa y la mirada desafiante la copa de vino y se la bebió a pequeños tragos hasta terminarla. Poco a poco, los soldados reanudaron la conversación, aunque el restaurante seguía en un silencio absoluto que solo rompía el tintín de los cubiertos al golpear los platos. Cuando el capitán se hubo terminado las patatas con tocino, se levantó y todos contuvieron el aliento de nuevo. Se empezó a pasear por las mesas sin decir nada, con ese cojear casi imperceptible.

—Hace días se cometió un acto criminal en Le

Vernet. Estoy seguro de que todos han oído hablar de ello.

Su voz atronaba por la sala repleta. A Sol se le heló el cuerpo. Estaba segura de que aquellas palabras iban dirigidas a ella. Dreyer giró su cuerpo hacia un hombre de hombros anchos que iba acompañado de un niño pequeño, probablemente su hijo.

—¿Me equivoco?

El hombre no movió ni un músculo y el niño arrugó con fuerza un osito de trapo que llevaba. El alemán continuó su paseo.

—Unos prisioneros muy peligrosos escaparon cuando subían al tren y...

Se detuvo frente a una familia compuesta de padre, madre y tres hijos que se habían cogido las manos por debajo de la mesa.

—... y hubo gente de la zona que los ayudó a huir.

En un gesto muy rápido, apretó la venda de la mano y la cara se le desfiguró unos segundos, aunque enseguida recuperó la expresión de acero.

—¡Es un deber, una obligación, delatar a quienes lo hicieron! —gritó—. ¡Y si no lo hacéis, seréis tan culpables como los que cometieron el crimen!

Entonces se acercó a Sol y se detuvo delante de ella. La joven, incapaz de levantar la mirada, se concentró en el plato vacío que tenía enfrente con todas sus fuerzas para no arrancar a correr hacia la salida.

—¿Alguien de vosotros sabe quién ayudó a los prisioneros? —preguntó con una voz tan calmada que ponía la piel de gallina.

«Lo sabe. Sabe que fui yo.» Instintivamente, puso la mano justo donde escondía el plano.

—El capitán Dreyer ha hecho una pregunta —le dijo Berkane, quien se había levantado de la mesa y se dirigía a la sala con la avidez del lobo cuando hace días que no come—. ¿Alguien de aquí sabe quién fue? ¡Contestad!

A Sol le temblaban los dedos y estaba segura de que Dreyer lo veía. Lanzó una mirada a Max, en un intento desesperado de pedir ayuda, pero el chico parecía de cera. Estaba acorralada y se medio mareó.

—Estoy seguro de que sí, alguno de vosotros lo sabe —insinuó, acercándose a ella aún más.

Cuando Sol ya creía que estaba a punto de detenerla, se oyó un grito.

—*Halt still, beweg dich nicht!*

Era Max, que señalaba a un chico de unos veinte años que estaba de pie junto a la puerta. Inmediatamente, se levantó de golpe, se abalanzó contra él y lo agarró por el brazo. Con un movimiento ágil, lo tumbó sobre la mesa donde había estado comiendo. Platos y vasos se estrellaron contra el suelo y se rompieron en mil pedazos. Se oyeron gritos. El resto de los oficiales se levantó y entonces empezó el caos. Gritos, carreras y empujones. Dreyer intentaba llegar hasta el chico al que Max retenía, pero la gente se lo impedía. Todo el mundo empujaba para salir hacia el exterior a pesar de la nevada y, en medio de la confusión, Sol aprovechó para escabullirse. Se había formado un tapón en la puerta, así que optó por meterse en la cocina. Allí, la cocinera le hizo una señal con la cabeza para que entrara en el almacén, seguramente había visto la escena de ella y el calvo en el comedor e intentaba ayudarla. Sol se metió corriendo y cerró la puerta. Estaba tan oscuro que tuvo que forzar la vista porque no veía nada y, cuando los ojos se le acostumbraron, se encontró en medio de cajas con verduras y sacos de arpillera llenos de legumbres, patatas y café. Se acurrucó entre un par de botas de vino gigantes e intentó serenarse con la cabeza entre las rodillas. Cuando solo hacía unos minutos que se escondía, la puerta se abrió de repente. Era el mismo chico con el que se había besado y, sin embargo, un desconocido. «Un nazi. Mala gente.»

—Tienes que salir de aquí —ordenó Max—. Lo primero que harán es registrar el local, y que estés escondida te hará parecer culpable de algo.

Sol quería simular indiferencia, pero estaba segura de que él podía oír los latidos de su corazón.

—Siento mucho lo que ha pasado ahí dentro —dijo él—. No hay justificación para lo que han hecho mis compañeros. Ni tampoco el capitán Dreyer...

—Pues tú no parecías muy incómodo. ¿Qué le has hecho a ese pobre hombre? ¿Se lo llevarán también a un campo de concentración? ¿O lo matarán aquí mismo y así os ahorráis el viaje?

—¿Cómo? —respondió, sorprendido—. ¡No seas tonta! Todo este número lo he montado para sacarte de ahí, ¿o es que no te has dado cuenta?

—¿Qué? —dijo ella, incrédula—. ¿Has inculpado a un inocente?

—¡No sabía cómo detener a Dreyer para que te dejara en paz! Por un momento me ha parecido que todo eso lo decía por ti. Ya sé que es una tontería, porque Dreyer no está para menudencias. Si hubiera tenido la menor sospecha de ti, te habría cogido sin tanta comedia, pero me he asustado mucho y no se me ha ocurrido otra cosa —dijo él, levantando las manos con exasperación—. Ya les he dicho que me he confundido, que me ha parecido ver que el chico llevaba un arma, pero evidentemente no llevaba ninguna. Estará un par de días en el calabozo y lo soltarán, no sufras por él.

Max, visiblemente alterado, respiró hondo un par de veces y prosiguió:

—Hace mucho que quería hablar contigo, pero me daba miedo que me odiaras demasiado para escucharme... ¿Estás bien? Pensaba que estabas enferma.

Hablaba a trompicones. Y ante el silencio de Sol, continuó:

—No tienes que preocuparte por nada, de verdad...

—¡Deja de decir eso! ¡Que no me preocupe, dices! —exclamó ella al fin, con los ojos abiertos como platos—. ¿Y tampoco hay que sufrir por la gente a la que encerráis en trenes de ganado y a la que matáis? Porque es eso a lo que te dedicas realmente, ¿verdad?

Por un segundo, la atravesó un punto de pánico. ¿Había calibrado mal lo que podía decirle? Al fin y al cabo, era un suboficial del ejército alemán y hablarle así podía significar la cárcel o algo peor. Esperó a ver la reacción del chico con el susto en el corazón. ¿Con quién hablaba? ¿Con el soldado o con Max? Le clavó la mirada en los labios. Sí, sin duda eran los mismos que había besado con avidez.

—Yo no mato a gente inocente, eso deberías saberlo —dijo él con gravedad. Hablaba con urgencia, aunque se notaba que se esforzaba por tranquilizarse y así poder soltar un discurso que parecía preparado—. Cuando nos quedamos encerrados en casa de Martí no tenía planeado enamorarme, ¿de acuerdo? ¡Pero pasó! ¿Y qué querías que hiciera? ¿Que te dijera que era un soldado en una misión secreta en Andorra? ¿A una desconocida? —Acompañaba cada palabra con gestos suaves—. El hecho de que ahora lo sepas no cambia nada para mí. Sigo siendo yo, Max.

Sol se puso las manos en la cabeza y giró en redondo.

—¿Cómo? ¿Que esto no cambia nada?

Se volvió de nuevo para mirarlo de hito en hito.

—¡Esto lo cambia todo! —exclamó—. ¡Eres un soldado alemán, por el amor de Dios!

—Te equivocas —dijo él con la mirada inexorable—. No soy alemán. ¿Querías la verdad? Pues aquí la tienes: soy austríaco, mi país está en guerra y yo lucho por mi tierra, para defender a mi familia de nuestros enemigos. ¿No harías tú lo mismo?

La chica salió de su pasmo. «Austríaco.»

—No. Y no me des lecciones sobre la guerra. Mi padre luchó por su tierra, por defender a su familia, y nunca mató a nadie que no fuera un soldado.

—En una guerra siempre hay injusticias, Sol, ni siquiera tú puedes ser tan cándida para creerte que esto no ocurre en ambos bandos —respondió él con una sonrisa amarga.

—Yo solo sé lo que he visto, no puedo hablar por los demás —dijo, poseída por una necesidad irrefrenable de sacar todo lo que llevaba dentro—. Tú y tu magnífico ejército sois una máquina de asesinar y nada de lo que puedas decir me hará olvidar el horror que viví en aquella estación. —Sol jadeaba.

—Los que estaban en Le Vernet no eran soldados, eran las SS —dijo él muy serio—. No es justo que nos pongas a todos en el mismo saco.

—Ah, pues perdona. Creía que todos luchabais al servicio de Hitler, pero me habré informado mal. ¡Solo sé que un hombre como tú, que también llevaba esa misma cruz en el uniforme, disparó a una niña de catorce años! ¡Me dais asco!

Le escupió en la cara y se quedó unos segundos sorprendida por su atrevimiento. Nunca había escupido a nadie. Él estaba inmóvil. No se lo reprochaba, no estaba enfadado, ni siquiera lo encontraba indignante.

Se limitó a secarse la saliva con la manga, aunque justo antes de girarse y marcharse dijo:

—Yo también me doy asco, te lo aseguro.

Y dicho esto, la cogió del brazo y la sacó al exterior.

26

Les anunciaron que el túnel ya estaba libre de nieve y que saldrían enseguida hacia La Tor de Querol. Ya les habían pedido la documentación a todos en varias ocasiones, parecía que los ánimos se habían calmado y no había ni rastro de Dreyer o de su perro guardián. Una vez sentada dentro del tren había perdido de vista a Max y se había dedicado a cerrar los ojos para tratar de calmarse. ¿Qué había querido decir con esa frase?

«Yo también me doy asco.»

¿Lo decía en serio? ¿O solo para convencerla de su bondad? ¿Era real aquel dolor que intuía dentro de Max o era un monstruo como los demás? Perdida en esas digresiones, no se dio cuenta de que se le había acercado un soldado alemán. Era el cabo gordo y calvo que la había acosado dentro del restaurante y apestaba a alcohol. Sol le entregó el salvoconducto, pero el hombre, en lugar de devolvérselo enseguida como era habitual, lo miraba una y otra vez.

—*Aufstehen! Aufstehen!* —gritó el militar de forma agresiva.

No lo entendía, pero no era difícil comprender que le pedía que se levantara, y así lo hizo. El soldado empezó a magrearle el cuerpo sin miramientos, desde el cuello hasta las piernas, sin dejarse ningún rincón. Que aquellas manos asquerosas le recorrieran los lugares más íntimos sin poder detenerlas le estaba provocando unas ganas irrefrenables de gritar. En un gesto totalmente repentino, le dio un empujón. «Mierda», pensó. El niño con el muñeco de peluche que se sentaba dos asientos atrás con su padre miraba la escena con los ojos muy abiertos.

—*Die Personalausweis!* ¡Cédula personal! —repitió el cabo en francés, enfurecido.

Sol, paralizada, no podía apartar la vista de aquella boca nauseabunda.

—Por el amor de Dios, dele los papeles de una vez —exclamó el padre del niño, muy nervioso.

Sol se puso a buscar con manos temblorosas su cédula personal, que siempre llevaba junto al salvoconducto, pero con los nervios se le cayó el bolso al suelo y se esparció todo su contenido. Al querer recogerlo, agobiada, el papel con el plano dibujado que llevaba escondido en la manga se deslizó al suelo. Sintió una bocanada de pánico. El plano de la central de la Gestapo en París expuesto a los pies de ese soldado. Era un imán que seguro que atraía su mirada, podía notarlo. Levantó la cabeza despacio y se encontró con los ojos del militar clavados en el papel. El hombre se puso a gritar en alemán.

—Dice que lo recoja todo —tradujo el hombre que acompañaba al niño—. ¡Deprisa, o esto acabará mal! —la increpó con la cara blanca como la leche y totalmente desencajado.

Sol notó un frío helado por todo el cuerpo. El soldado avanzó hacia ella y le dio un empujón que la hizo rebotar contra el reposabrazos del asiento. Ella sintió un dolor seco en el hombro. El padre tapó con las manos la cara de su hijo para que no mirara. Entonces, como si todo fuera mucho más lento de lo normal, la joven vio cómo el soldado se agachaba a coger el plano. Si no hacía nada para impedirlo era el fin, pero el miedo la tenía absolutamente petrificada.

El hombre cogió el documento con unos dedos rechonchos. Se levantó. Empezó a desplegarlo.

Y de repente alguien se lo arrancó de las manos.

—*Danke, Hans* —dijo Max.

Y le dijo algo al cabo, que, obediente, fue a pedir la documentación al padre y al hijo. Max desplegó el papel y lo observó detenidamente. No levantó ni una ceja.

—Esto me lo quedo yo —dijo guardándose el plano en el bolsillo de la chaqueta—. Que tenga buen viaje.

Sol se quedó todavía un rato de pie, temblando de arriba abajo, sin acabar de creer todo lo que acababa de pasar mientras veía cómo Max se alejaba por el pasillo. Al fondo, plantado como si estuviera asistiendo a un espectáculo de lo más entretenido, estaba el teniente Scherhag, que lo había visto todo. Cogió el bolso del suelo y se dirigió al lavabo; una vez dentro, se apoyó en la puerta con los ojos cerrados. «No me ha delatado.» Suspiró profundamente, pero enseguida la asedió una angustia. Max tenía el plano, y eso quería decir que la tenía bajo su control. Ahora que ya sabía que era un correo, ¿se dedicaría a seguirla para atraparlos a todos? Tenía que recuperar aquel plano como fuese, se lo debía a Teresa y al chico que había muerto por llevarlo hasta Toulouse, pero le dolía tanto la cabeza que no podía pensar en nada, ya lo haría más tarde. Se lavó la cara para que le volvieran los colores, y cuando se la empezaba a secar sin prisa oyó un disparo. Abrió el pestillo y corrió hacia su asiento. A través del cristal, vio que en el andén había un soldado alemán herido en el brazo. A su lado, un par de soldados agarraban al padre, que hasta hacía unos momentos estaba dentro del vagón y que luchaba en vano para zafarse de ellos. Su hijo miraba la escena mientras lloraba desconsolado. Y delante de todos, Max apuntaba con una pistola a la cabeza del hombre, que dejó escapar un grito desgarrador. El tren arrancó y Sol empezó a andar por el pasillo para ver qué pasaba a través de las ventanas. La escena se había quedado suspendida en el aire. Ya estaban saliendo de la estación. Más velocidad. Y más. La joven llegó al último vagón, pero a través de las ventanas laterales ya no se veía nada. Y de repente, otro disparo. Corrió a empotrarse contra la ventana de cristal de la portezuela que estaba justo al final de todo del convoy y, a lo lejos, solo logró ver el cuerpo del padre tumbado en medio del andén. Parecía muerto. Max lo miraba con cara inexpresiva y la mano que empuñaba la pistola aún alzada.

27

—¿Que has hecho qué? —gritó Baldrich.

—Cálmate, por favor, está en un lugar seguro.

Ambos se habían encerrado en la salita del primer piso.

—Mira, ¡no me toques las narices! ¿Cómo quieres que me calme? ¡Has perdido el plano! ¡Me cago en la hostia consagrada, Sol! —dijo frotándose la cara con desesperación.

No se le había ocurrido otra excusa para no tener que decir que conocía al soldado alemán que le había cogido ese documento. Y no solo lo conocía, sino que lo había besado. Y que ese mismo hombre había matado a un inocente a sangre fría. «Asesino.» La verdad la habría alejado del grupo, de Teresa, de Raquel... y la habría llevado de nuevo a casa, cerca del Cabrero.

—No lo he perdido, lo he escondido. ¿Qué querías que hiciera? Nos han hecho bajar del tren a todos y antes de que me lo encontraran encima he preferido meterlo entre las piedras de un borde. Lo he tenido que decidir todo muy rápido, Baldrich, pero te aseguro que es imposible que lo encuentren y en cuanto pueda lo iré a buscar, te lo prometo —respondió Sol intentando sonar vehemente.

—No puedo perder más tiempo, me esperan abajo

para ir a Pamiers a buscar a un grupo —remugó el hombre de mala gana—. Cuando vuelva, quiero que me expliques exactamente dónde lo has dejado y ya iré yo a buscarlo. Ah —añadió con mirada granítica—, y ahora los alemanes se están poniendo más duros con los salvoconductos, así que de momento se acabaron los viajes a Toulouse.

Baldrich se acabó de un trago el vaso de vino que tenía delante.

—La madre que me parió, ya sabía yo que no debía dejarte entrar en el grupo... —refunfuñó.

Aquellas palabras cayeron encima de Sol como si fueran piedras afiladas. Cuando el contrabandista ya se levantaba de la silla, la joven lo cogió de la manga y lo obligó a detenerse, en un arrebato que a ella misma la sorprendió.

—Antes de marcharte me escucharás, Baldrich —le exigió—. He visto como tus hombres pierden a gente en la montaña de todas las formas posibles, congelados y despeñados; también como a ti mismo te ha descubierto la policía y te has escapado; como has perdido fardos de un valor altísimo... Entonces, ¿se puede saber por qué me juzgas tan duramente?

La chica hizo un silencio para serenarse y tomar aire.

—No lo sabes, ¿verdad? No tienes ni idea. Pues yo te lo diré, Baldrich: porque soy una mujer, y solo por eso ya partes de la idea de que fallaré, ¡que no saldré adelante! —añadió levantando la voz.

El contrabandista se había quedado mudo y no movía ni una pestaña. Sol tragó saliva, segura de que de un momento a otro la mandaría a que hiciera la maleta y que volviese a Bescaran. Pero él se mantuvo un rato más en aquel silencio hosco.

—Yo no lo veo así... —rebatió, al fin.

El hombre se frotó la barba de varios días.

—Cuando llegaste eras una niña muerta de miedo que se escondía detrás del pantalón de su hermano, y sí, te admito que has crecido, que te has hecho más... mayor. Pero yo no te juzgo con mayor dureza que a los demás... no. En todo caso lo que estoy haciendo es protegerte, y eso deberías agradecérmelo y no tener una pataleta.

Quizá lo decía de corazón o simplemente no quería admitir lo que la chica le había espetado en plena cara, pero lo cierto era que Baldrich estaba demasiado empecinado en su propio modo de ver el mundo.

—Bueno, da igual —apuntó Sol, dándose por vencida—. Pero quiero que sepas que te devolveré ese plano, aunque sea lo último que haga en la vida —aseguró.

Y aquel imponente contrabandista, que el primer día que lo conoció parecía invencible, se levantó de la silla con el ademán más cansado que nunca le hubiera visto.

Al cabo de dos días por la noche la despertaron fuertes golpes en la puerta. Sol se levantó deprisa y al abrir se encontró a Lina en camisón.

—Rápido, vístete y baja. Ha habido problemas.

Al poco ya se encontraba en el comedor y, para su sorpresa, allí estaban Baldrich, el Conejos y otro guía que había visto alguna vez y que siempre había pensado que tenía cara de buena persona, Antoni Forné, que ahora estaba blanco como si hubiera visto la muerte de cara. Se habían sentado alrededor de la chimenea, empapados por completo, y Marta les estaba sirviendo una sopa caliente, que devoraban con ganas. Se oyó un golpe en la puerta y entró Nico acompañado de un muchachito.

—¿Qué ha pasado? —dijo de mala gana el polaco—. ¿Tan grave es para que me hayas sacado de la cama? Hoy precisamente que dormía acompañado, cojones...

—Siento mucho haberle estropeado el polvo al señor —respondió Lina con ironía—. He enviado al chico a buscarte porque es importante. Baldrich me ha pedido que os reuniera a todos y que entonces nos contaría qué ha pasado. —Y volviéndose hacia el contrabandista, dijo—: Pues bien, Quim, ya nos tienes aquí.

—Sentaos —ordenó Baldrich—. Lo que tengo que deciros no es fácil: estamos en peligro.

Sol y el resto se sentaron en silencio, expectantes.

—Tendrás que explicarte mejor, compañero —dijo Nico, sentándose en el único balancín que había. Se sirvió un vaso de vino que estaba en la mesita y se lo bebió de golpe—. Nuestro trabajo es peligroso, eso ya lo sabemos.

Quim se acabó la sopa y dejó el plato sobre una mesa.

—Sí, pero nunca nos había pasado nada como lo que hemos sufrido hoy —dijo mientras se secaba el pelo con una toalla que le había dado Lina.

Después se la pasó a Forné para que también se secara y se decidió a contar lo que les había ocurrido esa noche en La Massana.

—Hacía un frío del demonio, allí en Pamiers. En la estación de tren no había *boches* a la vista y recojo a cinco polacos, dos oficiales, dos soldados y también un estudiante, Alozy Bukowski. Nunca olvidaré ese nombre. El tiempo se había mantenido hasta entonces, pero ha empezado a cambiar. Hemos subido deprisa a la montaña y ha empezado a nevar con la fuerza de un dolor de vientre. Yo veía que los cinco hombres iban muy mal equipados, con zapatos de calle y gabardinas, como si fueran a pasear por las Ramblas de las floristas, pero no tenía nada mejor para ofrecerles. Tampoco estaban en forma, no sé si por el cansancio que arrastraban o porque no habían comido lo suficiente, el hecho es que se me han empezado a poner los huevos por corbata. ¿Con la mano en el corazón? Ya me olía que no aguantarían, sobre todo el joven, Alozy, que claramente era quien más sufría. El chico estaba que no podía articular palabra, arrastraba los pies, se tropezaba a cada momento y le costaba respirar. He pensado que había cogido fiebre y todo, pero no me he atrevido a decir nada para no desmoralizar a la tropa. Cada vez caminábamos más lentamente, y más y más. Y yo, que hace años renegué de Dios y de todo el santoral y me juré que nunca más rezaría, ¡lo habría vuelto a hacer con más fe que un cardenal! Tiraba de él, lo arrastraba y nada, el muchacho no respondía. Nos estaba poniendo a todos en peligro, pero allá arriba ya sabéis cómo va la cosa, no puedes detenerte o te mueres de frío. Los militares y yo nos hemos vuelto para ayudarlo, y así hemos ido tirando hasta que hemos pasado el puerto de Siguer y hemos llegado a la frontera de noche. Solo nos quedaba la bajada a El Serrat y he pensado: «Baldrich, tienes la suerte de cara, malnacido», pero me he girado y, me cago en todo lo que se menea, Alozy ya no respondía. Estaba muy mal y hemos decidido dejarlo allí e ir a buscar ayuda, porque los demás apenas podían seguir. Le he quitado el cinturón y lo he atado al tronco de un árbol, no se me ha ocurrido otra idea mejor para que se pudiera mantener de pie y no se cayera de cabeza en la nieve. Si no, tal y como nevaba, en poco rato habría quedado enterrado. Hemos llegado al pueblo y he buscado a los de siempre para que me ayudaran, pero nadie ha querido arriesgarse en una noche como esta y me han pedido que esperara a que amainase la tormenta. Hemos esperado unas tres horas y, cuando el tiempo ha mejorado, hemos salido yo y tres más, pero al llegar donde habíamos atado al estudiante no había nadie. Hemos buscado por la nieve. Lo hemos llamado. Nada. Por un momento he pensado que se había escapado y que ya debía de estar en La Massana, pero he oído un grito y era que lo habían encontrado unos metros más abajo, sobre una colina. Estaba muerto e iba sin camisa. Dicen que el frío te vuelve loco y que crees que hace calor cuando los miembros se te congelan. El pobre desgraciado se había desnudado. Mejor, la muerte le habría llegado antes. Cuando he vuelto a El Serrat y les he dicho a los polacos lo ocurrido se han quedado muy afectados. Estaban nerviosos y desconfiaban de todo, creo que eso lo provoca el cansancio. Después de mucho intentarlo al fin los he convencido de que teníamos que llegar a Llorts, a Can Vilaró, donde nos esperaban el Conejos, Forné y Eduard, que tenía un coche; con este, todo sería más fácil. Íbamos a paso de tortuga y, para distraerlos del frío y el cansancio, les he contado que Eduard nos llevaría al hotel de su familia, el Palanques, y que allí comerían pan con embutidos, leche caliente y todo lo que quisieran. ¡Coño, cómo se han animado cuando han oído hablar de festín! Apenas intercambiaban una palabra, deshechos como estaban, y hemos ido avanzando hasta llegar al pueblo. Cuando han visto el Peugeot de Eduard se han reído y todo, creo que uno de ellos lloraba de la emoción, y lo he entendido perfectamente, porque cuando ya no puedes más, y a mí me ha pasado, ver un coche es como si se te abrieran las puertas del cielo. Nos hemos subido los polacos y yo junto a Forné y el Conejos, y Eduard ha sido el que ha conducido hacia La Massana. Estábamos muy apretados ahí dentro, pero nos daba igual mientras aquel trasto nos llevara a nuestro destino. Pero al llegar, justo enfrente del hotel, hemos visto aparcados dos coches con matrícula francesa, un Delaye y un Citroën. Me ha extrañado porque no hay muchos coches en el pueblo y más o menos los teníamos fichados. Hemos pasado por delante a marcha lenta y, ¡ay, madre!, detrás de los coches, como si estuvieran esperándonos, han aparecido cuatro o cinco hombres vestidos con gabardinas. Uno era feo como un pecado, marcado por una varicela mal curada. Cuando me he fijado más he reconocido a otro, porque en casa de Teresa corría una foto suya, el capitán Dreyer, un tipo de la Gestapo, un sádico, por lo que dice todo el mundo. El Conejos ha gritado: «¡La Gestapo!». Y ahí ha empezado el follón. Eduard ha acelerado y hemos pasado de largo a toda velocidad. Nos seguían con los dos autos y hacían señales con los faros para que nos detuviéramos, pero no hemos hecho caso. Oímos disparos. No tiraban a matar, nos querían vivos. Nuestro vehículo iba tan rápido en las curvas que he pensado que nos mataríamos. Más tiros. Los faros de los alemanes iluminaban la montaña. Hemos pasado la sierra del Honor y, justo a la entrada del pueblo de Sispony, Eduard ha hecho una mala maniobra y ha dejado el coche cruzado en plena calle. El Conejos, Forné y yo hemos salido por el lado derecho y hemos corrido a escondernos en el bosque, pero ni Eduard ni los polacos han podido abrir las puertas y se han quedado atrapados dentro del automóvil. Desde mi escondrijo, he logrado ver cómo los alemanes los capturaban a punta de pistola.

Se hizo un silencio absoluto, solo roto por los chasquidos de los troncos que ardían con alegría en medio de un ambiente más bien amodorrado. Baldrich tenía ojeras oscuras bajo los ojos, ya no parecía un héroe invencible, sino un hombre que había vivido demasiadas vidas en una sola. Se le veía más agotado que nunca.

—Lo más seguro es que los hayan llevado al cuartel general de la Gestapo en Toulouse —dijo Forné con los ojos brillantes. El pobre hombre parecía atormentado por esa posibilidad—. De ahí no sale nadie...

—¡Vamos! —exclamó Lina—. ¡Seguro que sí! A ver, ¿el padre de Eduard no era el vicesíndico de Andorra? Pues él lo ayudará.

Baldrich se frotó la cara con las dos manos y luego se levantó poco a poco. Como una fiera que huele el peligro, empezó a pasearse ante el fuego, sin prisa, en silencio. El resto del grupo apenas se atrevía a respirar. Al fin, se giró y con voz funesta anunció:

—Nos esperaban en La Massana y no eran unos desarrapados, eran los hijos de puta de la Gestapo. ¡Me cago en Dios! ¡Dreyer! Y eso que ha ocurrido hoy solo puede querer decir algo: que hay un traidor entre nosotros.

28

Después de ese episodio en La Massana, la situación empeoró. El primer cambio fue que todo el grupo abandonó el Hotel Pla y se trasladó a una borda en Canillo, propiedad de Lina, por miedo a que la Gestapo les hubiera seguido el rastro. Sol metió en su maleta cuatro prendas, el pintalabios que le había regalado Salvador y el libro de Hemingway, testimonio mudo de su estupidez e ingenuidad. Entre todas las malas noticias llegó una buena, y era que, gracias a los contactos de su padre, Eduard Molné sería liberado en unas semanas de la cárcel de Saint-Michel de Toulouse, donde lo habían encerrado, aunque de los cuatro polacos que lo acompañaban nunca se supo nada.

La borda se encontraba en una zona boscosa cerca de una iglesia antiquísima llamada Sant Joan de Caselles. Por culpa de aquel traslado Sol perdió a la única amiga que había hecho en Andorra, Marta, y también a aquella figura materna algo distante y fría, pero que la cuidaba a su manera, Lina. A pesar de ser una casa muy rudimentaria y disponer de pocas comodidades, era suficientemente grande para que cupiera todo el mundo, Baldrich, Forné, el Conejos, Nico y, ocasionalmente, otros guías que iban y venían. Tenía dos plantas y una generosa chimenea para combatir el frío.

Sin embargo, el ambiente se había enrarecido. Durante las comidas, en las conversaciones, incluso por encima de los silencios se cernía una sospecha latente, una desconfianza que los había vuelto a todos un poco más ariscos. Sol los miraba e intentaba descifrar algún gesto, alguna palabra que delatara quién de ellos podía ser el traidor. Era más fácil creerse eso que pensar que todo era culpa suya, ¿verdad? Porque si alguien había estado en contacto con el enemigo era ella.

La chica volvía a dedicarse a cuidar de los hombres; era quien iba a comprar comida, cocinaba, lavaba la ropa y hacía las camas, y aunque sentía que había dejado de hacer lo que realmente le importaba, aquel trabajo la mantenía ocupada y lejos de una imagen que no quería recordar: Max y la pistola apuntando a la cabeza de un pobre hombre. «Asesino.» Baldrich prácticamente no le dirigía la palabra. Nunca lo había visto tan enojado, incluso podía llegar a ser cruel con ella y el resto lo notaba, pero nadie se atrevía a preguntar qué había pasado entre ambos. Sol sabía que, si no le devolvía el plano pronto, la haría volver a Bescaran, de eso estaba segura. Era un manojo de nervios. No sabía si era prudente salir del escondite. No sabía dónde encontrar a Max. No sabía si le devolvería el plano. Y en medio de tantas incertidumbres y angustias, inesperadamente, encontró a un nuevo amigo.

—¡Un poco más arriba! —gritó Forné.

Sol cogió la parabellum y la levantó con las manos temblorosas.

—Venga, recuerda cómo lo has hecho antes. Coloca el pulgar a un lado de la empuñadura y utiliza el corazón y el anular para coger la pistola con firmeza.

Ella iba siguiendo las indicaciones punto por punto. Se habían acercado a aquel paraje, un salto de agua altísimo llamado torrente de Urina, una especie de olla profunda rodeada de roca y escondida de las miradas de la gente. Forné, seguramente porque la forma en que la trataba Baldrich debía de despertarle algún tipo de compasión, era el único que intentaba animarla; se la llevaba a dar clases de conducción con el viejo Peugeot de Eduard, que tras la detención de su propietario se había quedado abandonado en Sispony y que él mismo había ido a buscar, y ese día le había propuesto hacer clases de tiro para poder protegerse si se encontraba en una situación de peligro. Cuando el jefe de los contrabandistas lo oyó, se puso la boina y salió de casa murmurando y dando un portazo descomunal.

—Ahora estabilízala con la mano izquierda, muy bien —indicó, atento a los movimientos de la chica—. Pon el pie derecho delante, rodillas dobladas...

—Cierro el ojo izquierdo —continuó ella con un susurro—... apunto... pongo el dedo en el gatillo... Exhalo y...

Sonó un fuerte estruendo y unos pájaros levantaron el vuelo.

Forné se acercó a un árbol que estaba a unos cincuenta metros. Despegó un papel con la cara mal dibujada de Hitler con un agujero en la parte inferior del cuello y se lo enseñó.

—De momento, solo lo has herido.

Sol dio un grito de euforia levantando el arma.

—¡Otra vez! —pidió ella.

—La última, que está oscureciendo —concedió el hombre. Forné era de esas personas a quienes les cuesta negarse a los deseos de los demás y volvió a pegar la cara al árbol. De hecho, Forné era un misterio: demasiado calmado para ser un contrabandista; demasiado culto para ser un simple labrador; demasiado familiar para ser soltero. Le gustaba tener siempre un libro en la mano, aunque estuviera en medio de un alboroto ensordecedor. Solía decir: «Me levanta más el ánimo una buena lectura que un buen aguardiente». Podía llegar a parecer un lunático que siempre estaba en el limbo, pero lo cierto era que estaba al tanto de todo lo que ocurría en aquella casa, y la prueba era que cada vez que Baldrich le soltaba un exabrupto a Sol, él, invariablemente, le mandaba cualquier trabajo para que saliera de la estancia y ahorrarle la humillación. Precisamente por ello, Sol se decidió un día a compartir con él que tenía entre manos *Adiós a las armas*, y la sorpresa fue que Forné conocía bien aquel libro porque lo había leído en esa misma versión francesa. «En muchos lugares lo han prohibido por ir en contra de la guerra, aunque de lo que realmente habla es de la fuerza del amor», le había dicho.

—¿Sabes qué significa *parabellum*? —le preguntó el contrabandista mientras volvía a ponerse a su lado—. Los romanos decían: «*Si vis pacem, para bellum*». Si quieres la paz, prepara la guerra. Venga, apunta.

—Muy sabios los romanos. Eres un pozo de ciencia, Forné.

—¡Un poco más arriba! —ordenó él.

Una nueva detonación resonó por las paredes que rodeaban el salto de agua.

—Y ahora baja el arma, que soy demasiado joven para morir.

Se acercó al árbol.

—Enhorabuena, te has cargado al Führer —sentenció Forné arrancando la cara de Hitler, que tenía un disparo entre los dos ojos—. Adolf Hitler, nacido el 20 de abril de 1889 en Braunau am Inn, Austria, hijo de Alois y de Klara, aspirante a pintor y dictador del Tercer Reich, descanse en paz.

De camino a casa, Sol se sintió en confianza para preguntarle:

—Oye, Forné, ¿has oído hablar de un poeta llamado Heinrich Heine?

—Sí, por supuesto. «Lorelei» es uno de sus poemas más famosos, la leyenda de un personaje mitológico que vivía en el Rin y hacía naufragar a los marineros con sus cantos. Es uno de los grandes poetas alemanes, aunque ahora es un proscrito en su país. Pasó gran parte de su vida exiliado.

—¿Por qué?

—Pues por judío, porque criticaba el nacionalismo exacerbado de sus compatriotas... Ahora que a los nazis les ha dado por quemar libros suyos, entre tantos otros, parece premonitorio lo que dijo. A ver... ¿cómo era? —Cerró los ojos como si eso lo ayudara a recordar—. Sí, creo que esta frase era suya: «Donde se queman libros, al final también se quema a la gente».

—¿Y a Guillaume Apollinaire?

—¡Ah, el surrealista! Apollinaire era un explorador, le gustaba buscar nuevas formas de escribir, innovaba como ningún otro. En Francia le compré un poemario suyo a un librero de Foix. Interesante... —reflexionó—. Diferente. Primero me parecieron poemas divertidos y poco más, pero cuanto más los leía, más los veía como pequeñas obras de arte llenas de simbolismo. Pero ¿qué significa este interés repentino por la poesía? Y, perdona que te lo pregunte, ¿de dónde has sacado todos estos nombres? No es que piense que una chica no puede saber de poesía, ¿eh?, no es...

—Tengo un amigo francés... Él me dejó leer algunos de sus libros.

—Pues dile a tu amigo francés que no ponga el pie en Alemania, porque todo lo que lee son libros que los nazis han prohibido...

Esa misma tarde, Forné le dejó un libro en el banco donde estaba acabando de coser unos calcetines. La chica lo cogió. *Poema de la rosa en los labios.*

—He pensado que, si te interesa la poesía, quizá te guste este poeta catalán, Joan Salvat-Papasseit. No es muy conocido y el pobre murió joven, pero a mí me parece muy bueno. Escribe sobre el amor como no he visto hacer a nadie. Ya me dirás si te gusta.

Sol abandonó el hilo y la aguja y se lanzó a la lectura de uno de los poemas.

> *Y su mirada sobre mi mirada*
> *Preso estoy*
> *Prisionera la quiero:*
> *Esta mañana una flor me ha prendido*
> *Así le hablaba*
> *Bajito al oído:*
> *Bajo tus ojos, solo un beso me complace.*

Esas líneas escritas en un lenguaje tan directo y sencillo la golpearon. Todo lo que había leído sobre el amor siempre estaba cargado de metáforas y versos ramplones, y aquí se expresaba tan libremente. *Bajo tus ojos, solo un beso me complace.* La imagen de Max se le apareció delante con tanta nitidez que tuvo que cerrar el libro de golpe para deshacerse de ella.

De repente, la puerta se abrió y entró Marta, envuelta en un chal de lana; se abrazaron. La hicieron sentarse junto al fuego con el resto del grupo y le preguntaron por el hostal y la gente del pueblo. La chica no estaba demasiado animada y Sol lo atribuyó al cansancio de la caminata hasta allí. Compartieron los embutidos que les había traído de parte de Lina, un poco de *bull* y de butifarra que olían a gloria y que abrían el apetito, y se los comieron con pan tostado.

Aquella noche, Marta se quedaría a dormir, así que después de cenar subieron a la minúscula habitación de Sol. Ambas se pusieron el camisón y se sentaron en la cama.

—¿Qué te pasa, Marta? No has dicho más de dos palabras en toda la noche...

Esta contrajo los labios y con el dedo recorría una y otra vez el ribete de la manta.

—Es que no sé si debo decirte algo... o callar. A veces me dicen que hablo demasiado, sobre todo mamá —soltó al fin—. Temo meterte en un lío.

Sol sonrió.

—Me gusta que te preocupes por mí, pero ya soy lo suficientemente mayor y me sé cuidar solita. Dime, ¿qué ocurre?

Marta se iba deshaciendo las trenzas mientras cavilaba con la mirada fija en la pared. Entonces se decidió:

—Vino a verme un francés que preguntaba por ti. Ya sabes que no hablo ese idioma, pero lo entiendo un poco, y creo que se llamaba Max, un chico fuerte, apuesto y con un cabello que parecía de oro. ¿Lo conoces?

Sol solo tuvo ánimo para asentir.

—Me dio algo para ti, pero no sé, me da mala espina. ¿Sabes cuando notas un peso en el estómago? Pues yo tengo aquí una bola que no va ni arriba ni abajo desde entonces. La verdad es que el chico estaba muy nervioso y me contagió a mí también. ¿Quién es?

«Un nazi, eso es lo que es.»

—¿Qué te dio para mí? —pidió Sol con un hilo de voz.

Marta aún dudaba.

—Marta, ¿qué es?, por favor...

La chica se decidió y del interior de su bolsa de viaje sacó un sobre cerrado.

—Toma —dijo estirando el brazo.

Sol lo abrió y de dentro sacó un papel. También había una llave con una cadenita y una medalla con el número 7. En la nota decía: «Si quieres el plano, mañana a las cinco de la tarde en el Hotel Mirador de Andorra la Vella».

Al fin había asomado la cabeza de su madriguera. La invadió una mezcla de alivio y desazón. Arrugó el papel y se lo guardó junto con la llave en el bolsillo del camisón.

—¿Qué hacía ese chico buscándote? —le rogó Marta cogiéndola del brazo—. ¿Tengo que preocuparme por ti?

Sol se abrazó a sí misma.

—No, no te preocupes, Marta, no pasa nada —respondió sin convencimiento.

—Puedo parecer una tonta y no tengo demasiadas luces, lo sé, pero creo que esto no acabará bien. Haz lo que tengas que hacer, pero, por lo que más quieras, aléjate de ese chico. Yo... —Marta le pasó a Sol un dedo por el dorso de la mano—. No quiero que te pase nada.

Ahora más que nunca era lo que deseaba, no volver a verlo más y enterrar sus recuerdos como si él nunca hubiera existido. Y ahora más que nunca, tenía que encontrarlo para recuperar ese plano maldito.

Empujada por el presentimiento absurdo e irracional de que la historia de Henry y Catherine era la suya propia, aquella noche se acabó el libro de Hemingway. Y el final, tal y como había intuido, era tan trágico como el suyo. Ella moría.

Sol pasó por delante de la Casa de la Vall, un enorme caserón señorial donde se reunía el Consejo General, el Gobierno de Andorra, y donde, según le había contado una vez Marta, que siempre estaba al corriente de todo, se hallaba el Armario de las Siete Llaves, una por cada parroquia andorrana. Sin embargo, nunca supo decirle lo que se guardaba en ese armario. Un poco más arriba, en esa misma calle, estaba el Hotel Mirador, con la galería cubierta que le daba nombre. Delante de la puerta de entrada había un coche aparcado y unas cuantas personas, la mayoría hombres, fumando y charlando.

Si había un momento para echarse atrás era aquel. Nadie la había visto, nadie salvo Marta sabía que estaba allí, pero en contra de su instinto más básico de supervivencia, los pies, tozudos, la llevaban hacia delante. Entró en la pequeña recepción y una mujer teñida de rubio levantó la mirada de la revista que hojeaba. En ese momento se dio cuenta de que no sabía muy bien qué hacer, ni qué decir.

—¿Te han dado la llave, reina? —pidió con voz cansada la recepcionista.

Sol asintió, enseñándola.

—¿La número 7? El sargento Schell, pues. Ya puedes subir, que tu príncipe te estará esperando.

Y volvió a fijar los ojos en la revista. Sol notó cómo le subía el calor a las mejillas y estuvo a punto de decirle que se metiera sus insinuaciones donde le cupieran, pero se mordió la lengua. Al fin y al cabo, un suboficial le había hecho llegar la llave de su habitación y ella estaba dispuesta a subir. Para aquella rubia oxigenada, eso era el pan de cada día.

Mientras ascendía las escaleras intentaba quitarse de la cabeza la imagen de él con la pistola en alto, y al pobre desgraciado muerto en el andén y al niño que había dejado huérfano. Había que ingeniárselas para conseguir el plano y marcharse deprisa de allí. Cruzó la alfombra roja del pasillo como si caminara por una cuerda floja hasta la puerta donde estaba el número 7. ¿Qué debía hacer? ¿Abrir la puerta con la llave? Pensó que sería mejor avisar de su presencia, así que cogió aire, golpeó y la puerta se abrió al instante.

—Has venido —dijo Max, aliviado. Iba con camiseta blanca y pantalón militar y mostraba una sonrisa tan franca y confiada que a Sol le flaquearon las fuerzas.

Se escurrió por su lado y se metió dentro. La habitación era acogedora, con unas cortinas de flores azules y blancas, una mesita redonda con dos sillas acolchadas de color amarillo y una cama de matrimonio de madera buena con un cabezal trabajado.

—No sé de qué te extrañas. Sabías que vendría, te recuerdo que me robaste el plano —dijo ella mirando por la ventana. Notó cómo él se aproximaba por detrás y se quedaba solo a un palmo de su espalda. Era desesperante que con el asco que le provocaba tuviera tantas ganas de darse la vuelta y tocarlo.

—Ante todo, déjame decirte que me odio a mí mismo por lo que ocurrió en la estación. Creo que nunca podré perdonármelo —dijo con voz oscura.

La chica se volvió.

—¿Lo de la estación? ¿Te da vergüenza decirlo? No me extraña. Pues ya te lo digo yo: mataste a un hombre.

—¿Qué? —exclamó sorprendido—. ¿Matar a un hombre? ¿De dónde lo has sacado? ¡No, no, me refiero a no haberlo podido evitar!

—¿Cómo? No me mientas, Max. ¡Vi a aquel hombre tendido en el andén!

—Pero no le disparé yo. Fue Scherhag, ¡te lo juro! ¡Yo no habría sido capaz!

Era cierto que no lo había visto disparar, pero aun así dudaba.

—Tienes que creerme, te digo la verdad. —La cogió por los hombros con suavidad.

Sol notó unas cosquillas que le subían por la barriga hasta la garganta.

—No soy la bestia que crees que soy.

—¡Sí que lo eres! ¡Eres una bestia! ¡Como todos ellos!

Notó una rabia sorda por todo el cuerpo y le golpeó el pecho con los dos puños.

—¡Y un monstruo!

Él encajó el golpe sin resistirse, pero le sujetó los puños mientras ella bajaba la cabeza, sollozando.

—Me parece bien que me pegues si eso te hace sentir mejor —le susurró al oído mientras le acariciaba el pelo.

—¿Qué pasó? —preguntó ella en un suspiro. Necesitaba que la convenciera, que le contara qué había pasado, por increíble que fuese.

—Cuando le pidieron el salvoconducto, se puso nervioso y lo sacaron del vagón con el niño, pero me imagino que, llevado por la desesperación y los nervios, sacó una pistola que llevaba escondida y disparó a un compañero mío, al que dejó malherido en el andén. Seguramente era un maquis, un guerrillero de la Resistencia francesa, eso ahora ya da igual. Entonces saqué el arma, sin saber demasiado qué hacer, y fue cuando el teniente Scherhag lo mató de un disparo en la cabeza, delante del hijo.

Sol se separó de él y se secó los ojos. Max se había quedado con la mirada perdida clavada en el suelo.

—El hijo de puta, tan cruel... Si supieras cómo me presiona, cómo me lleva al límite, cómo me cuestiona. Quiere que sea un *Volksgenosse* como es debido, un patriota de raza, un soldado modélico que siga a ciegas sus absurdas órdenes...

Se quedó unos instantes ensimismado, hasta que algo lo despertó de su letargo y se sacó un papel del bolsillo. El plano.

—Si has venido hasta aquí es porque esto es muy importante para ti. ¿Me equivoco?

A Sol se le formó un nudo en la garganta. Si no le daba el plano, lo más probable era que Baldrich la enviase a Bescaran y allí Cabrero la acabaría encontrando, pero en lugar de contárselo se limitó a asentir.

El chico soltó una larga exhalación.

—¿Sabes que hace días que te busco para dártelo? ¿Se puede saber dónde te habías metido? —preguntó en un tono amargo.

—No te lo puedo decir —respondió ella, lacónica.

—Ya. ¡Pues que sepas que me he pateado todo este jodido país convencido de que te habían cogido y que en mi vida he estado más acojonado! ¡Te estás jugando la vida, Sol!

Escupía cada palabra con una pasión impropia de él que ella solo podía atribuir a un miedo que todavía no le había visto nunca, que venía de lejos y había podido mantener oculto y que, por algún motivo, ahora se había despertado. Oírle decir todo aquello la conmovió. Sin embargo, todavía recelaba.

—Siempre sospeché que te dedicabas al contrabando, aunque eso que estás haciendo... No sé si eres consciente de dónde te has metido, pero ayudar a la Resistencia no es ningún juego, ¿sabes? ¡Si te pillan con material para los aliados no tienes ni puta idea de lo que son capaces! ¡Ni idea!

—Me sé cuidar solita, gracias —respondió ella—. ¿Me lo das, por favor?

Max sostenía el plano, pero se resistía a dárselo. Estuvo tentada de arrebatárselo cuando, de repente, él volvió a guardarlo en el bolsillo y, dejándola plantada, se acercó a la ventana.

—¿Qué... qué pasa ahora? —preguntó desconcertada.

—Solo te lo daré con una condición. Quiero que me digas a qué te dedicas exactamente, con quién trabajas y por dónde te mueves. Si no, no hay trato.

—¿Qué? ¿Por qué debería decírtelo? ¿Para que nos delates a mí y a todos mis compañeros? Soy una campesina, ¡pero eso no quiere decir que sea estúpida!

—Si hubiera querido, ya te habría delatado hace tiempo. —Se giró hacia ella y era un monolito. No había ninguna rendija por donde hacerle cambiar de opinión—. No sé si eres consciente de ello, pero si te doy este plano estaré cometiendo alta traición. Pueden condenarme a muerte por lo que estoy a punto de hacer. Te pido muy poco para lo que me juego.

Ella reflexionó durante unos instantes. Sí, devolverle ese documento podría ser considerado un acto de espionaje, de eso no cabía duda.

—Entonces, ¿por qué? ¿Por qué quieres saberlo?
—Porque quiero ir un paso por delante. Si sé por dónde te mueves, qué haces y dónde te escondes, podré evitar que te caiga una tropa de soldados encima o avisarte de una redada. Puedo decirte qué ruta está vigilada y cuál está libre. Si no lo sé, voy a ciegas. Me he pasado días enteros haciendo guardia como un idiota en el Hotel Pla por si te veía, hasta el punto de que Scherhag me empezó a hacer demasiadas preguntas. Por eso al final me decidí a seguir a aquella chica que golpeó la puerta el día que yo estaba contigo en la habitación. Supuse que erais amigas y que ella era la única opción que me quedaba, y, cuando nadie nos veía, le di la nota y crucé los dedos para que no la echara al fuego.
—Marta...
Él mantenía una determinación en la mirada que la hizo estremecerse.
—Necesito saber que estás bien, que no te pasará nada. Si me lo cuentas todo, podré ayudarte.
Las palabras de Max llenaron a Sol de un calor agradable, familiar. Suspiró profundamente y dijo:
—Yo también quiero algo. Quiero hacerte una pregunta y que me respondas la verdad, nada de mentiras —exigió ella.
—Pregunta.
—Hace poco hubo una redada en el hostal Palanques, en La Massana, ¿tuviste algo que ver? Fue justo después de que descubrieras que yo pasaba información...
Max puso una cara de desconcierto que, pese a su desconfianza inicial, parecía muy sincera.
—No, no sé de qué me hablas. Yo no sé nada de ninguna redada, te lo juro. Y tampoco nunca me has hablado de La Massana ni de ese hotel...

Sol pensó que era cierto y suspiró aliviada. Se sentía extrañamente segura, como la mayor parte de las veces que estaba a su lado. Estaba tan cansada de estar enfadada que se permitió dejarse llevar por esa sensación de confianza y decidió hacer caso de su instinto, que le decía que era sincero. Le habló de las rutas que solía hacer, tanto por la montaña como en coche de línea y tren, qué trabajos eran los más habituales, dónde estaba el punto de encuentro de Sant Julià de Lòria, las bordas de La Massana y Canillo por las que se movían y quiénes eran los otros miembros de la red con los que solía viajar. Sobre todo le habló de Baldrich, que era quien lideraba el grupo, cómo lo había conocido y cómo se había enfadado cuando supo que había perdido el plano.

—Ese está enamorado de ti —dijo Max con un punto de celos en la voz—. No sé cómo no lo ves...

—¿Baldrich? —exclamó ella—. ¡Vamos, no me hagas reír! Es el hombre más solitario que conozco.

—Bueno, ahora todo eso da igual. A partir de ahora, si tengo algo importante que decirte, lo haré a través de tu amiga Marta.

Max le alargó el plano.

—Toma.

Ella lo cogió y lo apretó fuerte entre los dedos.

—Tienes otra pregunta, ¿verdad? —adivinó Max.

Ella hizo un gesto negativo con la cabeza. ¿Cómo era posible que le costara tan poco a Max leerle el pensamiento?

—Quieres saber por qué no te puedes deshacer de esto de aquí dentro —afirmó señalándole el pecho con un dedo.

Ella dio un paso atrás.

—No sé de qué me hablas.

—Quieres saber por qué quieres a alguien como yo. Un soldado enemigo. ¿Verdad?

Ella volvió la cara con angustia.

—Déjame. No te quiero.

—Si no me quieres, ¿por qué no paras de mirarme los labios?

El chico se le aproximaba despacio mientras ella retrocedía hacia la pared.

—Por favor...

Tenía esa misma mirada tan pura, tan libre del Max que conoció en el valle de Incles, el chico que había probado unos esquís y se vanagloriaba de ello, que no pasaba frío porque la montaña era su casa, el que leía poesías prohibidas totalmente absorto y le dejaba un poemario en la mesilla disimuladamente para que ella lo descubriera.

—Por mucho que te empeñes en repetir que soy un monstruo, no lo soy. Soy yo, Max —dijo con un fuego en el fondo de los ojos que asustaba.

Ella se topó de espaldas con la pared. Ya no tenía por dónde escapar y se lo quedó mirando, desafiante. Sentía su aliento en la cara y aquello le enturbiaba la cordura de tal manera que todas las frases que le venían a la cabeza estallaban una tras otra como pompas de jabón.

—¿Quieres que te demuestre que nada ha cambiado?

Sol se quedó quieta como una estatua de hielo.

—Solo tienes que decir que no con la cabeza y te dejaré.

Nada. Entonces Max le frotó la nariz suavemente con su mejilla mientras le plantaba las manos en la cintura.

—Contaré hasta tres y, si no me has dicho que

pare, no habrá fuerza humana que pueda detenerme —le dijo en un murmullo al oído. A Sol se le puso la piel de gallina.

—Uno...

Quería pararlo.

—Dos...

Ese olor a piel.

—Y tres.

Y entonces sucedió. Una ola gigante de deseo la golpeó. Sin tener tiempo de pensar qué hacía, se lanzó a besar esa boca que había querido arrancar de su memoria sin éxito. La carne era tierna, sabrosa y placentera, y a cada embate de los labios sentía que probaba el manjar más exquisito de la Tierra. Se le cayó el plano. Le daba igual. No tenía manos suficientes para quitarle la camiseta, deshacerse del cinturón. Él, con la misma urgencia, le desabrochaba los botones de la blusa, le bajaba la cremallera de la falda, las medias... Con todos los sentidos encendidos, se quedaron en ropa interior uno delante del otro. Ella exhaló y cerró los ojos, quería grabar la imagen de su cuerpo medio desnudo en un sitio de donde no se pudiera borrar y conservarlo solo para ella. Notó su mano impaciente en torno a la cintura y un tacto húmedo en el cuello.

—No sabes cómo te he añorado... —decía él mientras le llenaba la piel de besos. Ella echó atrás la cabeza para recibir aquella ternura que la fundía—. Cómo te he deseado. Cada vez que te veía en ese vagón de tren. Siempre.

«El vagón. El tren. Le Vernet.»

Las imágenes se le agolpaban en la cabeza entre besos, saliva y mordiscos en los labios encendidos. Notaba como si la estuvieran arrastrando lejos de aquellas manos que le acariciaban el sexo por encima de la ropa. Una amarga aflicción le contrajo los músculos.

—¿Qué pasa? —dijo él, deteniéndose. Estaba radiante, con los labios inflamados y las pupilas dilatadas y brillantes. Max observaba su rostro, en busca de una respuesta a ese cambio brusco.

—Nada, es que... creo que no estoy preparada para esto —se excusó ella mirando al suelo.

Las manos de Max se separaron de Sol y la joven notó cómo una ola de frío le recorría el cuerpo.

—¿No estás preparada? —exclamó él mientras se pasaba las manos entre el pelo y soltaba una carcajada exagerada—. No, Sol, no es eso y lo sabes. Basta de mentiras, ya es suficiente.

—¡Mira quién habla! Te recuerdo que todavía no sé ni quién eres, ni de dónde vienes, nada. ¡Has evitado contarme nada de tu vida! —dijo levantando la voz—. ¿Qué hacías en el valle de Incles cuando nos conocimos?

Ahora era la rabia la que la dominaba con sus hilos invisibles.

—Quiero saberlo. ¿Buscabas guías que llevaban grupos de gente? ¿Judíos? ¿Llevabas pistola? ¿Me habrías disparado si hubiera sido una judía?

Max suspiró y bajó la cabeza.

—Supongo que a estas alturas ya te lo puedo contar. Me he saltado tantas normas que una más no importa.

Se desplomó sobre una de las sillas acolchadas con los brazos caídos.

—Cuando nos conocimos, me habían destinado al Pas de la Casa como sargento con una tropa de soldados a mi servicio. Recibimos el aviso de que había un grupo de aviadores británicos que estaban cruzando las montañas hasta el valle de Incles y debíamos encontrarlos y volver a Francia. Nos pusimos ropa de civil para entrar en Andorra, nos distribuimos por zonas y empezamos la búsqueda. Eso es lo que hacía la primera vez que me viste y, días después, cuando me sorprendió la nevada y tuve que refugiarme en casa de Martí, también. Y sí, llevaba pistola, pero la dejé en los establos antes de entrar para no levantar sospechas. Sin embargo, en lugar de encontrar a los pilotos, apareciste tú y me enamoré. Esta es la historia.

Por un instante, Sol creyó que ella también seguía enamorada y que eso era suficiente para superar cualquier obstáculo, pero la furia que sentía dentro arrasó cualquier rastro de aquella ilusión.

Cogió la ropa del suelo y empezó a ponérsela.

—Y no. Si hubieras sido una judía, no te habría matado —terminó él.

—Pero esas eran las órdenes, ¿verdad? —Lo miró directamente a los ojos con tanta frialdad que ella misma no se reconocía. Un rencor muy oscuro se arremolinaba en su interior y presionaba para salir—. ¿No es eso lo que hacen los soldados en tiempo de guerra?

Sintió un escalofrío al pensar que Max podía haber disparado a Baldrich o a su hermano si se los hubiera encontrado bajando la montaña.

—No hace falta que te responda, ¿no? Tú ya tienes la respuesta —dijo él con una áspera sonrisa.

—Sí, sí que la tengo.

Una bocanada de tristeza se le atragantó en la garganta y le costaba hablar.

—Cuando encontramos gente en la montaña la detenemos, sí, y la devolvemos a Francia. Lo tengo que hacer, como tú bien dices, soy un soldado y estamos en guerra, ¡hostia!, ¡y cada piloto inglés que se escapa es un enemigo que vuelve a tirar bombas sobre mi país, sobre mi pueblo y mi familia!

—Más vale que me vaya... —dijo Sol mientras se acababa de poner los zapatos.

—No, no, no... No te vayas, te lo ruego. —El chico se levantó de un salto y la cogió por los brazos en un intento desesperado por detenerla—. Mírame, por favor, Sol. ¡Mírame!

Ella era incapaz de aguantar esa mirada y optó por deshacerse de sus brazos.

—Déjame —susurró mientras se ponía la chaqueta y cogía el plano del suelo.

—Ya, ya lo entiendo... —dijo con aspereza Max—. Ya tienes lo que querías. Todo ese numerito era por este papel, ¿no es así?

La chica guardó el documento en el bolso.

—Sabes que te lo habría dado igual sin que te metieras en mi cama, ¿verdad? Te vendes muy barata, francamente.

Sin pensárselo, Sol le dio una bofetada que le dejó los dedos marcados y salió corriendo con los ojos llenos de lágrimas.

29

Ordino. Andorra
Enero de 1943

Las siete cabezas del monstruo la miraban fijamente. Eran una mezcla de serpiente y león, todas con dientes afilados y corona. El efecto global era de una quimera repugnante, pero atractiva a la vez. Esa debió de ser la genialidad del artista, pensó. Hacía rato que contemplaba absorta aquellas figuras grabadas siglos atrás que ahora estaban protegidas detrás de una verja altísima en la iglesia de Sant Joan de Caselles. El frío se le había metido dentro y se frotó los brazos con fuerza para entrar en calor.

Si había bajado a la iglesia hacía un par de horas no era para ver monstruos, sino por otro motivo, aunque se había entretenido un buen rato antes de encararse a él. Necesitaba aplacar los ruidos que la rodeaban constantemente y que le impedían recordar a Max. Así, lisa y llanamente. En los últimos días, se había dado cuenta de que le costaba evocar con claridad sus facciones tan fuera de lo común, aquellos ojos verdes que observaban el mundo sin malicia... Su fisonomía se estaba volviendo una nube que, en poco tiempo, acabaría deshaciéndose por completo. Allí, sumergida en esa soledad, las facciones se habían vuelto a recomponer por primera vez en muchos días y eso la serenó, porque, aunque no lo volviera a ver nunca más, quería recordarlo. El olvido la aterraba. Se tocó ese pelo que tan poco le gustaba por debajo del pañuelo que le cubría la cabeza y se pasó las puntas de los dedos por la mejilla y los labios, esos mismos que él había besado. Luego deslizó la mano por el pecho que él había acariciado, por el vientre... Aquel cuerpo ya no parecía el suyo, ahora era el de una mujer, y ese cambio se debía a él.

El ruido de las puertas de madera la despertó de ese letargo. Era una feligresa que había entrado a rezar, así que se levantó del banco para salir al exterior, donde los rayos de sol aún acariciaban las cimas accidentadas de alrededor. Mientras ascendía hacia la borda con buen ritmo para entrar en calor, se puso a hacer un ejercicio que practicaba a menudo con su padre cuando era pequeña, y que consistía en enumerar lo bueno que la rodeaba. Uno: Salvador hacía dos días que había vuelto y tenerlo cerca siempre era un consuelo. También era cierto que las nuevas que traía no eran para tirar cohetes. En casa faltaba el dinero como nunca, y necesitaba hacer más viajes para Viadiu e intentar tapar los agujeros. Dos: la relación con Baldrich se había dado la vuelta como un calcetín desde que le había entregado el plano y le demostraba con pequeños gestos que volvía a confiar del todo en ella. Tres: los hombres se habían marchado unos días a Francia para llevar a un nuevo grupo y cuando volvieran tenía pensado pedirles de una vez por todas que en el próximo viaje trajeran a Raquel. Si pudiera salvarla, eso sí que la ayudaría a curar la herida...

Ya encaraba el último tramo del camino cuando se detuvo cerca de la casa. Notó algo raro ahí fuera, aunque no sabía identificar qué. Se entretuvo un momento para observar con calma. Todo estaba como lo había dejado hacía un rato: la chimenea humeante, la puerta de la entrada cerrada, la leña bien colocada junto a la pared... La ropa tendida. ¡Era eso! Ella la había dejado secando y ahora no estaba. Empujó la puerta y metió la cabeza dentro.

—¿Hay alguien? —dijo con un hilo de voz.

Enseguida oyó un estruendo que bajaba del piso de arriba. Eran Baldrich, el Conejos, Nico y Forné, cargados con bolsas, pistolas y raquetas de nieve. La chica respiró aliviada.

—Gracias a Dios que has vuelto, ¡ya nos íbamos! —exclamó Baldrich, que tenía la cara roja.

—¡Pero si no hace ni un día que os fuisteis a Francia! ¿Por qué habéis vuelto tan pronto? ¿Dónde está Salvador?

Los hombres se miraron desencajados.

—Sol, ven un momento a la cocina, tengo que hablar contigo —dijo Baldrich.

Su tono grave no auguraba nada bueno. La muchacha se sentó en el banco de la chimenea con las manos aferradas a la falda. Quim tomó asiento delante con el resto de los hombres de pie.

—Ya sabes que debíamos recoger a un grupo en Toulouse.

Ella asintió.

—No hay una manera fácil de decirte esto.

Ahora sí estaba perdiendo la paciencia. Lanzaba miradas a Forné, que se rascaba la barba, y al Conejos, que no paraba de tocarse la gorra de lana con la cabeza gacha.

—¡Cojones, Baldrich, que esto parece el parto de la burra! ¡Díselo de una puta vez a la pobre moza! —espetó el Conejos—. ¡Que han cogido a tu hermano! ¡Hala! ¡Ya está dicho!

—¿Cómo?

Sol saltó del banco con la cara pálida.

—¿Qué quieres decir con que lo han cogido? ¿Quién?

—La Gestapo —dijo Nico—. No hay que engañarse, Sol, el pobre lo tiene muy jodido.

—Pero... ¡cuéntamelo! ¿Qué ha pasado?

—¿Qué ha pasado? —exclamó Nico—. ¡Una emboscada, eso es lo que ha pasado!

—Cálmate, Nico. Será mejor que te lo contemos desde el principio —dijo Forné.

Baldrich apretó las manos con fuerza y empezó:

—Habíamos decidido cambiar de ruta porque unos compañeros nos habían dicho que había patrullas alrededor del puerto de Juclar. Y cuando llegamos al puerto de Fontargent, los hijos de puta empiezan a perseguirnos con perros. Hemos huido los que hemos podido, pero tu hermano esta vez no ha tenido suerte. El maníaco de Dreyer le ha metido una pistola entre ceja y ceja y te juro que pensaba que le reventaría la cabeza, pero le ha dado una hostia. Entre él y el de la cara deformada se lo han llevado mientras los demás huíamos hacia Soldeu.

El de la cara deformada debía ser Berkane, el perro de Dreyer, pensó Sol. No se daba cuenta, pero estaba respirando muy rápido y se había empezado a marear.

—¿Estás bien? —le preguntó Forné—. ¿Quieres agua?

El Conejos le plantó delante una bota de piel.

—¿Agua? El agua es para las vacas. Toma esto, moza, que devuelve un muerto a la vida.

Sol la cogió y bebió a morro. Una serpiente de fuego le bajó garganta abajo.

—Lo que ha pasado nos confirma que hay alguien

que se lo está contando todo a los alemanes. Y quedarnos aquí ya no es seguro —dijo Forné.

—Nos vamos un tiempo a vivir a las montañas... Pero la vida que nos espera a partir de ahora no es para una chica —afirmó Baldrich.

—Tengo que volver a Bescaran —afirmó Sol y tragó saliva. Su aventura en Andorra había terminado.

La cara del contrabandista era una combinación de tantos sentimientos confrontados que le costaba descifrarlos. ¿Podía leer cierto cariño por ella? ¿Una angustia mal escondida por tener que enviarla a casa y separarse de ella? No podía jurarlo porque aquel hombre era de piedra.

—No me quedaría tranquilo dejándote sola en el Hotel Pla. Estos días hay mucho movimiento de policías. Ha pasado tiempo suficiente para que el malnacido de Cabrero se haya olvidado del tema y, además, ahora estará tan escondido como nosotros —dijo convencido.

Baldrich revolvió en su bolsa hasta que encontró la parabellum y se la puso a Sol en la mano.

—Por si acaso... Gracias a Forné, ahora ya sabes cómo va —dijo con un brillo extraño en los ojos—. Prométeme que, si la cosa se pone mal, no dudarás en disparar.

La chica asintió. El frío del hierro en contacto con la piel le hizo comprender que quizá la próxima vez que disparara no sería contra un papel con la cara de Hitler sino contra una persona, y aquello la estremeció.

—Márchate hoy mismo, Sol. Ahora. No hay tiempo que perder.

Baldrich dibujó en su rostro una sonrisa triste, se levantó y se quedó un momento de pie, como si dudara en añadir una última cosa.

—Jefe, tenemos prisa. El desgraciado de Dreyer no parará hasta arrancarnos los huevos y ponérselos de trofeo sobre el cabezal de la cama —advirtió el Conejos desde la puerta.

Baldrich se puso bien la boina y dijo:

—Tanto tiempo en estas montañas me ha convertido en un desconfiado. Perdóname si alguna vez no te he tratado como es debido.

Pareció que quería cogerle la mano, pero en el último momento cambió de opinión. Antes de que Sol pudiera reaccionar, se levantó y se fue junto con el resto del grupo.

Desconcertada por aquellas palabras, Sol todavía se quedó unos instantes sentada, pero enseguida se puso en marcha: corrió a la habitación para recoger cuatro cosas, apagó la chimenea y bajó corriendo por el camino hasta la carretera que tenía que llevarla a Escaldes y después hasta Sant Julià y Bescaran. No había tenido tiempo de pensar nada ni de digerir que su hermano estaba en manos de esos sádicos. Dreyer y Berkane, dos nombres rodeados de sombras y muerte. Si aquel capitán había sido capaz de disparar a sangre fría contra inocentes y enterrar a pueblos enteros, ¿qué no le haría a Salvador? No, no podía huir y ya está, debía intentar ayudarlo como fuese. Dentro de su cabeza iba tomando forma una idea desesperada, pero la única que con mucha suerte podría salvarlo.

Se apoyó en el mostrador de la recepción y depositó un billete de cinco francos. Ni siquiera sabía a ciencia cierta si Max se encontraba allí, pero debía intentarlo. La chica oxigenada levantó la vista y, sin mutar el rostro, recogió el dinero y se lo metió en la pechera.

—Está en la 7.

Y con una sonrisa maliciosa añadió:

—Te has agenciado un pedazo de hombre... Algunas nacen con una flor en el culo.

Sol dejó a la chica con la palabra en la boca y al poco rato se plantó ante la puerta, inquieta. Creía que nunca más volvería y, sin embargo, allí se encontraba, hecha un manojo de nervios. Llamó tímidamente y al cabo de unos segundos Max abrió. Iba con camiseta y tirantes, barba de días, todo él tenía un aspecto muy descuidado.

—¿Podemos salir de aquí? —le pidió Sol—. A la calle, quiero decir.

Max soltó una carcajada exagerada.

—Vaya, y yo que pensaba que lo del otro día era una despedida para siempre. ¿Qué ocurre, que no puedes vivir sin mí?

Estaba diferente, desprendía un sarcasmo nada habitual en él.

—Si vamos fuera, te lo contaré...

—¿Te da miedo entrar? ¿Te da miedo encerrarte con un asesino? El otro día no parecía que tuvieras mucho miedo.

Sol cogió aire. Lo encontraba errático, nunca lo había visto actuar así.

—Por favor, necesito hablar contigo —le pidió con exasperación.

—Necesito el plano, necesito hablar... La señora tiene muchas necesidades —dijo él arrastrando las palabras.

Sol miró por encima de su hombro y vio que sobre la mesita de noche había una botella de licor a medias y algunas vacías en el suelo.

—Estás borracho.

—Sí, totalmente —gritó él—. ¿Quieres? Todavía me sobra un poco. Nos podríamos emborrachar los dos y acabar follando en el suelo. —Entonces, poniéndose un dedo en los labios y muy teatralmente añadió—: Ah, no, espera, que lo de seducirme solo lo hiciste por el plano, y el plano ya lo tienes. ¿Me volverás a pegar ahora? ¿Se ha vuelto a ofender la señora?

Una puerta del final del pasillo se entreabrió.

—¿Algún problema, sargento Schell? ¿Esta mujer lo está importunando?

Era el teniente Scherhag, que iba vestido de civil, y, detrás, sentado en la cama, a Sol le pareció ver a un chico con el torso desnudo. La joven se tapó la cara con la mano para que no pudiera reconocerla de aquel día en el Hotel Soulé de L'Hospitalet.

—No, no, todo en orden —dijo Max atropelladamente. De golpe, hizo entrar a Sol y cerró la puerta tras él—. Este cabrón no me deja respirar... —Y levantando los ojos enrojecidos hacia ella murmuró—: ¿Por qué vienes ahora? ¿Para darme las gracias? No era necesario, la verdad.

—¿Las gracias? ¿Gracias de qué?

—Por la nota que le entregué a Marta. —Apenas se aguantaba de pie y gesticulaba de una forma exagerada—. Pues no las merezco... Ya sabes cómo soy yo: un asesino cruel, pero en el fondo todo corazón.

Y después corrió a vomitar en la taza del inodoro.

Estuvo diez minutos aguantándole la cabeza bajo el grifo de agua fría. Luego Sol le dio una toalla para que se secase, mientras lo esperaba sentada en una de las sillas y miraba a través de la ventana.

—¿Has dicho que le llevaste una nota a Marta? ¿Qué nota? No ha venido a mi encuentro ni me ha dado nada.

Max se quitó la toalla de la cabeza y se dejó caer en otra silla.

—Pues le di la nota ayer, en cuanto me llegó la información de un cambio de posición de las patrullas alemanas. Habían hecho correr la voz de que estarían en Juclar, pero en realidad era una trampa porque estaban en el puerto de Fontargent, a la espera del grupo de Baldrich. Le tienen el ojo echado. Lo escuché en el comedor del hotel de un tal Marcos van Spaien, un holandés con pasaporte español que se jacta de que es un hombre de confianza de la Gestapo. Él coordina a los delatores e introduce en Andorra a los esbirros del Sicherheitsdienst, el servicio de inteligencia de las SS, para que cojan a refugiados y se los lleven hacia Francia. Le dije a Marta que era muy urgente que te lo llevara, te lo puedo asegurar.

Si Marta hubiera sabido que aquella nota era importante, se la habría entregado sin duda, conocía lo bastante a su amiga para saber que la movía una fidelidad capaz de superar sus propios prejuicios o miedos, pasara lo que pasara. La incredulidad quedó planeando en el aire.

—De hecho, por eso precisamente te he venido a ver.

—¡Y por fin llegamos al meollo de la cuestión! —adivinó él—. ¿Qué quieres ahora?

—La Gestapo. Han cogido a mi hermano Salvador.

—Entiendo. —Max la miraba con suspicacia—. Nooo... ¿No creerás que ha sido cosa mía? —dijo levantando los brazos exageradamente y con una expresión en la cara como si lo encontrara el chiste más divertido del mundo.

—No lo sé, Max. ¿Ha sido cosa tuya?

—¡Por Dios! ¡Pero si te lo acabo de decir! ¡Avisé a Marta! —protestó—. ¿Aún dudas de mí? Cuando te dije que quería protegerte... ¿no te creíste nada?

Sí, la verdad es que se lo había creído.

—Es que son muchas casualidades. Yo te hablé de Baldrich, de la ruta que normalmente cogía, la de Juclar...

—¡Y gracias a eso intenté evitar que os cogieran! Mira, estos días he estado encerrado aquí en el hotel, si no habría ido yo mismo en persona a avisarte. Scherhag ha conseguido un jovencito y se pasa todo el día con él en la habitación, vete a saber qué le hace al pobre desgraciado. A mí me tiene aquí para vigilarme, ya te dije que no se fía de mí, y supongo que no volveremos a Francia hasta que se canse de él.

Y volviendo al tema:

—Me imagino que a tu hermano lo han llevado a Toulouse.

—¿Puedes sacarlo? —Sol no pudo evitarlo y le tocó el brazo, aunque enseguida se echó atrás.

—Lo puedo intentar, pero no te aseguro nada. Tengo un amigo austríaco en el Estado Mayor de Foix, Lefleur. Cuando estaba destacado en Sare, cerca de Hendaya, notificaba cada redada de la Gestapo al alcalde del pueblo y salvó a un montón de gente, así que creo que se avendrá a ayudarme. Dame sus datos.

Cogió una libreta y un lápiz y fue tomando nota de todo lo que le decía Sol. Cómo se llamaba, dónde lo habían cogido... Su letra era impecable, de trazo elegante, y ella se quedó unos instantes embobada observando cómo escribía. Una vez que lo tuvo todo anotado, dobló la hoja y se volvió a hacer el silencio. Entre ambos se había levantado un muro tan alto que era imposible franquearlo sin hacerse daño.

—Siento lo que te dije el otro día... Ya sabes, aquello de venderte barata —dijo Max desviando la mirada.

—Ya lo sé —lo cortó ella—. ¿Qué has bebido? ¿Dos? ¿Tres botellas? ¿No te estás pasando?

—¿Quién eres, mi madre? —dijo él con una sonrisa amarga—. No he bebido lo suficiente para olvidar que solo puedo pensar en arrastrarte hasta la cama y... —susurró con el deseo grabado en el fondo de los ojos. A continuación, dejó caer la cabeza—: Lo siento.

Sol notó cómo se le encendía un fuego bajo el estómago y desvió la mirada hacia la puerta.

—Tengo que irme.

Se levantó.

—¿Te has terminado el libro que te dejé?

—Max, tengo que irme...

—Vale, vale —dijo levantando los brazos—. Solo quería oír tu opinión. No tengo demasiada gente con la que mantener conversaciones interesantes estos días. De hecho, no mantengo conversaciones de ningún tipo.

Sol suspiró y volvió a sentarse.

—Sí, me lo he terminado.

—¿Y?

—Me ha gustado mucho. No es muy normal que un soldado lea un libro que va contra la guerra, ¿no crees?

—¿De dónde has sacado que va contra la guerra? —preguntó, irónico.

—Hombre, el protagonista, Henry, es un desertor. ¿Qué otra prueba necesitas?

—Quizá sí, pero escapa porque los militares italianos le ponen una trampa... En todo caso, la novela habla más del amor que de la guerra.

—Pero acaba mal, él y Catherine nunca estarán juntos.

—¿Y acaso no es así como terminan todas las historias de amor? Las de verdad, quiero decir, las historias por las que vale la pena luchar y morir. No hay un solo libro que te llegue al alma que tenga un final idílico ni feliz. La fuerza de las historias trágicas es que los amantes nunca acaben juntos y sean miserables.

Sol se quedó un rato reflexionando sobre lo que acababa de decir Max. Quizá tenía razón, bastaba con mirar cómo habían terminado ellos dos, pensó con amargura.

—Si nos hubiéramos conocido cuando yo vivía en Viena, todo habría sido diferente —evocó él con un cambio de humor repentino y un entusiasmo casi pueril—. ¡Te habría encantado Viena! Allí todo era fácil, una fiesta constante, no dejaba de aprender algo nuevo cada día y la vida transcurría de noche, cuando los funcionarios y los comerciantes dormían y solo mis amigos, yo y los gatos paseábamos por la calle.

El muchacho se atusó el cabello con fuerza.

—Pero ahora ya da igual. Todo eso ocurrió hace tanto...

—¿Por qué no me lo cuentas? ¿Cómo era esa vida tuya en Viena? —preguntó Sol, francamente curiosa.

Le parecía increíble estar charlando con Max con esa naturalidad, aunque algo le decía que estaba a punto de arrancar la última capa bajo la cual el chico se había refugiado hasta ese momento. Y no quería perdérselo por nada del mundo. Entonces él empezó su relato.

30

Viena
10 de marzo de 1938

Me levanté con un dolor de cabeza terrible sobre las dos de la tarde. La piel blanca del culo de Anna era como una isla en medio de las sábanas oscuras y me habría vuelto a perder una y mil veces en él si aquel no hubiera sido el día. ¡El gran día! Me levanté, eufórico.

—¿Dónde vas? —preguntó ella con la voz dormida.

—Aquí donde me ves seré el primero de la larga estirpe de Schells que irá a la universidad. ¡Generaciones de campesinos detrás de mí me contemplan! ¡Max, el universitario!

—Max el libertino, más bien... —rezongó Anna—. Deja estar la universidad o acabarás convertido en un funcionario fascista, como todos los que trabajan allí. Venga, querido, sé buena persona y hazme un café...

A primera hora de la tarde ya estaba en la facultad de Filosofía, impaciente por entrar en la clase del profesor Kurt Gödel, uno de los filósofos más lúcidos de Viena. Había empujones entre los estudiantes que nos agolpábamos y se percibía hedor de sudor. En medio del tumulto apareció acalorado el maestro, que se dirigió directamente a la salida. Lo seguí hasta la calle mientras el resto de los estudiantes, desconcertados, se quedaban a las puertas del aula.

—¡Profesor! ¡Profesor!

Gödel se volvió con la mirada enturbiada y me acerqué a él.

—Profesor, ¿hay algún problema? Es mi primer día de clase de Lógica y...

—Ya no soy profesor, hijo mío —lo cortó—, me acaban de jubilar. Reducción de personal, dicen... ¡Reducción! No sé de qué me extraño, ¡ha habido tantas! Y como siempre, solo afectan a quienes hemos osado decir algo contra el régimen fascista, o a los judíos, claro. Mi puesto lo ocupará algún profesor del Frente Patriótico.

—Pero... ¡no pueden hacer esto! Usted es... ¡nadie puede reemplazarlo!

—Todo el mundo es reemplazable, joven... —dijo el profesor, cansado—. Quien era irreemplazable era el profesor Schlick, Moritz Schlick. Judío, por cierto. ¿Lo recuerdas? Probablemente no. Era un filósofo extraordinario, humanista, generoso... Lo asesinó un alumno nazi, aquí mismo, cuando subía estas escaleras para ir a clase. ¿Y sabes lo que es más triste? Pues que no nos atrevimos a decir nada, callamos. Yo callé. Y ahora, ¿quién queda que me defienda a mí? Todos se han ido y yo me he convertido en un fugitivo. Aquí ya no hay sitio para mí ni para los que pensamos diferente. ¡Dios mío, ya no reconozco Austria! Preparémonos para que los nazis se anexionen el país.

Y se marchó arrastrando los pies. En ese momento me dio pena, pero pensé que se había hecho viejo y que ya no regía demasiado. ¿Los nazis anexionarse Austria? ¡Venga, hombre! Como era evidente que ese día no habría clase, me dirigí al Café Central, en Herrengasse. Por el camino, me topé con la enésima manifestación comunista de ese mes y constaté que cada vez eran menos y más exaltados. El café antes sí que era el centro del mundo, siempre encontrabas un grupo u otro de aquellos intelectuales que disertaban sobre nuevas formas de ver el arte, la literatura, la arquitectura o la psicología, como Sigmund Freud, que tenía unas teorías peculiares sobre el subconsciente. A Freud incluso lo habíamos ido a esperar alguna vez a la salida de su casa, en Berggasse 19. ¡Qué pesados éramos! También se reunían escritores como Stefan Zweig y Robert Musil, que acabaron huyendo por las amenazas de los nacionalsocialistas, como tantos otros. Incondicionales como siempre a la cita, Hans y Franz ya hacía rato que alargaban la tarde en el Café Central con copas de absenta y no tardé ni cinco minutos en sumergirme en aquel clima proclive al arte y a la disertación; nos creíamos importantes mientras leíamos poemas de Rainer Maria Rilke y arreglábamos el mundo. Franz fue una suerte. Él me había abierto la puerta al mundo de las letras, de la literatura y la filosofía y, además, me había conseguido trabajo en la librería de su padre. Si no hubiese sido por ese buen amigo, no sé cómo me habría pagado los estudios. Estábamos discutiendo sobre los *Nuevos poemas* de Rilke cuando Hans arrancó a recitar uno, «El rey»:

> *El rey tiene dieciséis años.*
> *Dieciséis años y ya es el Estado.*
> *Mira, como de reojo,*

> *por encima de los ancianos del Consejo*
> *[...]*
> *delante su sentencia de muerte*
> *lleva mucho rato sin firmar.*
> *Y ellos piensan: «Cómo se atormenta».*
> *Si lo conocieran lo suficiente, sabrían que solo*
> *va contando poco a poco hasta setenta*
> *antes de firmarla.*

Y nos perdimos en elucubraciones sobre la apariencia poderosa de un personaje, que en realidad era solo un niño aislado y solitario, cuando nos interrumpieron unos gritos y carreras en la calle. Los cachorros de Hitler estaban más impertinentes de lo habitual aquella noche. Alguien contó que habían entrado en un edificio del gobierno y estaban lanzando papeles por las ventanas. Franz no las tenía todas consigo y dijo que se marchaba a casa porque sufría por su padre. Todos sabíamos que militaba en el partido comunista, pero era un tema del que habíamos dejado de hablar. Nos despedimos y Hans y yo decidimos que nada nos estropearía una noche de fiesta, así que nuestra siguiente parada no podía ser otra que el Cabaret Simpl, uno de mis favoritos, donde bebimos lo suficiente para caer al suelo muertos mientras nos extasiábamos con los números musicales que interpretaban unas chicas muy bonitas y poco virtuosas.

Creo que me enamoré en ese preciso instante de una de ellas. Sí, estaba del todo seguro, era la mujer de mi vida. Le propuse ir a su camerino, cosa que aceptó encantada, y allí nos amamos un largo rato hasta que, exhausto, me di cuenta de que quizá ya no la deseaba tanto y que tenía ganas de volver con Hans. Se nos habían añadido unos amigos y decidimos acabar la noche bailando en una sala de fiestas, pero cuando salimos a la calle, agotados, pero exultantes, volvía a haber disturbios como había ocurrido en las últimas semanas, los alocados de siempre armando bulla y humillando a los pocos judíos que aún vivían en la ciudad. Los *Jundenfresser*, los llamaban, o devoradores de judíos. Hijos de puta... Preferimos no meternos en líos y dar una vuelta para esquivar a aquellos depravados cuando me topé con Franz, que venía corriendo, empapado de arriba abajo. Lo que me decía no tenía sentido, hablaba de huir de la ciudad y no volver, que no solo perseguían a los comunistas, sino también a los socialdemócratas como yo, que también estábamos en peligro, que teníamos que coger un tren a las cinco de la madrugada... Yo, ebrio como iba, apenas lo entendía y traté de tranquilizarlo. Al día siguiente lo vería todo de otra manera. Me sacudió y gritó exasperado, y me cabreé.

—¡Déjame! Si quieres marcharte, vete tú, ¡pero yo no huiré porque tu padre te haya metido ideas comunistas en la cabeza!

Reconocí decepción y rabia en esa mirada que ya no tenía nada de jovial. Se dio la vuelta y desapareció por un callejón estrecho y oscuro con la espalda curvada y los puños apretados. Quería deshacerme enseguida de aquella visión tan trágica, no era justo que quisiera amargarme la noche, y entramos en una sala de baile donde todas las inquietudes se fundieron con la música. Terminé en casa de una de las chicas, Greti, creo que se llamaba... No tenía mucha cabeza, pero sí un cuerpo que te tiraba de espaldas y dormimos hasta bien entrado el mediodía.

Viena
11 de marzo de 1938

Me desperté con una resaca como una catedral por culpa de unos ruidos sordos. Eran disparos, algo que tampoco era sorprendente en aquellos días. Salimos al balcón desnudos y nos quedamos petrificados: en mitad de la calle, un hombre yacía en el suelo en medio de un charco de sangre mientras las bandas de las Juventudes Hitlerianas corrían con sus odiosas banderas arriba y abajo. Aclamaban a su Führer con un espíritu triunfante que rozaba la demencia. Me vinieron arcadas y corrimos a vestirnos para salir a la calle. Mi único pensamiento era Franz. Había venido a avisarme y yo, estúpido de mí, lo ahuyenté de mala manera. Aquella inquietud me empujó a atravesar la ciudad en un suspiro hasta llegar a su casa casi sin aliento, en Berggasse. De la ventana del piso donde vivían él y su familia salían llamas, pero los vecinos no supieron decirme qué había pasado y Franz no aparecía por ninguna parte. Me maldije por mi insensatez, por no haber querido prestarle atención... ¡Si solo lo hubiera escuchado! Sin haber comentado nada entre nosotros, los amigos fueron llegando frente a la casa de Franz; Hans hablaba de arrestos masivos en su barrio, que había amigos y familiares desaparecidos, y Anna, de quien recordaré siempre su rostro desencajado y los goterones negros de su máscara de pestañas, nos llevó a su casa, que no estaba lejos de allí.

Sentados en torno a la radio, escuchábamos las noticias mudos, con el corazón encogido. Parecía que Viena había sucumbido a una neurosis colectiva de la que nadie se libraba. Los peores presagios se habían cumplido aquella mañana: nuestro país había sido anexionado a Alemania. Ellos lo llamaban *Anschluss*, un eufemismo para decir que habíamos sido invadidos por nuestros queridos vecinos. Y todo ello había sido orquestado por el canciller Schunschnigg, que nos había vendido, el muy cerdo. Anna me apretó la mano. ¿Qué nos va a pasar? Yo no milito en ningún partido, ¿me harán algo? Y de repente me di cuenta de que mis padres sí estaban en peligro por estar afiliados al partido socialdemócrata. No podía quedarme ni un minuto más en aquella ciudad enloquecida, tenía que volver de inmediato a casa. A Innervillgraten.

Aquel relato cayó sobre Sol como una pedrada. Necesitó un rato para asimilar todo lo que Max le acababa de contar.

—Y cuando fuiste a tu pueblo, tus padres... ¿estaban vivos?

Él aún tenía el pelo mojado y Sol no pudo evitar deleitarse en las deliciosas ondulaciones que se le estaban formando en la parte de la nuca.

—Sí, pero era cuestión de tiempo que la cosa empeorase. Allí fui consciente de mi estupidez, de la ceguera que me había impuesto y que me había impedido ver el abismo hacia el que nos dirigíamos todos. Al poco, para legitimar la invasión, se convocó un referéndum para votar si nos anexionábamos a Alemania. Una pantomima porque estaba todo decidido.

Sol recordaba perfectamente que, tiempo atrás, había oído contar ese episodio a los contrabandistas.

—El día de las votaciones, las SS se desplegaron por todas partes y estaban ante las urnas. Ellos eran los que introducían las papeletas, imagínate cómo votaba la gente, con los huevos por corbata. El único pueblo donde ganó el no a la anexión fue el mío, Innervillgraten, ¿y sabes por qué?

—No sé... ¿Porque allí sois más valientes? —aventuró Sol sin tenerlas todas consigo.

—No, precisamente —se rio él—. Los camiones de las SS embarrancaron a unos kilómetros del pueblo y nunca llegaron. Eh, que conste que no estoy diciendo que la mayoría de los austríacos no quisieran la anexión. Por desgracia, la gente salió en tromba a la calle a recibir al ejército alemán cuando entró por la frontera, como si fuera la fiesta nacional.

Sol no quería que dejara de hablar, necesitaba saberlo todo de él, y ahora que había empezado a desgranar su vida no se atrevía ni a moverse por miedo a romper el hechizo.

—Después de eso, el pueblo de Innervillgraten quedó bajo sospecha. Una noche entraron las SS y detuvieron a muchos hombres, entre ellos a mi padre. Los encerraron en la prisión con la excusa de que eran comunistas, socialdemócratas o católicos, daba igual, y entonces todos nos afiliamos al partido nazi. Eso ayudó a conseguir que los liberaran, pero ya era demasiado tarde para mi padre, quedó muy tocado después de pasar meses en esa mierda de cárcel —hizo una pausa leve— y al poco murió.

—Lo siento mucho, Max... ¿Y tu amigo Franz?

Negó con la cabeza.

—Nunca más he sabido de él. Fui un idiota presuntuoso, pagado de mí mismo y de mi nueva vida urbana, que apenas estaba descubriendo. Mi insensatez no tiene perdón, por joven que fuera, porque yo era plenamente consciente de lo que ocurría, ¡pero estaba tan embriagado por aquel ambiente de artistas y escritores! Me parecían los grandes héroes de nuestro tiempo y solo pensaba en emularlos y convertirme en uno de ellos. ¡Idiota de mí! Me creía el centro del mundo moderno y no fui capaz de ver que, en realidad, viajábamos en un vagón de tren sin control que se dirigía hacia un muro de piedra. Luego estalló la guerra y me reclutaron para formar parte de la Gebirgsjäger.

—¿De qué?

—Las tropas de montaña, por eso llevamos el edelweiss en la gorra. Nos destinan a lugares de frío y nieve porque Innervillgraten está en los Alpes y allí estamos acostumbrados a movernos en un ambiente helado. Por eso me enviaron aquí, a los Pirineos. También porque sé francés, mi abuela era del cantón francés de Suiza.

Después de tanto tiempo de desearla, Sol no sabía qué hacer con esa verdad que ahora tenía entre los dedos. La había codiciado tanto, necesitado tanto, que el gozo de haberla conseguido la llenaba de calma. El instinto no la engañaba cuando, contra toda lógica, veía bondad en el fondo de esos ojos verdes y un sufrimiento profundo que nadie más era capaz de intuir.

Había cogido frío; de hecho, estaba petrificada y se frotó los brazos con las manos.

—Venir a los Pirineos es lo mejor y lo peor que me ha pasado. Lo peor porque aquí he descubierto... —A Max se le rompió la voz—. He visto de qué somos capaces los humanos... De las peores atrocidades.

El chico se quedó unos momentos pensativo y con los ojos enrojecidos prosiguió:

—He tenido que ver cómo los matan y aguantarme en silencio. —La voz le fallaba y tenía los ojos desorbitados, como si estuviera reviviendo alguna escena terrible—. Eran hombres, mujeres y niños. Muchos de ellos judíos como los que había en Innervillgraten y que enviaron a los campos. Se los llevaron a todos y nunca más... nunca más... Y no he podido abrir la boca, ni llorar, ni dirigirles una palabra antes de morir porque hacerlo habría significado mi muerte. Mostrar cualquier signo de compasión dentro del ejército equivale a la pena capital. —Se había doblado hacia delante, quizá porque así podía liberar toda la ira que lo envenenaba desde hacía tanto tiempo.

Conmovida, Sol le puso una mano en el hombro. ¿Quién era para juzgarlo? ¿Podía asegurar que ella misma, en su situación, no habría actuado igual para salvar la piel? Y entonces formuló una pregunta sin siquiera haberlo previsto.

—¿Y lo mejor que te ha pasado?

«¿Qué haces? No juegues con fuego, Sol.»

—Lo mejor has sido tú —dijo acariciándole la barbilla con ternura.

«Detenlo. Aún estás a tiempo.»

Max se echó atrás con un claro esfuerzo y se puso las manos sobre los muslos.

—Bueno, supongo que esto es todo. Te ofrecería una copa, pero me he quedado sin existencias... ¿Quieres algo más?

—Pues sí. Hay algo que quisiera.

«No lo digas. Calla.»

—Deseo que me lleves hasta allí —dijo Sol señalando la cama con el dedo.

Max se puso tenso.

—De hecho, si no lo haces ahora mismo, te arrastraré yo.

Habría jurado que el verde de sus ojos se había oscurecido y por unos instantes no tuvo claro si la echaría. Entonces, Max la cogió de la muñeca con fuerza y la levantó.

—¿Estás segura? ¿No huirás esta vez?

Ella dijo que no y lo besó con ternura. En dos tirones, Max le quitó la ropa, dominado por el deseo. Se desvistió con la misma prisa y la llevó a la cama.

—Hay una imagen que hace mucho que me ronda... —confesó con la voz grave—. ¿Te puedes tumbar?

Ella obedeció. El chico se puso las manos detrás de la cabeza.

—Esta es, exactamente.

Aún permaneció unos instantes más cautivado por esa visión. Sol jamás se había sentido tan deseada por nadie. Poco a poco, el chico se tumbó a su lado. Ella jamás había visto un cuerpo tan perfecto, nunca había tenido tantas ganas de fundirse con alguien.

Sol lo cogió por la nuca y se le acercó para besarlo. Una voz irritante le percutía dentro de la cabeza, advertencias de su madre sobre la virginidad y el matrimonio, la flor que hay que conservar intacta hasta el altar, la infamia que caía sobre aquellas que transgredían la norma. Las advertencias se convirtieron en humo con cada caricia hecha con un dedo tembloroso, con cada beso entregado sobre la piel. El deseo y el llanto, ambos caminando juntos, acabaron por fundirse en una pulsión incontenible. Y al final de ese viaje incierto, dos bocas unidas ahogaron un grito de júbilo. De libertad.

Un rayo de sol entraba a través de las cortinas floridas y le dibujaba una línea blanca en la espalda. Sol leía en voz alta el último capítulo de *Adiós a las armas*:

—Me estoy muriendo —dijo; después hizo una pausa y añadió—: y no quiero.

Le cogí la mano.

—No me toques —dijo.

Le dejé la mano. Sonrió:

—Pobre amor mío. Tócame tanto como quieras.

—Te pondrás buena, Cat. Estoy seguro de que te pondrás buena.

—Había pensado escribirte una carta por si me pasaba algo, pero no lo hice.

—¿Quieres que vaya a buscar un cura o alguien que te venga a ver?

—Solo tú —dijo—. No tengo miedo. Pero no me gusta nada.

—No debes hablar tanto —dijo el médico.

—Bien —dijo Catherine.

—¿Quieres que haga algo, Cat? ¿No quieres nada?

Catherine sonrió.

—No.

Y, después de una pausa:

—Como lo nuestro, nada más, nunca más, ¿verdad? —dijo.

Sol cerró el libro.

—Como lo nuestro, nada más, nunca más, ¿verdad? —preguntó.

—No. Nada más. Nunca más —respondió Max con la voz dormida todavía.

—Después Catherine muere.

Ella le acarició la espalda con el dedo y él se estiró cuan largo era.

—Y fin. Después de todo lo que han pasado, de convertirse en desertor, huir con ella a Suiza para que no lo juzguen... ¡Qué final más triste!

—Es su final, Sol, no el nuestro —rezongó Max, que holgazaneaba. Hizo rodar el cuerpo hasta tenerla de cara—. ¿Sabes de dónde saqué este libro? Bien, este y todos los demás. De la casa donde se había instalado Scherhag después de echar a sus inquilinos, en Foix. Debían ser una familia de dinero y culta porque la biblioteca que habían reunido era... increíble —dijo con la mirada iluminada—. Oye... creo que este libro te ha afectado demasiado. Deberé requisártelo.

Con un gesto rápido, se lo quitó de las manos y lo escondió bajo la almohada.

—Ahora que lo pienso, es mío. Lo único que hago es recuperar una propiedad que te dejé.

La chica se abalanzó para recuperarlo y se enzarzaron en un juego de empujones, cosquillas y besos que acabó con Sol bajo el cuerpo de Max, que le sujetaba las muñecas con fuerza.

—No —aseveró él.

—Vale, vale... —Rio Sol—. No sabía que era tan importante para ti. Te lo cedo, al fin y al cabo, ya lo he terminado.

—No te muevas, quería decir —ordenó él, con gravedad esta vez—. Quiero recordarte así.

Sol sintió una punzada de angustia, aquello sonaba a despedida y no quería ni pensar en un adiós. Él le plantó un beso apasionado, que alargaron hasta hacer nacer de nuevo el deseo.

—Se ha hecho de día y tienes que irte.

—No quiero irme.

—Debes marcharte —insistió. Luego se incorporó y con un movimiento ágil cogió a Sol por la cintura, se la puso delante y se quedaron mirándose fijamente—. Si la Gestapo os está siguiendo la pista, lo mejor es que vuelvas al pueblo, aunque haría lo que fuese para que te quedaras aquí conmigo para siempre.

El chico le besó con ternura el nacimiento del cuello.

—Cuando se acabe todo, cuando esta maldita guerra se acabe... —susurró él.

Sol le tapó la boca con los labios. Él la agarró por la cintura y la apretó contra su cuerpo sin miramientos, e hicieron el amor por última vez bañados por la luz de ese sol de invierno que anunciaba la despedida.

31

Bescaran
Enero de 1943

La vida en Bescaran transcurría con una calma insospechada, a pesar de los llantos constantes de la madre por la suerte de Salvador. Entre ella y Ton procuraban transmitirle calma y esperanza en que lo acabarían soltando, aunque Sol se guardaba las dudas de que eso fuera posible. Después de todo lo que había vivido en los últimos meses, le costaba adaptarse a ese ritmo tranquilo; se levantaba, cuidaba del ganado y se ocupaba de la casa. Aunque Baldrich le había asegurado que el Maño estaría escondido bajo las piedras, no quería dejarse ver demasiado y prácticamente no salía de casa. El poco tiempo que tenía libre se lo pasaba releyendo revistas antiguas con las fotos de sus actrices favoritas. Se colgó una en la pared de otra actriz que le gustaba mucho, Katharine Hepburn. Llevaba el pelo peinado hacia atrás, una mano en cada mejilla y una mirada enmarcada por unas cejas bien perfiladas y unas pestañas infinitas. La miraba cuando sentía añoranza, ¡y tenía tanta gente a la que añorar! Para empezar, Salvador, que a estas alturas no sabía si estaba vivo o muerto... Raquel... Marta... «Él.» El espejo del tocador le devolvió una imagen muy diferente de la chica que hacía poco más de dos meses se había marchado de casa. Aquel pelo que antes despreciaba ya no le parecía tan insulso, y aquel cuerpo suyo fuerte y musculado le resultaba incluso atractivo. Se tocó las mejillas, más llenas y rosadas que antes. Aquel tacto le recordaba las caricias...

—«Bajo tus ojos, solo un beso me complace» —dijo en voz alta recordando los versos que le había dejado leer Forné.

—¿Qué dices?

Ton se había asomado por la puerta.

—Nada —respondió ella sonrojada—. ¿Qué quieres? ¿Por qué no estás en los establos?

—¡No puedo hacerlo todo yo! Venga, levanta el culo de la silla y acompáñame. Me han contratado en Cal Caubet para que les arregle una pared y ahora que te tengo aquí me ayudarás.

Sol lo acompañó de mala gana. No tenía ganas de encontrarse con nadie, pero no quería discutir con su hermano, así que cargaron las angarillas en el lomo de la mula, metieron las herramientas y se encaminaron hacia el pueblo. El hermano trabajó toda la mañana y le pagaron cuatro reales, pero los cogió sin discutir. Blasfemó por lo bajo y se marcharon. Cuando pasaban por delante de la fuente de la plaza se encontraron a Dolors llenando una jarra de agua.

—¡Mirad quién ha vuelto! ¡La hija de Magdalena!

—Dolors, por favor, no queremos bronca —dijo Ton, tragándose la bilis—. Déjanos en paz.

—Vaaaya, ¡qué carácter amargado tienes, señor mío! —exclamó ella, displicente—. Pero si lo digo en broma, ¿es que no tenéis sentido del humor o qué?

—No, no tenemos humor —respondió secamente el chico.

—Y tampoco tenéis vergüenza, por lo que dice mosén Pere... Sois los únicos que no habéis pagado ciento cincuenta pesetas para arreglar la iglesia —espetó entornando los ojos.

Sol la habría matado, pero se calló. Aquella noche empezó a soplar la ventisca y todo el mundo se encerró en casa como si lo hicieran dentro de una fortaleza, asegurando puertas, contraventanas y tejas. Las rachas de aire levantaban la nieve de lo alto de las cimas en tal cantidad que el pueblo había quedado sumergido en una penumbra permanente, como si Bescaran estuviera metido dentro de una cueva profunda. El frío estaba vivo, pinchaba, y los silbidos que atravesaban Cal Pasqual parecían espíritus del más allá que venían a recordar que el invierno no perdonaba, que siempre se llevaba a alguien a su paso. Sol miraba por la pequeña ventana de su habitación y pensaba si detrás de aquellas montañas él también notaba el viento blanco que hacía temblar la tierra.

Al cabo de unos días, su madre y ella llevaban una cesta llena de ropa para lavar en la fuente de Sant Martí y Sol solo deseaba que fuera lo bastante temprano para que no hubiera nadie, pero no tuvo suerte. Ya estaban Dolors, con su hija Isabel jugando cerca, y otras dos vecinas, Conxita y su hija María, que de niña había sido amiga de Sol. Al verla llegar, todas se callaron.

—Tú actúa como si nada —le dijo la madre, bajito—, siempre hacen lo mismo.

Se saludaron secamente y volvieron al trabajo. La madre de Sol metió la ropa dentro del lavadero de agua helada y después la puso sobre la losa de piedra y la empezó a golpear con la pala. A continuación, frotó la sábana con la pastilla de jabón que habían hecho en casa con grasa rancia de cerdo y sosa cáustica y ambas volvieron a golpear con fuerza.

—¿Sabéis algo de Salvador? —preguntó Conxita—. Dicen que lo atraparon en Francia...

—No sabemos nada, Conxita. Ya te lo dije ayer y anteayer también.

—Magdalena, hija, si te lo preguntamos es porque nos preocupa, no por nada más, menudo humor nos gastamos... —soltó Dolors con un ademán de ofendida que era para ahogarla dentro del lavadero.

—¿Cómo estás, Sol? —preguntó María en lo que pareció un intento de cambiar de tema—. Hacía tiempo que no te veía.

Y cuando iba a contestar, Dolors la cortó sin miramientos.

—Hoy se ofrece la misa por aquellos tres hombres que encontraron muertos en la montaña, en las Pedres Blanques. Cada mes encuentran a uno u otro, pobre gente.

Sol abrió los oídos de inmediato.

—¿Y aquel matrimonio de hace unos meses? Nadie sabe quiénes eran, ni quién los mató... —Ahora hablaba Conxita, que tenía las manos llenas de grietas y sabañones por el agua congelada. A Sol le pareció que las mujeres se lanzaban miraditas maliciosas entre ellas.

—Dicen que sí, que alguien lo vio..., pero que ha preferido callar —continuó Dolors.

—Yo no podría callarme un crimen así... —insistió Conxita.

Sol sabía perfectamente que estaban hablando de ella, pero no entendía cómo podían saber que había visto a Cabrero. Lo que estaba claro era que, si las tres lo sabían, el pueblo entero lo sabía.

—Un buen cristiano siempre debe hacer el bien, por amor a nuestro señor. Además, esconder un crimen es ilegal. Si has visto matar a alguien y no lo dices, eres tan culpable como el asesino y puedes ir a la cárcel. Yo lo sé por lo que me cuenta mi marido... —añadió Dolors, que ahora miraba con animadversión a Sol.

—¡Queréis parar! —exclamó María—. No lo soporto más. Si se lo tenéis que decir, se lo decís y ya está. Y si no, ¡os calláis!

Aunque María apenas le dirigiera la palabra, Sol siempre había sospechado que era su madre quien se lo tenía prohibido, y en ese gesto adivinó un antiguo afecto.

—Pues sí, hablad claro —exigió Sol. Dejó de frotar la ropa y se apartó el pelo de la cara con las manos, insensibles y enrojecidas por el frío.

—Déjalo correr, hija... —dijo la madre con la voz apagada.

—No, madre, no. ¡Ya basta de callar! A ver, Conxita, ¿qué tienes que decirme?

Conxita miró de reojo a Dolors.

—¿Ah? ¿Acaso no puedes hacerlo sin el permiso de la Santa Inquisición? ¿Tanto miedo le tienes?

Dolors se levantó con la cara roja y con las manos en la cintura espetó:

—Pues mira, ya te diré yo lo que todo el mundo sabe y nadie se atreve a deciros, y que conste que lo hago para ayudar, aunque no os lo merezcáis, porque a buena persona y buena cristiana nadie me gana. Junto a los fallecidos encontraron un pañuelo con unas letras bordadas, SM, Soledat Mentruit. ¡Ya está dicho! Mi marido ya lo está investigando y te aseguro que, si lo viste y no has dicho nada, o, peor aún, si los mataste tú, no tendrá piedad, ¡no porque no quiera, sino porque la ley es la ley! Y como a nosotros no nos gusta mezclarnos con gente que no cumple la ley, todas te agradeceremos que vengas a lavar cuando no estemos.

Sol recordó entonces que había envuelto el queso con ese pañuelo y que se le había caído al salir corriendo. Se levantó, a pesar de que su madre le tiraba de la blusa con insistencia para que lo dejara estar.

—No pienso marcharme. Y si tanto asco te doy, márchate tú.

Conxita soltó un grito ahogado y María esbozó una sonrisa tímida.

—No te mueve la caridad cristiana, Dolors, ni la bondad, ni nada de lo que quieres hacernos creer, sino la avaricia y la ambición. Tus maquinaciones para quitarnos la casa de mis abuelos son tan burdas que harían reír si no fuera porque podemos quedarnos en la calle, porque todavía vives de una antigua ofensa que ya nadie recuerda, solo tú en tu pequeño mundo lleno de rencores y miserias. —Sol se iba sintiendo crecer más y más, y cuanto más desencajada estaba la cara de Dolors, más fluía su discurso—. Eres cruel, ignorante y chapucera, y tantas cosas más que nunca acabaría, y no pongas esa cara, que todo el mundo lo piensa, aunque nadie se atreva a decírtelo. ¡Y crees que a ti y a tu marido la gente os admira y os respeta por lo que sois, cuando no entiendes que lo que la gente te tiene es miedo, porque vivís de esto, del miedo a las represalias y de las denuncias que asfixian a este pueblo!

Sol acabó jadeando, aunque con una sensación de haberse arrancado una espina que llevaba años clavada en ella.

Dolors, atragantada por la rabia, exclamó:

—Eres... ¡eres una mala pécora! ¡Una mala bestia! Esto no quedará así, ¡te lo aseguro! —Se volvió hacia Conxita y exclamó—: ¡Conxita, María, Isabel, vamos!

Conxita agachó la cabeza, pero no se movió de su sitio, y María se puso a lavar la ropa. Entonces Dolors miró a las mujeres, una por una, con los labios contraídos. Al ver que nadie la seguía, cogió a su hija Isabel y la cesta de la ropa y se marchó bruscamente camino abajo como si la persiguiera el diablo.

Llamaron a la puerta y cuando vio el tricornio por la ventana corrió escaleras abajo. José Bernal, el carabinero, llevaba una orden de detención contra Ton, a quien acusaba de haber robado unas gallinas. Mostraba una sonrisa tan artificial que Sol le habría arrancado ese bigote con sus propios dedos. La madre rogaba que por favor no se lo llevara, que sin él no podrían salir adelante, pero el hombre blandía, inflexible, la orden de detención.

—Lo lamento, lo manda el señor juez.

—Sí, ¡pero alguien tiene que haber puesto la denuncia! ¡Dime quién es e iré a hablar con el juez! —imploraba la madre—. Si te lo llevas, ¡estamos acabados, José! ¿Quién cuidará al ganado? Yo sola no puedo... no puedo...

José se negó a dar el nombre. Aun así, Sol sabía de sobra quién había sido. Ton también protestó, pero el carabinero le lanzó una última advertencia: o lo acompañaba o se lo llevaba a la fuerza, así que el chico cogió la chaqueta de un manotazo, dispuesto a acompañarlo. Entonces, en un arrebato, Sol subió las escaleras corriendo, abrió el armario, cogió la pistola y cuando Ton ya salía volvió a plantarse abajo con el arma escondida a la espalda.

—¡No te lo llevarás! —gritó desde la escalera.

—¿Acaso estás desafiándome, mocosa? —escupió

el carabinero—. ¿No sabes lo que puedo haceros a ti y a tu familia? ¿No sabes que puedo destrozaros si se me pasa por los huevos?

Sol empezó a sacar el arma cuando su madre, que veía lo que su hija estaba a punto de hacer, corrió a cerrar la puerta de un golpe y se apoyó en ella, temblando...

—Hija, pero ¿qué haces? Guarda esa arma ahora mismo. Si te llega a ver, no quiero pensar qué habría hecho...

La mujer se dejó caer al suelo y escondió el rostro entre las manos mientras rompía a llorar. Sol tampoco entendió qué hacía con una pistola en la mano, ni de dónde le nacía aquella fuerza que la llevaba a enfrentarse contra quien antes la aterraba, pero comprendió que la niña asustadiza de cuando se marchó había desaparecido para siempre.

32

Lucy's Bar. East Anglia, Gran Bretaña
Enero de 1943

Richard ya iba por el quinto whisky y empezaba a ver su imagen borrosa en el espejo, ese mismo espejo donde Michael, el único piloto inglés al que había considerado verdaderamente un amigo, había estampado la firma dos noches antes. Allí la tenía, delante de sus narices: Michael Skeet. Cuando firmó habría podido añadir debajo: bebedor empedernido y el hijo de puta más gracioso de la base. El cabrón de Michael, además, era un genio de la aviación, mucho mejor piloto que él. Ya llevaba veintisiete misiones a la espalda y solo le quedaban tres para retirarse. Si todo hubiera ido bien, una vez retirado Michael habría podido dedicarse a la instrucción y, quién sabe, quizá casarse con aquella novia del pueblo de caderas anchas que lo volvía loco. Todo esto, claro, si no descansara en las profundidades del canal de la Mancha con su aparato, cuyos restos habían encontrado unos pescadores. De los nueve aviones que habían salido esa madrugada, solo tres pudieron llegar a la ciudad de Colonia, descargar las bombas y regresar a la base después de casi diez horas de vuelo. Con el frío extremo, los aviones fallaban, y, mucho más a menudo de lo que los altos mandos admitían, se estrellaban, de manera que las misiones terminaban en tragedia, como había sido el caso.

Desde que los alemanes habían bombardeado Coventry y Londres, Churchill había exigido que se atacaran las infraestructuras del enemigo sin contemplaciones, adoptando una política de destrucción masiva de fábricas, vías de tren, depósitos de combustible, ciudades industriales... Los aliados sabían que el talón de Aquiles alemán eran los carburantes, así que se ensañaban con dichos objetivos. Esto llevaba a los pilotos a salir constantemente, y lo que pocos sabían era que cada vez había menos y que los instructores no tenían tiempo suficiente para formar a nuevos. Los suicidios se repetían a menudo y la moral era tan baja que la situación solo podía soportarse con grandes dosis de alcohol y somníferos.

Richard dio otro trago y, al levantarse, se tambaleó y estuvo a punto de caerse. Cogió el lápiz y también estampó su firma en el espejo, junto a la de Michael: Richard A. Mayhew. Pudo añadir: del barrio neoyorquino de Queens, divorciado, alcohólico y suicida en potencia, pero estaba demasiado borracho para escribir nada más. Al día siguiente era él quien salía de misión con el escuadrón sesenta y seis del cuadragésimo grupo de bombarderos, así que quiso cumplir con aquella estúpida tradición que decía que si firmabas en el espejo volvías a la base. Aunque a Michael no le había ido demasiado bien, pero, aun así, pensó que qué podía perder.

—Por ti, Michael —murmuró arrastrando las palabras. Después se dio la vuelta y salió del local con la sensación de que nunca más iba a pisarlo.

Antes de la misión, los aviadores seguían siempre el mismo ritual. Se presentaban ante el oficial jefe del escuadrón para ver si todo el mundo podía volar y si todos los aviones estaban en condiciones. La tripulación de la que formaba parte Richard estaba compuesta por dos pilotos, entre los que se encontraba él, el operador de radio, el navegador, el bombardero y tres oficiales de ametralladoras. Tras recibir la orden de su nueva misión, fueron hacia el vestuario.

—¡Si vas así, Gooden, los huevos se te convertirán en bolas de billar allá arriba! —le dijo Richard a uno de sus compañeros, el otro piloto.

Gooden se rio y se abrigó todavía más. Había que ponerse varias capas de ropa porque volar a diez mil metros no era ninguna broma. Richard observó cómo los otros suboficiales y soldados se colgaban en el cuello amuletos que les habían enviado sus madres o sus novias para infundirse fuerza; otros cantaban o contaban chistes malos. Todo para soportar ese vértigo que siempre aparecía minutos antes de la salida. Y pensó: «¡Qué cojones! ¿Por qué no probarlo?». Abrió la taquilla de Michael, cogió la cadena con la cruz, que había dejado allí con el resto de las pertenencias, y se la colgó del cuello. Si funcionaba, volvería a la base con vida. Y si no, la cruz reposaría junto a su verdadero dueño en el fondo del mar.

En la torre de control también se respiraban nervios. Cada día apuntaban cuántos aparatos despegaban y a medida que volvían iban marcándolos con una cruz al lado; a partir del momento en que calculaban que se les había acabado el carburante, sabían que los que no habían aterrizado ya no volverían nunca más a la base y llevaban muchos días dejando muchas casillas sin marcar.

—¡Venga, Lundy, llénamelo hasta arriba que hoy vamos a echar florecillas a los *boches* y necesitamos suficiente combustible para la vuelta! —exclamó Richard al pasar junto a Bill Lundy. El encargado del mantenimiento de los aviones en tierra era un tipo simpático y agradecido, y estaba acabando de llenar con carburante el depósito del aparato. Todos los pilotos y oficiales le tenían mucho respeto porque sabían que se dejaba la piel para conseguir que los bombarderos pudieran volar en condiciones.

—¿Adónde vais hoy, Richard? —preguntó Lundy.

—Ya sabes que no te lo puedo decir, ¡por mucho que te quiera! —respondió el norteamericano—. Pero te traeré un recuerdo de Francia, quizá unas medias de seda para tu mujer, así no te dejará.

Aquella mañana volaban a Écalles-sur-Buchy, en el paso de Calais. No era la primera vez que Richard y su escuadrón tenían ese destino, porque desde ese pueblo salían los aviones alemanes para descargar sus bombas sobre Londres y eso lo había convertido en un objetivo prioritario. Tras despedirse de Lundy, él y toda la tripulación subieron a la aeronave. Comprobaron que las ametralladoras tuvieran a punto las cintas de municiones y que las bombas estuvieran cargadas. Los motores empezaron a rugir y Richard, otra vez, acarició la cruz que le colgaba del cuello. ¿Qué cojones le pasaba? Nunca había sido supersticioso y aun así... No es que fuera la primera vez que volaba con resaca, pero aquel día el dolor de cabeza era más insistente que nunca.

—¿Qué te ocurre, Richard? —preguntó Gooden—. Hoy tienes peor cara de lo habitual.

—El whisky de ayer, que estaba hecho con meados de cabra.

Eran las ocho y media de la tarde cuando el avión *Queen Marlene* empezó a despegar con dirección a Francia.

Estaban sobre el objetivo y Richard dio la orden de lanzar las bombas. Cuando el bombardero accionó la palanca, se oyó un chirrido grave en la compuerta inferior.

—¡Hace el mismo ruido que la rodilla de Lundy! —bromeó el americano, y el resto rompió a reír.

Justo en ese instante miró a través del cristal y vio cinco o seis aparatos alemanes Focke Wulf que se acercaban hacia ellos. Se quedó petrificado durante unos segundos, pero enseguida cogió el interfono y gritó:

—¡Cazas! ¡Cazas a las seis! ¡Debajo!

El resto de la tripulación intercambió miradas de terror y, casi simultáneamente, una ráfaga de disparos rozó la panza del *Queen Marlene*. El ametrallador de la torreta exclamó:

—¡Me han dado! ¡Me han dado!

Los cazas pasaron de largo, giraron la cola y volvieron directos hacia ellos descargando más ráfagas de metralleta, esta vez desde una posición más alta, que perforaron la carcasa del avión. Se oyeron gritos aterradores.

—¡Mierda! ¡Gooden está muerto! —gritó Richard al ver a su lado al piloto abatido.

No veía nada y las manos le temblaban como nunca. Ahora estaba solo y tenía que evitar a toda costa que la nave se estrellara, pero, cuando se disponía a virar el aparato hacia abajo, una nueva ráfaga lo dejó paralizado. El operador de radio anunciaba con gritos desesperados que el oficial de bombas estaba muerto y que a él le habían dado. Las balas los estaban cosiendo por todos lados.

—¡Abandonad! —chilló.

Los dos oficiales de ametralladoras que quedaban ya se estaban poniendo los paracaídas. Richard, todavía aturdido, se levantó justo en el momento en que otra ráfaga le pasaba por encima de la cabeza. Aquello lo espabiló y corrió a ponerse el paracaídas cuando, de repente, el *Queen Marlene* dio una vuelta sobre sí mismo y se oyó una fuerte explosión. El piloto perdió el conocimiento.

Hacía rato que notaba el frío lamiéndole la cara y cuando abrió los ojos supo que estaba cayendo al vacío. Sentía una punzada muy fuerte en la parte posterior de la cabeza, pero eso no le impidió empezar a buscar desesperadamente la cinta para abrir el paracaídas, que permanecía cerrado. Cuando la encontró, tiró con fuerza. Nada. No sabía cuánto tiempo llevaba en caída libre. Empezó a deshacer la bolsa con las uñas y finalmente lo consiguió abrir. Volvió a desmayarse y un dolor agudo en la espalda lo despertó. Era uno de los muchos pedazos del fuselaje del avión que caían del cielo y que le había dado. A su alrededor, todo eran piezas de hierro que pasaban junto a él como proyectiles. Tocó la cruz y cerró los ojos con fuerza, esperando el golpe final.

Pero en lugar de un impacto, notó como los pies tocaban tierra. Había ido a parar a un campo recién labrado. Tal como le habían enseñado durante la instrucción, recogió el paracaídas y, como pudo, lo escondió tras unos matorrales. Comprobó que no tuviera nada roto y apenas notó una herida en la cara y detrás de la cabeza, cortes y alguna quemadura, nada grave. Sintió un dolor en los pies, aunque constató con alegría que solo era porque en el accidente había perdido las botas. Una pérdida muy pequeña para todo lo que habían perdido sus compañeros. Lanzó una última mirada al cielo por si veía algún otro paracaídas, pero, aparte de los trocitos de avión que aún caían, no había nada. Transformó su indumentaria militar en ropa civil —el uniforme que llevaba ya estaba diseñado para ello—, cogió la linterna, la bolsa con la pistola y los utensilios de socorro, y se fundió en la espesura del bosque justo cuando unos camiones militares alemanes se acercaban a lo lejos para rastrear la zona.

33

Aquel golpe perpetrado por Dolors y José las había hundido aún más en la miseria, si es que eso era posible. Desde que se habían llevado a Ton a la cárcel de La Seu, la madre de Sol estaba ausente, prácticamente no hablaba, y a menudo su hija se la encontraba sentada ante la mesa de la cocina, agrupando migajas de pan en montoncitos. Verla así le rompía el corazón, pero no tenía demasiado tiempo para consolarla porque los trabajos de la casa y el ganado la absorbían. Lo único que había sacado de todo esto es que ahora se volvía a llevar bien con su antigua amiga, María, que iba a verla a menudo y, si podía, la ayudaba a ordeñar las vacas. Parecía que la noticia de que se había encarado sola a Dolors había corrido como la pólvora por Bescaran y se había activado una red de solidaridad con la chica que se había atrevido a enfrentarse al régimen autoritario que imperaba. Pero su pequeña victoria no le serviría de mucho; si quería sacar al hermano de la cárcel, sabía de sobra que tenía que tragarse el orgullo, llamar a la puerta de Dolors y pedirle disculpas. Sin embargo, se resistía a hacerlo. Tenía la vaga esperanza de que pronto pasaría algo que cambiaría el rumbo de los acontecimientos.

Era última hora de la noche y volvía con la mula de llevar quesos a Cal Galabert cuando oyó un ruido dentro de la cocina. Dejó al animal en el establo y entró en la casa; de repente, vio a su madre atada a una silla y con un pañuelo en la boca, intentando decirle algo con el pánico marcado en la mirada. La puerta se cerró con un golpe sordo y entonces lo vio junto a ella. Las mejillas rellenas. Los labios rojos. El niño-monstruo.

Sol se abalanzó de un salto hacia el cajón de la cocina donde guardaban los cuchillos, pero Cabrero fue más ágil, le puso la zancadilla y Sol rodó por el suelo hasta golpearse contra la pared de piedra. Notó un dolor intenso detrás de la cabeza y enseguida supo que brotaba un buen chorro de sangre.

—¡Cuánto tiempo! —exclamó el Maño con una risita. Sol se afanaba por volver a incorporarse, pero estaba mareada y todo le daba vueltas—. Creía que ya no volveríamos a vernos después de aquel día en la montaña. Fuiste muy maleducada, ¿sabes? Te largaste sin siquiera presentarte.

La chica respiraba de forma descompasada y con los ojos bien abiertos.

—Te busqué días, incluso semanas, pero te habías esfumado de la faz de la tierra. Por suerte, tengo amigos que me han avisado de que habías vuelto a casa y he decidido hacerte una visita de cortesía.

¿Amigos? ¿Qué amigos? Sol no tuvo tiempo de pensar más porque oyó a su madre gritar y se espabiló de golpe. Él se acercaba poco a poco y se topó con esos dos ojos estremecedores. Sol revivió la escena de la nieve como si volviera a tenerla delante y eso le dio fuerzas. Intentó levantarse, pero unas manos firmes y torpes la cogieron por los hombros y la lanzaron bruscamente contra la pared. Esta vez se asustó en serio porque apenas notaba las piernas, solo un dolor que le partía el espinazo en dos y sabor a sangre en la boca. Intentó localizar al agresor, pero no veía nada, estaba todo medio oscuro y el pelo le tapaba la cara.

—No soy un hombre a quien le guste dejar cabos sueltos, ¿sabes? —El hombre se aproximaba—. Y tú viste demasiadas cosas aquel día.

Y con una voz que ponía la piel de gallina canturreó:

—Fuiste muy malaaa.

Los pinchazos eran tan desgarradores que las lágrimas le caían por las mejillas. Ya lo tenía cerca.

—Por favor... —articuló Sol. Oía sollozar a su madre.

Con un último sobreesfuerzo, la joven logró incorporar medio cuerpo.

—¿Mamá?

Entonces, Cabrero la cogió por los pies, la arrastró un par de metros y le dio dos sonoras bofetadas. Las mejillas le quemaban y se notaba la nuca mojada. «Sangre».

Entre el cabello alborotado, vislumbró cómo el hombre se desabrochaba los pantalones y los calzoncillos y dejaba a la vista su miembro. Una nueva ola de terror la hizo incorporarse, pero una punzada en la espalda la volvió a tumbar en el suelo.

—¡Primero te voy a montar a ti, hija de la gran puta, y después a la gran puta de tu madre, y cuando haya acabado con las dos, os voy a cortar en pedacitos y los echaré a los cerdos!

El hombre se arrodilló entre sus piernas, le bajó las medias y las bragas de un tirón y le subió la falda hasta la cintura. De nuevo, Sol intentó luchar, escapar, pero él la amarró por el cuello mientras se dejaba caer encima y buscaba cómo meterse dentro. A Sol no le llegaba el aire a los pulmones y empezó a oírse los latidos del corazón en los oídos, en los ojos, en la garganta. Literalmente lo veía todo negro cuando, de súbito, oyó un ruido mortecino y cómo la presión alrededor del cuello cedía.

—¡Hijo de puta!

Le pareció reconocer esa voz. Levantó la cabeza y a contraluz, porque la puerta de casa estaba abierta, vio dos sombras luchando cuerpo a cuerpo con una violencia extrema. Después de muchos puñetazos, el hombre que había entrado cogió al Maño por los hombros como si fuera una pluma y lo arrojó contra la chimenea encendida. Acto seguido, Cabrero empezó a gritar como un cerdo y a intentar apagar las llamas que le subían por la chaqueta y le habían quemado el cabello en apenas unos segundos.

—¡Piedad, Baldrich! ¡Piedad! —gritó Cabrero.

Al oír ese nombre, su corazón se ablandó. Pese al dolor que la tenía paralizada, logró esbozar una sonrisa.

—Quim...

—No te muevas, Sol —ordenó él—. Déjame que acabe con ese desgraciado y ahora te ayudo.

Sol dejó caer la cabeza y cerró los ojos mientras oía los impactos secos que se repetían una y otra vez y los ruegos del Maño, que se le hundían en el cerebro. Los embates duraron una eternidad. Lo estaba matando, estaba segura. Cuando al fin pararon, Baldrich, jadeando y con las manos ensangrentadas, le subió las bragas y las medias, la cogió entre sus brazos con delicadeza y, en medio de una conciencia frágil, Sol notó cómo la llevaba a la cama. Oía voces que susurraban. Notaba agua fresca en el rostro. Dolor en el cuerpo. También la voz grave de un médico. Palabras de consuelo de su madre. Un burbujeo de imágenes y recuerdos de un niño asesino. Y al fin, un sueño profundo.

Habían pasado horas cuando abrió los ojos y vio a su madre dormida en la silla de al lado de la cama, con una palangana llena de agua ensangrentada y un trapo. Se incorporó y sintió mil agujas clavándosele por todos los rincones del cuerpo. Aun así, muy lentamente, logró sentarse y poner los pies en el suelo helado. Tambaleándose, llegó a la puerta sin hacer ruido para no despertarla y bajó las escaleras, apoyándose en la pared para no caerse. Abajo en la cocina, junto al fuego, Baldrich empuñaba una pistola y, frente a él, Cabrero estaba atado a una silla con el cuerpo inclinado hacia delante porque no podía sostenerlo erguido; a buen seguro tenía todos los huesos del cuerpo rotos. El rostro del hombre estaba tan deformado que era difícil reconocerlo; en lugar de ojos tenía dos bultos de un rojo oscuro con sendas rendijas negras muy delgadas; la nariz había adoptado una forma antinatural, debía estar rota por varios puntos; parte de la mejilla estaba negra, quemada por el fuego del hogar, y en algunos lugares ya no tenía piel, y de la boca hinchada manaba un hilo de sangre que le había manchado toda la camisa.

—¿Qué haces levantada? —dijo Baldrich, que se dirigía hacia ella con la preocupación escrita en el rostro—. ¿Cómo estás?

—Me duele todo, pero creo que sobreviviré —contestó ella intentando sonreír.

Él le cedió la silla.

—Siéntate, siéntate... Me pillas parlamentando con mi buen amigo, el Maño, pero no hace falta que os presente porque creo que ya os conocéis. —Y levantando el tono de voz, prosiguió—: ¿Verdad, Cabrero?

El hombre levantó un poco la cabeza, aunque enseguida volvió a dejarla caer.

—Estaba intentando decidir si lo mataba ahora mismo o antes le rompía algún hueso más... —dijo Baldrich, que se había vuelto a acercar al malherido y le apretaba con fuerza un brazo que claramente tenía roto, porque soltó un grito.

La joven nunca había visto a Baldrich actuar con tanta crueldad.

—¿Qué hacemos, Sol? Tú decides...

Ella tuvo que apartar la mirada de aquella escena salvaje. A pesar de todo el asco y terror que le provocaba aquel asesino, ese grado de brutalidad era más de lo que podía soportar.

—Creo... —empezó a decir—. Creo que si lo sueltas no volverá por aquí nunca más.

Baldrich parecía desconcertado.

—¿Estás segura?

—Sí. Estoy segura. Y si alguna vez vuelve, lo matas.

—¿La has oído, hijo de puta? —preguntó Baldrich a un palmo de la cara de aquel tipo—. Esta mujer te acaba de salvar la vida, pero si me entero de que te acercas a ella, aunque sea de lejos, te cortaré los cojones. Y esta vez te juro que nadie me lo impedirá —escupió—. ¿Entendido?

Dejó un silencio para que el hombre respondiera.

—¿Me has entendido, cabrón? —le bramó en la cara.

Cabrero emitió un gemido y movió levemente la cabeza en señal de asentimiento.

A continuación, Baldrich lo desató y el hombre se levantó con las escasas fuerzas que pudo reunir. El brazo le colgaba y arrastraba una pierna, pero aun así logró llegar a la puerta y huir.

Sol y él se habían sentado uno delante del otro junto al hogar para no coger frío porque la ventisca seguía soplando fuerte. La chica todavía notaba el sabor de la sangre en la boca y necesitaba descansar, pero se le acumulaban tantas preguntas en la cabeza que no quería volver a la cama todavía.

—¿Alguna novedad de Francia...? —dijo con ansia, esperando recibir la peor noticia sobre Salvador.

—Sí, de hecho, te traigo las mejores noticias, Sol: lo han soltado. Tu hermano es libre. ¡Ese cabroncete tiene más vidas que un gato!

Sin pensárselo, Sol lo abrazó a pesar del dolor. Notó cómo el hombre se ponía tenso y enseguida se separó.

—¿De verdad? ¡No sabes lo feliz que me haces! —dijo secándose las lágrimas. Sintió la necesidad de gritar a los cuatro vientos que había sido Max quien lo había liberado, que gracias a él Salvador estaba vivo, pero se tragó la euforia y se calló—. Debo ir a decírselo a mi madre...

—Ya lo sabe, es lo primero que he hecho después de apalear a ese desgraciado.

—¿Y dónde está ahora mi hermano?

—Tras atravesar el collado de Juclar estaba muy mal. Los nazis no lo han matado de milagro y lo dejaron hecho una piltrafa. Él se jacta de decir que lo han soltado porque no le han podido sacar nada... Cuando llegamos al valle de Incles ya no podía dar un paso más y lo dejé en casa de Martí, ya los conoces.

«Donde me enamoré».

—Está hecho cisco, no te engañaré. Tiene cuatro costillas rotas y muchos cortes, pero sobrevivirá. Además, para echar una mano a Martí y Jacinta he enviado a Marta, que lo está cuidando.

—Tengo que ir a verlo —dijo la chica—, debo ir a ayudarla.

—Primero recupérate tú, que no sé si te has visto, pero das lástima, criatura. No quiero imaginarme qué te habría hecho ese hijo de puta si yo no lo hubiera detenido...

Sol hizo una mueca.

—No, yo tampoco quiero imaginarlo. Me ha insinuado que alguien le había avisado de que yo estaba aquí...

Baldrich la miró con gravedad.

—¿Quién? ¿Quién ha sido el malnacido?

—No lo sé... creo... No, no puedo decirlo sin tener ninguna prueba.

—¿De quién sospechas?

—De Dolors y su marido, el carabinero.

—Ya... —El hombre se frotó la barbilla unos instantes—. Pero no tienes ninguna certeza y esos dos tienen mucho poder, así que sin pruebas te recomiendo que lo dejes correr.

Ella suspiró y después mostró una sonrisa cansada.

—No sé qué haría sin ti, Baldrich, gracias por todo.

Este se revolvió en la silla, visiblemente incómodo. Se rascó la barba de días, con la mirada fija en las llamas de la chimenea, como si allí dentro pudiera encontrar las palabras que buscaba.

—Venga, vamos a dormir, que tú debes descansar y yo mañana tengo mucho trabajo.

—¿Trabajo?
—Tengo que hablar precisamente con el cabronazo del carabinero. Hacer tratos..., ya me entiendes, para pasar fardos desde Andorra por el collado de Pimés. Y de paso también deberemos aclarar qué hacemos con Ton.

—Noventa y nueve..., cien, un poco de tocino y maíz... ¡Con eso ya estamos en paz! —dijo Baldrich—. ¡Venga, José, que pronto serás el hombre más rico del pueblo! ¿Qué vas a hacer con tanto dinero?
El carabinero se lo guardó deprisa en el bolsillo y mostró una dentadura amarillenta con una amplia sonrisa. Sol escuchaba la conversación desde el piso de arriba.
—Estas cien pesetas son para el próximo pasaje, y te daré cien más si dentro de dos semanas consigues que el terreno esté libre y sin policías que nos toquen los huevos en el collado de Pimés. Y, óyeme, me han llegado voces de que tenéis al chico Mentruit en la cárcel. Que es un cabeza de chorlito lo sabe todo el mundo, y también que se toca las narices todo el santo día, pero aunque hubiese robado aquellas gallinas no es para meterlo entre rejas, por el amor de Dios, que en casa lo necesitan, José.
—Con los fugitivos y los fardos puedo hacer la vista gorda, Baldrich, pero con eso que me pides... no sé si podré hacer algo —respondió el carabinero con otra risita irritante.
Baldrich se sacó veinticinco pesetas más del bolsillo y se las plantó en la mano. El hombre se apresuró a guardárselas.
—Yo siempre digo lo mismo: encierra a un vago

unos días en prisión y saldrá hecho un hombre —sentenció, ampuloso—. Seguro que el chico ha aprendido bien la lección y ya ha tenido suficiente. Todos hemos sido jóvenes, ¿verdad, Baldrich? Todos hemos sido jóvenes...

34

José se hizo de rogar, pero al cabo de unos días sacó a Ton de la cárcel, satisfecho de la jugada: les había demostrado su poder y encima salía con el bolsillo lleno. Después de una semana en la que se recuperó del todo de las heridas, Sol se levantó al amanecer para marcharse hacia Andorra. Se despidió de su hermano, que estaba más taciturno que nunca, y de su madre, que le hizo prometer por enésima vez que le traería a Salvador sano y salvo en breve. La chica emprendió el viaje a través de la montaña, pues todavía no quería arriesgarse a ir por los caminos principales. Tomó el camino de Arànser y enseguida tuvo que ponerse raquetas por el tupido manto de nieve que cubría el paisaje. Cuando atravesaba el bosque de las Bassetes recordó a Cabrero, pues allí había cometido el crimen, pero no se entretuvo en darle vueltas al asunto; quería hacer noche en el Hotel Pla y al día siguiente llegar al Tarter. Pasó también junto al lugar donde en mayo iban a recoger coscojas, una especie de apios que se comían pelándoles el tronco y aderezándolos al gusto. El sabor le recordaba las épocas de buen tiempo.

El tiempo era borrascoso, pero por suerte no ventiscaba; caminar con ese viento siempre era muy molesto. En el collado de Pimés la blancura cegaba los ojos y, si no hubiera sido una experta caminante, habría encontrado dificultades para superar el espesor de nieve que se había acumulado. A partir de ese punto ya venía la bajada por el collado de la Rabassa hasta Aixirivall, una aldea con cuatro casas mal contadas. En nada, ya entraba en Sant Julià de Lòria y pensó en hacer una parada para recuperar fuerzas en Can Senzill, la casa de Viadiu. Llamó a la puerta, pero nadie abrió y se dio cuenta enseguida de que la habían dejado abierta. La empujó con cierto desasosiego en el corazón, y cuando vio el recibidor y la sala vacíos y con papeles esparcidos por el suelo supo que algo iba muy, pero muy mal. Parecía como si hubieran abandonado el lugar a toda prisa y sin tiempo ni de hacer las maletas. Se encaminó hacia Escaldes más rápido que nunca y lo que allí encontró aún le encogió más el corazón.

El Hotel Pla estaba a oscuras, cerrado a cal y canto. Llamó insistentemente a la puerta de entrada, pero aquello parecía un cementerio. Asustada de verdad, dio la vuelta hasta la puerta trasera, por donde se entraba al almacén y la cocina. Volvió a golpear y golpear hasta que al fin la puerta se abrió y apareció Lina, desencajada.

—Ah, eres tú. —Le pareció que la mujer la miraba con suspicacia—. Pasa. Baldrich está herido.

La llevó a su habitación y se encontró al contrabandista tumbado en la cama, con los pantalones desgarrados y una herida sangrante en la pierna. Tenía muy mal aspecto, le había dejado la carne abierta. Lina estaba intentando parar la hemorragia con un torniquete.

—Toma —ordenó, acercándole unos polvos—. Ponle este desinfectante mientras yo sujeto la gasa.

Sol, todavía recuperándose del impacto, le aplicó el

polvo en la herida y el hombre apretó los dientes para ahogar un grito de dolor.

—¿Qué ha pasado? —preguntó la chica.

—Hemos recibido una visita inesperada —respondió Lina con un rictus irónico—, unos alemanes muy simpáticos han echado a los huéspedes y nos han revuelto el hotel de arriba abajo.

—¿Qué? ¿Y han disparado a Baldrich?

—No, aquí, no. A nosotros nos sorprendieron ayer por la tarde en Ordino, donde nos escondíamos desde que dejamos la borda de Canillo —dijo el contrabandista—. Se nos ha echado encima una patrulla que ha salido de la nada. Nos esperaban.

Lina lanzó una mirada al hombre cargada de suspicacia.

—¡Dios mío! —exclamó Sol, poniéndose la mano en la boca.

—Parece que deja de sangrar..., pero tiene que verte un médico, tiene muy mala pinta. No sé por qué tarda tanto el chaval, hace horas que lo he enviado a Andorra la Vella... —dijo Lina.

—¿Hay alguien más herido? —preguntó Sol.

—No lo sé, no puedo estar seguro. Diría que hirieron a Forné en un brazo y el Conejos lo sacó de allí. De Nico no sé nada, quizá lo han detenido. Yo seguí por el río hasta llegar aquí. —El hombre se revolvió en la cama y reprimió un gemido.

—¡Jodido muchacho! ¡No sé por qué no está aquí todavía! ¡Cuando llegue le daré una paliza! —dijo Lina de mal humor mientras cogía las toallas ensangrentadas y ordenaba aquel desbarajuste—. ¡Y tú, Baldrich, o le dices a Sol lo que sabes, o se lo diré yo! —añadió misteriosamente.

—¿Decirme? ¿Decirme qué?

Baldrich la miró y con voz tenebrosa dijo:

—¿Conoces a un tal sargento Schell?

Sol se puso blanca como la pared, notaba un leve temblor en el labio que no podía detener. Se lo mordió y un sabor a sangre le llenó la boca.

—Ese sargento estaba allí, en Ordino, y era el suboficial que comandaba la patrulla que nos atacó.

A su cabeza le costó un buen rato asimilar aquellas palabras, hasta que la voz rota por el dolor de Baldrich la devolvió al presente, a aquel cuarto con hedor de sangre y sudor.

—Cuando vimos el destacamento de alemanes, Nico lo reconoció enseguida. Ese sargento dirigía la operación. —En los ojos del hombre se podía leer una mezcla de decepción, frustración y rabia difícil de soportar—. Me dijo que lo vio una vez en el tren de Toulouse y estaba convencido de que tú lo conocías.

A Sol le costaba poner en orden toda aquella avalancha de información que le estaba dando Baldrich. Revivió el momento en que descubrió que Max era un soldado alemán y que su sorpresa la delató ante Nico, pero, pese al choque inicial, estaba segura de que había reaccionado con la destreza suficiente para no levantar las sospechas del polaco; era evidente que no lo había logrado. También recordaba que habían oído a un soldado dirigirse a él como sargento Schell, de modo que era factible que recordara su nombre.

Luego le vino otro tipo de oleada de fragmentos de memoria, de manos entrelazadas, de confesiones al oído y de placer entre besos que lo exigían todo.

—Contesta, Sol. ¿Lo conoces sí o no? —La voz de Baldrich la sacó de su pasmo. Tenía la mirada más dura que jamás le había visto. A aquel hombre áspero y solitario, acostumbrado a la dureza de las montañas y a los embates de la vida que ahora yacía indefenso en esa cama, no podía engañarlo. Intuía que se estaba intentando aferrar a una última esperanza de que aquella historia fuese un error y que no fuera cierto lo que todos los indicios apuntaban: que era Sol quien los había traicionado.

Ella lo miró fijamente y asintió.

—Sí, lo conozco —afirmó—. Pero no entiendo... él nunca...

—¡Dios mío! —La sorpresa y la decepción en la cara de Lina la golpearon como si le hubieran pegado un puñetazo—. ¿Cómo has podido? ¡A Baldrich, que te ha acogido, te ha ayudado!

—¡No he hecho nada malo! —se defendió ella—. Baldrich, tienes que creerme, no sé qué puede haber pasado, pero...

Él permanecía inexpresivo, como si estuviera intentando tragarse un bocado demasiado difícil de digerir.

—Cuenta la verdad de una vez —la cortó Lina—. Es lo mínimo que puedes hacer, ¿no crees?

A la mujer le chispeaban los ojos. Ella, siempre tan fría, tan práctica, estaba demostrando una lealtad enternecedora por aquel hombre que ahora exponía su cara más frágil.

—¿Qué cojones has hecho, Sol? —intervino Baldrich, que tenía el rostro cubierto de gotas de sudor.

Sol se acercó, tan desconcertada por lo que estaba ocurriendo que estaba dispuesta a revelar todo lo que hasta entonces había mantenido oculto a los ojos de los suyos. Respiró profundamente y dijo:

—Lo conocí hace tiempo en el valle de Incles, pero no sabía que era un sargento alemán, ¡me tienes que creer! De hecho, no sabía prácticamente nada de él.

—Hablaba con una fuerza que no se explicaba de dónde podía sacar dadas las circunstancias. Intentaba concentrarse en el relato, y no en las miradas acusadoras que la rodeaban—. Y cuando supe quién era..., ya era demasiado tarde para mí.

—¿Demasiado tarde? —dijo Baldrich sin entender.

—Que la niña se había enamorado, vamos —soltó con sarcasmo Lina.

Le pareció que Baldrich empalidecía.

—Venga ya. —Rio Lina por debajo de la nariz—. No te escudes en el amor, reina, ese argumento es demasiado viejo y gastado.

La chica se limitó a apretar los labios. No sabía por dónde tirar, pero sí intuía que lo único que podía sacarla de allí era la verdad, si es que había alguna salida.

—Juro por Dios que intenté separarme de él, olvidarme y no volver a verlo, sobre todo después de lo que pasó en El Vernet y con Raquel, pero luego me di cuenta de que él no era como los demás.

La historia de su pueblo, de su padre, del terror que sentía por el teniente Scherhag. Todo eso era real. «El dolor en la mirada.»

—Es un nazi, punto —concluyó Lina.

—Sí, es verdad, pero también lo es que me ha ayudado —añadió Sol, cada vez con mayor seguridad—. ¡El plano! Cuando un soldado estaba a punto de cogérmelo, él me cubrió y, en lugar de delatarme, después me lo devolvió —recordó con la esperanza de que aquel fuera un argumento exculpatorio.

—O sea, que todo eso de que lo habías escondido era una mentira... ¡Qué estúpido! ¡Qué estúpido he sido!

El contrabandista dio un puñetazo en el colchón y emitió una mueca de dolor.

—¿Y qué querías que te dijera? ¿Que un suboficial alemán me había cogido un documento crucial para la Resistencia, pero que no sufrieras, que no me delataría? ¿Me habrías creído? —se defendió ella.

—Al menos lo podías haber intentado —le reprochó él con una mirada de hielo. Lanzó otro gemido. A aquellas alturas, Sol ya no sabía si era por la herida o por todo lo que le estaba contando. Volvió a coger aire, necesitaba confesárselo todo, debía oír la historia en voz alta para que todo tomara sentido de nuevo.

—También desvió la atención de Dreyer cuando creíamos que me había reconocido en un restaurante, en L'Hospitalet. ¡Se puso en peligro por mí!

Se dio cuenta de lo débiles y desesperadas que sonaban esas palabras.

—Quizá lo hacía para ganarse tu confianza, ¿no has pensado en esa posibilidad? —razonó Lina—. Jugaba sus cartas para hacerte creer que estaba enamorado de su campesina de Bescaran; pero, hija mía, ya sabemos que en tiempos de guerra todo agujero es trinchera...

Esas palabras la hirieron. La noche en el Hotel Mirador no podía ser una farsa. «Era real.»

—¿También os parece poco que haya logrado liberar a Salvador? Me dijo que tenía un amigo austríaco, Lefleur, me parece que se llamaba, que lo ayudaría y ha cumplido su promesa —añadió.

Baldrich no pudo evitar incorporarse de golpe en la cama. El labio le temblaba levemente.

—Joder, Sol, ¿de verdad te crees todo eso? Me parecías ingenua, ¡pero no tanto! ¿No has aprendido nada el tiempo que has estado con nosotros? —El contrabandista volvió a tumbarse, agotado por el esfuerzo—. La Gestapo no se somete al ejército alemán, van por libre, y te aseguro que no reciben órdenes de nadie, solo de su mando superior, cuyo único objetivo es pasar por la piedra a todos los enemigos del Estado alemán. Y lo que es seguro es que no liberan a nadie porque un sargento de medio pelo destinado en los Pirineos se lo pida. —Hablaba con vehemencia, a pesar de su estado—. No los conoces: ni hacen favores, ni se arrugan, ni siguen la ley, los muy malnacidos. No sé por qué lo han soltado, según él porque lo torturaron hasta reventarlo y ni así le pudieron arrancar una confesión. O quizá se lo soltó todo, ¡no lo sabemos!

Poco a poco todo tomaba una dimensión diferente para Sol. Lo que hasta hacía unos momentos veía como una evidencia sin fisuras, ahora le parecía un argumento cada vez más inconsistente y que empezaba a hacer agua por doquier.

—Seamos claros, Sol. ¿Tú le contaste en alguna ocasión por dónde nos movíamos? ¿Cuáles eran nuestros puntos de reunión? ¿Cuántos éramos...? Esta es la cuestión —le pidió.

La vergüenza le estaba subiendo por las mejillas hasta las orejas y era tan abrumadora que la dejaba sin argumentos ni palabras. ¿Podría ser verdad? ¿Podía Max haberla seducido para conseguir toda esa información? Al fin y al cabo, era su primera misión, ¿verdad? Encontrar a los guías que pasaban con refugiados por el valle de Incles y eliminar las redes que ayudaban a huir a los soldados ingleses habría sido todo un triunfo para él, y así podría escalar posiciones en el ejército. Se pasó una mano por la frente para secarse el sudor.

—Sí, se lo conté todo porque me dijo que así me protegería —confesó Sol al fin y, al decirlo, sintió que aquel argumento era aún más pobre que los demás y notó cómo las mejillas se le sonrojaban.

—¡Madre de Dios! ¡Que te protegería! Pero, hija mía, ¿en qué mundo vives? —exclamó Lina.

Las lágrimas se le deslizaban a Sol mejillas abajo, por mucho que se esforzaba en retenerlas. Se las secó con un manotazo.

—¡Esperad! ¡Marta! ¡Él la avisó de que las patrullas estarían en el puerto de Fontargent! ¡Eso es alta traición y aun así lo hizo! ¡Se jugaba la vida!

—¿Ah, sí? Pues a mí Marta no me dijo nada. Ni a mí ni a nadie —rebatió Baldrich.

Se le habían terminado los argumentos. Era cierto, Marta nunca llegó a la borda de Canillo a darle ese mensaje, pero podían haberle pasado tantas cosas... O al menos eso es lo que había pensado hasta ahora.

—Todos lo habéis condenado, pero yo no lo creeré hasta que no hable con él o con Marta —aseveró Sol.

—Haz lo que creas, pero para mí no hace falta darle más vueltas —sentenció Baldrich—. Te vuelves a Bescaran. —Y lanzándole una mirada que podía hacer tambalear la tierra dijo—: Nos has traicionado y no te quiero más por aquí.

Sol sintió una bocanada de hiel y reprimió como pudo las ganas de vomitar. La culpa y la rabia la consumían.

—¡No! —exclamó, aunque inmediatamente rectificó—. Por favor, Baldrich. Déjame quedarme. Ahora no te puedo abandonar...

En ese momento abrió la puerta el muchachito que trabajaba para Lina, que venía con las mejillas encendidas por la carrera.

—¡A buenas horas mangas verdes! ¡Hace horas que te esperamos! ¿Y el médico?

—El doctor Trias no está en la clínica de Cal Guillamó, y allí nadie sabe decir por dónde anda, pero me he encontrado a mi hermano y dice que le suena que en el hostal Escaldes hay un médico.

—¿En el hostal Escaldes? ¿Y ahora qué hacemos? ¿Convencerlo de que venga hasta aquí? ¿Sin siquiera conocerlo? Y a Baldrich no lo podemos llevar hasta allí en el estado en que se...

—Dejadme que lo lleve yo —imploró Sol—. Puedo llevarlo en coche, Forné me enseñó a conducir.

Baldrich gimió una vez más.

—Está perdiendo sangre y la herida debe suturarse deprisa, no hay tiempo que perder —arguyó Sol, resuelta—. ¿O quieres que nos pongamos a discutir un rato más mientras se desangra?

Lina y Baldrich se intercambiaron una mirada de angustia.

—Creo que no tienes muchas más opciones, Baldrich. Tendrá que llevarte ella, yo tengo que quedarme por si llega algún otro herido o la Gestapo decide volver.

El contrabandista hizo un gesto leve con la cabeza en señal de asentimiento. Sol sabía que nada podría arreglar lo que había pasado, pero hacer algo por él la hacía sentir infinitamente mejor y llenaba un poco ese agujero negro que se le había abierto en el pecho.

Cogieron el viejo Peugeot de Eduard, que aún no había vuelto de la cárcel de Toulouse, y lo puso en marcha. Sol iba echando vistazos al asiento trasero, donde estaba tendido Baldrich, que perdía fuerzas a cada momento. Aunque no se sentía demasiado segura al volante, dominaba suficientemente el vehículo para conducirlo. Cuando llegaron al hostal le sorprendió encontrar en la recepción a un pequeño grupo de refugiados que apenas parecían personas. Su extrema delgadez y la decrepitud de sus ropas le hicieron recordar a Raquel el día que la vio por primera vez y se estremeció. Pero tuvo que recordar que su prioridad era curar a Baldrich, tocó el timbre del mostrador de la recepción con insistencia y apareció una chica. Primero le dijo que sí, efectivamente allí había un médico, pero que se encontraba en medio de una operación importante y que no podía atenderla. Sin embargo, cuando Sol imploró exasperada que necesitaba ayuda urgente porque llevaba a un herido en el coche, la chica dijo que esperase y desapareció por un pasillo que salía del lado del mostrador. Al cabo de nada volvió acompañada de un hombre con un cigarrillo en la boca y con cara de pocos amigos que le recordó enseguida a uno de esos sapos grotescos, relucientes y de ojos saltones.

—Me han dicho que preguntas por mí, espero que sea una urgencia —dijo el hombre—. Estoy atendiendo a un paciente.

El aspecto del doctor la hacía dudar, pero no tenía tiempo para eso. Baldrich estaba perdiendo demasiada sangre.

—Llevo a un herido grave en el coche y me han dicho que aquí hay un médico. ¿Es usted?

El hombre con cara de rana le ofreció la mano.

—Sí, soy yo. El doctor Antoni Bàrcia. ¿Dónde está el enfermo?

Sol señaló el coche y el médico la acompañó, y a continuación metieron a Baldrich dentro entre los dos con mucha dificultad, ya que Baldrich apenas se sostenía en pie.

—¡Carambero! —gritó el médico.

Inmediatamente, del fondo del pasillo apareció a toda prisa otro hombre, joven y muy alto, que llevaba una bata blanca mal abrochada.

—¡Ayúdame con este! ¡Tenemos que llevarlo dentro, deprisa!

Cuando dijo esto, a Sol le llegó una vaharada de alcohol. Ahora que lo inspeccionaba con mayor detenimiento, supuso que aquellos movimientos oscilantes se debían a una borrachera considerable, al igual que su ayudante, Carambero, que arrastraba las palabras y parecía estar en un estado de alarma permanente. Sol le cedió el hombro de Baldrich y entre los dos hombres consiguieron cargar al contrabandista.

—Quédate aquí y cuando esté ya te avisaremos —la advirtió el doctor. A continuación, desaparecieron por el pasillo.

A pesar de la desazón que sentía, Sol respiró profundamente y se dirigió a la salita donde estaban lo que ella intuía que eran refugiados recién llegados. Se sentó en una silla junto a la ventana cuando uno de ellos, un chico cadavérico, se le dirigió sin mirarla a los ojos.

—Hace mucho rato que se han llevado a una señora que viajaba con nosotros y todavía no nos han dicho nada... —dijo en francés—. ¿Cree usted que son de fiar? ¿Conoce a estos médicos?

Sol levantó los hombros. ¿Qué le podía decir? Aquellas palabras incrementaron el grado de preocupación que iba creciendo en su interior. De repente, le pareció oír un grito, pero nadie más parecía haberlo percibido. Sin prisa, se dirigió por detrás al pasillo y, cuando estuvo segura de que nadie la veía, se adentró en él. A los pocos metros giró a la izquierda y halló varias puertas, todas cerradas. Aquella vez el oído no la engañaba: acababa de oír otro gemido y después algunas voces. Se asustó. Detrás de la puerta número 4 alguien gritaba, una mujer. Se quedó helada. No sabía qué hacer. Otro grito. Por puro instinto, abrió una de las habitaciones y se escondió. La estancia estaba oscura. Estuvo un rato con la oreja pegada a la puerta y le pareció oír pasos fuera. Aguantó la respiración y los pasos se alejaron. Entonces se dio cuenta de que aquella habitación estaba comunicada por una puerta corredera con una contigua y que allí alguien estaba manteniendo una acalorada conversación. Se acercó y miró a través de una rendija: el doctor Bàrcia estaba inyectando una aguja a un oficial alemán al que reconoció al instante y tuvo que ahogar un grito. Aquella sonrisa rígida y el ademán de funcionario diligente que cumple estrictamente las órdenes, aunque sean perversas, le volvieron a poner la piel de gallina. El capitán Dreyer. Después del primer susto, pudo observar con mayor detenimiento al alemán, que hablaba con una calma forzada, pues todo él estaba en tensión: los músculos de los brazos, la mandíbula crispada, las cejas fruncidas... Y por encima de todo, esa mano temblorosa que él, en vano, se tapaba para mantenerla lejos de las miradas de la gente.

—¿Ya sabe lo que hace, doctor? ¿Seguro que se inyecta así? No quiero ningún error, ¿me oye? —dijo el capitán en un francés con un acento muy fuerte—. Conseguir el medicamento no ha sido fácil. Aquellas ratas de la Resistencia lo tenían bien escondido, pero por suerte lo hemos interceptado a tiempo.

—Le confieso que todavía no había tenido un bote en mis manos. La penicilina... si todo lo que dicen es cierto, es un prodigio de la medicina. La gente matará por tenerla.

333

—Ya he matado a unos cuantos por tenerla, se lo puedo asegurar —dijo orgulloso el alemán.

Bàrcia abrió imperceptiblemente los ojos y forzó una sonrisa. Enseguida le acabó de inyectar todo el líquido y a continuación Dreyer se bajó la manga.

—Dicen que fue un descubrimiento fortuito, ¿lo sabía? —dijo el médico, que se secó la frente con la manga.

—¿Qué?

—La penicilina, capitán. Su descubridor, Alexander Fleming, podía ser un buen científico, pero era un dejado. No quiero imaginarme el caos de su laboratorio.

—¿Por qué lo dice?

—El hombre dejó unas muestras de bacterias sin limpiar y, cuando regresó de vacaciones, descubrió que se había instalado un hongo que había frenado su crecimiento. ¡Así es la vida! A menudo, los hechos más importantes son puras casualidades.

Dreyer hizo una mueca y se pasó la mano por el pecho.

—¿Quiere que le proporcione algún calmante... para el dolor, señor?

—No —dijo rotundo el otro—. El dolor me permite pensar con claridad.

—Pues déjeme al menos que le inspeccione la evolución de... en fin... ya sabe... —pidió el doctor, servil.

El alemán aceptó y se abrió el cuello de la camisa. Sol hizo una mueca; tenía toda la piel recubierta de llagas abiertas y sangrientas.

—El arsénico que me ha dado hasta ahora me está comiendo vivo.

El médico mojó una gasa en un producto oscuro y

le limpió las úlceras con cuidado. Tenía la frente brillante de sudor.

—Hasta hoy el arsénico era lo que iba mejor para la sífilis, pero, claro, tiene estos efectos... No sufra, capitán, ya verá cómo con la penicilina se curará y el dolor desaparecerá.

Cuando hubo terminado, el oficial volvió a abrocharse y se acomodó en la butaca donde se sentaba.

—Ya le he dicho que el dolor me mantiene despierto, no pretendo que desaparezca. Me hace recordar, por ejemplo, que usted y yo debemos hablar de los negocios que tenemos a medias.

Bàrcia dijo que sí con la cabeza varias veces.

—Yo valoro mucho la palabra de un hombre, y usted no la está cumpliendo. Le pago por cada individuo y considero que un buen precio, y hace muchos días que no me envía material.

El médico se magullaba las manos.

—Hacemos lo que podemos, no siempre es fácil captarlos, señor. Los guías son como anguilas y es normal que los grupos de refugiados se nos escapen.

—No —respondió Dreyer con aquella sonrisa rígida.

—¿No?

—No es normal. A mí nunca se me ha escapado nadie. Si se me escapa, lo persigo dentro de agujeros, de madrigueras, de cuevas, grutas y rendijas, no importa dónde. Lo busco y siempre lo acabo encontrando. Siempre.

Bàrcia tragó saliva.

—Ahora mismo tengo a un grupo de cinco en recepción y acaba de entrar otro, un guía creo que es, señor.

—Dijimos diez a la semana, doctor. Diez. ¿Y usted me ofrece seis? —Dreyer hablaba con una calma inquietante mientras que al hombre con cara de rana le chorreaban gotas de sudor por las sienes e intentaba mantener una sonrisa complaciente sin mucho éxito.

—No debe preocuparse, capitán, al guía lo amputamos, esto delo por sentado y queda inutilizado de por vida. Puedo amputar a alguno más de los otros o se los puede llevar, señor, están muy cansados y van sedados, no le traerán ningún problema. Espere aquí si es tan amable y en poco rato lo tendremos listo, puede estar seguro. Sí, seguro.

—Esperaré, doctor, y mientras me acabo este licor infecto, haga su trabajo diligentemente y sin errores. Los errores se pagan caros. —Sonrió con aquel rictus tan desagradable, como una de esas viejas muñecas de porcelana que tenían las bocas negras y siniestras.

El médico se secó el sudor de la frente con la mano y salió del cuarto a toda velocidad. Sol aún no era capaz de procesar la escena de la que acababa de ser testigo, solo sabía que debía sacar a Baldrich de allí enseguida. Al mismo tiempo, iba tomando conciencia de que no podía hacerlo de cualquier manera porque se había metido dentro de un nido de víboras y salir de allí no sería fácil. Entreabrió la puerta y le dio tiempo de ver el cuarto donde se había metido Bàrcia, así que se dirigió a él sin tener un plan trazado. Giró el pomo con la mano temblorosa y se encontró en una salita que tenía toda la pinta de ser un quirófano improvisado sin las mínimas condiciones higiénicas, con los instrumentos para operar esparcidos aquí y allá, así como botellas de medicamentos y las gasas. En el centro de la estancia había una mesa en la que habían tumbado a Baldrich.

—¿Se puede saber qué hace aquí? —le preguntó Carambero.

—Déjala quedarse —dijo Bàrcia. Sol pudo detectar un deje de ironía en su voz—. Quizá la señorita quiera aprender un poco de anatomía y, quién sabe, puede que ella también necesite algún cuidado...

El médico descubrió la venda de la pierna de Baldrich y, al ver la herida de bala, lanzó un silbido.

—¿Quién le ha hecho esto? ¿Los alemanes? ¿No será uno de los del tiroteo de ayer en Ordino? —preguntó suspicaz.

Ella se mantenía muda, incapaz de hacer ni decir nada, con la mirada clavada en la herida sanguinolenta.

El ayudante se limitó a cortar con escaso cuidado la pernera del pantalón del herido hasta arriba para dejar el agujero de bala al descubierto. Debía detener aquella operación, pero ¿cómo? ¿Cómo?

—Habrá que amputar la pierna a su amigo.

—¿Qué dice?

—Lo que oye. Si no lo hacemos, hay peligro de que se le pudra la carne y de que la infección lo mate —insistió el doctor arrastrando las palabras. Cogía los instrumentos quirúrgicos con manos inseguras y los iba colocando con prisas sobre una mesita. Uno se le cayó al suelo y lo volvió a poner en su sitio sin siquiera limpiarlo.

Sol se estremeció y se acercó al herido, que balbuceaba algunas palabras incomprensibles.

—¿Y el aguardiente, pedazo de mostrenco? ¿No querrás que lo opere sin aturdirlo? —espetó el doctor de malos modos a su ayudante.

Carambero cogió una botella con un líquido oscuro y la puso en la boca de Baldrich, obligándolo a beber a toda costa. La situación se parecía terriblemente a una pesadilla. Sol miraba a uno, después al otro, y lo entendió: aquellos dos tipos eran unos asesinos que vendían fugitivos a la Gestapo o los amputaban para que no pudieran escapar. El contrabandista se atragantó y empezó a toser, y aquello finalmente la hizo reaccionar. De un empujón, apartó a Carambero y cogió a Baldrich por la espalda.

—Lo siento, pero debemos irnos —aseveró con la voz más segura que pudo, a pesar de las circunstancias.

El doctor Bàrcia, del que ahora ya dudaba incluso que fuera médico, empezó a reír estrepitosamente y al segundo se le sumó su compañero.

—Pero ¿quién te has creído que eres, mocosa? No nos joderás la fiesta. Déjalo ahora mismo.

—¡No! —gritó ella—. ¡Baldrich, por el amor de Dios, levántate! —lo apremió—. ¡Tenemos que irnos!

En su estado de semiinconsciencia, el contrabandista apenas respondía y Carambero se puso ante la puerta con la clara intención de cerrarles el paso. Sol buscó con la mirada algo que pudiera servirle de arma, un objeto afilado, pero los tenía demasiado lejos. El doctor se acercó a una mesita en la que había una especie de polvo blanco y aspiró por la nariz con energía. Luego se la frotó con vigor.

—¿Quieres que también te cortemos a ti la pierna? —amenazó, exultante. Tenía los ojos enrojecidos, brillantes como diamantes. De repente, ese rostro infecto y sonriente se puso serio. Sol miró a su lado y descubrió que Baldrich había recuperado el conocimiento y apuntaba al médico con la parabellum.

—Escuchad —dijo Bàrcia levantando las manos para calmar los ánimos—, no hace falta tomárselo así... Baja el arma, amigo. No queríamos hacerte ningún daño..., solo curarte.

La mano de Baldrich desfalleció y las piernas le flaquearon. Entonces el doctor aprovechó para avanzar con la intención de quitarle la pistola, pero Sol fue más rápida y se la arrebató con un gesto súbito.

—¡Deteneos! —gritó tan fuerte como pudo.

Ambos hombres se detuvieron en seco.

—Y dejadnos salir ahora mismo o disparo.

Se miraron entre ellos. Sol debía poner cara de estar muy decidida a apretar el gatillo, porque ambos hombres, con la cara del color de la cera, se apartaron y ella avanzó cogiendo por la espalda a Baldrich, que estaba haciendo un sobreesfuerzo titánico para sostenerse en pie. Ambos fueron caminando hacia la puerta, despacio para no perder de vista a aquellos dos sádicos, lo que lo hacía todo aún más difícil. Antes de salir, a la joven se le clavó en la retina una imagen escalofriante que hasta ese momento no había visto: en un rincón de la sórdida salita, había una palangana con dos trozos de carne que primero no pudo distinguir bien. Entonces se dio cuenta de la terrible realidad: eran un pie y un brazo humanos. Cogió con más fuerza a su amigo, él mirando delante y ella mirando atrás para no darles la espalda a los dos supuestos doctores, que los seguían a cierta distancia. Recorrieron el resto del pasillo lentamente pero con paso firme.

—Aguanta, Baldrich, enseguida estaremos en el coche —susurró ella.

Ya había girado el ángulo del pasillo y estaba a punto de llegar a la recepción cuando la sangre se le heló. En el fondo del pasillo, apareció el capitán Dreyer.

—¿Qué pasa aquí, doctor Bàrcia?

Su mirada de acero, un espejo perfecto de los demonios que lo recorrían por dentro, era tan penetrante que parecía que le pudiera leer los pensamientos. Y en ese instante pasó: el fondo de sus ojos se oscureció y los labios se contrajeron. La acababa de reconocer.

—*Das warst du also!*

Sol no entendía sus palabras, pero sabía lo que le decía.

—*Dich habe ich in Le Vernet gesehen!*

Entonces Dreyer sacó el arma y Sol no dudó en disparar. La bala le pasó rozando la mejilla y le provocó una herida superficial, pero suficiente para que el capitán retrocediese y se escondiera tras el ángulo del pasillo. Una vez en el recibidor, se topó con las miradas perdidas de aquel pequeño grupo de refugiados, que observaban incrédulos la escena que tenían delante.

—¡Huid de aquí! —gritó Sol en francés—. Estos hombres son unos asesinos, ¡os matarán!

Ella continuaba con el arma alzada por si acaso, pero las fuerzas le flaqueaban, pues Baldrich pesaba como un muerto. Le dolía la espalda y estaba empapada de sudor. Los murmullos empezaron a esparcirse entre los refugiados, que cogieron sus maletas y pertenencias y empezaron a salir del hostal a la desbandada. Al menos los había podido salvar de aquellos monstruos.

Llegaron al coche y Baldrich se apoyó en la puerta, que logró abrir como pudo.

—Ya me meto yo —murmuró Baldrich—, tú no dejes de apuntarlos.

Así lo hizo y, justo en ese momento, sintió que una bala le pasaba a ras de brazo y se empotraba en la puerta del vehículo. Dreyer se había escondido tras el umbral de la puerta de la entrada. De reojo, Sol le había visto la mejilla llena de sangre. Parecía un monstruo o un héroe, según se mirara, porque el dolor no lo afectaba. Es más, juraría que estaba disfrutando. Seguía al acecho, no era de los que se rendían fácilmente; quizá tenía claro que en cualquier descuido podría meterle una bala en la cabeza. «Será otro día, no hoy», pensó Sol. Estaba decidida a no dejarse matar y disparó de nuevo en dirección a la entrada. Aprovechó el revuelo para meterse dentro del coche. Arrancó el motor y huyó de ese infierno sin mirar ni una vez atrás. Una bala pasó a pocos centímetros de la rueda.

35

De vuelta a Andorra la Vella, se detuvo a la desesperada en Cal Guillemó para tratar de encontrar al doctor Trias, porque Baldrich ya no respondía ni se movía. Esta vez tuvo suerte y el médico había vuelto a la clínica. Entre ambos lo llevaron dentro, el doctor le suturó la herida sin hacer preguntas y cuando Sol quiso saber si habría que amputarle la pierna el hombre aseguró que de ningún modo, que era una herida complicada, sin duda, pero nada que no se pudiera solucionar de una forma menos drástica. Aquello no hizo más que confirmar lo que la joven ya sabía: que ese doctor Bàrcia y su ayudante eran unos criminales. Cuando le contó al doctor Trias todo lo que habían visto en el hostal Escaldes, este la escuchó con atención y luego le dijo que había oído rumores de que había un médico sin escrúpulos, mal llamado doctor Coco por su adicción a la cocaína, que se dedicaba a vender miembros amputados de refugiados a los nazis, que le pagaban una fortuna, una manera cruel de eliminar a los enemigos del régimen. Le confesó que nunca hasta entonces le había dado mucha credibilidad a toda aquella palabrería, pero dadas las circunstancias y ante tal profusión de detalles escabrosos que le había contado Sol, le aseguró que al día siguiente iría con el cónsul y un policía para averiguar qué pasaba allí y que diera por sentado que tomarían medidas.

Baldrich debería quedarse toda la noche en observación, pero el pronóstico era bueno, así que la joven se acercó al Hotel Mirador. Si quería acabar con ese estado de incertidumbre y suspicacia que se había creado, tenía que hablar con Max. Él debía disipar las dudas y acusaciones, seguro que había una explicación lógica para todo ello. La rubia de la entrada levantó la mirada y sin emoción alguna en la voz le dijo:

—Tu príncipe azul ya ha volado, reina. Como hacen todos...

Desolada y deprimida, Sol regresó a Cal Guillemó. Las opciones se iban reduciendo, pero todavía quedaba una: Marta. Solo tenía que acercarse a Cal Martí y que la chica le contara a todo el mundo que Max le había dado el aviso del cambio de lugar de las patrullas. Una oleada de consuelo apaciguó un poco las voces que, de muy adentro, repetían implacables unas palabras envenenadas. «Te ha traicionado.»

Aprovechando el buen talante del médico, la chica le pidió si por la mañana podría acompañarlos a Tarter, porque quería que le echara un vistazo a Salvador, y el hombre aceptó, a cambio de algunos francos, evidentemente. Al día siguiente tumbaron a Baldrich en el asiento trasero de un camión que el doctor pudo conseguir, pues un vehículo pesado circulaba mejor por la nieve que el Peugeot, y se encaminaron a Cal Martí, un lugar que nunca había sido una base de los contrabandistas y, por tanto, alejado de cualquier visita inesperada de los alemanes, suponiendo que Max...

Cuando Sol se reencontró con su hermano, después de todo lo que había visto en aquel hotel de los horrores, sintió que necesitaba más que nunca estar cerca de la gente que amaba. Salvador estaba demacrado, con las costillas rotas y todo el cuerpo golpeado y dolorido, pero, después de examinarlo, el doctor determinó que estaba fuera de peligro y aquello la animó. El médico le vendó las costillas y le curó de nuevo algunas heridas. Su hermano le contó con orgullo que, después de que los nazis le zurraran, lo soltaron porque los convenció de que si no había dicho nada se debía a que era un simple paquetero.

«Eso o Max te ha liberado.» Todavía se resistía a creer en su deslealtad.

Martí y Jacinta no salían de su asombro con tanto trasiego en la casa, pero Sol estaba segura de que Salvador los había recompensado bien por todos los inconvenientes y los dos ancianos parecían encantados con las visitas. La saludaron con simpatía, la recordaban bien de aquella fiebre que lograron bajar con hierbas medicinales; también recordaban a aquel chico francés que coincidió con ella los días de tormenta y que «siempre estaba en las nubes», puesto que se ensimismaba igual con un libro que con una mosca, decían. Ella lo recordó con cierta amargura: los momentos vividos en aquel caserón fueron de los más felices que podía evocar y, sin embargo, ahora le parecían meras ilusiones. Entonces pensó que tenía que hablar con Marta y constató que, cuando lo hiciera, una de las dos opciones, que Max fuera culpable o inocente, se rompería en mil pedazos.

—¿Dónde está Marta? —le preguntó a Salvador.

—Se marchó anoche a Ransol para asistir a un parto. Parece que ella en su pueblo ayudó a su madre a parir a unos cuantos hermanos y también a algunas vecinas, y que sabe de estas cosas...

Sí, Sol recordaba que Marta le había contado que

en el pueblo asistía en algunos partos. La invadió una nueva ola de ansiedad. Aquella espera acabaría con sus nervios.

Después de haber acomodado a Baldrich en su habitación y de recetarles algunas medicinas tanto a él como a Salvador, el médico aseguró que el reposo era lo mejor en estos casos, dio por terminado su trabajo y se marchó con el camión para ir a por el doctor Bàrcia con el cónsul.

—A ese hombre lo llaman doctor Coco —dijo Salvador después de que ella le contara el episodio del hostal Escaldes—. Había oído rumores sobre él, pero ahora ya está claro que existe, aunque parezca más un monstruo de un cuento de terror que una persona real.

Sol lo escuchaba tomándole la mano. Parecía que todo el mundo había oído rumores sobre ese asunto, pero ella era la única del grupo que lo había visto. No sabía lo que era la cocaína, aunque había visto los efectos que tenía sobre aquel sádico y se estremeció.

—Hay algo más de lo que debo hablarte, Salvador...

Sol había decidido contarle su historia con Max. Si había un juicio, su hermano debía conocer todos los detalles: desde el primer encuentro con él en el valle de Incles, que Salvador recordaría porque estaba allí, pasando por cuando se enteró de su verdadera identidad y, finalmente, de las acusaciones de una traición que ella ponía en duda. Todavía.

—Baldrich no me quiere en el grupo, así que cuando te hayas recuperado del todo me marcharé a Bescaran para siempre.

Salvador calló y ella entendió su silencio. Era mejor que los reproches. Sí, había cometido el error de contar los secretos de la red a un extranjero, un soldado nada menos, eso era un hecho indiscutible, y un error como el suyo se pagaba así, pensó, con un vacío que se iba ensanchando a su alrededor como un castigo. Pero al cabo de un buen rato Salvador empezó a hacerle preguntas con un interés genuino por entenderla, por meterse en su piel.

—Mira, Sol, para mí el tema está cerrado. Eres mi hermana y siempre me tendrás a tu lado.

Sol se acostó tan agotada que todos los huesos le dolían. Nunca había tenido miedo ni de la oscuridad ni de estar sola, pero esa noche era distinta. Esa noche había visto el horror cara a cara y había perdido a Baldrich para siempre. El hombre que la había cuidado como un gigante guerrero. No podía dejar de pensar que el descalabro de la red era total. Y la derrota de su corazón, también.

La borda había sido el improvisado punto de encuentro de lo que quedaba del grupo, y al día siguiente por la mañana llegó Francesc Viadiu acompañado por Lola, su secretaria, y dos ayudantes que Sol había visto en Can Senzill, en Sant Julià de Lòria. Según les contó, alguien le había avisado de que los de la Gestapo iban a buscarlo, pudo recoger cuatro cosas y huir a tiempo. Pasaron por el Hotel Pla, donde Lina los puso al día de todo y, al decirlo, lanzó una mirada acusadora a Sol. Al poco tiempo, también llegó Marta, pero no pudo hablar porque enseguida el jefe de la red los llevó alrededor de la cama de Baldrich. El contrabandista estaba más despierto, aunque tenía muy mala cara y no había abierto la boca ni una sola vez. Sol no se atrevía ni a mirarlo y estaba convencida de que ella sería el centro de la reunión, como así fue.

—Los reúno a todos aquí, queridos colegas, para hacer balance de una noche terrible, terrible para la organización, para la causa y para todos los esfuerzos que muchos de nosotros hemos dedicado a ella durante años. Como bien saben, los alemanes estaban avisados y nos han preparado una emboscada a gran escala de la que hemos salido vivos de milagro, ¡de milagro! Tal y como se lo digo. Y todos sabemos quién es responsable directo. —Se volvió hacia Sol—. Unos dirán que por desconocimiento, otros por ingenuidad. Yo digo que no importa. Reveló las interioridades de la red a un soldado alemán y eso ha sido...

—Creo que ella es plenamente consciente, señor Viadiu —lo cortó Salvador, que estaba sentado en una silla—. Conociendo a mi hermana, no creo que nadie pueda juzgarla más duramente de lo que se debe estar juzgando ella misma.

Sol le apretó la mano en señal de agradecimiento.

—Gracias, Salvador —se apresuró a decir ella antes de que Viadiu tomara la palabra de nuevo—, pero Viadiu tiene razón. No hay excusa para lo que hice y si pudiera volver atrás... —«La habitación del Hotel Mirador. Sus labios»—. Pido disculpas. —Y dirigiéndose a todo el grupo—: Os pido a todos disculpas —dijo con la voz entrecortada—. Aunque me gustaría decir algo...

—Creo que ya lo hemos dicho todo, señorita Mentruit. Le pido, cordialmente, que se vaya de inmediato de la reunión. La confianza que tenía depositada en usted es ahora nula.

Baldrich balbuceó algo.

—Dinos, Quim. ¿Qué te ocurre? ¿Te encuentras bien? —preguntó Sol, que se puso a su lado.

Marta le acercó un vaso de agua a la boca.

—Quizá tenga sed... En casa, mi madre siempre

me decía que cuando alguien tiene un susto muy grande hay que darle mucho de beber, porque quiere decir que se quedan secos por dentro.

El contrabandista apartó el vaso con la mano.

—Ayer... ayer me salvó la vida —barboteó—. Ella sola.

Sol se conmovió tanto que se le llenaron los ojos de lágrimas, pero se contuvo. ¿Podían ser aquellas palabras un postrer acto de afecto antes del último adiós? ¿Una manera de decirle que, a pesar de lo ocurrido, ella había sido importante para él? Le agradeció profundamente ese reconocimiento; el espíritu tan generoso de aquel hombre rebasaba de largo lo que pudiera esperar.

—Lo uno no quita lo otro, Baldrich —respondió Viadiu con la mirada de acero—. Desde hace tiempo sabíamos que dentro del grupo había un traidor y no me imagino a ninguno de los nuestros, a ninguno, delatando a sus compañeros de travesía. Todos, absolutamente todos, Nico, el Conejos, Eduard, Forné, Lina, por no hablar de ti, Quim, sois de mi total confianza. No, amigos, aquí solo hay un culpable y todos sabemos quién es. Y ella también lo es, de rebote —dijo señalando a Sol.

—Antes de marcharme, dejadme deciros algo —dijo la joven, aunando las pocas fuerzas que le quedaban—. He pecado de ingenua, lo reconozco, pero Max... El sargento Schell... Todos lo habéis juzgado rápidamente y lo consideráis culpable, de acuerdo, puedo entenderlo, pero yo lo dudo.

Se oyeron algunos reproches ahogados. Sol fue mirando a todas las personas de la estancia, aquella misma donde Max le había leído los primeros versos de Paul Éluard.

—Sí, lo dudo. Conozco bien al sargento Schell y no puedo creer que nos delatara —dijo levantando la barbilla—. Pero hay una forma de salir de dudas.

Tragó saliva y se volvió hacia Marta.

—De hecho, es una persona quien nos lo puede aclarar todo.

Marta, que ahora era el centro de todas las miradas, se sonrojó.

—¿Quién, yo?

La chica se la quedó mirando perpleja y, habría podido jurarlo, con una sombra de alarma en los ojos.

—Tengo que preguntarte algo, Marta, y necesito que hagas memoria.

—De acuerdo...

—Aquel chico que una vez te vino a dar una nota para mí, una nota que me llevaste a la borda, era el sargento Max Schell. A estas alturas ya lo habrás deducido, ¿verdad?

La chica asintió.

—Sí. Lo recuerdo. Y no me gustó nada.

—Bien, pues él dice que te entregó otra nota poco antes de que al grupo lo sorprendiera una patrulla en el puerto de Fontargent. En ella me avisaba del peligro de tomar esa ruta aquellos días, pero Baldrich dice que nunca la recibió.

Este asintió. El silencio podía palparse. Se miraban unos a otros, conscientes de que lo que se dijera a continuación sería crucial. Marta se retorcía las faldas como si quisiera escurrirlas de un agua imaginaria.

—Entonces, ¿te dio alguna nota para que me la trajeras?

Por una fracción de segundo, la chica empalideció, pero enseguida sacó pecho y con firmeza respondió:

—Te diré bien claro lo que es ese chico: un mentiroso. Nunca me vino a buscar, te lo juro por todos los santos del cielo. Ya te decía yo que ese hombre me daba mala espina, pero más vale haber sabido ahora que es un memo que cuando os hubierais casado.

Se oyó un suspiro general y a Sol le pareció que algo se rasgaba en su interior.

—Ya tiene la respuesta que buscaba, señorita Mentruit —prosiguió Viadiu con un tono paternalista—. Pero si los he reunido aquí no solo es para hablar de este tema, hay otros asuntos que requieren nuestra atención. —Lanzó una mirada desconfiada a Sol—. Sobre todo uno muy urgente e importante. Señorita Mentruit, ahora sí, haga el favor de salir.

Sol no tuvo ánimo de añadir nada más y salió de la habitación arrastrando los pies mientras notaba las miradas de los miembros del grupo a su espalda. Todo había terminado, lo que había dado sentido a su vida en los últimos meses se había esfumado por su ilimitada estupidez, por haberse enamorado y haber confiado en la persona equivocada. Se agarró a la barandilla de la escalera para recuperarse cuando, de repente, oyó un nombre que la hizo detenerse en seco. «Raquel Psankiewicz.» A pesar de saber que era lo último que tenía que hacer, volvió atrás y pegó la oreja a la madera para escuchar lo que se decía al otro lado.

—... también Jacques Allier y Richard Mayhew, entre otros de los que aún no tengo el nombre —decía Viadiu—. Ya están listos para cruzar y corren un grave peligro.

Sol notó cómo el corazón se le aceleraba. ¡Raquel vendría!

—Jacques Allier es un militar francés, y para el Consulado Británico de Barcelona es prioritario que atraviese la frontera lo antes posible. En palabras del cónsul, lleva un cargamento de vital importancia para el curso de la guerra y pagará a precio de oro que llegue sano y salvo. Teresa Carbó lo acoge en casa con el resto.

Sol aguzó el oído aún más para no perderse ni una coma de la conversación.

—Pero volvamos a la raíz del problema. ¿Quién los traerá aquí? —Era Lola quien hablaba—. ¡Estamos todos dispersos, no hay ningún guía disponible!

—Tiene razón. ¡Miren a su alrededor, señores y señoras, miren y díganme qué ven! Dos heridos, cuatro mujeres y un servidor que ya tiene una edad... ¿Quién queda para encargarse de ese trabajo? Y lo peor de todo es que en su última misiva Teresa me decía que los alemanes están deteniendo a mucha gente que colabora con la Resistencia y que es urgentísimo que les enviemos a alguien o acabarán descubriéndolos.

—Yo podría hacerlo —dijo Salvador—. Ya no me duelen tanto las costillas y...

—¡Ni hablar! —protestó Baldrich con una voz muy débil—. No quiero perderte allá arriba. Estás hecho una mierda, lo sabes bien.

—Eduard todavía no ha vuelto de Francia, pero ¿y si buscamos al Conejos y a Forné? —aventuró Marta—. Quizá ese par no estén tan lejos como pensamos. Cuando les da el hambre acaban bajando de la montaña perdiendo el culo.

—¡Hija de mi vida, si no sabemos dónde paran y podemos tardar días en encontrarlos! ¡Por no decir que la Gestapo estaría encantada de pillarnos si empezamos a dar vueltas por todas partes! —exclamó Lola.

—¿Y Nico? —inquirió Salvador.

—Ese no me preocupa —dijo Viadiu—, tiene más vidas que un gato, pero ahora mismo tampoco sabemos dónde está. Escondido como los demás, supongo. No, después de evaluarlo y darle muchas vueltas, creo que la única solución es que vaya yo. Puedo intentar el paso por la frontera de la Guingueta de Ix en tren y...

—Pero, señor Viadiu, con todos mis respetos —dijo Lola de nuevo—, si usted mismo dijo que no haríamos más salvoconductos porque los alemanes ya no dejan pasar a nadie. Y, con franqueza, de pasar por la montaña... ¡ni hablemos! ¡Si usted ya se cansa solo por subir hasta el pueblo! No se me ofenda, pero no está preparado para ello.

Mientras discutían, una idea iba tomando forma en la cabeza de Sol. Una idea que crecía y crecía, y tan atrevida era que le provocaba vértigo.

Tuvo que prepararlo todo con cuidado, procurando no levantar sospecha alguna, a pesar del nudo que se le había formado en el estómago. Escondió las raquetas de nieve tras la puerta, comida de la cocina que se guardó en la mochila, ropa de abrigo... Se sentía como una ladrona, pero con la extraña sensación de estar robando a la familia. Pilló un par de veces a Marta mirándola con suspicacia e, incluso en algún momento, estaba segura de que se dirigía a ella para decirle que sabía qué se proponía y que se quitara esa idea absurda de la cabeza, pero Sol logró desplegar toda su capacidad de engaño con una facilidad asombrosa. Al fin y al cabo, quizá hubiese podido dedicarse a ser una actriz de Hollywood. Lo más difícil fue escribir la carta en la que le explicaba su plan a Salvador, porque, una vez lo hubo puesto en palabras, todo se hizo real y, si hasta entonces había podido mantener el miedo a raya, a partir de ese punto tuvo que hacer grandes esfuerzos para no entrar en pánico.

«Lo harás bien, Sol.»

Se lo repetía una y otra vez, como si por el simple hecho de decírselo añadiera más probabilidades de salir airosa, pero sobre todo se lo decía para amortiguar una vocecita en su interior que le susurraba: «Es una misión suicida».

36

Lo más complicado había sido salir de la cama de madrugada sin despertar a Marta, pero jugaba con la ventaja de que cuando pillaba el sueño dormía como un tronco. La chica, después de responder a la pregunta de Sol ante todo el grupo, se había mostrado cohibida, probablemente porque era consciente de que con su respuesta, a pesar de ser sincera, había perjudicado a su amiga. Salvador, que también dormía en la misma habitación, tampoco oyó nada, de eso estaba segura, y le dejó la carta a los pies de la cama para que fuera lo primero que encontrara al levantarse.

Sol tenía las mejillas rojas y frías, pero el cuerpo caliente por todas las horas que llevaba de travesía y porque la ventisca había sido clemente. Ahora que los alemanes estaban por todas partes, había decidido que la ruta más segura era salir de El Serrat y continuar hasta el puerto de Siguer, un camino que ya había hecho otras veces con Nico, Baldrich y Forné y que conocía bastante bien, aunque llevaba también un mapa y una brújula. Tras andar bastante rato, supuso que ya estaba cerca del estanque de Peyregrand y ralentizó la marcha para comprobar que no había patrullas cerca. Le costó un poco localizar el lago porque estaba congelado y totalmente cubierto por la nieve, pero al fin lo atravesó mientras observaba a una pareja de buitres que daban vueltas sobre ella. Por un instante se le pasó por la cabeza que aquello era sin duda una señal de que el objetivo que se había propuesto era una quimera que la llevaría a una muerte segura. ¿Cómo podía ella, una chica de pueblo, una campesina, llevar a cabo ese cometido? Muchos de los hombres que conocía no se habrían atrevido. Entonces, ¿por qué lo hacía? ¿Para hacerse perdonar? ¿Era una inconsciente? ¿Una arrogante que se creía más capaz que nadie? Ya era demasiado tarde para plantearse tantas preguntas y también para echarse atrás. Miró aquel horizonte que se le abría delante y decidió no volver a dudar sobre si dar media vuelta: pasara lo que pasara, seguiría adelante hasta el final.

Llegó al pueblo de Siguer cuando ya anochecía y se dirigió a la barraca de pastor donde ya había pasado la noche en viajes anteriores. Tuvo que bordear la villa, porque había oído que se había instalado allí una pequeña dotación de alemanes. Soldados como Max. Como había estado haciendo durante toda la travesía con bastante éxito, se arrancó aquella imagen de la cabeza; había levantado dentro de ella una fortaleza que la hacía inmune al dolor y a la vergüenza y no pensaba permitir que entraran por ninguna rendija. La cabaña olía a carbón y hacía un frío de mil demonios y, como no pensaba encender fuego por miedo a ser descubierta, se metió enseguida bajo la manta que llevaba en la mochila con la parabellum que le había dado Baldrich sobre el pecho; su tacto frío y metálico hacía que se sintiese segura. El cansancio la venció y cayó en un sueño intermitente.

Al día siguiente, se levantó al amanecer con los músculos agarrotados por la escarcha. Empezó a andar cuando apenas se despejaba el cielo y no tardó en entrar en Tarascon, justo cuando sus calles se despertaban. Se dirigió al hostal Terminus, donde su propietaria, Henriette Rauzy, una viuda que ayudaba a la Resistencia, le ofreció un buen desayuno, y cuando acabó fue a tomar el tren a la estación.

«Ya está. Primera parte del viaje superada. Ahora solo queda lo más difícil: llevarlos a todos a casa sanos y salvos.»

Hizo el último tramo hasta la avenida de los Minimes corriendo en medio de la gente, de la muchedumbre de bicicletas que iban arriba y abajo, de carros tirados por caballos y de algún soldado alemán que patrullaba. No podía negarse que la ciudad había recuperado la vida, como si sus habitantes ya se hubieran acostumbrado a la ocupación. No podía contener la emoción y las ganas de reencontrarse con su querida Raquel y con Teresa. ¡Las había echado tanto de menos aquellas últimas semanas! Había dudado mucho de si contarles lo ocurrido, su imperdonable falta de precaución con Max, pero decidió que era mejor no hacerlo, sobre todo para evitar que Teresa no la considerase digna de confianza y le impidiera seguir adelante con el objetivo que se había propuesto. En ese punto del viaje, soñaba con poder cambiarse de ropa, comer y reposar un poco en aquel pisito donde vivían las dos. Había entrado en el portal de la casa de la mosca y había subido las escaleras estrechas hasta el primer piso. Golpeó varias veces la puerta, pero nadie abrió. Una inquietud empezó a devorarla, porque recordaba las palabras de Viadiu sobre las últimas detenciones que la Gestapo había efectuado de forma masiva por toda la ciudad. Golpeó con fuerza por enésima vez y por fin se abrió una puerta. Pero no la de Teresa, sino la de otro piso del mismo rellano. Con el miedo escrito en la mirada, un hombre viejo al que a Sol le parecía recordar de otras ocasiones miró a ambos lados y le alargó una nota.

—Hace días que se han ido.

Y luego se encerró de nuevo en su casa.

Sol comprendió que algo no iba bien, pero no quería precipitarse. Abrió el papelito donde, con letra escrita deprisa y corriendo, habían garabateado: «Calle de Taur, 79, bajos».

Sabía cómo llegar porque estaba justo al lado del piso donde había vivido su padre. Para no pensar en qué les habría podido pasar a Raquel y a Teresa, se puso a recordar una antigua historia que su padre le había contado hacía tiempo. Según decía, a san Sadurní lo arrastró un toro, *taur* en occitano, por toda la ciudad y aquella iglesia que daba nombre a la calle, Nuestra Señora de Taur, se había edificado en el punto exacto donde el santo se libró de la cuerda que lo ataba al animal. Perdida en sus pensamientos, no se había dado cuenta de que había cogido una dirección incorrecta, así que dio la vuelta y rehízo un tramo de camino para tomar el bueno cuando, al doblar la esquina, chocó de pleno con alguien.

—¡Nico! —exclamó. Lo abrazó emocionada—. ¿Estás bien? ¡No sabíamos dónde estabas!

Por primera vez, aquel chico de ademán desganado mostraba auténtica sorpresa y desconcierto. Quizá lo imaginó, pero le pareció que enseguida trataba de disimular su turbación y volvía a la actitud de siempre.

—¡Salud, compañera! —dijo mientras se pasaba las manos por la melena, que llevaba larga como siempre—. Sí, tuve mucha suerte. Me pude escapar de Ordino y Teresa me ha acogido hasta que lleguen tiempos mejores. Precisamente ahora mismo estaba con ella —añadió—. Debes estar cansada si llegas del tren. Anda, vayamos a casa, que estará contenta de verte. Vamos...

El chico se dio la vuelta, pero Sol no se movió. Le costó unos instantes digerir sus palabras.

—¿A... ahora vienes de su casa?

—Sí, ahora mismo. De la casa de la mosca. Caray, Sol, como si no la conocieras —respondió él—. ¡Vamos! ¿Qué esperas? Raquel también está arriba y no para de preguntar por ti...

Un engranaje lento pero imparable se puso a girar en su cerebro. Casi podía oír los chirridos. Todo era gris, como cuando en Bescaran la ventisca soplaba con aquella fuerza que quería arrancar las casas de los cimientos y sumergía el pueblo en un limbo de frialdad sin vida, pero en medio de la niebla había alguna ventana con luz. La alerta saltó y no podía apagarla. Nico mentía. Teresa no estaba en casa y, si aquel vecino no la había engañado, no era cosa de una hora o dos. «Hace días que se han ido», le había dicho. Aquello solo podía llevar a un segundo estadio en el que Sol se preguntaba por qué Nico mentiría, y las respuestas la conducían invariablemente a un lugar muy oscuro.

—¡Sol! —gritó él sacándola de su estado de estupefacción—. ¿Qué te pasa, forastera?

—Nada, nada, vamos —disimuló ella poniendo la mejor de sus sonrisas.

Si algo tenía claro en medio de aquel mar revuelto, era que él no podía vislumbrar ni por un segundo sus dudas, así que lo siguió de nuevo hacia la casa de la mosca. Buscaba desesperadamente una excusa para escapar, para alejarse. Una voz le insistía una y otra vez que entrar en el piso de Teresa con Nico podía significar no volver a salir nunca más. Y justo cuando ya estaban a escasas dos calles de allí, vio a unos campesinos que vendían verduras. «Es ahora o nunca.»

—Nico, espérame aquí un minuto, que compraré

coles, no quiero llegar con las manos vacías a casa de Teresa —dijo con una sonrisa.

—No hace falta, Sol, en casa hay de todo —insistió él.

—No tardaré nada, te lo prometo —dijo mientras ya cruzaba la calle.

Con las manos temblorosas, se puso a tocar unas coles de un puesto sin saber demasiado qué estaba haciendo. Él la esperaba al otro lado de la calle, la miraba de reojo, y no podría tenerlo plantado allí mucho más rato. Desde el fondo de la calle se aproximaba un camión del ejército alemán, que tuvo que aminorar la marcha porque se le había puesto un carro delante. Era su oportunidad. Tenía que esperar a que el camión pasara entre ella y Nico para echar a correr y escurrirse por las calles de la ciudad.

—¿Cuántas coles quieres? —le preguntó la campesina.

—Tres —respondió ella con la mirada fija en el camión de la Wehrmacht. Nico se había encendido un cigarrillo, pero no le quitaba el ojo de encima.

Sol cogió las tres coles y las pagó sin esperar el cambio. Primero pasó el carro. A continuación, poco a poco, el camión. Ya estaba muy cerca. Casi...

«Ahora.»

Tiró las coles al suelo y empezó a correr con toda su alma. Se metió por un callejón estrecho y a su paso la gente se apartaba. Lo atravesó en un santiamén y se encontró con una calle más amplia transitada por cuatro coches y algún carro. Con el rabillo del ojo miró hacia atrás. El chico la seguía como un ave de rapiña y todavía forzó más la marcha. Entró en un pasaje sucio y maloliente al que daban las puertas traseras de algunos edificios y, sin pensárselo, se metió en el primero que encontró. Acabó en una sala oscura, pero ni eso la detuvo. Continuó corriendo a tientas hasta una cocina donde los que trabajaban allí se la quedaron mirando asombrados. Ya oía los ruidos detrás de ella. Nico no se rendía. Sol continuó hasta la sala del restaurante y volvió a salir a la calle. Una vez allí, vio una bicicleta apoyada en lá pared, se montó en ella y no paró de pedalear hasta que estuvo en el número 79 de la calle Taur, con el corazón saliéndosele por la boca. Miró a ambos lados y, aliviada, constató que no había rastro del polaco. Dejó la bicicleta en la pared y se apoyó en la fachada para recuperar el aliento. Se dio unos instantes para reponerse y para que todo lo que le bullía en la cabeza tomara forma. Sentía una rabia que la quemaba porque Nico, el antifascista de las Brigadas Internacionales que había luchado con los republicanos, el hombre de confianza de Viadiu, no era más que una mentira, un bluf. «El traidor.» ¡Qué estúpida era, qué estúpida! «Bravo, Nico, qué gran papel.» Y de repente sonrió. Parecía tonta, pero es que lo veía todo de una forma tan diáfana que asustaba. Ahora sabía a ciencia cierta que Max era inocente. Nunca había capitaneado ninguna emboscada. Nunca había estado en Ordino el día del ataque, sino algún otro oficial alemán al que el polaco bautizó con su nombre. Él era el único que había intuido lo que había entre ellos y tramó un plan para inculparla. Era el único que conocía al sargento Schell porque había oído su nombre en el tren y vio la oportunidad perfecta para cargarle el muerto y salir indemne. Nico era quien había hecho volar la red por los aires. Pero, entonces, la acosó otra inquietud: ¿por qué Marta había jurado que Max no le había dado una nota? ¿Ella también mentía?

37

Quince días antes

Marta había visto a Max un par de veces ese día, pero había conseguido despistarlo. La primera vez se había metido corriendo en la tienda de costura de la plaza Santa Anna y, a través de la luna del escaparate, había visto cómo el chico la buscaba con la mirada sin entender cómo se le había escurrido ante los ojos. Sonrió, satisfecha de su proeza. No le hacía ninguna gracia aquel muchacho, y menos desde que había visto cómo reaccionó Sol la última vez que lo mencionó. ¡A veces había visto a chicas perder la cabeza por cada tipejo! A ella eso no le ocurría, nunca se había fijado en ningún chico. Le parecían sucios, toscos y asquerosos. Aquello le hacía sentirse diferente de sus amigas y, hasta cierto punto, le preocupaba, pero se había convencido de que el hecho de que no le gustaran los chicos de su pueblo no era nada malo. ¿O sí...?

La segunda vez que se lo encontró había sido cuando volvía al Hotel Pla y ya anochecía. El muchacho estaba apoyado en la fachada y parecía no tener prisa por marcharse, así que Marta se detuvo, dio media vuelta con sumo cuidado y rodeó el edificio para entrar por la puerta trasera, pero, ¡ay!, cuando llegó, el chico la estaba esperando allí con ese mismo talante tranquilo. Había descubierto su juego y había sido más astuto que ella, pensó Marta.

—Buenos días, Marta —dijo en francés—. ¿Te acuerdas de mí? Conozco a Sol. Tu amiga Sol.

Claro que se acordaba. Era ese chico que iba con mensajes secretos que no podían conducir a nada bueno. Además, rondaba a Sol. Su Sol.

—Buenos días —respondió ceñuda.

Max se sacó un papel del bolsillo y se lo dio.

—Es una nota para ella. —Se esforzaba tanto como podía para mostrarle confianza—. Es necesario, muy necesario que se la lleves a Sol. Se la llevaría yo mismo, pero me es imposible... ¿Me entiendes, Marta? —preguntó, muy serio.

La chica intuyó que lo que le pedía era importante, aunque no entendiera muy bien por qué. La forma en que gesticulaba, cómo agitaba aquel papel en el aire y la urgencia y efusión con las que hablaba no dejaban lugar a dudas. Recordaba el brillo en los ojos de Sol la primera vez que le habló de él y cómo aquello le produjo como una punzada muy extraña y dolorosa. Aunque no sabía muy bien por qué se sentía tan confundida y rabiosa con él, no tenía más remedio que ayudarlo en lo que fuera. Las amigas eran para eso, ¿verdad? Y, sin embargo, no podía evitar desconfiar. Ya no era solo que tuviera un aspecto chocante, sino que estaba segura de que guardaba un secreto muy oscuro. Cogió la nota de mala gana y asintió.

—Ya se la daré.

Max le apretó el brazo suavemente en señal de agradecimiento e insistió:

—Es muy importante que se la entregues.

Luego se marchó calle abajo.

Marta debería haber entrado dentro del hotel, cambiarse de ropa y emprender el camino a Canillo como le dictaba la cordura, pero algo dentro de ella le decía que antes tenía que averiguar algo más de ese novio francés que podía hacer daño a su amiga. Siempre se había fiado de su instinto, ya le decían en casa que era algo bruja, que por ciertas cosas era más sabia que las viejas más viejas de Encamp. Así que esperó un poco y luego siguió camino abajo, detrás de los pasos del forastero. A esas horas no pasaba ni un alma por las calles de Escaldes.

Caminaba a buena distancia para no perderlo de vista cuando el chico se detuvo a la altura de Cal Saturé, una casa señorial donde vivía el cónsul de la parroquia. Inmediatamente, ella también detuvo la marcha y se escondió tras una esquina desde la que observó cómo se saludaba con dos chicos también de aspecto extranjero, uno con una gorra azul y el otro con un bigote muy bien cuidado. Charlaban en un idioma que no comprendía, reían y se palmeaban la espalda, no se podía negar que eran amigos. Al cabo de un rato, Max continuó calle abajo, pero los otros dos se quedaron donde estaban y, por tanto, a ella no le quedó más remedio que pasar por delante si no quería perder el objetivo.

Se tapó bien la cabeza con el pañuelo y cambió de acera, pero, aun así, los chicos se le acercaron y le cerraron el paso.

—¿Dónde vas con tantas prisas, chica? —dijo el de la gorra azul en un mal francés.

—¿Por qué no nos enseñas el pelo? ¡Seguro que lo tienes bonito y suave como la seda! —dijo el del bigote.

El primero le arrancó el pañuelo y se entretuvo un buen rato con el juego de ahora te lo doy, ahora te lo quito. Marta intentaba recuperarlo, presa de los nervios.

—¡Enséñanos tus ubres andorranas! ¿A ver ese culito?

La chica intentó huir, pero uno de ellos la cogió por la falda y se la llevó a un callejón. Allí la empujó y la arrojó a los brazos del otro, que le magreó los senos. Ella quiso desprenderse de él, pero lo único que logró fue ir a parar a brazos del segundo, que la apretó contra la pared y, presionándole el sexo contra el muslo, la empezó a besar de forma lasciva. Cuando fue consciente de que no podría luchar contra ellos, Marta se sintió invadida por el pánico y se puso a gritar, y la reacción del chico fue taparle la boca con la mano. Entonces, en un arrebato, ella le mordió con fuerza los dedos y él lanzó un improperio. Una ventana se abrió y una mujer se asomó a la calle para ver qué pasaba. Al verse descubiertos, el del bigote le dio un puñetazo en la barriga a Marta, que la dejó doblada. La vecina empezó a abuchearlos y huyeron, dejando a la muchacha tendida en el suelo. No podía respirar, estaba lívida como un cadáver. El dolor que sentía en la boca del estómago era tan agudo que empezó a rezar a la Virgen María para pedir perdón por sus pecados y despedirse de este mundo para siempre. Y entonces se le apareció la imagen de Sol. Un calor la recorrió de arriba abajo y, sin saber por qué, un soplo de aire le volvió a entrar en los pulmones. Empezó a toser tan compulsivamente que vomitó. La vecina había bajado a ayudarla y se la llevó a casa, donde le ofreció un poco de agua y la dejó junto al fuego para que se recuperara.

—Desgraciados alemanes —murmuró entre dientes la mujer mientras preparaba una cataplasma para ponérsela en la barriga—. Llevan días por aquí, muy bebidos. No debería permitírseles entrar en Andorra y, en cambio, campan por Escaldes como si fueran sus dueños.

Cuando entendió de qué le hablaba, Marta sintió un temblor de piernas. Max era un alemán y Sol se había enamorado de él como una verdadera pánfila. Su Sol. Si quería impedir que la maltratara como habían hecho con ella, solo había una manera: a partir de ese momento haría todo lo que estuviera en sus manos para echarlo de su vida para siempre. Lo que fuera. Para eso estaban las amigas, ¿no? Se puso una mano en el vientre para mitigar el dolor y con la otra cogió la nota que le había dado Max y la arrojó al fuego.

38

Llamó a los bajos, la puerta se entreabrió y se dibujaron unos rizos a contraluz. Se dio cuenta de que no sabía qué debía preguntar; según lo que hiciera, aquella persona podía asustarse y cerrarle la puerta en la cara.

—Disculpe, le puede parecer extraño, pero busco a unas amigas —dijo en francés— y la única pista que tengo es esta dirección. ¿El nombre de Teresa le dice algo? ¿Teresa Carbó?

La puerta se abrió un poco más y Sol descubrió que al otro lado había una chica de su misma edad, que golpeaba con el índice el marco de madera.

—¿Y bien? —insistió Sol.

La chica quería decirle algo con la mirada, no sabía muy bien qué, y de pronto cayó en la cuenta.

—¿Has visto a René? —le preguntó y, en el acto, se sintió ridícula, pero la chica esbozó una sonrisa.

—¿Qué René?

—El fabricante de tejidos.

La chica la invitó a pasar y una vez dentro dijo:

—Me llamo Conxita. Conxita Grangé. Eres catalana, ¿verdad?

La chica hablaba como si la conociera de toda la vida.

—¿Tan mal acento tengo? —Rio Sol. Conxita le había caído bien enseguida.

—Soy de la Torre de Cabdella, en el Pallars, pero llevo años viviendo en Toulouse. Ven, pasa. Te enseñaré nuestra casa, bueno, la casa de mi tía, porque mío mío, yo no tengo nada.

Conxita era una chica tan llena de vida que ella sola llenaba la habitación. Tenía las mejillas rosadas y rellenitas, y se movía con la gracia propia de una bailarina. La hizo pasar a un pequeño comedor donde había una anciana que servía comida a media docena de hombres desharrapados, supuso que refugiados.

—Ella es Elvira Ibarz, mi tía. Pero siéntate, por favor, tienes cara de cansada.

Se saludaron y Sol se dio cuenta de que no había comido nada desde hacía horas. De repente, sintió que la cabeza le daba vueltas, así que se sentó a la mesa y también le sirvieron una sopa acompañada de pan.

—No tenemos demasiada comida, con el racionamiento ya se sabe —dijo Elvira, una persona opulenta que si fuera un hombre habría podido capitanear diez regimientos solo con esa mirada autoritaria—. Come, chica, come, que estás más seca que un bacalao. ¿Y de dónde vienes tú?

—De Andorra.

—¿Y cómo te llamas? —dijo Conxita, que se había sentado muy cerca y la escuchaba con toda la atención, como si lo que tuviera que contarle fuera lo más interesante del mundo. Sol se presentó sin dar demasiados detalles de lo que se proponía hacer, solo que colaboraba con Teresa haciendo de correo.

—Nosotros también hacemos de correo y ayudamos en lo que podemos a la Resistencia. Lo que sea para derribar a esos cerdos alemanes y a los franquistas, ¿verdad? —exclamó con una alegría desacomplejada.

Ella se limitó a asentir mientras apuraba la sopa.

—¿Así que buscas a Teresa? —dijo Elvira, claramente más desconfiada que su sobrina—. ¿Cuánto hace que la conoces?

—No demasiado, pero la verdad es que nos apreciamos mucho.

La chica observó a los refugiados, que seguían comiendo con la mirada perdida.

—Es dura, pero tiene buen corazón —prosiguió la tía—. Su marido sigue desaparecido, pobre mujer. No se lo notará nadie, bastante se lo guarda para ella, porque es muy orgullosa, pero la procesión va por dentro.

Sol recordó lo triste que se había puesto el día que habló de su marido y se sintió mal por ella. Cuando acabó, Conxita le hizo un gesto para que la siguiera y entraron en una habitación oscura y con olor a cerrado donde había una cama, una silla y una mesita. Era evidente que esas mujeres vivían en el umbral de la pobreza.

—Siéntate, siéntate aquí —le dijo invitándola a sentarse en la cama—. Nunca te había visto por Toulouse, ¿hace mucho que trabajas..., ya me entiendes, por la causa? ¿De dónde eres? Tendrás mi edad, ¿verdad? Yo cumpliré veinte años el próximo mes. ¡Ay, perdona que te agobie con tantas preguntas! —dijo tapándose la boca para esconder la risa—. Es que nunca estoy con chicas de mi edad.

—Yo también tengo diecinueve.

—¿Lo ves? ¡He acertado! Tengo buen ojo, y también para calar a la gente. Por ejemplo, sé que tú eres buena persona y muy valiente, ¡eso se ve de lejos!

A Sol le hizo gracia que le confiriera ese grado de

compromiso cuando hasta hacía poco apenas sabía que había gente que luchaba contra los nazis.

—No te creas —respondió tímidamente—. De algún modo, me he encontrado por casualidad metida en esto...

—Sea como sea, estás aquí para ayudar a los aliados y eso no hay mucha gente que quiera hacerlo, pero, los que somos, valemos por diez —decía la joven, ilusionada—. No sé si conoces a los demás. Generosa Cortina, ¿te suena? Es otra pallaresa, algo mayor que yo, que se ocupa de llevar los paquetes de la Resistencia a Barcelona, como tú, ¿verdad?

Sol dijo que sí.

—¿Y a Francisco Ponzán? ¡Este te tiene que sonar a la fuerza! Si todas estas redes funcionan es gracias a él. Yo lo vi solo una vez, pero tuve bastante. Es un anarquista español que se vio obligado a huir y que tiene madera de líder, de esos capaces de levantar un ejército si se lo proponen, ¿sabes? ¡Gracias a él ya hemos pasado a un montón de pilotos a España y espérate los que pasaremos! Los que trabajan para él son auténticos antifascistas, decididos a seguir luchando porque si caen los nazis seguro que también caerá Franco —decía con vehemencia.

—Pues tampoco lo conozco —dijo Sol con algo de vergüenza. Se daba cuenta de que estaba escasamente informada de todo lo que ocurría al otro lado de la frontera y, al compararse con aquella chica de ideas firmes, no pudo evitar sentir que ella era muy poca cosa a su lado.

—¡Venga, no pasa nada! Ya lo iremos a conocer cuando vuelvas. Porque volverás, ¿a que sí? Debemos volver a vernos ahora que nos hemos hecho amigas.

—A Conxita le chispeaban los ojos, como a una de esas

protagonistas de las películas que tanto le gustaban a Sol.

—Sí, si todo va bien, volveré —respondió esta con un velo de incertidumbre en los ojos—. He venido a llevarme a un grupo que pasaré sola por los Pirineos —soltó de repente. Ni ella misma esperaba que las palabras se le escaparían de esa manera. Inmediatamente se arrepintió. ¿Y si aquella chica truncaba sus planes?

—¿Qué? ¿Tú sola? ¿Lo ves como no me equivocaba contigo? ¡Eres una auténtica heroína!

Conxita la abrazó con tanto ímpetu que la tiró encima de la cama. Cuando se incorporaron añadió:

—No sufras, que esto no saldrá de estas cuatro paredes. Sé lo que te juegas y también sé que saldrás adelante, ¡ya verás!

—Ojalá tuviera tu entusiasmo —se quejó Sol.

—Vamos, el entusiasmo sirve de poco, al menos eso me dice mi tía todo el día: «Mucho entusiasmo, pero eres joven e inconsciente». ¡Es tan pesada!

—Cuéntame qué sabes de Teresa. ¿Está bien?

—Ostras, ¡qué burra soy! Yo venga a charlar y tú sin noticias de tu amiga. Pues vino aquí hace un par de días, se acababa de escapar de la Gestapo, que se le presentaron en casa justamente cuando ella había salido a la estación de tren para recoger al grupo. Qué suerte tuvo, ¿verdad? No sé qué tripa se les ha roto a los alemanes, parece que vayan estreñidos, están más rabiosos que nunca, organizando batidas por toda la ciudad y buscando maquis debajo de las piedras. En nuestro piso, ya lo ves, escondemos a gente, pero es demasiado pequeño, por eso Teresa y el grupo tuvieron que marcharse a otro sitio.

—¿Dónde está?, necesito encontrarla.

—Se han refugiado en la iglesia de Nuestra Señora

de Taur. Nos dijo que, si alguien la venía a buscar, le diéramos esta contraseña: «He venido porque René ya no tiene la tienda de tejidos». —Rompió en una carcajada sonora—. Es para mearse de risa, ¿no crees? Parece que no, pero Teresa tiene un sentido del humor único. ¿Y quién es ese René?

Sol no pudo evitar reír de buen grado.

—No tengo ni idea, creo que un fabricante de tejidos bastante desastre.

—Para mí que ha metido mano en la caja y se ha enrolado en la Resistencia.

Se acercó al altar de Nuestra Señora de Taur en medio de un silencio sepulcral. Encima había una pintura imponente de san Saturnino tumbado en el suelo, justo después de haber soltado a un toro gigantesco al que dos personas retenían por los cuernos. La puertecita de madera que había junto a la pila bautismal se abrió con un chirrido y salió un cura con sotana, encorvado por los años, que llevaba una cruz demasiado grande en el cuello para un cuerpo tan menudo. La saludó con la cabeza y se dirigió hacia el altar con prisa.

—He venido a decirle que René ya no tiene la tienda de tejidos —dijo, e inmediatamente tuvo que reprimir la risa.

El cura exhaló un suspiro de alivio. Se puso los dedos, nudosos, en los labios para que guardara silencio y le hizo un gesto con la cabeza para que lo siguiera. Para sorpresa de Sol, el hombrecillo echó a andar con rapidez. Con un gesto ágil, abrió la verja que separaba la nave central del presbiterio, que era el espacio reservado para el clero, y se dirigieron al ábside, donde había una portezuela que comunicaba con la sacristía.

En aquella salita apenas entraba un rayo de luz por una abertura ínfima en una pared y olía a pergamino viejo y vino picado, igual que en la sacristía de Sant Martí, en Bescaran.

—Aquí podemos hablar tranquilos. —El viejito suspiró—. Toda precaución es poca, hija mía. Estos últimos días he tenido a muchos fugitivos escondidos y debemos ir con pies de plomo... No niegues un favor a quien lo necesita si está en tu mano hacerlo —dijo con voz ronca—. Pero, venga, venga por favor, que la llevaré con sus amigas...

Sol empezó a seguirle.

—Hace un día que los escondo y, si lo necesita, también puede quedarse, cobijo le puedo ofrecer, aunque me queda ya poca comida.

—No, no —dijo ella enseguida—, no vengo a quedarme sino a recogerlos a todos. ¿Están bien?

—Pobres almas... Muchos de ellos están asustados y cansados después de tantos sufrimientos, nadie puede imaginar lo que habrán padecido con los alemanes detrás... Felices los perseguidos por causa de la justicia, porque de ellos es el reino de los cielos. —El hombre esbozó una sonrisa benévola y se santiguó—. Habría jurado que Teresa me dijo que esperaba a un hombre, pero será mi cabeza, que ya no es lo que era... ¡Nos hacemos mayores! Sígame, por favor, sígame a la cripta. Están todos allí.

El cura bajó por unas escaleras de piedra tosca ayudándose de una cuerda clavada en la pared que hacía las funciones de barandilla. A medida que bajaban la humedad se le iba metiendo en los huesos. El hombre sacó una gran llave del bolsillo y abrió con dos vueltas una puerta de madera remachada con clavos. Sol lo ayudó a empujarla. No se atrevía a imaginar cómo él solo habría salido adelante si parecía que una simple ráfaga de viento se lo podía llevar volando. El interior estaba muy oscuro, lleno de columnas con nervios de piedra que subían hasta un techo lleno de bóvedas. Estaba iluminado por candelabros y le costó que la vista se le acostumbrara a esa semipenumbra, pero al cabo de nada distinguió unas cuantas figuras sentadas en el suelo y, entre ellas, a las dos personas que más ganas tenía de ver.

—¡Teresa! ¡Raquel!

Ambas, que parecían medio adormiladas, se levantaron al oír sus nombres y en cuanto reconocieron a Sol corrieron a abrazarla.

—¿Qué haces aquí? —preguntó Teresa desconcertada—. ¿Acaso le ha pasado algo a Baldrich?

—Sí, lo han herido. Pero, tranquila, que está a salvo. Hubo una emboscada, y todo el mundo pudo escapar —dijo bajito al sentirse observada por las personas que las rodeaban. La imagen de Nico cruzó por su cabeza, pero decidió aplazar la conversación para cuando estuvieran a solas.

—¡Dios mío! —murmuró Teresa.

—¿Te lo puedes creer, Sol? ¡Al final me voy a España! —exclamó Raquel mientras le apretaba con fuerza las manos. Tenía tanta energía que era evidente que ya estaba recuperada.

—Sí, precisamente por eso estoy aquí. He venido para llevarme al grupo —respondió Sol. Y ante la mirada de incomprensión de ambas añadió—: Yo voy a hacer de guía —anunció muy bajito lanzando una mirada a los cuatro hombres que había en la sala—. Ahora mismo no hay nadie más que pueda hacerlo y hay que llevar a Jacques Allier rápidamente a Barcelona.

Teresa no pudo evitar poner cara de incredulidad.

—¿Tú? Pero, Sol, la travesía por las montañas... ¿estás segura de que puedes hacerlo sola? —dijo en francés, que era la lengua que siempre hablaba cuando estaba Raquel cerca.

Sol suspiró, había sopesado la posibilidad de que aquello le ocurriera, pero no lo que vendría a continuación.

—¡Claro que lo puede hacer! ¡Y lo hará perfecto! —dijo Raquel, que no le soltaba la mano ni un instante.

—Un momento, un momento...

Quien hablaba era un hombre que también se había levantado como todos los demás y que tenía los ojos más transparentes que nunca hubiera visto. Llevaba entre los brazos una mochila que parecía pesar considerablemente.

—¿Me está diciendo que usted es el guía? ¿Una chica? —inquirió señalándola con el dedo—. Mire, le haré un breve resumen de lo que ha sido mi vida estos dos últimos años. Me cayó un proyectil cerca cuando bombardearon el puerto de Burdeos y salí vivo de milagro. ¡Tardé medio año en curarme las heridas! Después de esto, me he ido moviendo por diferentes ciudades y pueblos gracias a la generosidad de mucha gente, de contactos de cuando estaba en el gobierno, pero cuando los nazis ocuparon el país el pasado noviembre entendí que ya no me podía quedar más, que debía huir como fuese. Con el esfuerzo de varias personas he logrado llegar hasta aquí con un material que —dijo mostrando la mochila— debe salir del país enseguida. Me ha costado una fortuna poder contactar con esta red de evasión y, después de lo que he pasado, ¿me está diciendo que tengo que arriesgarlo todo porque usted quiere jugar a hacerse la heroína? ¡Ni hablar! —Parecía francamente enfadado, a pesar de los síntomas de cansancio que reflejaba su rostro.

—Señor Allier, tranquilícese —dijo Teresa, en un intento de calmar los ánimos.

Así que aquel era el famoso Jacques Allier, el militar francés que llevaba un material altamente sensible que debía llevar al Consulado Británico.

—Será una broma, ¿verdad? —dijo otro hombre muy robusto con una cruz en el cuello que encendió un cigarrillo y se apoyó en la pared. Hablaba francés con un acento extraño y parecía que se le escapaba la risa por debajo de la nariz, lo cual, dadas las circunstancias, llevaba a pensar que o bien no estaba muy bien de la cabeza o era lo bastante listo para haber sabido captar antes que nadie cuál era la situación—. No, no puede ser una broma. No conozco a nadie con un sentido del humor tan deplorable, y eso que conozco a unos cuantos que no pueden estar sin contar chistes malos en la base aérea de Norwich...

—¿Es un piloto inglés? —preguntó Sol.

Él dio una calada y sonrió.

—Norteamericano. Sargento Richard Mayhew, escuadrón sesenta y seis del cuadragésimo grupo de bombarderos de la RAF. Nos abatió un caza alemán en el norte de París.

—¡Pues usted más que nadie debería ver que lo que nos propone esta chica es ridículo! —exclamó un hombre mayor con barba vestido con un largo abrigo negro y acompañado de un joven que parecía su hijo—. ¡Eso es indigno! ¡Una vergüenza!

—¿Una vergüenza? —dijo el piloto dando otra larga calada al cigarrillo—. No lo sé. Lo que sí sé es que yo pasaré la frontera con esta chica o sin ella. No he atravesado toda Francia para quedarme encerrado en una cripta húmeda y pillar una bronquitis de caballo.

—¡No es para tomárselo a broma, señor mío! —insistió el hombre de la barba.

—Depende del sentido del humor que gaste, amigo. No me negará que la situación tiene una vertiente cómica... Después de todo lo que hemos tenido que hacer para llegar aquí, ahora estamos en manos de una chica que... ¿cuántos años tiene? —preguntó repasándola de arriba abajo—. ¿Dieciocho? ¿Diecinueve años?

—Casi veinte —respondió ella, sacando pecho.

—¡Que Dios nos ampare! ¡Esto es de locos! —exclamó el viejo.

—Padre, no se acalore. No malgaste saliva con esa gente —le pidió su hijo, que desprendía una altivez irritante.

El norteamericano soltó una carcajada y a continuación apagó el cigarrillo con el zapato.

—No, no malgaste saliva ni energía. La necesitará toda para atravesar los cojones de los Pirineos. En cuanto a mí, exijo otro guía.

—¡Eso mismo! —saltó el hombre mayor—. ¡Que venga un hombre!

—Cálmense todos, por favor. —Teresa se afanaba por apaciguar los nervios—. ¡Si la han enviado es porque los puede llevar a Andorra! ¡Hablemos como personas civilizadas, por el amor de Dios!

Fue entonces cuando Sol debería haber dicho que no la mandaba nadie, que su plan había sido única y exclusivamente tramado por ella y que lo más posible fuera que no acabara bien, pero apretó los labios y se calló. Todo el grupo empezó a quejarse y a pedir responsabilidades a Teresa. La situación se estaba descontrolando por momentos. Sol estaba indecisa, sin saber cómo reaccionar al ataque que recibía desde todos lados. Y de súbito, de la nada, le vino la imagen de la fuente de Sant Martí, con Dolors y el resto de las mujeres de Bescaran. En lugar de callar como siempre hacía, allí había alzado la voz, se había sublevado para defender lo que creía y la sensación de júbilo que sintió al hacerlo fue incomparable.

—¡Ya basta! —gritó con voz firme. Raquel, que se había agarrado fuerte de su brazo, se soltó a causa del susto. Todos se callaron y Sol dio un paso adelante—. Me llamo Sol Mentruit, tengo diecinueve años y soy hija de Bescaran, un pueblo perdido cerca de La Seu d'Urgell. No he hecho este trabajo antes, es cierto, y puestos a ser del todo francos, tampoco me considero una persona valiente ni excepcional. Soy campesina, cuido el ganado en lo alto de las montañas, que conozco como si fuera mi casa, y vendemos la leche y los quesos a los pocos que nos compran. Puedo entenderlos, no se crean, porque las mujeres, al menos allí en Bescaran, no hacemos cosas como esta. Somos las que sustentamos a la familia, eso sí, y como decía mi abuela: «Somos las vigas maestras de la casa», y tenía razón, porque la viga maestra es la que lo sostiene todo. Esto somos nosotras en el pueblo, vigas maestras. Llevamos la comida por la mañana a los hombres que trabajan en el campo, pan con una mezcla de anís y moscatel; después, a las diez, les llevamos «las diez horas», butifarra, oreja cocida de cerdo y alioli de manzana; al mediodía la escudella caliente y por la tarde la merienda, con pan y salchichón. Y en medio de todo este ir y venir, atamos las gavillas de trigo, espigamos, limpiamos la casa, cuidamos a los hijos, los hermanos, nos encargamos del huerto, parimos, curamos a los enfermos... Pero todo esto se considera normal. Lo que no se considera normal es hacer un trabajo de hombres, como el de guía, aunque yo creo que estoy preparada para hacerlo. Sé que lo estoy.

La tensión podía cortarse con un cuchillo. Hombres y mujeres la escuchaban con una mezcla de recelo y de creciente interés. Incluso el norteamericano, que se había mantenido todo el rato apoyado en la pared con los brazos cruzados y con un aparente desinterés, ahora tenía la mirada clavada en ella.

—Les aseguro que no soy tonta, sé perfectamente de qué son capaces los alemanes, y por eso mi objetivo es mostrarles el camino a través de unas montañas que conozco bien. Ahora mismo no hay nadie más que pueda ayudarlos. Nadie. Así que la decisión es suya: o me siguen o se quedan aquí, a la espera de que los alemanes tiren abajo la puerta.

—¡A mí no me engatusará con sus discursitos! ¡Mi hijo y yo por supuesto que nos quedamos! —aseguró el viejo.

Allier lo hizo callar con un gesto de la mano.

—Habla con mucho aplomo, señorita Mentruit. ¿Me puede asegurar que llegaremos sanos y salvos a Andorra? ¿Tiene alguna experiencia?

Sol se quedó unos momentos muda y luego soltó una exhalación.

—No. No se lo puedo asegurar —admitió—. Ni tampoco que no vayan a pasar frío, ni hambre, y tampoco los engañaré diciéndoles que será una travesía fácil porque seguramente tendremos problemas que ahora mismo no me puedo ni imaginar, pero sí les puedo decir algo: me dejaré la piel para llevarlos al otro lado de la sierra y esta me ayudará —dijo mientras se abría el abrigo y mostraba la culata de la parabellum que portaba en la cintura. Y con un convencimiento del cual incluso se sorprendió a sí misma añadió—: Soy su guía y los llevaré a Andorra.

Se podían oír las gotas de agua de alguna humedad golpeando en el suelo. Nadie pestañeaba. Tanto podía ocurrir que los hubiera convencido como que se pusieran a insultarla aún con más ganas, pero Sol prefería pensar que todos ellos estaban sopesando sus opciones y que aquella determinación que no sabía de dónde le nacía los estaba empujando a darle un voto de confianza. Teresa aprovechó aquellos momentos de indecisión para ayudarla:

—Señores y señoras, no la juzguen por lo que parece, yo también lo hice cuando la conocí. —Miró a Sol con complicidad—. Y me equivoqué. Estoy convencida de que puede hacerlo, así que la situación es clara: yo los acompañaré hasta la estación de tren de Matabiau, donde se les unirá una persona más. Después irán con ella en tren hasta Tarascon y de ahí a pie hasta Siguer, donde empezará el ascenso a la montaña. Quien quiera ir con la señorita Mentruit hacia Andorra que dé un paso adelante. Quienes decidan quedarse tendrán que buscar un guía por su cuenta, y ya les aviso de que los maquis que se dedican ahora mismo a eso están escondidos y no son fáciles de localizar.

Por unos segundos, a Sol se le hizo un nudo en el pecho y luchó por parar el pánico que empezaba a subirle garganta arriba. Estaba segura de que nadie se movería, pero de repente Raquel, que no se había despegado de su lado, dio un paso adelante.

—Me llamo Raquel Psankiewicz y soy judía. Sol —dijo señalándola con una sonrisa— me salvó de morir en la estación de Le Vernet cuando las SS nos perseguían, y le confiaría mi vida. —Y lanzándole una sonrisa transparente añadió—: Yo voy contigo.

El padre que iba con su hijo resopló, con la cara desencajada.

—Pues yo soy Joseph Schwabb y este es mi hijo Samuel, y vamos huyendo de los nazis desde que nos quemaron el negocio familiar en la ciudad de Frankfurt, hace diez años. ¿Y después de lo que hemos pasado debemos seguir a simple vista a una niña con cara de ignorante que nos quiere sacar el dinero? ¡Nooo! —dijo forzando la risa—. ¡Os aseguro que nosotros no iremos! ¡Y que si acompañáis a esta niñata es que todavía sois más niñatos que ella!

Quedaban por hablar Jacques Allier y el piloto estadounidense. Teresa los interpeló.

—Bien, solo quedan ustedes dos. ¿Qué piensan hacer?

—Yo me apunto a la fiesta —dijo Richard con una expresión burlona—. Inglaterra tiene capacidad de construir aviones de guerra a gran escala, pero los pilotos... los pilotos no se hacen en una fábrica, señores. Para instruir a uno pueden tardar meses, por eso cada uno de nosotros somos más valiosos que nuestro peso en oro. Además, yo también voy bien acompañado —dijo mostrando una pistola, en concreto una Colt, que llevaba en una funda en la cintura—. Así que supongo que, si no terminamos en el infierno, acabaremos en Andorra. Iré con la chica.

Allier, con el rostro blanco y sudado, observaba la escena agarrado a la mochila, como si todo lo que ocurría ante sus ojos fuera una pesadilla. Teresa lo sacó de su ensueño.

—Solo queda usted, señor Allier. La expedición debe salir ahora mismo y ya no hay margen para la duda. ¿Va o se queda?

—No sea inconsciente, señor mío. Podemos esperar a que venga otro guía, un hombre que sepa lo que se hace, créame —dijo Joseph.

El francés toqueteaba su mochila con insistencia, como si estuviera consultándole qué decisión tomar. Al final, dio un paso adelante:

—Quizá sea el mayor error de mi vida, pero tengo que llegar al Consulado Británico como sea y no puedo permitirme quedarme ni un día más en Francia, así que sí, voy.

Joseph y Samuel protestaron. Todo el grupo recogió sus pertenencias y se dirigieron hacia la puerta gigante de madera; el padre y el hijo, al verse solos y sin ningún aliado más, se sumaron de mala gana. Sol era consciente de haberse metido de cabeza en una aventura de la que no sabía si saldrían vivas ni ella ni aquellas almas que la acompañaban. Sentía un vértigo real, físico, que la atenazaba tan fuerte que tuvo que respirar hondo antes de dirigirse afuera.

Cuando ya salían a la calle, el cura se quedó en el pórtico para despedirlos y en un murmullo dijo:

—Rezaré por ustedes.

39

A esa hora del mediodía, la estación de Matabiau estaba llena de viajeros yendo arriba y abajo, pero también de soldados alemanes que hacían guardia en distintos puntos estratégicos, como lobos a punto de saltar sobre las presas. Quizá porque parecía que fueran de piedra, ya que no se inmutaban por nada, todo el mundo se apartaba de ellos de una manera instintiva. Mientras iban hacia allí, Teresa les dio instrucciones precisas de cómo había que comportarse en todo momento para no levantar sospechas y también cómo recogerían al refugiado que venía de París.

El funcionamiento de los guías era el siguiente: normalmente el grupo que llegaba en tren iba acompañado de un responsable que los había guiado un tramo de su trayecto y lo que hacían en la estación era pasarse los fugitivos de un guía a otro. Como los guías no siempre se conocían entre sí, tenían que utilizar señales para reconocerse, como un periódico doblado de una manera determinada o un billete de tren detrás de la oreja, y nunca, bajo ningún concepto, podían hablar entre ellos. Sencillamente, hacían un gesto discreto al grupo para indicarles la persona a la que debían seguir, y a partir de ese momento todo se hacía con la más absoluta discreción. Teresa también les advirtió de que, una vez en los Pirineos, era necesario alejarse al máximo de los caminos fronterizos fáciles porque eran los más vigilados. Las montañas, ahora mismo, eran la única posibilidad de salida de Francia y cuanto más difícil fuera la ruta, mejor.

—La guía con la que debo encontrarme hoy llevará un abrigo de cuadros y un periódico doblado en octavos —dijo la mujer cuando entraban en el enorme edificio de Matabiau.

Llegaron a la cola de los billetes para tomar el primer tren que saliera hacia Tarascon. Sol se agarró del brazo del señor Allier para no levantar sospechas y notó que su acompañante hacía esfuerzos para arrastrar la mochila. El grupo caminaba más o menos compacto, pero sin que pareciera que iban juntos. Esta había sido la consigna y todos la seguían al pie de la letra.

—Tres billetes para Tarascon —pidió Allier al taquillero como si él, Sol y Raquel fueran una familia.

—Sale dentro de cinco minutos —dijo el hombre con desgana.

Les dio los billetes y, a continuación, el resto del grupo fue haciendo lo mismo. Luego se dirigieron al andén donde estaba entrando un tren que venía de París y en cuanto se detuvo y abrió las puertas, todo se llenó de pasajeros. De repente, Sol sintió un escalofrío en el cuerpo. Le pareció distinguir una cara conocida entre aquel rompecabezas de rostros y se sobresaltó. Le quedó unos instantes grabada en la retina, pero enseguida se disolvió como una chispa que huye de la brasa y muere al cabo de nada. Las palabras de Teresa la devolvieron a la realidad.

—Ahora estate atenta. La guía debe estar entre esa gente —le susurró al oído—. Recuerda, abrigo de cuadros y periódico doblado en octavos. Deberá comunicarse con la mirada, nada de palabras.

Al cabo de unos minutos, de uno de los vagones vio bajar a la mujer con las características que le había descrito Teresa y con los labios pintados de un rojo vivo. «Debe ser ella.» Lo que ocurrió a continuación fue una escena que a Sol le costaría olvidar, casi mágica. El intercambio del fugitivo se produjo de forma absolutamente discreta e invisible a ojos de la mayoría de los viajeros y de los soldados alemanes que deambulaban por el recinto. La chica del periódico y ella cruzaron una mirada fugaz y asintieron muy discretamente; habían hecho contacto. A su espalda, bajó un joven de unos veinte años. Él tampoco miraba a ninguna parte en particular, pero era evidente que iba tras ella. «Con ellos son seis», se dijo Sol. Se puso a andar a la altura de la guía y, en cuanto llegaron al principio del andén, una dobló a la derecha y la otra a la izquierda, pero el joven siguió a Sol. Ya estaba, ya lo tenía. Era suyo.

Se había quedado con una sensación extraña, como si hubiera olvidado algo de vital importancia y no fuese capaz de recordar el qué. Pero no había tiempo para preocupaciones, se dirigieron a paso ligero a otro andén, donde el tren que iba a Tarascon estaba a punto de salir. El revisor había empezado a cerrar con fuerza las puertas de los primeros vagones y avanzaba con prisas. Pam. Pam. Pam. Sol, discretamente, le dio un billete al chico nuevo y todo el grupo subió al tren menos Raquel, que se quedó con ella y Teresa para despedirse.

—Ya sé que eres fuerte y conoces la montaña, pero ten mucho cuidado —dijo Teresa con una sonrisa que recogía un universo de anhelos—. Mi bescaranesa valiente...

A Sol se le formó un nudo en la garganta, pero no quería llorar, ya lo soltaría todo cuando llegase a Andorra, cuando todo hubiera pasado.

—Teresa... —estalló Raquel lanzándose a sus brazos.

—Venga, venga —dijo la mujer, que se notaba que hacía un esfuerzo titánico por no mostrar la tristeza que sentía por separarse. Al fin y al cabo, llevaban viviendo juntas tiempo suficiente para haber creado unos lazos muy fuertes—. Ya nos hemos despedido mil veces en casa y hemos dicho que seríamos fuertes, ¿recuerdas? Cuando llegues, ve a Radio Andorra y envía un mensaje. Que pongan la canción *Todo va muy bien, señora marquesa*. Es una tontería de canción, pero la utilizamos para saber que el grupo ha llegado a su destino.

Raquel asintió y, enjugándose las lágrimas, subió al tren. Entonces Sol también abrazó fuerte a Teresa con la extraña sensación de que no volvería a verla y de repente recordó a Nico.

—Teresa, escucha. Nico. Él es el traidor, el que preparó la emboscada. Aléjate de él, es peligroso.

—¿Cómo? ¿Nico? —respondió ella, incrédula—. No. Debes estar equivocada.

En ese momento, el revisor cerró la puerta que tenían detrás. Raquel, que estaba arriba, la volvió a abrir y le indicó a Sol con las manos que se apresurara a subir.

—¡Adiós, Teresa! —dijo Raquel con lágrimas en los ojos.

—¡Cuídate, querida! —A Teresa la voz se le rompió, pero inmediatamente recuperó la angustia en la mirada.

El tren empezó a arrancar.

—¿Estás segura? ¿Nico?

Sol se encaramó al primer escalón y se agarró a la barandilla.

—Sí, sí, segurísima. Él es quien nos ha delatado a todos.

Subió otro escalón más para no caerse.

—Pero él no... no puede ser... Todo este tiempo... Si lo he tenido en casa...

El tren iba cogiendo más y más velocidad y Teresa empezó a caminar al trote junto al convoy para poder oírla.

—¡Huye de tu casa! ¡Escóndete! ¡Es él! ¡Trabaja para los alemanes!

Sonó un silbato que tapó sus últimas palabras. Teresa se mantenía ceñuda, con el rostro impenetrable de siempre.

—¡Adiós, Teresa!

El ruido del tren cubrió sus gritos. Su figura esbelta y delicada se fue haciendo pequeña hasta volverse un puntito y desaparecer. Y mientras se alejaba, aquella sensación extraña de estar olvidando algo importante dejó a Sol un buen rato con un sabor amargo en la boca.

El grupo se había repartido por el mismo vagón, pero en asientos separados y evitaron hablar durante todo el trayecto. En Foix, el tren se detuvo más rato de la cuenta y Sol observó asustada que en el andén había una patrulla de alemanes que hablaba con el maquinista. «Han volado dos líneas de alta tensión y un transformador en Pamiers», le dijo una mujer que se sentaba en el asiento de al lado. «La Resistencia.» Por último, el tren volvió a arrancar y todos respiraron aliviados. Ya se sentía algo más cerca de casa, más cerca de poder decirle a Viadiu que ella sola había salvado al grupo. Todo aquello había empezado para redimir su error, para hacerse perdonar por todo el grupo, sobre todo por Baldrich, pero ahora el curso de aquella historia había cambiado, ya no la movían la vergüenza ni la culpa. Había decidido su destino libre de cualquier compromiso, de nada que no fuera su propia determinación de salvar a toda aquella gente, de salvar a su Raquel. Y lo haría con la satisfacción de saber que no se equivocaba cuando había visto bondad en el fondo de los ojos de Max. Cuando supieran quién era el traidor, quedaría exonerado, pero para todo eso todavía faltaba mucho.

Llegaron a Tarascon cuando ya anochecía y Sol se dio cuenta de que las fuerzas le fallaban, prácticamente no había descansado desde que llegó a Toulouse. Llevó al grupo al hostal Terminus, regentado por la viuda Henriette. Mientras comían sopa caliente, la joven aprovechó para hablar con la nueva incorporación que había llegado en el tren de París. Roger Estournel era un militar que había querido escapar del Servicio de Trabajo Obligatorio, organizado por los nazis para forzar a miles de jóvenes franceses a trasladarse a Alemania para trabajar y ayudar al país a ganar la guerra. El objetivo de Roger era unirse al ejército de las fuerzas francesas libres que estaban luchando en el norte de África. Se mostró sorprendido de que la guía fuera una chica, pero, quizá por el hecho de que el grupo ya estaba en marcha, lo aceptó enseguida.

Deberían hacer la travesía de noche para protegerse de los posibles controles alemanes, así que Sol les dijo a todos que descansaran porque a las pocas horas los despertaría para marcharse. Compartió cama con Raquel, que se durmió abrazada a ella, y no tardó ni cinco minutos en seguirla, aunque una vocecita no dejaba de repetirle con insistencia que, por muy viga maestra que fuera, esa misión no era para mujeres.

Se despertó sobresaltada. Había soñado con esa imagen que se le escapaba en medio de la estación de Matabiau, inalcanzable. Al salir de la cama se estremeció, pero no solo por la pesadilla, sino porque el frío era gélido, intenso, las temperaturas habían bajado mucho respecto al día anterior. Se vistió deprisa, con pantalones, calcetines gruesos y zuecos, y metió en la mochila el equipo para ir por la montaña, incluido un sombrero de lana, raquetas, linterna y cuerdas, y bajó a la cocina, donde Henriette ya preparaba algunas viandas. Se cargó de terrones de azúcar, pan, huevos duros, queso, latas de sardinas y embutidos, y también le pidió si tenía zapatos buenos y más ropa de abrigo porque había observado que algunos de los del grupo iban muy mal equipados. La mujer volvió al cabo de un rato con lo que había encontrado.

—Esta noche lo tendréis complicado —dijo la hostelera—. Ha cambiado el tiempo y, si la rodilla no me engaña, habrá una nevada de las que hacen historia.

Sol miró por la ventana de la cocina y fuera todo estaba negro como el carbón, pero las ráfagas de viento golpeaban contra el cristal. Frío y ventisca. *Mal asunto.*

A medida que el resto del grupo fue bajando a desayunar, les iba dando calzado bueno y algún jersey o chaqueta, que aceptaron de buen grado, a excepción de Joseph Schwabb y su hijo Samuel, que prácticamente no la miraban a los ojos. Jacques Allier apareció arrastrando como siempre su mochila y se sentó a una mesa solo, en un extremo del pequeño comedor. Richard Mayhew almorzó con ganas y después se encendió un cigarrillo mientras miraba de reojo a Roger, el francés.

—¿Así que se quiere unir a la Francia libre? —preguntó con una sonrisa pícara—. ¿No cambiará de opinión antes de llegar a África? La guerra no es un juego, joven.

—No sufra por mí, señor. He estado a punto de perder la vida media docena de veces para atravesar Francia, ahora no voy a aflojar —respondió con ironía el chico—. E ir armado me ha ayudado, no lo negaré.

—Me alegra oírlo. Si todos los jóvenes de aquí fueran como usted, a Hitler ya le habrían cortado el mostacho y, con un poco de suerte, el cuello. ¿Y cómo ha llegado hasta aquí si se puede saber?

—Pues gracias a una chica que me dejó en Toulouse, no me dijo el...

—Cuando entras en la Resistencia es mejor no decirle el nombre a nadie... —dijo Henriette. De detrás de unas cajas, sacó un periódico arrugado que mostró al resto—. ¡Mirad, este diario, *Combat*, cuenta qué hacen quienes luchan contra los alemanes! Ayer hicieron estallar una instalación que fabrica explosivos para los nazis cerca de Toulouse —dijo mientras pasaba el dedo por debajo de una noticia—. Y también cuenta que a los judíos se los llevan a campos de concentración para matarlos, en Polonia.

Enseguida guardó el periódico de nuevo y se puso a cortar el pan que iban a llevarse.

—Debemos hacer lo que sea para echar a los alemanes. ¡Lo que sea! Estos hijos de mala madre...

—Señora, quisiera un poco más de café, quién sabe si será el último que voy a probar... —dijo Richard.

—Vamos, no sea pájaro de mal agüero, señor —le

riñó Henriette mientras se lo servía—, y váyase abrigando que ahí fuera hace un frío de mil demonios.

—Sí, más vale que todos se pongan esa ropa gruesa que nos ha dejado Henriette —dijo Sol—. Y cojan toda la comida que puedan llevar, aunque sin sobrecargarse.

—Allier, ¿cree que podrá cargar esta bolsa en la montaña? —dijo Roger.

Sol también lo había pensado, pero no se había atrevido a cuestionarlo.

—Usted preocúpese de sus asuntos, que yo me ocuparé de los míos —respondió el lugarteniente Allier sin inmutarse.

Se respiraba un ambiente extraño, de emoción contenida, pero sobre todo de un nerviosismo electrificante que los hacía ir a todos arriba y abajo en medio de un silencio tenso. Mientras acababan de abrigarse y preparar las bolsas, la hostelera hizo un gesto a Sol para que fuera a la despensa.

—Sol, tengo que pedirte algo, aunque sé que con toda probabilidad me dirás que no —dijo la mujer secándose las manos con el delantal—. Tengo a un hombre escondido aquí en el hostal, un judío que llegó ayer. No tiene dinero y me temo que está herido. Ya sé que es arriesgado, pero... Me da mucha lástima, no sé cómo ayudarlo y nos está poniendo en peligro a mí y al negocio. Si los nazis sospechan que está aquí... ya sabes qué hacen con los que colaboran con la Resistencia, ¿verdad?

La chica tragó saliva.

—Da igual el dinero, pero... ¿le has visto la herida? ¿Es grave?

—No lo sé... No lo creo... Se queja del brazo. ¿Lo voy a buscar? —dijo, esperanzada.

Sol asintió y la mujer desapareció por una portezuela. Al cabo de nada apareció acompañada de un hombre de unos cuarenta años con unas gafas redondas de pasta negra y con aspecto de oficinista diligente, pero con un aire enfermizo que provocaba una notable compasión.

—Te presento al señor Rosenthal, de la ciudad de Coblenza. ¿Ingeniero químico me dijo que era?

Él asintió y le tendió la mano, que temblaba, pero no de frío; ese hombre era un manojo de nervios. Sol le apretó ambas manos en un intento de calmarlo y después le preguntó unas cuantas veces qué le pasaba en el brazo sin obtener una respuesta clara.

—Señor Rosenthal, si quiere venir con mi grupo, debo saber qué le pasa y si está en condiciones de aguantar el esfuerzo de la travesía. ¿Entiende que debe decirme la verdad?

Entonces, en un gesto inesperado, Rosenthal se arrodilló.

—Por favor, tiene que llevarme... Me dispararon... Nos sacaron de los camiones en la frontera y nos masacraron... Solo yo me salvé... —dijo entre sollozos con un francés bastante malo. Y con una súplica en los ojos, prosiguió—: Se lo suplico, usted es mi última oportunidad de salir del país. No me deje aquí, por favor, no me deje...

Sol no pudo más, los recuerdos de las SS disparando a discreción contra la gente y las balas impactando en los cuerpos volvieron con una viveza escalofriante. Se arrodilló delante de él sin soltarle las manos.

—No le voy a dejar aquí, señor Rosenthal, pero debe permitir que Henriette le cure el brazo antes de irse, ¿de acuerdo? Será un viaje duro y tiene que hacerlo en condiciones.

El hombre le dio las gracias mientras se levantaba y le aseguraba que no sería ninguna carga para el grupo. En medio de aquella escena, Sol se quedó de piedra. Quizá fuera por haber recordado a las SS, quién sabe, pero el hecho fue que la imagen le cayó encima como un rayo descargando toda su fuerza contra la tierra. La cara confusa y huidiza con la que se había cruzado en la estación de Matabiau y que se le había resistido durante todo ese tiempo ahora se le apareció con total nitidez. La piel grabada por una enfermedad, la nariz rota. Berkane, el asesino a sueldo de la Gestapo. Aún recordaba cómo había gritado a la gente en el Hotel Soulé de L'Hospitalet para satisfacer a su amo, Dreyer.

—Sol, ¿estás bien? —le preguntó la hostelera—. Estás blanca como la leche.

—Sí, sí, no pasa nada.

Pero Sol sabía que había mucho de lo que preocuparse. Berkane podía haber tomado el mismo tren que ellos. Podía haber viajado al sur hasta Tarascon. Podía estar ahí, cerca. Escondido, al acecho. Era un asesino que cobraba por cada fugitivo que mataba, seguro que se tomaba todas las molestias para no ser detectado. Y si estaba Berkane, lo más probable es que también estuviera... «Basta.» Cortó ese alud de pensamientos oscuros de golpe y se aferró a la idea de que se había quedado en Toulouse porque no podía afrontar un escenario en el que ese monstruo y ella pudieran cruzarse. Tenía que centrarse en las siete almas que debía llevar hacia unas montañas donde cada vez soplaba más fuerte la ventisca. «La garganta del lobo.»

40

Las indicaciones de Teresa habían sido claras: había que alejarse de Pas de la Casa y del valle de Incles porque las patrullas de alemanes estaban por todas partes; por tanto, irían por el último recorrido que ella había trazado, el del valle de Siguer, el estanque de Peyregrand y entrarían en Andorra cruzando el puerto de Siguer. Era un camino más escarpado y peligroso, pero aquello precisamente lo hacía más inaccesible a los soldados y con un poco de suerte no encontrarían ninguno.

Cuando salieron a la calle en plena oscuridad, un primer viento gélido les abofeteó la cara. Sol se situó al frente del grupo con Raquel a su lado cogida de la mano y los fue guiando por las calles oscuras de Tarascon hasta que las casas fueron desapareciendo y tomaron un sendero que se adentraba por el valle. Allí ya se dio cuenta de que el viaje sería mucho más lento de lo imaginado, pues en terreno casi plano había tenido que detener la marcha para no dejar atrás a nadie, sobre todo a Joseph y su hijo Samuel, que lo ayudaba. Eran los que iban peor equipados porque se habían negado a aceptar ninguna sugerencia que proviniera de ella. Allier la preocupaba un poco con aquella mochila que acarreaba como si fuera un tesoro, pero de momento la seguía a buen ritmo. Rosenthal, quizá precisamente para evitar ser una carga por culpa de su herida, estaba siempre al principio de la fila, dispuesto ante cualquier necesidad del grupo, junto a Roger, el chico francés, y Richard, el piloto norteamericano. El viento no dejaba de soplar, pero por el momento no sufrían porque el ejercicio físico los mantenía calientes. Se estaban acercando al desvío que giraba hacia el pueblo de Siguer y Richard los hizo detenerse con un gesto. Él los había visto antes que nadie: a unos cien metros, en la misma carretera, se vislumbraban entre la penumbra dos centinelas alemanes caminando arriba y abajo. Enseguida se escondieron detrás de unos arbustos altos junto a la pista.

—¿Lo veis? ¡Ya os lo decía que esta no sabía dónde nos llevaba! —exclamó Joseph.

Todos lo mandaron callar poniéndose los dedos en la boca y Sol incluso habría jurado que Richard se estaba reprimiendo para no pegarle un puñetazo en los morros. Uno de los centinelas, quizá porque había oído algún ruido sospechoso, se encaminó hacia ellos con la metralleta levantada. De repente, Rosenthal imitó el maullido de un gato.

—Miiiiiau...

Todos se quedaron de piedra y por un instante pareció que el tiempo se había detenido. Contra todo pronóstico, el truco funcionó porque el centinela se detuvo y dio la vuelta para volver hacia donde estaba su compañero.

—*Eine Katze!* —oyeron que decía.

El suspiro de alivio fue general.

—Escuchadme todos —susurró Richard—, acercaos.

El grupo entero obedeció.

—Haremos esto: nos quitaremos los zapatos y cruzaremos en grupos de dos o tres hasta el camino que sale del desvío. Allí subiremos y esperaremos todos unos cien metros más arriba. Pasaremos cerca de los alemanes, pero si lo hacemos bien, no deberían oírnos. Además, la oscuridad nos ampara.

Todos asintieron.

—Menos mal que hay alguien con autoridad —murmuró Samuel mirando a Sol.

Todos se descalzaron y cogieron cuidadosamente las botas con las manos.

—Muy bien —dijo Sol—. Raquel, Roger, vosotros primero.

Los jóvenes obedecieron. Richard era el encargado de vigilar al centinela que merodeaba por la carretera y en cuanto lo vio girarse, con el brazo les indicó que ya podían pasar. Sol tenía el corazón encogido, pero comprobó aliviada que ambos cruzaban en silencio hasta el otro lado y subían por el desvío. Cuando señaló que Allier y Rosenthal serían los siguientes, Joseph protestó:

—¿Y por qué ellos precisamente? Los últimos tenemos más posibilidades de que nos cojan —murmuró de modo que solo ella pudo oírlo—. No queremos caer en manos de los nazis por culpa de una estúpida arrogante como tú.

Padre e hijo empezaron a caminar sin tener en cuenta la señal de Richard y Sol les cerró el paso. La negrura de la noche les impedía ver cómo se le habían encendido las mejillas y apretaba los puños hasta hacerse daño.

—He dicho que pasan ellos y luego ustedes. Y si no les gusta cómo llevo el grupo, será mejor que se queden aquí.

Y luego, cuando Richard movió el brazo para advertirles que el centinela no los veía, Sol avisó a Rosenthal y Allier para que cruzaran el camino.

—¡Esto es un ultraje! —exclamó Joseph.

Inmediatamente, la chica lo acalló con un gesto imperativo con el brazo.

—Silencio —susurró, bien consciente de que la jugada podía salirle mal—. Veo que han elegido quedarse aquí. Muy bien, pues ya me explicarán cómo cruzarán los montes los dos solos y con los alemanes campando libremente por todos los caminos. Señores... —hizo el saludo militar con la mano—, nos vemos.

Dio media vuelta, pero alguien la retuvo por la manga. Era Samuel, que, con los ojos, le imploraba que no se marchara.

—Padre... —dijo el chico—. Padre, sigo creyendo que esta mujer no sabe lo que se hace, pero ahora no podemos discutir.

—¿Se puede saber qué cojones pasa? —preguntó Richard, que se les había acercado en silencio.

—Nada, nada —respondió Sol—. Adelante —ordenó.

Joseph suspiró, se rascó la barba y, finalmente, dijo:

—Lo hago por ti, hijo, y ruego a Dios que nos guíe y que no nos estemos equivocando —añadió con desprecio.

Cruzaron en silencio y, al poco, Sol y Richard hicieron lo mismo y se reunieron con el resto.

—¿Ha pasado algo? —preguntó Raquel—. Estábamos sufriendo.

—Todo bien. Sigamos, que todavía nos queda mucho camino.

Sol se volvió a poner al frente y continuaron la

marcha. En poco rato había aprendido que la esperaba una travesía dura, que con aquel padre y su hijo no debería tener contemplaciones y que, mientras no cometiera ningún error, los demás más o menos la respetarían. Ningún error.

En el pueblo de Siguer, pudo ver una casita con una chimenea humeante y la punta de una metralleta que sobresalía. «Se están desplegando por todas partes.» Rodearon la villa con la suerte de que las ráfagas de viento amortiguaban el ruido que hacían y cogieron un senderito que se iba haciendo más y más estrecho a medida que ascendía. A pesar de la oscuridad, comprobaron que el paisaje se iba blanqueando y empezaron a caer copos de nieve, primero tímidamente, pero al cabo de un rato la nevada ya era intensa.

Lograron establecer un ritmo lento, aunque constante. Sol avanzaba con pasos regulares, seguros, firmes. Para los fugitivos era distinto. No estaban acostumbrados a andar de noche ni por caminos irregulares como aquel; unos tropezaban, otros se torcían un pie o reducían la marcha para después tener que correr para atrapar al grupo. Todo esto no hacía sino cansarlos más. Se iluminaban con la tenue luz de la linterna que Sol había robado a Baldrich antes de marcharse —un modelo alemán con una lengüeta de cuero para atar a la botonadura del abrigo— y también con las que llevaban el piloto americano y Roger.

Después de tres horas caminando bajo la nieve se detuvieron para comer en una borda, en un punto llamado Bouychet. Todo el mundo temblaba de frío.

—Intentad racionar la comida —aconsejó Sol—,

no sabemos exactamente cuánto tardaremos en llegar a Andorra.

En el fondo tenía miedo de que aquella tormenta los ralentizara mucho más de lo que cualquiera de los fugitivos podía imaginar.

—¿Así que no puedes decirnos cuándo llegaremos? —dijo Allier cabreado mientras comía un poco de embutido y se frotaba las manos para calentarlas—. Se supone que los guías saben esas cosas, ¿no?

—Sí, el servicio básico de un guía debería incluir, aparte de no llevarnos directos a un barranco, saber la duración de la travesía —añadió Richard.

Roger, el militar francés, se echó a reír.

—En condiciones normales y caminando de noche, a partir del punto donde estamos ahora serían unas seis o siete horas...

No quería adelantarles lo que ya empezaba a sospechar, y era que tenía un mal presentimiento con la tormenta que se les estaba viniendo encima. Se acordó de cuando ella y sus hermanos fueron a casa del tío Frederic, el hermano de su madre, que ya era mayor y tenía ganado en una zona de Cap de Rec, en la montaña de Lles. Habían ido a ayudarlo a clavar estacas en un cercado cuando a media mañana, y sin que nada lo previera, el cielo se tapó y empezó a soplar la ventisca de tal modo que no tuvieron tiempo de reaccionar. Tardaron cuatro horas en realizar un recorrido que, en condiciones normales, habrían hecho solo en media hora. Al llegar al pueblo tenían síntomas de congelación. Gracias a la pericia del viejo consiguieron llegar, y todo lo que ese día aprendió Sol lo tenía grabado a fuego en el cerebro.

—¡Que Dios nos ampare! Ya os he dicho desde el primer momento que esta chica no está preparada, ¡pero nadie me ha hecho caso! ¡Nadie! —gritó Joseph.

—Pues para mí tiene sentido lo que dice la señorita Mentruit —rebatió Rosenthal—. Y quejarse no le ayudará a llegar antes, créeme.

—¿Vamos? —dijo Roger—. Siete horas son muchas horas y yo tengo ganas de llegar a Andorra y poder hacerles una buena butifarra a los nazis.

—¡Me apunto a lo último! —dijo enseguida el piloto americano.

Sol se puso raquetas y ató unas a los pies a Raquel, pero el resto de los fugitivos llevaban botas en el mejor de los casos, menos padre e hijo, que calzaban zapatos de ciudad. También se aseguró de que iba bien abrigada antes de salir de nuevo fuera. Observó que Allier caminaba muy torcido por culpa del peso de la mochila.

—¿Necesita ayuda, señor Allier?

—No la necesito —respondió él con su hermetismo habitual—. Pero gracias por el interés.

Cuando abrieron la puerta, una ráfaga helada los hizo estremecer. La temperatura había descendido de forma brusca. «Esto no es bueno. Nada bueno.» La sensación de frío era aún más cruda por el efecto del viento, que soplaba a rachas. Una sirena sonaba con fuerza en su interior, pero hizo un esfuerzo por mantener el pánico a raya y, sobre todo, simular seguridad ante el resto.

—¡Oh, mierda! —exclamó Richard. Era la primera vez que Sol lo veía abandonar aquella ironía perpetua—. Esto es *blizzard*. Este jodido viento puede llegar a sesenta y dos millas por hora..., lo que para ustedes serían cien kilómetros por hora. Esperemos que no vaya a más o los nazis serán la última de nuestras preocupaciones...

Reiniciaron la marcha. Sol iba consultando la brújula porque la visibilidad era cada vez más complicada y tenía miedo de tomar un camino equivocado, aunque se lo conocía bien. Los copos de nieve los golpeaban contra la cara y dolían, y se taparon de modo que solo dejaban los ojos al descubierto.

—¡Deberían ponerse estos calcetines! —les ofreció, gritando. Solo así la podían oír en medio de los silbidos de la ventisca—. ¡He cogido alguno más por si los necesitamos y ustedes no van bien calzados!

—¡No necesitamos sus calcetines! —dijo Joseph.

—Por favor, solo quiero ayudarlos. ¡Si están mucho rato en contacto con la nieve, se les pueden congelar los pies! —gritó exasperada por la tozudez de aquel hombre.

—Deme —dijo Samuel, el hijo, arrebatándole los calcetines de las manos—. Nos los pondremos si tanto insiste.

Esperaron a que los dos hombres se calzaran mejor y reanudaron la marcha. A las tres de la madrugada, según el reloj que Sol le había cogido a Salvador, habían avanzado poco y tanto Raquel como Rosenthal empezaban a mostrar signos de fatiga. Pararon junto a una cueva para poder descansar de los embates de la ventisca y recuperar fuerzas. Entonces los oyeron. Ladridos de perro. Sol se tensó de arriba abajo y miró a sus compañeros con angustia.

—Apagad las linternas.

Todos obedecieron y aguzaron el oído. Más ladridos.

—Rápido, continuad —ordenó.

El corazón le latía desbocado porque sabía perfectamente que aquellos perros solo podían significar una cosa: había una patrulla cerca.

Todo el mundo empezó a andar pesadamente y ella se quedó la última para echar un poco de pimienta que había cogido previsoramente y que sabía que podía despistar el olfato de los animales. El camino empezó a subir hacia la izquierda y justo algo más arriba había una gran roca cubierta de nieve desde donde podían observar sin ser vistos.

—Escondeos allí, ¡rápido! —dijo Sol.

Quedaron a la espera. Los ladridos se aproximaban.

—¿Son los alemanes? —le preguntó Raquel con un hilo de voz—. ¿Nos cogerán, Sol? No dejes que nos cojan.

—No nos van a coger —respondió ella rotundamente.

Entonces pudieron ver unas linternas y después sus figuras entre los copos, que bailaban en todas direcciones. Aunque la visibilidad era escasa, estaban tan cerca que pudo distinguir perfectamente al que iba el primero, que llevaba un perro atado. Una nariz rota, la cara propia del diablo. *Berkane*. A cierta distancia lo acompañaba otro hombre que, por el uniforme que llevaba, era un oficial superior y enseguida lo reconoció. Nunca podría olvidar su cara de júbilo cuando le disparó en el hostal Escaldes y casi la mata. Ahora sí, sentía la electricidad corriendo por cada rincón de su cuerpo. Berkane y Dreyer, la pareja asesina. A lo lejos, se acercaban otros cuatro soldados más que no podía distinguir, pero que casi con total seguridad iban armados. Seis armas en total. Ellos, contando su parabellum y las pistolas de Richard y de Roger, solo tres.

Cogió a Raquel de la mano e hizo una señal a los demás para que la siguieran. Haciendo un análisis rápido y desesperado de la situación, solo vio una salida: tirar montaña arriba y abandonar el camino por donde avanzaban los alemanes. Era arriesgado, sí, pero de momento podía salvarlos.

—Rápido, ¡hacia arriba de la montaña! —ordenó, rezando para que el viento amortiguara su voz y los alemanes no la oyeran.

—¿Arriba? ¿Está segura? —preguntó Allier.

Richard señaló en dirección a la patrulla.

—O eso o jugar al *bridge* con los *boches*.

Todos empezaron a subir la montaña con energías renovadas cuando Roger, de improviso, sacó su arma y apuntó a los soldados. Sol corrió a bajarle el brazo de un manotazo.

—¿Qué haces? —le reprochó al oído—. ¡Llevamos a una niña y a gente mayor! ¡Así nos descubrirán antes de tiempo!

—Antes los mataré a todos —dijo apuntándolos de nuevo.

Richard se acercó y, de una patada, le hizo saltar la pistola de la mano con tanta fuerza que el arma voló muchos metros allá y quedó enterrada por la nieve.

—¡Mierda! ¡Pero se puede saber qué cojones hace! ¡Me ha hecho perder el arma!

—¡Si tienes que utilizarla con tan poca sensatez, está mejor allá donde ha ido a parar!

—¡Desgraciado!

Se le iba a echar encima, pero Sol lo detuvo.

—Por favor, Roger, ¡los tenemos ya aquí! —le imploró.

—¡Tiene razón! —intervino Richard—. No podemos arriesgarnos a disparar, así que le dices al *cowboy* que llevas dentro que se vaya a tomar por culo o te dejamos aquí y ya te las apañarás.

Sol miró agradecida al americano, que por primera vez le había dado la razón abiertamente y delante de todos. Roger, todavía muy enfadado, aunque resignado a dejar su arma atrás, dio la vuelta y se unió al resto, que se apresuraba todo lo que podía para subir la montaña. Sin embargo, la dificultad iba en aumento, tanto por la ventisca, que se iba enfureciendo por momentos, como por la baja visibilidad. Cuando ya hacía rato que andaban oyeron un disparo. Los habían descubierto y había llegado el momento de volverse. Instintivamente, se tiraron todos al suelo y Richard y Sol dispararon.

—¡Guarda la munición! —gritó Sol—. Ahora ya saben que vamos armados, pero estamos disparando sin ver el objetivo. ¡No os detengáis! ¡Hacia arriba! —gritó con una fortaleza que no sabía de dónde estaba sacando.

Joseph era el que tenía más dificultades para superar el desnivel porque se le hundían los pies en la nieve, a pesar de que su hijo lo ayudaba. Enseguida se le añadió Roger, que lo cogió por debajo de la axila. Ella, por su parte, se dedicó a tirar de Raquel. Iban mirando todos atrás para comprobar si los seguían, pero parecía que los alemanes habían decidido quedarse a salvo. Lógico. Lo que estaban haciendo solo obedecía a una reacción desesperada, nadie con dos dedos de frente habría elegido aquella ruta en medio de la tormenta. Tras una hora agotadora de subida contra un vendaval feroz, el terreno se niveló y comenzó el descenso.

—¡Esperad! —exclamó Sol. El zumbido del viento hacía que ni ella misma oyera su voz. Necesitaba orientarse antes de continuar para no perderse, porque sabía que desviarse de la ruta en medio de una tormenta como aquella podría ser nefasto. Sacó la linterna para iluminar el mapa y la brújula. Si se había sabido orientar bien en medio de aquella grisura absoluta, un poco más abajo encontrarían las cabañas del collado de Bayle—. ¡Hacia aquí!

Los fue guiando por el descenso hasta que, efectivamente, encontraron un refugio de pastores hecho de piedra. Intentaron abrir la puerta, pero algo lo impedía por dentro. Entonces oyeron un gemido de alguien que agonizaba.

—Esto está lleno de gente —dijo Allier.

Después de golpear varias veces, la puerta se entreabrió lo justo para intuir que dentro se amontonaban más personas de las que la barraca podía acoger.

—¡Dejadnos pasar! —gritó Sol—. ¡Somos fugitivos!

—Aquí no cabe nadie más —dijo una voz desde dentro, y les cerraron la puerta en las narices.

El hecho de que el único refugio que podían encontrar se hubiese esfumado supuso un duro golpe para Sol, que esperaba poder recuperar allí las fuerzas. Aun así, contra la pared quedaban algo resguardados del viento y se agruparon alrededor de la guía, que los iluminaba con la linterna. Lo primero que hizo fue asegurarse de que Raquel estaba bien; a pesar del esfuerzo, no parecía tener señales de congelación ni en las manos ni en los pies. Pero el panorama era desolador. Joseph estaba en mal estado, respiraba con dificultad, y Sol estaba convencida de que tanto a él como a su hijo se les estaban congelando los pies. El que tampoco tenía muy buena cara era Rosenthal, que estaba completamente blanco; por eso le frotó el cuerpo con fuerza para devolverle los colores a la cara. También les ofreció a él y al resto terrones de azúcar y huevos duros, algo complicado en medio de las ráfagas de la borrasca.

—¿Está mejor, señor Rosenthal? ¿Le duele la herida? —gritó para que la oyera entre los bramidos de la ventisca.

—Por mí no se preocupe, señorita Mentruit —dijo con una serenidad y una confianza extrañas—. Llegaré a Andorra, aunque sea arrastrándome.

—¡No entiendo qué hacemos aquí arriba! —gritó Samuel—. Mi padre está muy mal, ¿es que no vieron que no podía subir esta montaña? ¡Hubiera sido mejor volver atrás!

El chico frotaba los hombros de su padre, que no se rehacía del esfuerzo sobrehumano que había tenido que hacer.

—Más vale que se calle —dijo Allier, que claramente se estaba aguantando las ganas de mandarlo a freír espárragos—. O me encargaré personalmente de hacerlo rodar monte abajo.

—¿Cómo? ¿Que me calle? —respondió indignado Samuel—. Esta mujer nos ha hecho hacer una subida que casi mata a mi padre y...

—Esta mujer les acaba de salvar a ambos la vida, ¡inútil! —respondió Allier con la boca temblorosa y los labios morados.

—Nunca hubiera esperado darle la razón a un francés, pero estoy de acuerdo —dijo Richard, que ni bajo aquella temperatura endemoniada que le hacía chasquear los dientes era incapaz de abandonar su tono pícaro—. Si nos hubiéramos quedado allí o hubiéramos vuelto atrás, los alemanes nos habrían atrapado. Y si este joven de sangre caliente les hubiera disparado —remarcó señalando a Roger—, probablemente ahora todos tendríamos el cutis azul y un agujero en la nuca.

—Antes me hubiera llevado a alguno a la tumba, de eso puedes estar seguro, amigo... —dijo el francés, que comía pan con embutido a grandes bocados.

Samuel se quitó una petaca del bolsillo, pero, cuando iba a beber, Sol lo frenó.

—No —le ordenó—, nada de alcohol.

—¡No jodamos que encima es una puritana! —espetó el judío, que ya tenía la petaca en la boca. Sol se la tiró al suelo de un manotazo.

—Una vez mi tío, mis hermanos y yo nos encontramos en una tormenta como esta y si sobrevivimos fue porque seguimos sus consejos. Nada de alcohol, solo agua. Mantened el cuerpo lo más caliente posible, es preferible el aire frío que el agua en contacto con la piel, o sea, que, si tenéis una parte del cuerpo mojada, cambiaos o, sencillamente, tirad la prenda.

Samuel la miró de mala gana.

—Escuchadme bien —continuó Sol—. Deberemos modificar el plan inicial y hacer una ruta diferente para evitar a los alemanes. Esto implica ir por un camino mucho más elevado y complicado, y con esta ventisca que sopla os puedo asegurar que será duro.

—¿Cómo de duro? —dijo Richard—. Raquel está muy cansada...

—Ya lo sé —respondió Sol sin esconder su preocupación—. No podemos quedarnos aquí. Si me seguís y hacéis todo lo que diga, lo conseguiremos, pero hay dos leyes sagradas arriba en la montaña y tendréis que respetarlas si queréis continuar con vida: si no tenemos refugio, no podemos parar nunca de caminar. Esta es la primera. Si nos detenemos, el frío penetra dentro del cuerpo, podemos adormecernos y corremos el peligro de no poder levantarnos y morir congelados. La segunda ley es ir todos juntos siempre, nadie se puede desviar del camino que yo trazo, aunque le parezca que estoy dando vueltas. Quiero que me miréis todos a los ojos y me digáis que lo habéis entendido.

Iluminados por aquella linterna, más que rostros humanos parecía que la estuviera mirando un conjunto de espectros de ojos grandes y cejas y barbas blanqueadas por el hielo. Todos asintieron con más o menos ganas y a continuación iniciaron la ruta por la cresta con un mal presagio: si salían de ese infierno, sería un milagro.

La ventisca había empezado a levantar la nieve con una violencia inaudita, tanto que una de las ráfagas los hizo caer al suelo y, uno por uno, con otro sobreesfuerzo titánico, volvieron a enderezarse y proseguir.

—¡Cogedla! —gritó Sol.

Les tiró una cuerda lo suficientemente larga para que todo el mundo pudiera aferrarse y obedecieron. La larga cadena humana avanzaba a ciegas y muy despacio contra esa fuerza desatada que los desequilibraba. En ese momento preciso, no pudo decir por qué, Sol sintió la urgencia de incrementar el ritmo de la marcha, como si detrás los amenazara una fuerza intangible y oscura de la que debían huir. «Céntrate, Sol», se dijo. Era evidente que los nervios y el cansancio le estaban jugando una mala pasada. Aun así, la sensación no desaparecía.

El espesor de la nieve iba subiendo y los que no llevaban raquetas se hundían a cada paso, lo que ralentizaba el avance y los iba debilitando muy rápido, pese a que los que más tiraban ayudaban a los demás a seguir adelante. El viento iba cambiando de dirección y los golpeaba por donde menos lo esperaban. Sol ayudaba a Raquel, que avanzaba con dificultades. Ella misma se notaba todos los miembros congelados, como si le estuvieran clavando mil agujas en las manos y los pies, y tenía la cara totalmente insensibilizada; pero a pesar del dolor sabía que no podía parar ni reducir la marcha. Según sus cálculos, debían haber pasado ya el Pas des Egues y quedaba todavía un buen tramo a una altura elevadísima que los exponía aún más a la borrasca.

Hacía rato que se había hecho de día, pero como la tormenta era tan intensa y la nieve los rodeaba por todas partes, no notaron mucha diferencia. En un momento dado, Sol sacó otra cuerda más corta, la ató a la cintura de Raquel y el otro extremo a la suya, por lo que la obligaba a andar sin tregua y se aseguraba de no perderla. De vez en cuando, se volvía para comprobar que todos seguían cogidos a la cuerda y hacía un recuento rápido. Y también, aunque intentaba luchar contra aquella idea obsesiva, por ese presentimiento funesto que no la abandonaba. «Aquí detrás hay algo. Una amenaza.»

Inmersa en esos pensamientos, no se había dado cuenta de que, en lugar de siete, ahora eran cinco. Joseph y Samuel no estaban allí.

—¡Deteneos! —gritó.

Todo el mundo se detuvo. Sol deshizo la cuerda que la unía a Raquel y desanduvo el camino unos metros por si los veía. Un poco más allá, en medio de la grisura, los distinguió.

—¡Debemos seguir adelante! —les gritó.

—¡Nosotros bajamos por aquí! —dijo el hijo—. Mi padre ya no puede más y queremos volver hacia abajo. Allí no soplaba tan fuerte la ventisca.

—¡No! —gritó ella—. ¡Ahí abajo hay un barranco! ¡No podréis bajar!

—¡No creemos nada de lo que usted nos diga! —dijo Joseph con la voz fatigada—. ¡Déjenos en paz!

—¿Qué está pasando? —preguntó Richard, que se les había acercado—. ¡Si nos quedamos quietos moriremos congelados!

—¡Vamos! —gritó de nuevo Samuel—. Si quiere venir con nosotros, es bienvenido. ¡Esta chica no sabe lo que hace! ¡Ya tenemos suficiente!

—La verdad es que aquí arriba no aguantaremos mucho más —apreció Richard. Y dirigiéndose a Sol, dijo—: Quizá no sea tan mala idea bajar...

—¡Debemos aguantar! —lo cortó ella, impotente—. ¡No hay otra salida! ¡Todo son barrancos!

Padre e hijo iniciaron el descenso por un tramo de montaña, pero era imposible ver nada de lo que había más abajo, las ráfagas de nieve lo impedían.

—¡Les digo que no bajen por ahí! —insistió ella desde la cresta—. ¡Hay un precipicio!

Ambos hombres no se inmutaron. Y entonces se oyó un disparo. Sol había disparado el arma hacia el cielo. Padre e hijo se volvieron con un estremecimiento.

—¡Vuelvan ahora mismo! —repitió ella, impotente.

—¡Tranquila! —gritó Richard con los brazos levantados para calmarla—. ¡Baje el arma!

Joseph la miró desafiante. Después, volvió a girarse y, al dar un paso adelante, patinó y su cuerpo cayó rodando montaña abajo hasta que aquella nube gris de nieve lo engulló del todo. Samuel se quedó petrificado.

—¡Padre!

Sol se guardó la pistola y corrió hacia él con las raquetas, pero se detuvo justo frente a un enorme boquete del que no se veía el final, por mucho que enfocaba la linterna.

—¡Señor Schwabb! —gritó Richard detrás de ella.

—¡¡Joseph!! —dijo Sol, desesperada.

Como respuesta, solo se oía el poderoso silbido de la ventisca, que parecía reírse de todos ellos.

—Déjelo, señorita Mentruit —dijo Richard—. Está muerto.

Samuel, que todavía estaba en estado de shock, quiso acercarse al abismo, pero el americano se lo impidió.

—¡Déjeme! ¡Padre! —gritaba el chico, afanándose por deshacerse de las manos del piloto—. ¡Padre!

—Tu padre ya no está, chico, lo siento —le dijo con aspereza—. Y si nos quedamos aquí quietos, dentro de nada nosotros tampoco estaremos y a mí me gustaría llegar a ver los prados verdes de Andorra, así que, si quieres continuar celebrando el *sabbat*, ¡haz el favor de seguir adelante!

Lo cogió por la solapa y lo hizo caminar sin demasiados miramientos. Después le dedicó un gesto de asentimiento con la cabeza a Sol, dándole a entender que a partir de ese momento no la cuestionaría más. Ella tenía el mando de la expedición. Richard y Samuel fueron a unirse al grupo, pero a Sol algo la mantenía paralizada en aquel punto donde había desaparecido Joseph. ¿Había sido todo por su culpa? ¿Debería haber sido más severa? Lanzó una última mirada al precipicio y se volvió para atrapar al grupo, que ya prácticamente ni distinguía, cuando, inesperadamente, lo vio a pocos metros. Era solo una sombra borrada por la ventisca, pero sin duda se movía. E iba hacia ella. Se frotó los ojos por si la figura desaparecía. No. Cada vez la tenía más cerca cuando, de repente, oyó un disparo y notó la vibración de una bala junto al brazo derecho. Con las manos rígidas por el frío, intentó sacar la pistola del interior de la chaqueta, pero se dio cuenta de que no lo lograría a tiempo y se echó al suelo. Otro disparo. Habría jurado que esta vez le había pasado por encima de la cabeza. Entonces oyó cómo Richard gritaba algo desde la lejanía, pero su voz se confundía con el concierto de soplidos y silbidos que orquestaba la ventisca con toda su virulencia. Así que era cierto, alguien los había estado siguiendo todo ese tiempo, no eran imaginaciones suyas. «No tengo ninguna posibilidad.» Estaba en el suelo, incapaz de moverse, y la figura, fuera quien fuera, se le estaba acercando con un arma en la mano. Cuando ya lo tenía a tan solo un par de metros le vio la cara. Esa cara medio deformada por las cicatrices que le habían producido las bubas era inconfundible. Berkane, el cazador implacable que no dejaría a una presa ni en aquellas circunstancias calamitosas, finalmente la había encontrado. Se oyó otro disparo, aunque esta vez venía de detrás de ella, y vio cómo impactaba en el brazo del hombre, de modo que el arma que sostenía salió volando y se perdió barranco abajo. Le había disparado Richard, estaba segura, pero debía de estar todavía demasiado lejos, no podía esperar su ayuda de forma inmediata. Intentó levantarse, pero las piernas le resbalaban una y otra vez. Berkane se había agachado y caminaba a cuatro patas para evitar ser un blanco fácil. Se acercaba a gran velocidad a pesar de las ráfagas de viento. En menos tiempo del previsto, ya lo tenía encima. Esa cara contrahecha estaba a solo un palmo de la suya. Y la mano buena le apretaba fuerte la garganta. La presión se intensificaba. Sentía su estertor pegado a la oreja, seguramente por el esfuerzo que hacía para estrangularla.

—No te escaparás, mala puta. He venido de muy lejos para matarte.

Sol empezó a ver puntos blancos, no podía respirar y el dolor en torno al cuello le quemaba como una corona de fuego, a pesar del hielo. Sin dejar de luchar por librarse de la opresión que la asfixiaba, con la mano que le quedaba libre intentaba llegar al interior de la chaqueta. Buscaba el arma, desesperada. Por fin, el tacto duro del metal. Notaba la sangre en los oídos y el cerebro a punto de explotar. Estaba ciega. Sin saber muy bien qué hacía, apretó el gatillo. La presión alrededor del cuello cedió y Sol tomó unas cuantas bocanadas de aire con la boca abierta y se quedó unos instantes tumbada con el peso de aquel hombre encima. Durante unos segundos su vida había pendido de un fino hilo y se dio cuenta de que, al fin y al cabo, quizá todo había confluido en ese punto por alguna razón que se le escapaba: la parabellum que Baldrich le había regalado tiempo atrás, las clases de tiro con Forné, todo cobraba sentido. Notó cómo le quitaban el peso de encima y Richard le disparaba al hombre dos tiros en la cabeza mientras Roger intentaba reanimarla. Las lucecitas desaparecieron, pero el corazón aún le latía desbocado.

—No podemos quedarnos aquí, Sol, o moriremos —le dijo el piloto implorándole con la mirada.

Ella respiró intensamente tres o cuatro veces más y, haciendo un sobreesfuerzo y con su ayuda, puedo levantarse. Necesitó apoyarse en ambos hombres hasta llegar al grupo, que estaba bastante adelante. Todo el mundo había podido ver la escena, pero nadie podía destinar energía a confortarla, tenían que guardarla para lo que todavía los esperaba. Solo Raquel le dedicó un abrazo débil. En cuanto Sol volvió a situarse al frente de la fila, se ató la cuerda a la cintura que la unía con ella y reanudó la marcha.

41

La muerte de Joseph y el asalto de Berkane significaron un duro golpe para el estado de ánimo y las fuerzas de todo el grupo. Además, a muchos de ellos se les habían acabado las provisiones porque no las habían racionado. Sol había empezado a preocuparse de verdad por Raquel, que prácticamente no hablaba y parecía desorientada. Aunque la llevaba atada, cada vez le costaba más tirar de ella. Richard ayudaba a Rosenthal, Roger iba detrás de Allier, atento a sus movimientos, y Samuel caminaba a duras penas en la cola del grupo. En ese momento no se veía nada a tres metros, el espesor de la nieve era altísimo y Sol tuvo que detenerse para comprobar el mapa con la brújula por enésima vez. No se atrevía a admitirlo, pero temía haberse perdido. Hacía rato que deberían haber llegado a la cabaña de Unarde y entonces ya solo les quedaría virar hacia el oeste y descender hasta el lago de Peryegrand. Se aferró a la esperanza de que tarde o temprano encontrarían la borda, que quizá habían avanzado más despacio de lo que le parecía y que había perdido la noción del tiempo. No era difícil en ese estado, en el que los sentidos estaban totalmente anulados. El peligro eran las placas de hielo, porque las fuertes ventoleras habían levantado la nieve del suelo y a veces no las veía hasta que ya las estaba pisando. Notaba que sus fuerzas también estaban llegando al límite; aparte del dolor que sentía alrededor del cuello por el ataque de Berkane, no notaba ni los pies ni las manos. En aquel momento le cruzó por la cabeza un pensamiento huidizo, estúpido dada la situación, que era cuánto le gustaría caminar por las montañas nevadas de Bescaran con Max. Por desgracia, nunca podrían hacerlo porque su vida acabaría allí, en medio de aquel infierno de ventisca, enterrada bajo varios metros de nieve. Sí, por fin descansaría... ¿Qué lugar mejor que aquel para hacerlo? Dormiría y sería feliz por poder cerrar los ojos...

—¿Nos hemos perdido? —preguntó Raquel. Su voz apenas se oía entre los bramidos de la ventolera.

Aquello hizo regresar a Sol a la realidad y se dio cuenta de lo que ocurría. Ella también estaba perdiendo su particular batalla frente a la ventisca. Estaba entrando en ese estado de embriaguez que podía llevarla a perder la cabeza, sentarse para descansar y no volver a incorporarse... Levantó la cabeza y vio un puntito entre el torrente de copos de nieve. El sol. Sus débiles rayos no podían atravesar la borrasca, pero era un pequeño faro que le estaba diciendo que no se rindiera.

—No, ¡no nos hemos perdido! —mintió.

Pero lo cierto era que ya no sabía dónde estaban, ni si el rumbo que habían cogido los llevaría a la salida de ese infierno o a adentrarse todavía más en él. Aun así, siguió adelante. Sentía dolor en todos y cada uno de los músculos de su cuerpo. Notaba cómo la sangre gélida le corría por las venas y le enfriaba el corazón. Sí, se habían perdido. Tragó saliva y notó un sabor amargo. Ahora ya era un hecho que morirían todos congelados aquella noche. Notó una lágrima en la mejilla que se heló al instante. Se volvió y todos la seguían, pero podía ver la muerte grabada en esos rostros. Y a pesar de aquella desolación absoluta, una vocecita insistente no paraba de repetirle: «Venga, Sol. Un poco más. Solo un poco más».

De repente oyeron un grito. Se giró y vio cómo el suelo se resquebrajaba y separaba a Samuel, Roger y Allier del resto del grupo. En medio de la nieve había aparecido una enorme grieta que se había desprendido hacia abajo de la montaña, arrastrando a los tres hombres, que desaparecieron entre la niebla de copos.

Sol se desató de Raquel y ella y Richard corrieron a ver qué había pasado. Los localizaron un poco más abajo: Roger ya se había levantado y ayudaba a Allier a incorporarse, pero Samuel había resbalado y se había quedado atrapado entre dos piedras, justo en la boca de un desnivel que parecía insuperable. Gritaba de dolor, así que le hicieron un reconocimiento rápido y el americano, con gestos para no desperdiciar energía gritando, les dio a entender que tenía la pierna abierta.

Sol tuvo que frotarse los ojos para apartarse las gotitas congeladas que se le habían formado en las pestañas y poder verlo mejor. Efectivamente, tenía los pantalones rasgados y un corte limpio de unos veinte centímetros que dejaba entrever el hueso, pero eso no era todo. Le bajó los calcetines y constató que tenía el pie muy enrojecido y con ampollas fruto de la congelación. Los tres se miraron con preocupación.

—¡Ya lo llevo yo! —dijo Richard.

El americano se cargó a Samuel a la espalda con un gran esfuerzo e, inmediatamente, se hundió en la nieve hasta más arriba de las rodillas. Sol le indicó que esperara y luego se quitó las raquetas y se las dio. Pensó que con el peso que debía cargar le harían más falta a él. El hombre se las ató rápidamente a las botas y continuaron. Cuando Roger trató de cogerle la mochila a Allier, este lo rechazó, pese a las escasas fuerzas que le quedaban, a juzgar por la lentitud con la que se movía. Realmente, aquel hombre tenía el sentido del deber más firme que Sol hubiera visto nunca en nadie.

Ya no oía la ventisca, su melodía diabólica se le había metido tan adentro de las orejas que formaba parte de su pensamiento. Los ojos congelados en las cuencas. Se quedaría ciega. Ciega a la luz y al dolor. Aquello la reconfortó. Si al menos el dolor pudiera desaparecer...

Notó que la cuerda se frenaba. Raquel se había detenido. Parecía que se estaba quitando la ropa. Había oído a Baldrich contar que el frío te acaba entrando tan adentro que te desorienta y te hace enloquecer hasta el punto de creer que hace calor. Enseguida la tapó de nuevo como pudo. Entonces, le quitó las raquetas, se las ató a sus pies y se la cargó a la espalda. El dolor era insufrible, pero no desfallecería, todavía no. «Debo salvarla.»

—¡No te rindas! —la espoleó, casi sin ánimo. La chica se agarraba débilmente a ella.

—¿Quién eres? —le preguntó, totalmente desorientada.

Una nueva oleada de pánico. La perdía. Tenía que sacarla de esa montaña diabólica, así que siguió caminando, con los músculos agarrotados como nunca. Temblaba tanto que le castañeteaban los dientes y en un momento dado vomitó, pero no se detuvo. Uno, dos, uno, dos. El peso de Raquel la hundía un paso tras otro. Andar era un martirio. Uno, dos, uno dos. Respirar era un martirio. Uno, dos, uno, dos. Cada centímetro, una victoria. Cada latido, un segundo más de vida. Un paso. Y uno más. Solo otro más.

—Padre Nuestro que estás en los cielos, santificado sea tu nombre...

Había empezado a recitarlo sin darse cuenta de que las palabras eran arrastradas por la ventisca en cuanto salían de su boca. Ni siquiera podía oírlas.

—Venga a nosotros tu reino. Hágase tu voluntad, así en la tierra como en el cielo...

Allier, que caminaba ayudado por Roger muy cerca de ella y a quien le debía de llegar alguna de esas palabras desesperadas, que pudo identificar, empezó también a rezar, en francés:

—El pan nuestro de cada día, dánoslo hoy. Y perdona nuestras deudas, así como nosotros perdonamos a nuestros deudores... —rezaban ambos.

No podía dejar de decir un padrenuestro tras otro, como si el ritmo de aquella oración le marcara el paso.

—Y no nos dejes caer en la tentación...

Los pies hundidos en la nieve. Polvo blanco que la enterraría y podría descansar. Descansar.

—Mas líbranos del mal... Amén.

Descansar.

Y entonces notó un pequeño cambio.

Sí, no era un espejismo fruto del cansancio: de forma casi imperceptible, el terreno había empezado a bajar. A medida que descendían, la ventisca iba menguando y las ráfagas de nieve que los azotaban por todas partes no eran tan inclementes. Y al cabo de un rato, el desnivel se hizo más acusado y la ventisca aflojó tanto que pudieron ver cómo frente a ellos se abría un lago gigante y helado rodeado de montañas. Sol estuvo tentada de pellizcarse para comprobar si aquella imagen era real. Cuando llegó junto al lago, soltó delicadamente a Raquel en el suelo y le pareció que su cuerpo se elevaba hasta el cielo. Richard, que había hecho buena parte de la travesía con Samuel medio inconsciente a hombros, también lo dejó en el suelo para recuperar fuerzas. Tenía la cara enrojecida y unas ojeras muy profundas. Se arrodilló, sacó la cruz que Sol le había visto en la cripta de Toulouse y la besó.

—¿Dónde estamos? —preguntó Allier, que se aferraba a Roger.

Rosenthal tenía más el aspecto de cadáver que de ser vivo, pero mantenía en la mirada la resolución del día de la partida. Antes de decir nada, Sol cogió de nuevo el plano y la brújula para comprobar que su intuición era correcta y dijo:

—Es increíble... Increíble... Hemos caminado mucho más de lo que yo pensaba. Esto de aquí es el Estany Blau... —exclamó con tanta emoción en la voz que apenas le salían las palabras—... y allí detrás... está Andorra.

La chica también se dejó caer de rodillas en el suelo y se echó a llorar, como casi todos los miembros del grupo. Se habían salvado.

Sol no se podía creer que hubieran recorrido toda esa distancia pasando por cumbres y montañas; después de quince horas de ruta el trayecto realizado superaba de largo lo que era humanamente posible. Los hombres y mujeres del grupo recuperaron la esperanza en los ojos y, a pesar de las pocas fuerzas, el frío y el dolor extremo, se abrazaron. Como si la ventisca les concediera un regalo de bienvenida, prácticamente dejó de soplar del todo, lo que les permitió bordear el lago con mucho más vigor, a pesar de que el sol se estaba poniendo y no tardaría nada en caer la noche.

Cuando ya habían dado la vuelta al lago y empezaban a subir el camino rodeado de rocas descomunales que conducía al collado del Siguer, oyeron a un perro ladrando y todos levantaron la cabeza.

—¡Alemanes! —exclamó Roger.

Aceleraron el paso y Sol aprovechó para echar pimienta a su paso. Se subió a una de aquellas rocas y, muy lejos todavía, en medio del largo valle que se abría delante y que conducía al pueblo de Siguer, de donde habían salido, pudo ver claramente unas figuras oscuras que resaltaban en medio del blanco de la nieve y que se les acercaban más deprisa de lo que hubiera querido. A la fuerza debían ser Dreyer y su tropa. Y de repente comprendió la determinación que los había hecho tristemente famosos; eran cazadores de fugitivos y les gustaba la sangre, como bien había demostrado Berkane, así que no pararían hasta obtener su presa. Caminaban deprisa, demasiado deprisa. A medida que se acercaban podía distinguirlos mejor y, más animada, constató que solo había tres hombres. «Uno ya está muerto y no lo sabéis.» Pero ¿y los dos que faltaban? Trató de ser positiva; quizá también se habían perdido en la tormenta y contra tres podrían vencer si, como era de prever, Richard era buen tirador.

Sin embargo, cuando doblaban una curva del camino bordeando una de esas rocas gigantescas, todas las esperanzas del grupo estallaron en mil pedazos. Plantado allí delante, como si los hubiera estado esperando, el capitán Dreyer los apuntaba con una pistola. El temblor de la mano era más acusado que otras veces. «La enfermedad avanza.» Efectivamente, algunos de sus rasgos revelaban un empeoramiento general:

los ojos azules ahora habían enrojecido y esa frente serena, que no se había arrugado cuando intentó matarla en el hostal Escaldes, mostraba un par de venas hinchadas. Llevaba el sufrimiento dentro, probablemente a causa de la sífilis que lo devoraba. Pretendía ser un soldado victorioso que había atrapado un botín, pero era un hombre desesperado que luchaba contra un veneno interno, y eso lo hacía aún más imprevisible. Sonreía como había hecho antes de reventarle la cabeza a aquel chico en la estación; una sonrisa que resultaba aterradora por todo lo que escondía. Sol y Richard hicieron ademán de coger las pistolas y Allier, con una reacción completamente inútil y desesperada, se dio la vuelta y echó a correr por donde había venido. Dreyer, calmadamente, apuntó y le pegó un tiro en la parte posterior de la cabeza que lo mató al instante. La mochila cayó con él y el resto levantó los brazos, estupefacto. En un francés más que deficiente, Dreyer dijo:

—¡Sacad uno por uno las armas y tiradlas al suelo! ¡Uno por uno! Ya habéis comprobado que tengo buena puntería.

Richard y Sol obedecieron, muy lentamente.

—Así me gusta. Si hacéis lo que os digo, no debéis tener miedo por vuestras vidas. Esperaremos a que llegue mi unidad y volveremos a Francia.

El tiempo quedó suspendido, al igual que los sentidos. Aquel dolor que hasta hacía solo unos minutos le martilleaba los pies, las manos, la espalda... todo desapareció. Solo existían aquellos ojos impasibles y secos que no dejaban de observar, atentos a cualquier forma de rebelión. Sol oía tras ella el llanto de Raquel y casi podía notar la desesperación de Rosenthal, la rabia de Roger, el dolor de Samuel, el pesimismo de Richard, la exasperación de todos ellos, que habían creído posible llegar a la tierra prometida que ya tenían cerca. El cuerpo del lugarteniente Allier en el suelo con un agujero en el cráneo les advertía que aquello no era ninguna broma, que todo había terminado. Que era el fin.

De repente, otro disparo sacó a Sol del estado de shock en el que se encontraba. Pensó que la bala la había atravesado, pero se tocó y, desconcertada, comprobó que no estaba herida. Para sorpresa de todos, Dreyer se desplomó. A su alrededor se iba formando un charco de sangre que se esparcía sobre el blanco de la nieve. Nadie se atrevía a moverse. El ruido de la bala había venido justo de detrás del grupo, y todo el mundo se dio la vuelta poco a poco hasta clavar las miradas en una persona que había aparecido precisamente de la misma dirección de donde provenían ellos y que tenía el cuerpo de Allier a sus pies. Aún mantenía la pistola en alto. No, los ojos no la engañaban. «Era Max.» El sargento Schell había disparado a Dreyer. Tenía un aspecto demacrado, con el cuerpo encorvado, la cara sonrojada y los labios destrozados por el frío, exactamente igual que todos ellos. Y entonces lo entendió. Max también bajaba de lo alto de la montaña, iba detrás de ellos. El chico miraba a Sol de hito en hito, como si no existiera nadie más a su alrededor. Sin que ninguno tuviera tiempo de reaccionar, Dreyer, mal herido, pero todavía vivo, levantó la pistola con un gesto ágil y disparó a Max, que cayó en la nieve. Todo el mundo se echó al suelo menos Sol y Richard. Este último cogió deprisa la Colt que había dejado sobre la nieve y descargó todas las balas en el cuerpo del oficial alemán a medida que se le iba acercando. Las salpicaduras rojas dibujaron un siniestro mosaico alrededor del capitán. Sol, ante la mirada incrédula de los miembros del grupo, corrió hacia Max, que yacía con la pierna ensangrentada, y se fundieron en un eterno abrazo.

—Sol... —dijo él agarrándole la cara entre las manos—..., ¿estás bien? ¿Cómo has podido cruzar por arriba? ¿Cómo has podido...? No tienes ni idea de lo que has hecho, nadie más ha conseguido nunca nada igual... No podía creer que estuvierais vivos.

La chica le tocaba la cara, el cuerpo, como si quisiera asegurarse de que era real, y no un espejismo fruto del cansancio.

—Déjame ver la pierna —dijo ella con los ojos llenos de lágrimas—. No es grave, pero debería verte un médico y...

Él sonreía.

—Te he echado tanto de menos...

—Necesito un trozo de tela para frenar la hemorragia —continuó Sol como si nada. Le rompió el pantalón con las manos para improvisar una venda y Max hizo una mueca de dolor.

—Sol —dijo él cogiéndole la mano—. Te he echado de menos.

—Sí, sí, ya te he oído... —respondió ella agobiada mientras continuaba vendando—. Quizá necesitarás puntos... Sí, eso seguro...

—No me vas a contestar, ¿verdad? —insistió Max. Esta vez le agarró las manos y la mirada de súplica que le lanzó le rompió el corazón.

—¡Claro que te he echado de menos! ¿O qué te pensabas? —replicó enfadada.

Max la cogió por la nuca y la acercó a sus labios, que la ventisca había cortado. Con apenas aquel contacto, la chica sintió cómo todos los músculos del cuerpo se le deshacían y se separó para coger aliento, para volver a mirarle el fondo verde de los ojos y asegurarse de que todo aquello no era un sueño. Estaba pálido, demacrado y tenía los ojos hundidos, pero sin duda era él. Echó un vistazo al grupo y constató que Richard y el resto rodeaban el cuerpo sin vida de Allier y se aseguraban de que el oficial alemán estuviera muerto.

—Si estás tan enfadada conmigo es porque ha pasado algo... —adivinó Max—. ¿Has dudado de mí, no es así? ¿Qué ha pasado esta vez?

Una vez más, la leía, la atravesaba. Ella asintió.

—Por qué siempre debes saberlo todo... —No era una pregunta, más bien se lo decía a sí misma—. Cuando cayó la red, Nico nos dijo que tú eras quien nos habías delatado y todo el mundo le creyó, y yo... yo al final también —confesó, avergonzada—. Ahora sé que fue Nico quien nos delató, pero... ¿por qué apareces aquí con Dreyer? ¿Por qué vienes de arriba de la montaña y no con el resto de la patrulla? ¿Nos seguías? Por favor, dime la verdad, no puedo volver a dudar de ti. No quiero volver a dudar de ti.

—Es una larga historia... Y tenéis que marcharos... Los demás soldados habrán oído los disparos y no tardarán en llegar.

—¿Qué haces aquí, Max? —exigió—. Quiero la verdad.

Él suspiró.

—Nico avisó al capitán Dreyer de que habías descubierto que trabajaba para la Gestapo y decidieron que debían matarte para que no informaras a Viadiu y este al servicio secreto británico. El polaco es un activo muy importante para ellos, tener a alguien en una red como la andorrana no se consigue en dos días y les aportaba información muy valiosa. Así que Dreyer y Berkane viajaron deprisa hacia el sur y, una vez en Tarascon, buscaron soldados para formar una patrulla y hacer la ruta más probable por ser la más difícil en esos momentos, la de Siguer, por si os encontraban. A mi amigo austríaco, Lefleur, aquel que sacó a tu hermano de la cárcel, le saltó la alarma cuando le llegó la noticia de que Dreyer buscaba a una mujer con el mismo apellido que Salvador: Mentruit. Como sabía que yo tenía interés, me avisó y fue entonces cuando conocí la traición de Nico y que te buscaban a ti y por qué. Conduje como un loco para llegar a Tarascon a tiempo y presentarme voluntario en el equipo de búsqueda y, de hecho, estuvieron contentos de contar con un Gebirgsjäger que los ayudara a guiarse por la montaña.

—Entonces, ¿tú eres uno de los soldados que vimos en Bouychet con Dreyer y Berkane...? No te reconocí.

—Pero yo a ti sí, y procuré despistar a los demás para daros tiempo a subir la montaña. Cuando te vi andar hacia arriba para huir... ¡No sabes cómo te odié! Ibas directa a una muerte segura, o al menos eso pensaba en ese momento.

—¿Me odiaste...? —preguntó ella con una sonrisa.

—Mucho. Más que nunca. Era imposible que con aquella ventisca sobrevivieras y, aun así, tú, tozuda, hacia arriba. Berkane en aquel punto enloqueció de rabia y se lanzó a perseguirte, totalmente cegado por satisfacer a su jefe, Dreyer, y yo...

—Tú lo seguiste a él.

—Sí, y Dreyer estuvo encantado con la idea de que yo, con mi experiencia, pudiera ayudar a Berkane y así atraparos, pero lo que yo quería era eliminarlo en cuanto estuviéramos arriba y sin testigos. Por desgracia, una vez en la cresta, un golpe de viento me hizo resbalar por una pendiente y por poco me abro la cabeza. Conseguí agarrarme a una roca en el último instante, pero cuando llegué de nuevo arriba, Berkane me llevaba mucha distancia y comprendí que sería muy difícil atraparlo, pues en su carrera para cazaros no me esperó. Encontré una borda llena de refugiados muertos, el hijo de puta se los debió de cargar. —Por un momento, los ojos se le humedecieron, conmovido—. Luego seguí como pude y pensé que yo tampoco saldría con vida de este infierno de nieve. Solo me consolaba pensar que tú tenías mucha más experiencia en la montaña que ese canalla y que con un poco de suerte moriría antes de atraparte. Me aferraba a eso para no desesperarme y continuar adelante.

—Está muerto —dijo orgullosa—. Lo he matado.

Max suspiró aliviado y, con delicadeza, le recogió una lágrima de la cara con el dedo. Ella volvió a besarlo, esta vez con más ternura.

—No es que no esté a gusto —susurró él con los labios aún pegados a los suyos—, pero tenéis que iros.

—¿Qué cojones está pasando aquí? —preguntó Richard apuntando a Max con la Colt.

—Baja el arma, Richard. Nos ha salvado, ¿es que no lo has visto? —exigió ella con voz firme.

—Sí, lo he visto. Si no, ahora mismo su cerebro estaría esparcido por la nieve —replicó el hombre, con sorna—. No sé quién es, ni quiero saberlo porque tenemos que poner tierra de por medio.

—Los disparos se han oído por todas partes y los alemanes estarán a punto de llegar —apuntó Rosenthal con la voz débil desde donde estaba.

—¡Nazi hijo de puta! —Roger iba hacia Max, pero Richard lo detuvo.

—Frena, Roger. Este hombre ha matado a su superior para salvarnos y puedo imaginarme por qué

—dijo lanzando una mirada cargada de complicidad a Sol—. Vamos, no podemos dejar a Allier allí en medio. Al menos, apártalo del camino, haz el favor.

Roger, absolutamente abatido, lo obedeció mientras musitaba entre dientes:

—Para mí sigue siendo un nazi cabrón de mierda...

—Diré a los soldados que el guía ha matado a Dreyer y que a mí me ha dejado mal herido —dijo Max.

—¿Cómo? No, no —dijo Sol, desquiciada—, ¡no voy a separarme de ti! ¡Ven con nosotros! ¡Podemos escaparnos! —A medida que lo decía, una idea iba adquiriendo cuerpo—. ¡Viadiu! ¡Le puedo pedir que me ayude a falsificarte un pasaporte a través del Consulado Británico y más tarde huir a América o donde sea!

Después de tanto tiempo, volvía a sentir algo en su interior muy parecido a la esperanza, y la manera en que la miraba Max, con una ternura infinita, la convenció todavía más de que todo lo que decía era posible.

—No podemos cargar con él —constató Richard—. Apenas podemos continuar los que somos ahora.

Señaló a Samuel, Rosenthal y Raquel, quienes estaban tumbados en la nieve, agotados por completo.

—¡Nos lo tenemos que llevar! —Sol miró al piloto con los ojos desorbitados, buscando su complicidad—. ¡Richard! Nos ha seguido por las montañas para librarnos de ese animal. ¡Y al final nos ha salvado! ¡Se lo debemos! —exclamó desesperada.

—Escúchame bien, Sol. —Max se incorporó un poco y la cogió por los hombros—. He contado que al menos tienes a tres personas en el grupo que necesitan ayuda, y uno de ellos está muy grave. Yo aún os retrasaría más y esto podría causar la muerte de alguien —insistió con vehemencia—. No pasa nada por esperar un poco más. Iré al hospital en Foix y cuando esté bien te iré a buscar a Bescaran. —Él también estaba esperanzado y su fe era pegadiza—. Te lo prometo.

—Pero ¿y si pasa algo? ¿Y si no sale como tú dices?

—Conozco las rutas por la montaña tan bien como tú y no me importa nada ser un desertor de una causa en la que nunca he creído —afirmó clavándole los ojos—. Saldrá bien y nos iremos juntos. Tiene que salir bien.

—Este hombre tiene razón. La herida en la pierna no es grave y tiene una buena coartada. Incluso podrá decir que ha matado a uno de los nuestros —insistió Richard mirando el cuerpo de Allier con gravedad—. A cada minuto que pasa nos la estamos jugando.

—Samuel y Raquel no aguantarán mucho más —añadió Roger, que se les había acercado.

—Señorita Mentruit. —Rosenthal también se había acercado, cojeando—. Hay momentos en la vida en que debemos imponernos a nuestros propios deseos, se lo digo por experiencia, pero es precisamente entonces cuando se puede medir la grandeza de las personas, y estoy seguro, porque a estas alturas puedo decir que la conozco bastante bien, que elegirá la opción más correcta.

Al cabo de unos segundos, Sol asintió. Sabía que esa era la decisión más razonable y también la más dolorosa. Richard se acercó al cadáver de Allier, que reposaba en un punto apartado del camino, le quitó el abrigo y lo cubrió.

—¿Qué quieres hacer con la mochila? —preguntó Roger.

—Dejémosla aquí. No podemos cargar nada más —respondió Richard.

—Por el amor de Dios, marchémonos de una vez —imploraba Samuel.

—¡Esperad! —dijo Rosenthal, que se había aproximado y había abierto la bolsa del lugarteniente—. Si Allier se había tomado la molestia de cargarla todo el camino, ¿no creéis que es por algo?

—Me importa una mierda —replicó Richard—. Sinceramente, Rosenthal, aunque contuviera las joyas de la corona, no me la llevaría.

Tras inspeccionar y abrir el bidón guardado dentro de la mochila, el judío musitó:

—Sabía que Dios lo hacía por algún motivo...

—¿Cómo dice? —preguntó Roger.

Rosenthal, con las energías renovadas, contestó:

—Que ahora lo entiendo todo, amigo. Nuestro destino está escrito y, por un motivo u otro, si estoy vivo es por esta mochila.

—Creo que empieza a delirar... —dijo Richard.

Rosenthal se levantó.

—Soy químico de profesión, señores, y supongo que si les digo que esto es óxido de deuterio no sabrán de qué les hablo, pero les aseguro que lo que contiene esta bolsa puede cambiar el curso de la guerra. Aunque sea lo último que haga, acabaré la misión de Allier y lo llevaré a Barcelona.

—Si está dispuesto a cargarla, usted mismo. ¡Venga, adelante! —ordenó Richard.

Rosenthal cogió la mochila con dificultades y empezó a andar con una resolución que no admitía ninguna objeción.

Mientras el grupo se ponía en marcha, Sol cogió la documentación que le daba Max con su foto y se la guardó, eso debería servir para hacerle el pasaporte. Se secó las lágrimas y se acercó de nuevo a su rostro, lentamente porque quería grabar ese recuerdo y guardarlo vivo en la memoria hasta que volviera a verlo. Le pasó un dedo por la mejilla hasta la barbilla, como si buscara el camino hacia aquella boca que ansiaba y necesitara un guía para llegar a ella. Acercó los labios a los suyos, respiró para quedarse su olor y lo besó con toda la ternura que había guardado en alguna parte muy dentro de su cuerpo y que había protegido con uñas y dientes de ataques, sospechas y miserias. Y soñó con un paisaje extraño y lejano, en un país que no conocía, en una casa suya, en una vida que ya podía tocar con la punta de los dedos.

Se separó y dejó con suavidad su cuerpo en el suelo.

—Hasta pronto, Ninotchka...

—Te espero en Bescaran.

Y sin añadir nada más, Sol se levantó, cogió la mano de Raquel y dio un paso adelante, convencida de que sería el más difícil que le tocaría dar en la vida. Luego vino otro y otro más, hasta que estuvo lo bastante lejos para permitirse llorar. La impulsaba adelante la promesa de un futuro lejos de aquellas montañas. Y con este pensamiento, guio al grupo hasta el collado de Siguer, que escondía detrás la tierra prometida: Andorra.

42

Habían llegado ya bien entrada la noche a una granja de El Serrat, muy cerca de la frontera con Francia, y el dueño, que se presentó como Daniel Fité, al ver el estado deplorable de todos los miembros del grupo, los hizo pasar enseguida. A continuación, despertó a su mujer para que lo ayudara a servir leche caliente porque, según les dijeron, en su estado de congelación no era bueno para el cuerpo comer nada más.

—Aquí no caben todos y necesitan un médico —exhortó a la mujer—. Llévatelos con el carro a La Massana, que no pase como con aquel pobre desgraciado que al final murió.

Daniel les señaló el cementerio, que tenían a la vuelta de la esquina y donde se veía una cruz que sobresalía por encima de las demás con un nombre escrito a mano en el que se leía «Grosjean». Les contó que él mismo se había encontrado a un joven moribundo en la montaña que al poco falleció y que llevaba un documento de identidad con ese nombre. Envió una carta a su madre con una foto de la cruz en el cementerio para que, al menos, «supiera que estaba enterrado cristianamente». Los hizo subir a un carro a todos y les dijo que los llevaba hasta el hostal Palanques, que Sol recordaba que era de la familia de Eduard Molné. El camino fue lento a causa de la nieve y ella lo hizo medio dormida sin poder quitarse la imagen de Allier muerto de la cabeza. Cuando se despertó ya estaban ante el hostal, que desprendía cierta distinción y carácter, con una galería en la fachada con dos vanos que hacían de mirador a la calle, justo encima de la entrada principal. Después de llamar un par de veces a la puerta, el padre de Eduard los fue a recibir y, como si ya estuviera acostumbrado a ese tipo de situaciones, instaló enseguida a los recién llegados en diferentes habitaciones del primer piso.

Al día siguiente, Sol ni siquiera recordaba el momento en que se había acostado, pues se había quedado dormida al instante. Era tarde, lo intuía por la luz que entraba en la habitación, y notó un calor a su lado. Sonrió. Tenía a Raquel bien pegada a su cuerpo. Los colores le habían vuelto a la cara y le acarició la mejilla.

—Qué valiente, pero qué valiente es mi niña —le susurró al oído.

Sabía que se acercaba la despedida, que sus caminos se separarían, y aquello le rompía el corazón. Se levantó y sintió cómo le crujían todos los huesos, no había ni un solo rincón de su cuerpo que no le doliera. Se inspeccionó los pies, pero, salvo alguna llaga, no había señales de congelación. Notó un apetito desmedido, aunque antes de bajar al comedor quiso comprobar el estado de los heridos; los pies de Raquel estaban bien, también llagados, pero nada grave. Luego fue a la habitación donde dormían Rosenthal y Samuel; el primero tenía las llagas habituales en los pies, y le supuraba un poco la herida del brazo, pese a que no parecía infectada. En cuanto a Samuel, confirmó lo que ya sospechaba: que, aparte de una herida feísima, tenía los dos pies congelados. De hecho, ya estaban de color oscuro y probablemente no podrían salvarlos. Aun así, tenía que sumergirlos en agua tibia. Bajó a la cocina del hostal para pedir una palangana cuando, en la recepción, se encontró a alguien que no esperaba.

—Querida Soledat —exclamó Viadiu, que al verla se dirigió hacia ella. La cogió por los hombros, como si quisiera estar seguro de que estaba viva—. ¡Dios mío, es un milagro! ¡Con el tiempo que ha hecho! ¡Me temía lo peor, lo peor! ¡Qué mala cara que trae, por Dios! ¿Seguro que no está herida?

La voz le salía rota por la emoción y los ojos estaban humedecidos.

—No... no, estoy bien, pero ¿qué hace aquí, Viadiu?

—Tenía el cerebro tan dormido y cansado que no era capaz de descifrar por qué el jefe de la red sabía que estarían allí.

—Cuando supimos lo que se disponía a hacer creímos que había perdido el norte, señorita Mentruit, créame.

«La carta», se dijo Sol. Recordó que se la había dejado a Salvador la mañana que se marchó y allí explicaba adónde se dirigía y su propósito.

—¡Dios mío! ¡Cómo se le ocurrió! Pero no le reprocho nada, querida, ya no puedo reprocharle nada después de lo que ha hecho... —dijo el hombre, realmente conmovido—. Tengo un taxi preparado fuera para llevarme a los heridos, pero, sinceramente, estaba convencido de que no saldrían adelante, que llegaría aquí y no encontraría a nadie... ¿El lugarteniente Jacques Allier todavía está arriba durmiendo?

—Allier no lo consiguió —respondió Sol con la

voz quebrada—, pero tenemos su mochila y la llevaremos al Consulado Británico como hubiera hecho él.

—¡Terrible, pobre hombre! Pero al menos podremos terminar su misión... Esta vez la ventisca ha dejado muchos muertos a su paso. Han hallado más de cinco cadáveres en el valle de Rialb y muchos bajan heridos, congelados y llagados... —Se quedó un momento con la mirada perdida y a continuación volvió a sonreír—. Ahora mismo llega el doctor Trias para asistir a los que están más graves, y también vendrá alguien a quien le hará mucha gracia reencontrar... ¡Una grata sorpresa, ya lo verá! —exclamó, contento.

Viadiu la cogió por los hombros de manera paternal.

—La libro de todo el peso de la responsabilidad, querida, a partir de aquí me ocupo yo. Y ahora, hágame el favor de alimentarse, que debe estar muerta de hambre y yo la estoy entreteniendo. Aquí al lado, en el comedor, ya tienen una mesa preparada para comer hasta reventar.

Acababan de bajar Richard, Rosenthal y Roger, que caminaban poco a poco, cojeando, claramente agotados por el esfuerzo físico; el piloto y el militar llevaban sus mochilas, de las que nunca se separaban, y el judío, por supuesto, también cargaba con la bolsa de Allier. Viadiu les indicó enseguida el comedor.

—Hacia allí, sigan todos, por favor. Coman y descansen —se apresuró a decir en francés—. Ya he hablado con el señor Molné y todos los días que se queden aquí para recuperar las fuerzas corren de mi cuenta, así que no se preocupen de nada y pidan lo que necesiten sin andarse con remilgos.

Acto seguido, entró el doctor Trias, que se entretuvo un momento a examinar a Rosenthal y después se dirigió con Viadiu al primer piso para asistir al otro herido. La cocinera les siguió con un barreño lleno de agua tibia.

Sol se quedó intrigada con las palabras de Viadiu sobre alguien que tenía que llegar, pero al ver a Raquel bajando las escaleras con dificultad lo olvidó por completo.

—¡Buenos días! ¿Cómo estás?

La niña corrió y la cogió con fuerza por la cintura mientras le hundía la cara en el pecho.

—Gracias, Sol —susurró—. Sabía que nos salvarías. Lo sabía...

—Tú me diste la fuerza —respondió Sol, emocionada—. Venga, que debes tener un hambre...

Raquel, al oírlo, levantó la cabeza inmediatamente.

—¡Sí! ¡Me muero de hambre!

—Pues allí tienes de todo —dijo Sol mientras señalaba la mesa del comedor donde habían servido el desayuno—. Yo ahora vuelvo, antes quisiera ver cómo está Samuel...

La niña se dirigió al comedor con ímpetu y, justo en ese momento, la puerta del hostal se abrió. Sol se tuvo que agarrar a la silla que tenía al lado. Allí, plantado frente a ella, estaba Nico. Su cara de asombro era un poema. Ni rastro de la sonrisa pícara de siempre. Era evidente que no esperaba encontrarla viva. No lo reconocía, como si ese chico idealista y desganado se hubiera convertido en un ser calculador y falso que ahora estaba intentando encontrar las piezas de un rompecabezas que no entendía.

Con el portazo que dio Nico, Sol salió de su pasmo y se dirigió como una flecha hacia el polaco, que permanecía en la entrada.

—Salud, forastera —dijo este, en un intento torpe de aparentar normalidad.

—Creías que estaría muerta, ¿verdad, cerdo asqueroso? —le dijo Sol cuando lo tuvo delante—. Pues el único muerto es tu querido capitán Dreyer —añadió con rabia—. Pienso contarle a todo el mundo quién eres y...

—Tienes una mala cara que asusta, la montaña no te ha sentado nada bien —la cortó él en un murmullo—. Y yo de ti cerraría el pico, tengo una pistola apuntando directamente a la cabeza de tu amiguita judía... —dijo señalando el bolsillo donde tenía la mano, del que sobresalía un bulto que sin duda era el cañón de una pistola.

Sol sintió pánico y se volvió para ponerse delante de la niña, pero era demasiado tarde.

—¡Nico! —gritó Raquel, contenta.

Pese a las heridas de los pies y el cansancio, corrió tan rápido como pudo y se lanzó a sus brazos. Él la estrechó, sin dejar de mirar a Sol con unos ojos que lo decían todo: sería capaz de matar a quien fuera antes que dejarse cazar.

Ella la quiso apartar del chico, pero el polaco, con un gesto rápido, se llevó a Raquel hacia la mesa de al lado de Roger, Richard y Rosenthal. La niña, feliz de reencontrarse con alguien que le recordaba a Teresa, no dejó de preguntarle sobre ella mientras devoraba los embutidos, los huevos duros, el tocino, la mantequilla y el pan.

Desconcertada, Sol dudó qué hacer, si gritar, echársele encima... Todas las opciones le parecían condenadas al fracaso. Le daba demasiado miedo realizar un movimiento en falso que pudiera ser fatal. Finalmente, se decidió a acercarse con precaución.

—Ven, siéntate aquí con nosotros, Sol —pidió Raquel—. Me está contando cómo están Teresa y los demás.

—No, más vale que nos sentemos allá —dijo ella con la voz rota.

Él le lanzó una nueva mirada mucho más dura que antes, así que descartó insistir más para no poner a la niña en un peligro mayor. ¿Por qué no huía el polaco?, se preguntaba. ¿Por qué se quedaba, con el riesgo de que ella lo delatara? La única explicación que se le ocurría era que quería continuar en la red hasta hacerla desaparecer del todo, y para eso necesitaba eliminar a la única persona que podía delatarle: ella misma. De golpe, sintió cómo le tiraban del brazo y se la llevaban a la mesa de al lado, donde se hallaba el resto del grupo. Era Roger, que la sentó en una silla con ellos.

—¡Ya la tenemos aquí! ¡Nuestra heroína!

La chica salió por unos segundos de su turbación.

—Tengo que confesar que durante unas horas estuve seguro de que acabaría mis días con el culo congelado arriba de aquella maldita montaña, pero estoy aquí y de una pieza —exclamó Richard. Y levantando un vaso de vino caliente, prosiguió eufórico—: ¡Por nuestra guía!

—¡Por nuestra guía!

Todo el mundo, incluso Nico, que estaba prácticamente pegado al americano, brindó. Sol estaba tan poco acostumbrada a recibir una manifestación de cariño tan franca y espontánea como aquella que no sabía bien cómo reaccionar. Observó cómo Rosenthal se sentaba de una manera extraña y era porque tenía la mochila en los pies.

—Ya ve que no me deshago de ella —dijo el judío—. Como lo habría hecho el amigo Allier.

—¿Cómo se encuentra?

El hombre se rio.

—El médico me cambiará después las vendas del

brazo y me ha dicho que soy un milagro con patas, así que no sufra por mí.

Y levantando de nuevo la copa de vino, Rosenthal exclamó:

—¡Por Allier y su valentía!

Todos volvieron a brindar y dedicaron unos instantes de silencio al recuerdo del lugarteniente francés. Richard fue el primero en romper el recogimiento:

—Se ha tomado muy en serio el papel de sustituir a Allier... ¿No quiere dejar un rato ese trasto?

—Soy un poco obtuso, la verdad, así que cuéntenos qué era exactamente lo que nos dijo que había dentro... ¿Un óxido? —preguntó Roger.

—Yo siempre pensé que llevaba oro o diamantes —dijo Raquel desde su mesa.

—Amiga mía —aseveró Rosenthal—. El óxido de deuterio es mucho más valioso que todo el oro y los diamantes del mundo. Es una sustancia que pesa mucho... De hecho, también lo llaman agua pesada, y es importante porque...

Sol no podía dejar de lanzar miradas a Nico, que escuchaba la conversación atentamente. Tenía los ojos de un ave cuando ha elegido a su presa.

—Da igual lo que el señor Allier llevara —lo cortó. Si el polaco sospechaba que esa mochila tenía algún valor, seguro que lo revelaría a los alemanes o intentaría apoderarse de ella—. Vamos, Raquel, ve a descansar un rato a la habitación, que estás agotada del viaje y tienes que ponerte fuerte para cuando vayamos a Barcelona —dijo mientras se volvía hacia ella.

—No, todavía no he acabado de comer y quiero quedarme contigo y con Nico. Espera... ¿tú nos acompañarás a Barcelona? —preguntó la chica, contenta—. Creía que te quedarías en Andorra.

—Sí, iré con vosotros. Quiero asegurarme de que te dan los papeles para salir del país y saber cómo será tu viaje hasta América. Al fin y al cabo, yo también iré dentro de poco...

Cruzó la mirada con los hombres del grupo y le pareció detectar una mezcla de lástima y compasión, como si huir con ese soldado que les había salvado la vida y habían dejado malherido en la montaña fuera una quimera. Acto seguido, los hombres iniciaron una conversación sobre qué harían al llegar a la capital y Sol se frotaba una y otra vez las manos como si aquello la iluminara sobre cómo actuar. ¿Debía subir a contarle la verdad a Viadiu o seguir vigilando que Nico no le hiciera nada a la niña? El polaco se sentía atrapado y, por tanto, era peligroso.

—Raquel —dijo Nico—. ¿Y si nos vamos ahora mismo tú y yo a Barcelona? No hace falta esperar a todo el grupo y podemos ir más rápido. ¿Qué me dices? Y tú, Sol, evidentemente puedes venir con nosotros...

Nico lanzó una sonrisa burlona, aunque la mandíbula tensa lo delataba. Sol sabía que marcharse con él significaba la muerte de ambas.

—¡Sí, sí, sí! —exclamó la niña, excitada—. ¡Vamos los tres, mis personas preferidas! Además, les quitamos trabajo a los demás y al ser menos irán más rápido. Solo di que sí, por favor..., ¿sí?

—No, no... Tenemos que esperar a que estés más fuerte. —Sol notaba cómo las gotas de sudor se le deslizaban espalda abajo.

—Yo la veo bien, Sol. Me parece que después de lo ocurrido la niña merece salir de aquí lo antes posible, ¿no crees? —dijo el polaco.

—No, no creo que sea prudente. —A Sol se le estaba haciendo un nudo en la garganta y las últimas palabras le salieron como un susurro.

—Pues yo creo que no estás siendo justa, Sol. Vamos, Raquel, vamos...

Nico hizo el gesto de levantarse cuando Richard le dijo:

—Espere un momento, amigo. —El piloto se había puesto en pie y hablaba con un tono lo bastante alto como para que todo el mundo lo oyera—. ¿Usted entiende de linternas?

—No sé. Sí, un poco —respondió Nico un poco confundido.

—Pues me gustaría que me diese su opinión. Mire, no sé si ganaremos esta guerra, Dios quiera que sí, pero si el ejército de la Francia libre no mejora el material, lo tenemos jodido.

El americano sacó la linterna de la bolsa y la empezó a encender y apagar compulsivamente.

—Mire esta linterna. Robusta, fiable. ¿No le parece?

Nico asintió, sin mucha convicción.

—Pero ¿cómo es posible que a los franceses les hayan dado esa santa mierda que vi a Roger en la montaña? Muchacho, muéstrales tu linterna.

Roger, aparentemente ofendido, también se levantó, sacó la linterna de la bolsa y la encendió y apagó varias veces, como si quisiera comprobar que funcionaba. Todos, incluso Nico, miraban la escena.

—¿Se puede saber de qué hablas, yanqui? —intervino el francés—. Esta linterna me ha salvado de morir en más de una ocasión.

Todos permanecían mudos sin entender exactamente a qué venía aquella extraña discusión sobre linternas. De golpe, sin que nadie se lo esperara, Richard y Roger se abalanzaron sobre Nico y lo hicieron caer de la silla, junto con los platos y la comida que había sobre la mesa. Raquel corrió hacia Sol, que se la llevó tras el mostrador de la recepción. Todo pasó tan rápido que los demás huéspedes que estaban allí ni siquiera reaccionaron y se quedaron quietos, mirando la escena con perplejidad. Cuando parecía que entre los dos lo tenían reducido, el polaco hizo una pirueta inesperada y logró levantarse delante de ellos. Los apuntaba con la pistola y los dos atacantes se quedaron inmóviles, con los brazos en alto.

—¡Que nadie se mueva! —gritó Nico, claramente exacerbado—. ¡Todos quietos y nadie saldrá herido!

—Deja el arma, amigo —dijo Richard con voz pausada—. Somos más y por mucha pistola que tengas no puedes matarnos a todos.

—¿Nico? —intervino Viadiu, que bajaba las escaleras en ese momento—. ¿Qué significa esto? ¿Qué ocurre?

—¡Quieto, Viadiu, o te juro que te meto un tiro en la cabeza! —advirtió sin ningún titubeo. Poco a poco iba caminando hacia atrás, hacia la puerta—. No me sigáis, ¿queda claro?, ¡si no, os juro que os mataré!

Y dicho esto, abrió la puerta con la mano que le quedaba en la espalda, se dio la vuelta y echó a correr. Richard se lanzó hacia su bolsa, pero cuando logró sacar la pistola ya era demasiado tarde. Aun así, tanto él como Roger salieron cojeando hacia fuera por si todavía podían atraparlo, pero el polaco se había esfumado.

Viadiu se había quedado apoyado en la pared para no caerse al suelo.

—No lo entiendo... Nico —murmuraba para sí mismo.

Sol se le acercó y le puso una mano en el brazo.

—Él es quien hace tiempo que pasa información sobre el grupo, trabaja para la Gestapo —aseveró con la voz temblorosa de rabia—. Se lo he querido decir desde que nos hemos encontrado, pero...

—Pero no podía porque la estaba amenazando —la cortó Richard, que se estaba guardando el arma dentro de la chaqueta—. Es así, ¿verdad, Sol? Apuntaba a Raquel con la pistola.

Sol asintió.

—Me ha dicho que si no me callaba le dispararía. ¡A una niña!

Raquel la cogió con fuerza del brazo y se puso a llorar.

—¡Virgen Santa! Nico... No puede ser —repetía, incrédulo, Viadiu.

—Lo descubrí en Toulouse y pude deshacerme de él, solo espero que no le haya hecho nada a Teresa... Pero fue él quien advirtió a Dreyer de que atravesaríamos los Pirineos, por eso nos esperaban, y gracias a Max...

—¿Qué Max? ¿El sargento Schell? —preguntó Viadiu, a quien le costaba digerir tanta información.

Sol asintió.

—Él disparó a Dreyer para que pudiéramos escapar.

—Cierto —dijo Richard, que pareció haber reconocido la importancia que tenía para Sol que Viadiu creyera su historia—. Todos fuimos testigos de ello.

El resto asintió en silencio.

—Entonces... —dedujo Viadiu, que ya empezaba a desentrañar la historia—... todo lo que nos dijo Nico no era cierto. Max Schell...

—Era inocente, sí.

El hombre se había quedado blanco.

—Estoy... Sencillamente, me cuesta creer todo esto...

—Lo que no entiendo es cómo ustedes dos se han coordinado para atacarlo. ¿Acaso tienen telepatía? —preguntó Rosenthal, estupefacto—. ¡Si hace un momento estaban discutiendo sobre linternas!

—No exactamente, amigo, no exactamente... —contestó Richard, pícaro. Roger también sonreía—. De hecho, le estaba diciendo a Roger que ese tal Nico era un *boche*. Lástima que las fuerzas no nos han acompañado...

—¿Diciendo? —preguntó Raquel—. Pero si no habéis dicho nada, lo habríamos oído. ¿Cómo lo habéis hecho?

—¡Emitiendo señales de morse con las linternas! —exclamó Rosenthal, satisfecho por haber descifrado el enigma—. Si todos nuestros soldados son como este par, estoy seguro de que vamos a ganar la guerra.

A Samuel lo cargaron en el taxi para llevárselo a la clínica del doctor Trias y operarlo. Tal y como les señaló el médico, debían amputarle ambos pies para evitar que la gangrena se esparciera por el resto de las piernas. Sol habría querido despedirse, dirigirle unas palabras de pésame por la muerte de su padre, pero al chico se le veía resentido, le esquivaba la mirada en todo momento, como si la hiciera culpable de su desgracia.

—Hasta pronto, señorita Mentruit —dijo Viadiu. Aunque se notaba que procuraba mantener a raya las emociones, al hombre le falló la voz—. Me voy a buscar a un guía que los pueda llevar a Barcelona, pero antes de irme quería decirle cuatro palabras.

Para empezar, gracias de nuevo. Ha demostrado una fuerza inusual en una mujer, única, diría yo. También le reitero mis disculpas por haberla juzgado con ligereza, solo me exime que todas las decisiones las he tomado por el bien del grupo. Si hay algo que yo pueda hacer por usted, solo tiene que decírmelo, ya lo sabe.

—En realidad..., sí. Quería pedirle dos cosas —insinuó ella tímidamente.

—Lo que sea, Soledat, lo que sea si está en mis manos. ¿Cómo le puedo negar nada después de lo que ha hecho?

—Primero, que vaya a Radio Andorra y les pida que pongan la canción *Todo va muy bien, señora marquesa*. Si Teresa la escucha, sabrá que hemos llegado bien.

Viadiu asintió. No sería la primera vez que utilizaba aquel método para enviar un mensaje al otro lado de los Pirineos, porque no se mostró nada sorprendido por aquella petición estrafalaria.

—¿Y la segunda?

—Sé que no es muy habitual, pero...

—Venga, mujer, suéltelo de una vez.

—Necesito que me consiga un pasaporte y un visado falsos.

Sol sacó el pasaporte de Max y se lo acercó.

—Son para él. Quiere desertar y deseamos irnos juntos a América —dijo con ojos suplicantes—. Yo también necesitaré un visado.

A Viadiu se le borró la sonrisa de la cara.

—Entiendo... El sargento Max Schell, de la Wehrmacht.

Viadiu aún dudaba, pasaba una y otra vez las páginas del pasaporte como si tuviera que encontrar la solución a un dilema.

—No sé a quién más recurrir... —dijo ella—. No creo que nadie más se avenga a facilitar documentación falsa a un soldado alemán, pero yo sé que usted lo hace para fugitivos y para gente que ha ayudado a la Resistencia... Pues bien, si se trata de salvar a gente... él nos ha salvado a todos. Ya se lo han confirmado Richard y el resto.

—Entienda que me cuesta creer en la inocencia de un suboficial alemán... Incluso ahora, con todo lo que usted me ha dicho, con lo que Marta nos contó...

—¿Marta? ¿Qué le ha dicho?

—Poco después de que usted se marchara me vino a ver, muy alterada y compungida, supongo que empujada por su misión suicida. Tan mal estaba la pobre que le era difícil articular un discurso mínimamente coherente, pero, en resumen, confesó que había mentido cuando dijo que Max nunca le había dado un mensaje. Entre lágrimas me dijo que sí lo había hecho y que no se lo llevó porque creía que así la protegía, que lo consideraba un mal hombre que la llevaría a usted por el camino de la perdición y que solo la movió la amistad que las une. Le confieso que, a pesar de esta información, nunca he creído en la inocencia de un soldado alemán hasta ahora, lo siento, debe entender que no es habitual encontrarse con uno que se atreva a encararse con un régimen como el que impera en Alemania ahora mismo. Y le pido que sea benévola con Marta cuando la vea, la pobre chica ya está pagando su penitencia...

En lugar de rencor, lo único que sentía Sol en su corazón era un agradecimiento infinito por Marta porque, al fin, había dejado a Max libre de cualquier sospecha.

—No habrá ningún problema, señorita Mentruit. Tendrá los papeles en una semana.

Y dicho esto, se guardó el pasaporte en el bolsillo y se marchó.

Tres días después, en el hotel, todos se iban recuperando a buen ritmo con el ansia de estar lo suficientemente fuertes para emprender el camino hacia Barcelona. Rosenthal todavía estaba débil, pero sus ojos brillaban con la fuerza de los vencedores.

Cuando nadie los oía, se le acercó y le dijo a Sol:

—Seguramente todo el mundo se lo habrá ofrecido, señorita Mentruit, pero si alguna vez puedo hacer algo por usted, me sentiré honrado de ayudarla. Se ha ganado un sitio entre los justos, ¿sabe?

Había una inquietud que Sol no podía apaciguar.

—Raquel —contestó—. Está sola y cuando consiga salir de España me da miedo con quién pueda ir a parar o dónde. La veo tan vulnerable... sin familia, ni amigos. Necesita un padre que la cuide. Soy consciente de que pido mucho, ya lo sé, pero...

—No hace falta que me diga nada más. Lo haré. Tengo una mujer y dos hijas que seguro que la querrán. Raquel tendrá una buena vida, esté tranquila.

Y ambos sellaron el pacto con un apretón de manos.

Cuando ya había pasado una semana, Viadiu volvió con dos buenas noticias. La primera, que Teresa les había hecho llegar un mensaje donde contaba que estaba bien, que había cambiado de piso para deshacerse de Nico, tal y como Sol le había advertido, y que estaba dispuesta a continuar la lucha, como siempre. La otra era que ya tenían un guía que los llevaría a Barcelona: Eduard Molné, que al fin había sido liberado de la cárcel de Toulouse, se había instalado en el Hotel Pla. Ambas nuevas acabaron de subir los ánimos de la chica, que se consumía de ganas de reencontrarse con Max. El pasador, a quien Sol estuvo muy contenta de ver, les explicó la ruta: llegarían a Bescaran y después deberían atravesar el Cadí desde Arsèguel, hasta Josa del Cadí. Se detendrían en diferentes masías de confianza, por tanto, no debían sufrir por el hospedaje y la comida. Desde allí, caminarían por Guardiola de Berguedà hacia Manresa, donde tomarían el tren hasta Barcelona. Con las fuerzas renovadas y esperanzados, iniciaron la ruta que iba a llevarlos a España y, de ahí, cada uno a su destino.

43

La foto de Katharine Hepburn se había torcido y parecía mirar hacia la ventana. Tiempo atrás, aquella simple imagen le servía para viajar a un mundo de amores apasionados y trepidantes aventuras, pero ahora ya no la hacía vibrar como antes. La estrella admirada no era más que una cara bonita con mucho maquillaje, ajena a todo el horror que estaba arrasando el mundo, a la crueldad que sometía a los débiles a manos de los fuertes y, a pesar de sus excelentes interpretaciones en las películas románticas, tampoco le parecía que pudiera comprender qué significaba amar de verdad, como ella había aprendido a hacer en ese pequeño país anclado en medio de los Pirineos.

—¡Qué cama tan grande! —exclamó Raquel, que se había tumbado—. Me gustaría tener una igual en Estados Unidos... ¿Ya sabes que me voy con Rosenthal? Tiene dos hijas, ¡seguro que es muy divertido tener hermanas! Me ha dicho que ahora él y su esposa serán mis padres, aunque no lo sean de verdad.

A Sol se le encogió el corazón.

—Nunca olvidaré a papá y mamá —dijo la niña con la nostalgia grabada en la mirada—. Papá era carpintero y me enseñó a hacer figuritas de madera y mamá... mamá me salvó la vida. Yo nunca, nunca la habría abandonado si no me hubiera pegado ese bofetón cuando estábamos en el Velódromo. Ella lo sabía y por eso lo hizo, pero que los quiera tanto no quiere decir que no pueda tener una nueva familia, ¿verdad?

Sol le acarició la cabeza.

—Claro que no. Con Rosenthal seguro que irá bien, ya verás.

Se sacó del bolsillo el caballito de madera que tiempo atrás le había regalado.

—Toma, te dije que te lo devolvería cuando nos volviéramos a ver y...

—No. Quédatelo, así no me olvidarás. Y yo —prosiguió la chica, sacándose la fotografía de Greta Garbo del bolsillo— me colgaré la fotografía en la habitación de mi nueva casa.

Sol la abrazó con fuerza, como si así pudiera quedarse un trocito, que guardaría para cuando la añoranza se hiciera insoportable.

—Venga, vayamos abajo —dijo.

Entró un momento en la habitación de al lado para comprobar que Salvador no necesitaba nada. Lo habían llevado a Bescaran porque así su madre podía atenderlo mejor, pero aún dormía; estaba débil y necesitaba reposo. Luego bajaron a la cocina, donde todos estaban acabando de comer, y Ton la cogió por banda.

—¿Sabes que no tenemos un céntimo para poder comer, y menos para alimentar a esta tropa de muertos de hambre? —dijo con aspereza.

—No te preocupes, el guía ya tiene previsto pagaros la estancia —respondió ella.

Por lo que le había dicho su madre, la situación había empeorado desde que Salvador no podía contribuir con el dinero del contrabando.

—¡Eso espero! —dijo enfurruñado y salió hacia los establos.

Sol se lo quedó mirando de lejos. En el fondo la enternecía ese amor que Ton sentía por su casa y su tierra. Nunca lo había entendido hasta ahora, pero él era el que estaba más arraigado a aquel pequeño pueblo, por eso nunca había sido capaz de alejarse de él, por mucho que lo maldijera. Echaría de menos a Ton cuando se fuera, a pesar de ese carácter amargo.

—¿De qué discutías con tu hermano? —preguntó su madre.

—De dinero, como siempre... —Se la llevó a un rincón y le dijo—: Madre, escucha, tengo que contarte algo. —Procuraba contener la emoción, pero le costaba—. Después de este viaje a la capital... me iré.

Su madre la miraba sin acabar de entenderla.

—Te irás... ¿adónde? ¿Vuelves a Andorra?

—No, más lejos... —Pensó que era mejor decirlo todo de una vez—. A América.

Sol le apretó las dos manos a su madre ante la mirada de alarma que cruzó su rostro.

—He conocido a un chico, un buen chico, madre, y nos queremos. Nos casaremos y nos marcharemos lejos, no debes padecer por nosotros. Yo te enviaré dinero desde allí y todo irá bien, ya lo verás. —Y cuando terminó de decirlo creyó más que nunca que aquel sueño que había nacido sin demasiada consistencia ni posibilidades iba ganando fuerza, como un pequeño esqueje que crecía a pesar de las ventoleras y el frío.

Sol estaba impresionada por la miseria y la destrucción de Barcelona, que recordaba muy diferente antes de la guerra; a pesar de la cantidad de gente, coches, tranvías, carros tirados por caballos y bicicletas que circulaban por las calles, había muchas casas en ruinas por los efectos de las bombas, otras apuntaladas o sin fachada que dejaban al descubierto la intimidad de sus antiguos habitantes y, sobre todo, un ejército de pobres de mirada perdida que deambulaban sin rumbo y que pedían limosna; niños desnutridos y descalzos, viejos en los huesos y mujeres que vendían su cuerpo para sobrevivir.

Entregaron el agua pesada en el Consulado Británico de la plaza Urquinaona, ante la mirada de un montón de funcionarios. Incluso el cónsul los recibió en su despacho por la gran expectación que se generó en torno a ese bidón. Les facilitaron los papeles para que Richard y Roger pudieran viajar a Gibraltar en tren y de allí en barco a África y, además, le pagaron un dineral a Eduard por haberlos llevado sanos y salvos, tres mil pesetas por cada uno, de las cuales Sol se embolsó más de la mitad. Luego se dirigieron al Hotel Bristol, en la calle Portal del Ángel, que era la sede de la American Joint, la organización que ayudaba a escapar a judíos de Europa y que operaba bajo la tapadera de la Cruz Roja portuguesa. Allí también les arreglaron los visados para que Rosenthal y Raquel pudieran salir de Portugal hacia Estados Unidos.

Cuando ya tuvo terminado todo el trabajo que habían ido a realizar a Barcelona, a Sol la invadió una sensación de euforia que hacía mucho que no sentía. Había cerrado el episodio más difícil de su vida con éxito y era el momento de celebrarlo. Aquella última tarde, ella y Raquel se dirigieron a una de las salas de cine más lujosas de la ciudad: el Coliseum. Ahora que podía permitírselo, Sol compró dos butacas en platea, cómodas y anchas. Se abrieron los telones de terciopelo y tuvieron que tragarse un noticiario que hablaba de las maravillas del régimen franquista, pero valió la pena esperar. Al cabo de nada aparecían unas letras gigantes en la pantalla anunciando un nombre de mujer: *Ninotchka*.

44

Bescaran
1 de febrero de 1943

Jugaba con un rayo de sol que le atravesaba las pestañas y le hacía ver formas extrañas y desfiguradas. A veces era difícil no enloquecer entre aquellas cuatro paredes desconchadas y acababa buscando entretenimientos tan absurdos como aquel o como repasar con el dedo las grietas que se habían ido formando en el yeso de la pared o empañar los cristales con el vaho y hacer dibujos... Ya hacía casi un mes que se habían separado. Casi un mes desde aquel último beso que empezaba a escapar de su memoria como un pez entre los dedos. Guardaba el pasaporte y el visado de Max en una caja dentro del armario. Era su pequeño botín, que no contenía ninguna joya sino papel y tinta, pero era tan valioso que no permitía que nadie se acercara a él, ni siquiera su madre, por miedo a que se estropeara o se perdiera. Debía protegerlo a toda costa porque aquellos documentos poseían una facultad que los hacía únicos: transportarla a otro mundo, convertirla en aquella mujer que siempre había intuido que podía ser, amar sin miedo... Era aterrador pensar que tenían esa potestad casi sobrehumana.

Y esperaba. Él había dicho que iría. Solo era cuestión de esperar.

Bescaran
2 de marzo de 1943

Había subido las vacas a la borda del Solà porque la primavera ya se acercaba y, en cuanto la nieve se fundiera, podrían volver a pastar. Ni la visión del lugar donde fue testigo de aquel asesinato meses atrás la perturbaba ya, al menos no como entonces. Se sentía fuerte. En realidad, era su cuerpo el que se había fortalecido. Ahora se había convertido en el envoltorio de un dolor frío como el mármol que le crecía en el pecho y gracias a esa armadura podía controlarlo y contenerlo. Así, cerrado, no daba tanto miedo, aunque el sentimiento estaba allí, latente, a la espera de cualquier pequeña grieta para asomarse. Y ya se sabe que el miedo envenena el alma.

Bescaran
20 de marzo de 1943

La idea de que a Max le había pasado algo terrible no la abandonaba ni un instante, hasta el punto de que pensó que enloquecería. Por eso salía con mayor frecuencia hacia la montaña, en ocasiones tres o cuatro veces al día, para ver si lo encontraba. La nieve había empezado a fundirse en algunos de los lugares donde pegaba más el sol durante el día y se formaban regueros que mojaban apriscos y caminos, y siempre volvía con los pies empapados. Fue precisamente entonces cuando le empezó a suceder. Hacía días que notaba algo raro debajo de la garganta que hacía zum-zum, y aquello la preocupaba porque casi nunca se ponía enferma. Pensó que quizá fuera un resfriado por tener siempre los pies empapados, pero los síntomas eran diferentes y dispersos. Era como si se hubiera tragado un abejorro y lo tuviera viviendo en su interior, y ni subía ni bajaba. Se lo hubiera arrancado con las uñas si hubiera podido. Siempre ese zum-zum. Por las noches, lloraba en silencio y el zumbido se hacía mayor y le subía hasta los oídos.

Al día siguiente, volvía al collado de Pimés con la esperanza de verlo llegar con aquel andar y el pelo alborotado. Y como cada noche, regresaba a casa con aquello en su interior que engordaba. Aquel zum-zum.

Bescaran
1 de abril de 1943

Ventiscaba, aunque eso no le impidió subir al collado como todos los días y allí lo vio. Era solo un puntito muy lejano, pero se acercaba decidido. El corazón le empezó a latir con tanta furia que se puso la mano en el pecho para aplacarlo. Echó a correr y cuanto más se acercaba, más sabía que algo no encajaba. Aquel hombre no era Max, aunque le era familiar, por eso la confundió. Aminoró la marcha, jadeando. Al cabo de un rato lo reconoció y saltó de alegría.

—¡Baldrich!

Después de comer una sopa y de haberse puesto al día, fueron a sentarse junto al hogar y Sol le preguntó:

—¿Cuándo me lo piensas decir?

Baldrich suspiró.

—¿Tanto se me nota que debo decirte algo?

—Yo sí lo sé ver, no me preguntes por qué. ¿Le ha pasado algo? ¿Está bien?

—Sí, está bien.

La respuesta no la calmó, al contrario. Empezó a mover la pierna, algo le decía que saliera corriendo, que no eran noticias buenas, que eso la haría caer en un pozo más hondo de lo que ya estaba, pero las piernas no la obedecieron. Eran más fuertes las ganas de saber.

—Se arriesgó mucho para hacérmela llegar a través de un soldado alemán. —El contrabandista abrió su fardo y sacó un sobre. Una carta—. Este me dijo que te la diera en mano, es lo que Max quería —soltó al fin.

A Sol le sorprendió ver tanto miedo en los ojos de aquel hombre tan valiente.

—Puedes romperla y olvidarte, Sol. —Casi estaba implorándole con la mirada que no lo hiciera y dedujo enseguida que él la había leído.

La chica tendió la mano, que le temblaba, y cogió el sobre.

—Diga lo que diga este papel, sé que tú... —El hombre apretaba los labios con fuerza.

Ella levantó la mano para indicarle que no continuara. No quería sentir que era fuerte, que podía superar todas las adversidades y que había demostrado más fuerza y determinación que cualquier persona que conociera. Abrió la carta lentamente, con los dedos temblorosos y fríos, y reconoció su letra al instante:

Querida Sol:

Te escribo porque creo que ha llegado el momento de ser totalmente sincero contigo. Seguramente te estarás preguntando por qué, tal como quedamos, no he aparecido en Bescaran, y no quiero alargar más la respuesta, aunque sea una verdad de la que no me siento orgulloso. Seré claro y directo. No me esperes porque no iré. Nunca fue mi intención ir a buscarte. Pero lo que vivimos fue tan intenso, tan real, que me confundió y llegué a pensar que era eso lo que quería. El motivo es más vulgar de lo que me gustaría reconocer. Tengo una mujer y un hijo en Austria que me esperan, y cuando acabe la guerra quiero volver con ellos, no quiero dejarlos atrás por una aventura, por muy excitante que sea. Siempre me quedará en el recuerdo...

Sol no pudo terminar de leerla. Dejó caer la carta en el suelo de la cocina y, hundida en el pecho de Baldrich, se echó a llorar como nunca lo había hecho.

45

Hotel Àndria. La Seu d'Urgell
Agosto de 1944

—¡Camarera! ¡Venga, que tenemos hambre!

Se apresuró a llevar el trinchado con tocino a unos aviadores recién llegados. Estaban eufóricos por haber conseguido el hito de llegar a La Seu, como tantas otras veces había visto en los fugitivos que atravesaban los Pirineos.

—Aquí lo tienen, señores —dijo mientras los servía.

Los hombres reían y brindaban, ajenos a la penumbra que rodeaba a Sol. Todo el mundo hablaba de que el fin de la guerra estaba cerca y lo celebraban, incluso Baldrich, que había guiado a ese grupo y se sentaba en una mesa aparte con otros guías. Con un gesto, le señaló que después quería hablar con ella.

La fiesta se prolongó hasta tarde, cuando los hombres, rendidos por las emociones y el cansancio, subieron a las habitaciones. Después de recoger las mesas, Sol se despidió del resto de los trabajadores y se encaminó hacia la recepción donde la esperaba Baldrich sentado en una butaca floreada. Se había quitado la boina y tenía las mejillas encendidas.

—Ay, Baldrich, estoy agotada... No podré quedarme mucho rato porque mañana tengo que madrugar.

—Va, mujer, siéntate aquí y cuéntame cómo te va, hace tiempo que no te veía...

La muchacha se sentó en un silloncito.

—No me quejo —respondió—. Aquí en el hotel me tratan bien y cobro lo suficiente para ir tirando. Ya sabes que hace un par de meses malvendimos la casa después de la muerte de mi padre, por las deudas... Ahora mi madre y yo vivimos aquí en La Seu.

—Sí, lo supe por Salvador, que se ha instalado en Escaldes. Dolors y José al final lo han conseguido, los malnacidos... Y Ton vive en Lleida, ¿verdad?

Sol asintió y se atusó el pelo.

—Sí, ya ves. Esto siempre ha pasado, ¿verdad? Si hay dos bandos, nosotros siempre estamos en el de los perdedores. Y el resto, ¿cómo están? El Conejos, Eduard, Forné...

—Todos van tirando... No podemos quejarnos, visto lo que está pasando.

—¿Qué está pasando?

—Pues que cuando una bestia agoniza, se vuelve peligrosa. Los nazis están perdiendo la guerra y quieren arrastrar al infierno con ellos a todos los que puedan.

—Pero ¿quién? ¿De quién hablas? —preguntó, asustada—. ¿Le ha pasado algo a Teresa?

—No, no, ella está bien, pero ha decidido marcharse a Brasil. La desaparición de su marido la dejó muy hundida...

—Tan lejos... —murmuró Sol con tristeza.

—¿Conociste a Conxita Grangé y a su tía, Elvira Ibarz?

Sol recordó perfectamente a aquella chica entusiasta que la recibió con los brazos abiertos cuando más lo necesitaba en Toulouse, en la calle Taur.

—Sí, ayudaban a los refugiados que llegaban a la ciudad y recuerdo que ayudaron a Teresa. ¿Le ha pasado algo?

—A ellas sí, las pobres desgraciadas. Se las llevaron en lo que llaman el tren fantasma, que iba cargado con otros setecientos detenidos, y ahora están en un campo de concentración para mujeres, el de Ravensbrück, cerca de Berlín. Dicen que de allí nadie sale vivo.

Sol se tapó la boca con los dedos.

—Y Francisco Ponzán, ese pedazo de pan que ha creado tantas redes de evasión... pues lo han matado sin piedad... Ni a los animales se los trata así. Los cabrones de la Gestapo lo han sacado de la cárcel y lo han quemado vivo. ¡Hijos de mala madre!

Sol se estremeció.

—Solo tenía treinta y tres años, pobre hombre...

La cara de Baldrich se había oscurecido y se frotó las sienes, seguramente para liberar todo aquel dolor que el pobre hombre no sabía cómo quitarse de dentro.

—Pero no hablemos de cosas tristes.

—No, no hablemos. ¿Tú cómo estás? Veo que sigues pasando gente...

El hombre se quedó un rato mirándola, como si midiera sus siguientes palabras.

—Sí, pero esto tiene los días contados ahora que viene la paz. Yo había pensado —dijo, dubitativo—, había estado pensando... que tal vez... ¡Bah! ¡Yo no sé hablar de estas cosas! —dijo mientras estrujaba la boina.

Cambió de posición varias veces y, al fin, como si eso lo ayudara a elegir las palabras que no conseguía encontrar, enderezó el cuerpo.

—Es jodido estar siempre tan solo. Quizá ha llegado el momento de sentar la cabeza...

—Ay, Quim, pero si tú no estás nunca solo. Y tampoco te veo sentando la cabeza, te gusta demasiado la aventura —le dijo ella mientras se abrochaba los botones de la chaqueta—. Discúlpame, pero me voy a casa que mi madre me espera y...

Hizo el gesto de levantarse, pero él la cogió de la mano.

—Espera. Creo que no he terminado de explicarme bien.

Sol soltó un largo suspiro.

—Sí, sí que te has explicado bien, Quim. —Volvió a sentarse. Se pasó las manos varias veces arriba y abajo por los muslos y al final dijo—: Yo no soy buena para ti ni para nadie, solo sirvo para estar sola, me conoces bien para saberlo.

Baldrich se aclaró la garganta.

—No hace falta que sea ahora, mujer, cuando todo se encauce... cuando tú estés... bien.

«Cuando tú estés bien» era una promesa tan lejana que todavía no se permitía ni soñar con ella, así que esbozó una sonrisa triste.

—Buenas noches, Baldrich.

Sol se encaminó hacia el minúsculo piso de la calle del Carme. Allí la esperaba su madre con un plato de escudella en la mesa, que ambas, con la única compañía de una lámpara de aceite, comieron en silencio.

46

La Seu d'Urgell
Diciembre de 1949

Aquel día caminaba rápido porque se había dormido y no le gustaba llegar tarde. Su madre no se sentía bien y ella se había quedado despierta toda la noche para tratar de bajarle la fiebre. Cuando dobló por la calle dels Estudis se detuvo en seco y le pareció que el corazón había hecho lo mismo, detenerse de repente. Él estaba allí, de espaldas, con aquel andar tan suyo y el pelo rubio despeinado. Acababa de girar hacia el Hotel Àndria.
«Me ha venido a buscar.»
Empezó a andar, primero, con un paso errático porque las piernas no le respondían, después, más rápido y, por último, corriendo tanto que la gente que se cruzaba con ella se la quedaba mirando. Jadeando, llegó a dos palmos de él. Le tocó el hombro suavemente, como si temiera abrasarse con el contacto, y cuando se volvió... Ni siquiera se le parecía un poco. Ninguno de sus rasgos coincidía con aquella única foto que conservaba escondida en una caja bajo la cama, pegada a un pasaporte que nunca nadie utilizó.

47

Escaldes, Andorra
Abril de 1953

Era un domingo por la tarde y se estaba arreglando frente al espejo para salir con Lina, que desde que Marta se había marchado a vivir a Barcelona se encontraba muy sola. La película que proyectaban en el cine Valira, *Lo que el viento se llevó*, había tenido tanto éxito que, si no iban pronto, seguro que no encontrarían sitio. Decían que la belleza de la protagonista, una actriz joven llamada Vivien Leigh, traspasaba la pantalla. Por no hablar del galán, Clark Gable, que la había enamorado años atrás haciendo de marinero en *Rebelión a bordo*. Para una ocasión tan especial, se había vestido con un traje floreado rojo. Ahora que hacía más de un año que su madre había muerto ya se lo podía poner, pensaba. Mientras se arreglaba el sombrero, recordó la última vez que ir al cine le había provocado tanta excitación e, irremediablemente, evocó aquella tarde en el Coliseum, con Raquel... Lanzó una mirada a la cómoda de la habitación, donde guardaba todavía el caballito de madera, pero enseguida cerró los ojos fuertemente para no recordar. Todo se basaba en eso ahora. Borrar cualquier imagen que hiciera daño y así todo iría bien.

Entró en la cocina.

—Me marcho.

—¿No hace ni un mes que estamos casados y ya huyes de mí?

—¿Seguro que no quieres venir? —dijo Sol con una sonrisa.

—Ya sabes que lo del cine no está hecho para mí.

Sol besó a su marido.

—Hasta luego, Quim.

Y se marchó.

48

Escaldes, Andorra
Mayo de 1965

Una cortina de lluvia caía con ganas sobre las tumbas del cementerio. Se quedó mirando fijamente cómo metían la caja en el nicho y lo cerraban con cemento mientras el cura rezaba las oraciones cobijado bajo una glorieta. A pesar del chaparrón, se había reunido un grupo bastante numeroso de gente, amigos pasadores, contrabandistas, Lina Pla e incluso Marta, que había venido expresamente de Barcelona para despedirse de él. Sol, con una mano aguantaba el paraguas y con la otra apretaba fuerte a sus dos hijos contra ella para que no se mojaran, pero no servía de nada. Estaban empapados.

Aquel hombre que parecía invencible cuando atravesaba montañas, el gran Baldrich, el paquetero más atrevido, el que presumía de haber pasado más fugitivos que nadie, había muerto, doblegado por una enfermedad cruel que en solo dos meses lo consumió hasta los huesos, y ahora ella no podía contener las lágrimas, que se mezclaban con el agua de la lluvia. Lo que más lamentaba era no haber podido darle lo que él más anhelaba, una parte de sí misma que siempre mantuvo rodeada de aristas vivas. Baldrich lo había sufrido en silencio, resignado, con aquella creencia inquebrantable en que todo iría siempre a mejor y que, tal vez, la llegada de los niños enternecería el corazón de Sol. Solo en el lecho de muerte aceptó la derrota y, poco después, dejó de respirar para siempre.

49

Bescaran
Agosto de 1980

Isabel estaba acabando de vaciar el último armario de la casa, el de la habitación que había sido de sus padres, y con aquel ya habría acabado de empaquetarlo todo. Jadeó, cansada. A su alrededor todo eran cajas y más cajas, que había llenado y que debería llevarse al garaje de su casa tarde o temprano, porque, aunque no le habían hecho ninguna oferta en firme, había gente muy interesada en comprar Cal Pasqual. Su madre se habría revuelto en la tumba si hubiera sabido que la vendía, con lo mucho que le había costado conseguirla. Toda la vida le había oído decir que aquella era la mejor casa del pueblo y que habían luchado mucho por comprarla y darles a ella y a su hermano un buen lugar para crecer. Pero su padre la pudo disfrutar poco, porque, justo después de mudarse, un resfriado mal curado se lo llevó al otro barrio y no fueron pocos los que hablaron de un castigo divino por haber presionado a los Mentruit hasta echarlos. Quizá sí que era una de las mejores casas de Bescaran, pero Isabel siempre había tenido otros planes, que no pasaban por quedarse en aquel pueblo de mala muerte. Había utilizado mil argucias para que su madre la dejara estudiar para ser maestra y al final logró escapar de allí y entrar a trabajar en una escuela de La Seu. Se repetía una y otra vez que no debía sentirse culpable por aquella venta apresurada porque aquel caserón era el sueño de su madre, no el suyo.

Sacó los últimos vestidos y los fue dejando caer sobre la cama. Cogió uno azul y lo olió. Era su olor. Le vinieron a la cabeza imágenes sucesivas de su niñez y le costaba encontrar un recuerdo mínimamente enternecedor. La fuerza que siempre había movido a Dolors era una pulsión negra que nadie sabía bien de dónde le venía, parca en caricias, en besos y en abrazos, nada le parecía bien, todo lo censuraba, todo lo condenaba. Hasta que Isabel entendió que ella no tenía ninguna tara y se llegó a aceptar, pasaron muchos años. Su hermano había sido más listo y se marchó a Barcelona en cuanto pudo ganar un sueldo, sobre todo para alejarse de un ambiente familiar opresivo, pero ella no tuvo el valor de romper el vínculo invisible que la mantenía pegada a su madre. Volvió a tirar el traje a la cama y empezó a vaciar los cajones de la ropa interior. Con los dos de arriba no tuvo ningún problema, pero al intentar abrir el tercero se dio cuenta de que estaba atascado. Lo volvió a probar con más ímpetu, pero se resistía a abrirse. Al fin, deslizó por completo el cajón de encima hasta sacarlo y extrajo todo lo que contenía el de abajo, que eran pañuelos de cuello y bolsillo. Cuando cogía el último, observó que al fondo de todo, tocando la chapa del armario, había un pañuelo mal colocado que debía ser el que impedía que el cajón se abriera. Intentó sacarlo, pero tenía que alargar mucho el brazo y no era fácil. Con insistencia, lo logró arrancar. Era el pañuelo preferido de su madre, uno de seda verde. Vio que dentro había algo, como si el pañuelo sirviera de envoltorio de algún objeto. Dudaba qué hacer. El instinto le decía que, si su madre se había tomado tantas molestias para esconder aquello, fuera lo que fuese, era por algún motivo importante, pero la curiosidad pudo más, así que deshizo el nudo y, para su sorpresa, descubrió dos cartas amarillentas atadas con un cordel.

Los sobres que las contenían estaban abiertos y con fecha de 1952. Los leyó por encima y sacó otra conclusión: tenían la misma letra, por tanto, forzosamente habían sido escritas por la misma persona. Atraída por el misterio, se entretuvo leyéndolas. El destinatario era también el mismo: Soledat Mentruit. La recordó enseguida. «La hija del rojo», la llamaba su madre. Había nacido en esa misma casa, una chica fuerte, curtida en la montaña y algo hosca. Se marchó del pueblo con su madre y hermanos cuando ellos compraron su casa y recordó que le había dado pena verlos irse con ese carro cargado con los cuatro muebles que tenían. Sí, definitivamente, sabía quién era Sol, como también sabía la tirria que le tenía su madre. Recordaba vagamente una discusión entre las dos en el lavadero de la fuente de Sant Martí cuando ella tenía seis o siete años. Quizá todo venía de allí.

La invadió una sensación incómoda, de estar profanando algo prohibido, pero al mismo tiempo aquellas cartas resultaban demasiado tentadoras para volver a dejarlas donde estaban. ¿Por qué las habría escondido su madre? Leyó el remitente con voracidad, pero ese nombre no le decía nada: Maximilian Schell, un nombre extranjero, sin duda. Y entonces una antigua historia empezó a tintinear en su cabeza como el repique insistente e irritante de una campanilla. Había corrido un rumor en el que su madre pareció especialmente interesada durante un tiempo que relacionaba a Soledat Mentruit con un extranjero, algún escándalo que no había terminado bien. ¿Y si aquella historia era, al fin y al cabo, verdadera? ¿Y si esas cartas nunca habían llegado a su destinataria?, se preguntó. ¿Y si su madre era peor persona de lo que siempre había intuido?

Desde el día en que encontró las cartas, su vida había dado un vuelco. La historia que escondían aquellas hojas le había abierto una herida que en lugar de curarse sangraba cada vez más. Dormía mal, aturdida con pensamientos obsesivos que la dejaban largos ratos suspendida en un estado de inquietud que enrarecía el ambiente en casa, pero no quería contarle nada de aquello a nadie, ni siquiera a su marido, por lo que habría podido pensar de su difunta suegra. Al principio no quería creerse lo que las señales indicaban.

A pesar de conocer sobradamente la naturaleza retorcida de su madre, se resistía a aceptar que ella fuera la persona que se escondía detrás de ese acto tan cruel. Intentó buscar otras posibles explicaciones al hallazgo de las cartas, como que la misma Soledat las hubiera dejado allí antes de marcharse de Bescaran, pero con el paso de los días aquella teoría se iba desmontando; primero, porque estaba segura de que los Mentruit habían vaciado la casa por completo, solo habían dejado las paredes. Segundo, porque las cartas estaban envueltas con un pañuelo que, indiscutiblemente, era de Dolors. Y tercero y definitivo, porque databan todas de 1952, muchos años después de que los Mentruit se hubieran marchado. Entonces, solo quedaba una explicación que era tan perversa como cierta. Su madre era el ser rencoroso y mezquino que siempre había sospechado, cargada con una envidia malsana que la había envenenado hasta el punto de cometer un acto abominable: ella había recibido las cartas en la antigua dirección de los Mentruit, pero nunca las entregó a su destinataria, Soledat.

¿Cómo había sido capaz su madre de algo así?, se preguntaba. Ya no podía recriminarle nada, ni reñirla, ni obligarla a arreglar ese desastre con un acto decidido y valiente. Descansaba a dos metros bajo tierra desde hacía medio año y, con ella, también descansaría esa historia para siempre.

Iban pasando los días y, después del impacto inicial, se empezó a hacer preguntas: ¿por qué había tenido que guardar su madre aquellas cartas y no las quemó?, ¿por qué el día que llenaba las cajas había tenido que abrir ese cajón? Y una vez vio el pañuelo en el fondo, seguía preguntándose, ¿por qué se empeñó en sacarlo y no dejarlo donde había descansado desde hacía tantos años? Pero lo que los ojos habían leído, el corazón no podía olvidarlo, y ahora ella era testigo de un error del destino que, por una cadena de hechos desdichados, había cambiado la historia de dos personas para siempre. Como mujer creyente que era, solo se le ocurría una única respuesta que iba tomando fuerza. Quizá era Dios quien le estaba brindando la oportunidad de redimir el alma de su madre muerta.

Tras valorar los pros y los contras, tomó una decisión, consciente de que podía traerle muchos problemas. Escribiría a Maximilian Schell a la dirección que constaba en las cartas, ciertamente con pocas esperanzas de encontrarlo, y le contaría la verdad, que su madre las había escondido durante veintiocho años y que su destinataria nunca las había llegado a leer. Y él, si todavía estaba vivo, tomaría la decisión de qué hacer a continuación. Ella no se veía con fuerzas. Al fin y al cabo, pensó, hasta cierto punto era lógico y justo que la historia se reanudara en el punto en que había quedado suspendida tantos años atrás.

Un domingo por la mañana en que su marido se había llevado a los niños a misa y estaba sola, encontró la tranquilidad que necesitaba. Cogió papel y bolígrafo y en cuanto escribió en un francés suficientemente aceptable las primeras palabras, notó cómo esa ansia que la tenía sometida se empezaba a disipar: «Apreciado señor Maximilian Schell...».

50

Bescaran
Septiembre de 1980

—¿Se puede pasar? —preguntó Sol. Era extraño pedir permiso para entrar en Cal Pasqual, que había sido y sentía que todavía era su casa.

Isabel la estaba esperando en la cocina.

—Sí, sí, adelante.

Sol la recordaba de pequeña, pegada siempre a las faldas de Dolors, y le sorprendió mucho el parecido que tenía con su madre. Un escalofrío le recorrió la espalda. Tenía grabada a fuego la escena del día que se habían marchado del pueblo, bajo la mirada complaciente de ella y de su marido y las de compasión del resto de los vecinos. Evitaba tanto como podía subir a Bescaran, entre otras cosas porque ya no tenía familia allí y la carretera estaba en muy mal estado. Pero ahora que había pisado sus calles de tierra después de tantos años, se había dado cuenta de cuánto había añorado su pueblo. Dolorosa y desesperadamente. No imaginaba hasta qué punto pertenecía a aquellas paredes de piedra levantadas con el esfuerzo de tanta gente, al agua clara del arroyo que regaba los huertos, a los prados moteados de ganado, a los bosques frondosos...

Ahora que lo veía con los ojos limpios de rencores le parecía el pueblo más bonito de la tierra. Había estado a punto de no acudir a la cita, pero la conversación que mantuvo con Isabel un par de días atrás la había dejado intrigada. No concebía que ni ella ni sus hermanos ni su madre se hubieran podido dejar nada allí cuando hicieron la mudanza, y menos un paquete que cualquiera de ellos habría visto, pero Isabel había insistido en que tenía que ir a buscarlo ahora que estaban vaciando la casa, porque si no aquello se perdería, así que se decidió a pedir un taxi para llegar desde Andorra.

—Siéntese, por favor —dijo Isabel visiblemente nerviosa. Se manoseaba las manos sin parar y le ofreció una silla.

Sol lo hizo, cansada del viaje. Ya no era la mujer fuerte de antaño y empezaba a notar el peso de los años en sus hombros. Repasó con la mirada aquella cocina tan familiar y tan lejana a la vez. Juraría que podía notar el olor de la escudella de su madre hirviendo en el fuego, o los gritos de sus hermanos, o el crepitar de la leña... Observó la ventana donde su padre se había despedido de ella cuando se marchó al exilio. Allí le hizo una promesa que nunca pudo cumplir: la de volver algún día a Cal Pasqual. Tragó saliva y se aclaró la garganta.

—¿Así que la ha vendido? —preguntó al fin para ahuyentar esos pensamientos.

—No todavía, pero unos de Puigcerdà se lo están pensando porque quieren abrir un hostal. No sé si habrá gente suficiente que pase por aquí para que les permita ganarse la vida... Ya están el de Cal Mateu y Cal Batalla —respondió Isabel. Iba echando vistazos a una caja que había sobre la mesa—. A mi madre no le habría gustado que la vendiera.

Sonrió.

—Pues no, la verdad. Hizo de todo para conseguir esta casa y...

—Querrá decir para echarlos —puntualizó Isabel—. Ambas sabemos cómo era mi madre, lo que no me esperaba es que fuese capaz de...

Una pequeña alarma se encendió en Sol. Aquella mujer que tenía sentada delante escondía algo que se la estaba devorando por dentro y aquello, fuera lo que fuese, tenía que ver con aquella caja que reposaba sobre la mesa.

—¿Es este el paquete que decía? —dijo Sol señalándolo.

Isabel asintió y cogió la cajita con las manos temblorosas.

—Esto no nos lo dejamos cuando nos marchamos, ¿verdad? —preguntó, temerosa, Sol.

—No. No le he dicho exactamente la verdad, lo siento —se excusó—. Supongo que todo esto es muy raro para usted. También lo es para mí, se lo aseguro. Solo sigo lo que me dicta la conciencia, y no estoy todavía muy segura de no estarme equivocando, pero ahora ya es tarde para arrepentirse, ¿verdad? —Parecía que estuviera hablando consigo misma, no con Sol—. Yo ahora haré lo siguiente: le daré esto —señaló de nuevo la caja— y me iré. Se puede quedar aquí tanto como necesite, arriba todavía están las camas por si quisiera quedarse a dormir... De hecho, creo que sería lo mejor.

Sol, presa de la ansiedad, iba a decir algo, pero Isabel la cortó.

—No digo que deba hacerlo, solo que, una vez abra esta caja, seguramente necesitará tiempo y, si quiere, se puede quedar aquí. —Se levantó para marcharse—. Yo he perdonado a mi madre y he encontrado la paz. Solo espero que usted, con la ayuda de Dios, también pueda perdonarla. Adiós, Soledat.

El primer instinto de Sol fue devolverle la cajita. Algo le decía que no podría soportar aquello a lo que debía enfrentarse, pero finalmente se quedó allí sentada, observando cómo Isabel cerraba la puerta detrás de ella, y la invadió una sensación de frío. La reconfortaba, eso sí, saber que aquellas paredes tan gruesas y viejas que la rodeaban eran su casa, un lugar seguro que la había protegido siempre de las tormentas. Sin embargo, ahora no era capaz de protegerla del hielo que sentía dentro. Abrió la caja con los dedos vacilantes, como si los hubiese tenido enterrados en la nieve durante horas, y descubrió unas cartas amarillentas, deterioradas por el paso del tiempo. Dos. El corazón empezó a latirle con fuerza y tuvo miedo de que le explotara dentro del pecho. Cogió la primera, dirigida a ella. La acarició con la sensación de tener entre las manos un animalillo frágil, que se encontraba a las puertas de la muerte, pero a quien todavía le quedaba una brizna de vida. La caligrafía... Supo quién había escrito las cartas antes de girar el sobre y ver el remitente. Tuvo que respirar un par de veces para serenarse y solo entonces sacó el papel de dentro, se puso las gafas y empezó a leer.

51

Innervillgraten. Austria
14 de septiembre de 1952

Estimada Sol:
No sé por dónde empezar esta carta, ni cómo dirigirme a ti, me parece extraño después de tanto tiempo y, a la vez, tengo la sensación de que nos vimos ayer mismo. Supongo que es normal sentirse confuso, incluso avergonzado, al fin y al cabo, es la primera vez que me dirijo a ti en nueve años y, aunque siempre me fue fácil hablar contigo, me cuesta encontrar un tono que no sea ni demasiado íntimo ni demasiado distante. ¿Por dónde empiezo? Supongo que por el punto en el que lo dejamos, aunque no será fácil. He pasado todos estos años a miles de kilómetros de casa y sabía que, si algún día volvía, debería afrontar ese momento que era sentarme a la mesa del comedor donde estoy ahora, coger un papel y una pluma y contarte la verdad, aunque sé que esa verdad te hará daño.

¿Recuerdas cuando nos conocimos en el valle de Incles? Allí ya me dijiste que era un mentiroso y no te equivocabas, pero ni yo mismo jamás me hubiera imaginado hasta qué límite podía llegar a llevar una mentira. Sé que Baldrich te dio la carta que te escribí. Se la hice llegar a escondidas a través de un amigo con instrucciones estrictas de que te la entregara en mano porque yo entonces estaba en Foix con un disparo en la pierna, arrestado y sin posibilidades de escapar. ¡Pobre Baldrich, creo que ni él sabía que estaba enamorado de ti como un colegial en ese momento! Yo estaba absolutamente convencido de que haría lo que fuera para alejarte de mí, por eso le encomendé una misión en la que pondría todo el empeño. Tenía que convencerte de lo imposible, de que ya no te quería, por eso tardé una semana entera en escribir esas cuatro palabras en torno a una falsedad que debía resultar creíble. Después de tantear historias rocambolescas que implicaban explicaciones demasiado elaboradas, llegué a la conclusión de que lo único verdaderamente eficaz sería la simplicidad y aplicar la lógica básica de la naturaleza humana: ¿qué mejor que la existencia de una mujer y de un hijo para devolver a un hombre a su casa y olvidarse de aventuras pasajeras? Puedo imaginarte pensando: «Habrías podido buscarte una excusa más original», y te doy la razón, pero, mira, al final resultó ser la más eficaz. Créeme si te digo que cada palabra que escribí en ese papel era una herida que me infligía. Por la carta que me hizo llegar después Baldrich, parece que fue fácil convencerte de todo. Reconozco que me dolió que no dudaras ni por un segundo de que todo era falso. Esperaba, al menos, que te resistirías a creer que te había tomado el pelo de mala manera, que querrías hablar conmigo para oírmelo decir de viva voz, que no lo darías todo por sentado..., pero siempre tuviste tendencia a desconfiar de mí y a creerme culpable. Soy injusto, ya lo sé, contigo es con quien menos tengo que enfadarme y, ya ves, te estoy acusando nueve años después de no haberte rebelado contra mis propias palabras. A estas alturas ya te habrás imaginado que nunca he estado casado ni he tenido ningún hijo, probablemente nunca lo tendré. Ahora que ya sabes que lo que te dije aquel abril de 1943 era un gran engaño, deja que te cuente por qué lo hice.

Cuando me llevaron al hospital de Foix con la bala de Dreyer empotrada en el cuerpo, mi teniente, Scherhag, hacía tiempo que había emitido un informe donde exponía «las graves dudas que tenía sobre mi compromiso con el Tercer Reich». Ya sabes que siempre me juzgó débil y mi versión de lo que pasó en la montaña no le convenció en absoluto. El detonante que le llevó a enviar el primer informe, por lo que supe más tarde, fue ese día en la estación de L'Hospitalet, donde no fui capaz de matar a ese hombre que iba acompañado de su hijo, seguro que lo recuerdas tan bien como yo. Al día siguiente relató el episodio por escrito al Estado Mayor de Foix y esta fue la primera de muchas notificaciones. El hecho es que el malnacido tenía olfato para estas cosas y, aunque me esforcé, mis excusas para no ejecutar a sospechosos o maltratar abiertamente a los prisioneros no hacían sino reforzar su teoría de que «el sargento Schell no demuestra un auténtico entusiasmo por la causa de nuestro Führer». Scherhag no tenía pruebas contundentes para denunciarme, pero fue lo suficientemente hábil para hacerme quedar como un incapaz ante sus superiores por la muerte de Dreyer y Berkane en la montaña y, antes de darme el alta del hospital, él mismo me comunicó que me destinaban al frente ruso. No sé si en aquellos momentos eras consciente de lo que esto significaba, pero que te destinaran a la línea de guerra rusa a principios de 1943 era una sentencia de muerte. Supongo que en lugar de desperdiciar una bala en mí prefirieron enviarme al campo de batalla y así, además de morir, quizá me llevaría a algún soviético a la tumba. Ante la certeza de que no saldría vivo, opté por salvar a quien podía: a ti. Debías vivir tu vida y para eso tenías que olvidarme. Perdona si parezco arrogante, pero sabía que eso no sería fácil y tuve que tomar una decisión rápida y difícil. La única que me pareció que tenía algún sentido.

Y ahora te preguntarás: ¿por qué no me dijiste todo esto antes? ¿Por qué esperar nueve años? Aquí, Sol, ya no pude elegir. Si de mí hubiera dependido, esta carta te la habría llevado yo mismo años atrás, pero lo que me pasó en el frente ruso me lo impidió. Aún no sé cómo estoy vivo y he podido volver a Innervillgraten, el pueblo donde nací y me crie, y al que ya no reconozco. Me asusta pensar que no es el lugar lo que ha cambiado sino yo, porque lo que me pasó en Rusia me ha convertido en un recuerdo del Max que tú conociste. Me aniquilaron, no mi cuerpo, sino lo más importante, lo que me hacía reír, respirar y sentir. Supongo que ahora viene la parte más difícil para mí, y es contarte estos últimos años sin que me tiemble el pulso. Lo intentaré.

El lugar al que me destinaron era Kursk, una zona donde los alemanes y los rusos luchábamos a la desesperada, palmo a palmo. Tras perder Stalingrado ante los soviéticos, si Alemania perdía esa batalla ya no le quedaban opciones de ganar la guerra, así que la consigna era morir antes que dar un paso atrás. Cuando llegué al campo de batalla, el hedor de carne podrida mezclada con pólvora quemada era insoportable. Andaba junto a mis compañeros de batallón como si estuviera en medio de un sueño; nunca había visto tantos tanques juntos en mi vida, parecía un tablero gigantesco donde las fuerzas se medían con hierro y con tantos explosivos como los cañones fueran capaces de escupir. Estábamos muertos de miedo por la brutalidad de los rusos, que luchaban como si no necesitaran dormir ni descansar, aunque tuvieran peor equipamiento que nosotros. Entre nuestras tropas circulaba el rumor de que, en Stalingrado, por cada dos soldados rusos había un rifle para que cuando uno muriera el otro pudiera cogerlo y seguir luchando. Esa era la actitud de los soviéticos, y aquello, créeme, nos tenía aterrorizados. Al cabo de un par de días, ya había perdido la cuenta de los soldados alemanes que había visto morir ante mis ojos. Los campos eran un enjambre de tanques disparando tantos proyectiles que los cuerpos volaban a mi alrededor como si fueran de paja. A pesar de los esfuerzos, los rusos fueron ganando terreno y en un momento dado me hicieron prisionero. Aún no sé cómo, me encontré en una antigua granja destrozada, frente a un pobre muchacho ruso que me apuntaba con un fusil para ejecutarme junto a lo que quedaba de mi tropa. Te aseguro que no he sentido más paz en mi vida. Solo pedía que no errara y que esa bala me enviara deprisa al otro barrio.

Pero no fue así. Antes de que pudiera apretar el gatillo, aparecieron de la nada aviones de la Luftwaffe y uno de ellos lanzó una bomba justo en el patio donde estábamos. Me desperté en medio de cadáveres descuartizados con un silbido en los oídos y sabor a sangre en la boca. El muchacho ruso que un minuto antes me apuntaba con el fusil yacía tendido en el suelo con la mirada vacía. Yo, en cambio, estaba vivo y de una sola pieza. No entendía que, una vez más, me hubiera librado de la muerte, como si una mano invisible se empeñara en salvar de aquel infierno a la única persona que no quería ser salvada. No sé cómo tuve fuerzas para levantarme y escapar. Al poco, los rusos ya dominaban el campo de batalla mientras el ejército alemán estaba en plena retirada, pero yo me había quedado atrapado detrás de las líneas enemigas y en pocas horas los rusos volvieron a hacernos prisioneros a mí y a los pocos que quedábamos y nos llevaron a un campo de trabajo en el que he pasado los últimos nueve años. Allí me convertí en un animal que de día reconstruía fábricas, puentes o presas, y de noche vendía el alma y el cuerpo por un plato de sopa. El hambre es un monstruo que te devora y te aniquila, no te puedes imaginar lo que he llegado a hacer por un pedazo de pan... Si algo me hacía mantener la poca sensatez que me quedaba fue tu imagen, que se me aparecía tan real que a veces pensaba que había enloquecido por completo. Me aferraba a ti cuando todo a mi alrededor se derrumbaba y ya no podía resistir más, así que supongo que si estoy vivo es gracias a ti.

Ahora que lo veo con la perspectiva que da el tiempo, he estado jugando una partida extraña en mi vida que me ha llevado por unos caminos oscuros, y esta última jugada llega tarde y fuera de tiempo, pero es mi turno y no lo quiero dejar pasar. Así que moveré ficha y que pase lo que tenga que pasar. Seguramente tú has construido una vida plena junto a alguien porque eres una mujer que sabe y debe amar, pero tengo que acabar con la duda que no me deja dormir por las noches. Déjame pensar que quizá todavía estamos a tiempo. Tú y yo. Y, si es así, si estos años el destino se ha estado divirtiendo a nuestra costa, y sin embargo ahora nos brinda una nueva oportunidad, seré benévolo con él y se lo perdonaré todo. Solo tienes que decírmelo e iré allá donde estés.

Max

No se había dado cuenta de que las lágrimas le habían empapado las mejillas y el cuello hasta que una gota cayó en medio de la tinta y la dispersó en todas direcciones. Volvió a mirar la fecha: aquella carta la había escrito cuando ella todavía no se había casado con Baldrich. La leyó dos, cinco, diez, veinte veces más, hasta que estuvo segura de que no era una broma de mal gusto. Y cuando ya había memorizado prácticamente todas sus palabras, cogió la segunda carta. El instinto le decía que aquella era la que realmente haría estallar los pilares sobre los que había apuntalado su vida en los últimos treinta años. Y, sin embargo, ya no podía dar marcha atrás. Debía saber la verdad hasta las últimas consecuencias. Abrió con cuidado el papel y empezó a leer:

Apreciada señora Bernal:
No sabía que esta ya no era la dirección de la señorita Mentruit, siento las molestias. Le agradezco de corazón su última misiva, aunque la noticia que me hace llegar sea tan funesta. La muerte prematura de Soledat me ha afectado muchísimo, no se imagina hasta qué punto. Su trágica pérdida deja un vacío irreemplazable dentro de mí. Me atreveré a abusar de su amabilidad y le pediré si algún día puede acercarse al cementerio donde descansa Soledat y dejar un ramo de flores en mi nombre.
Con todo el dolor de mi corazón, se despide de usted,

Maximilian Schell

52

Se despertó con el cuerpo entumecido y los ojos hinchados. Ya no tenía edad para dormir en un colchón duro como aquel y cuando se incorporó notó que todos los huesos le crujían. Recordaba vagamente que la noche anterior se había quedado acurrucada y, vencida por el cansancio y el sueño, se había dormido en la cama de su antigua habitación, que estaba llena de cajas. Las cartas estaban en el suelo. Las había leído tantas veces que las hubiera podido recitar de memoria y las palabras se le agolpaban: «nunca he estado casado», «hedor de carne podrida», «campo de trabajo», «no te puedes imaginar lo que he llegado a hacer», «muerte prematura», «iré allá donde estés»... «Iré allá donde estés.» Las recogió y notó una punzada en la espalda. Luego se levantó y las dejó caer sobre la cama. ¿Cuándo había pisado por última vez aquella habitación? Se paseó con pesadez, deteniéndose en cada rincón que le evocara algún recuerdo: la pared donde había tenido pegadas las fotos de sus actrices favoritas, la cómoda donde escondía los cigarrillos... Se acercó a la ventana para ver el cielo, que era azul, y el sol ya chasqueaba con fuerza. Aquellas montañas recortadas habían sido su paisaje durante buena parte de su infancia, ¿y la verdadera patria de alguien no era la infancia? Lo había leído de aquel autor alemán que muchos años atrás había devorado, Rainer Maria Rilke. Como tantos otros que él le descubrió y que después, en la biblioteca donde trabajó gran parte de su vida, se dedicó a explorar.

Trazó el perfil de una cima pasando un dedo por el cristal. De repente lo detuvo porque el dedo se encontró con un objeto extraño que nunca había estado allí. Se trataba de un coche blanco que estaba aparcado a unos metros de la casa. Con matrícula extranjera. Oyó un golpe en la puerta de la entrada y las piernas le flaquearon. Cerró los ojos, aguzando el oído. Y entonces, supo que él estaba allí, en la puerta. Esperando. En silencio. Volvieron a resonarle sus últimas palabras allí, en la montaña: «Saldrá bien y nos iremos juntos. Tiene que salir bien». Ambas frases la habían atormentado durante mucho tiempo hasta que logró arrancarlas de su cabeza. Entre aquella última visión de él tumbado en el suelo en medio de la nieve y el silencio que llenaba la habitación en ese momento había una vida entera. Treinta y siete años. Había tejido un laberinto de recuerdos donde él no aparecía en ninguna parte, solo era una imagen borrosa que había podido arrinconar en algún lugar donde no molestaba, una cara joven en un pasaporte encerrado en una caja en el fondo de un armario viejo, junto con un ajado ejemplar de *Adiós a las armas*.

Se volvió y esos ojos verdes la atravesaron al igual que la primera vez que los vio, aunque habían perdido viveza y estaban enmarcados por caminos de arrugas.

—Hola, Sol —dijo Max. La voz le había cambiado, era más ronca.

—...

—¿Cómo estás?

—Bien, supongo.
—Mentira. Te tiemblan las piernas, como a mí.

No le salió ni una triste sonrisa.

—Veo que tú e Isabel os habéis puesto de acuerdo —dijo al fin.

Él asintió con un gesto.

—Vine ayer, pero preferí ser prudente y esperar hasta esta mañana, por si necesitabas tiempo.

—¿Ayer? Pero ¿dónde has dormido?

—En el coche —respondió como si nada—, y te aseguro que ya no tengo edad para hacerlo. Me duelen todos los huesos del cuerpo.

Más silencio.

—Me ha contado que te has quedado viuda. Al final, Baldrich y tú...

—Sí —lo cortó.

Dubitativa, dio un paso adelante. Él hizo lo mismo. Lo examinó de arriba abajo y notó que Max hacía igual con ella. El tiempo había dejado muchas marcas en ese cuerpo que recordaba joven y fuerte; le había blanqueado la cabeza, arrugado la piel salpicándola de manchas y encorvado un poco la espalda. Él la observaba, descubriendo también los efectos de los años. Instintivamente, Sol se recogió el pelo gris detrás de las orejas y soltó un largo suspiro, porque la tensión agazapada en el pecho era tanta que parecía que tuviera que explotarle de un momento a otro.

—Todos estos años he sido un vagabundo, buscando en los lugares equivocados, persiguiendo un rastro que solo estaba en mi recuerdo... Y cuando ya no esperaba nada, la vida me ha hecho un regalo. —Su voz era mucho más reposada de lo que ella recordaba, con la cadencia que da la edad, la calma que se va acumulando a capas—. Quiero estar contigo,

Sol. El mucho o poco tiempo que nos quede quiero pasarlo a tu lado.

Sol se secó una lágrima sin prisas y exhaló.

—Ha pasado mucho tiempo —murmuró ella con una sonrisa amarga—. Es demasiado tarde, Max, ¿es que no nos ves? Qué ridículo haríamos. Dos viejos como nosotros... Yo tengo hijos y a saber qué pensarían. No, no, ya no puede ser...

El hombre le cogió una mano con tacto y le dijo:

—«Si puedes enfrentarte al Triunfo y a la Catástrofe y tratar igual a estos dos impostores...»

Las palabras levantaron el vuelo como una bandada de pájaros y Sol se trasladó por arte de magia a aquella habitación de una masía vieja donde un chico de veintitrés años le leyó por primera vez unos versos que la cambiaron para siempre. Allí su pelo todavía era oscuro, las mejillas estaban llenas de vida y la confianza en el futuro vibraba con fuerza. Y, sin pensarlo, continuó:

—«Si puedes soportar sentir la verdad que has dicho, tergiversada por bribones para atrapar a los necios, o puedes contemplar, roto, aquello a lo que has dedicado la vida, y agacharte y construirlo de nuevo con herramientas viejas...»

Y ambos continuaron a la vez, al ritmo de una canción sin música que los acunaba y los empujaba a acercarse el uno al otro:

Si puedes llenar el minuto que no perdona
con sesenta segundos que valgan el camino recorrido,
tuya es la Tierra y todo lo que ella tiene.

Se acercó y al fin, con timidez, se besaron. Justo en ese instante, los años se desvanecieron, como si nunca hubieran existido, como si ese día en el collado de Siguer, la vida hubiese tomado un camino diferente. Max fue a buscarla a Bescaran justo un mes después de haber ingresado en el hospital de Foix como había prometido porque nadie hizo ningún informe acusándolo de deslealtad y ambos consiguieron escapar a través del Cadí y después tomaron el tren hasta Barcelona. Gracias a los pasaportes y visados que Viadiu les había facilitado, llegaron a Lisboa y, de allí, subieron a un barco hasta Nueva York. En esa ciudad donde todo era nuevo, se casaron en una iglesia sin invitados y pasaron una noche de bodas que duró días enteros en una pensión de mala muerte. Los primeros años fueron difíciles, él encontró trabajo de transportista y ella de costurera en casa de una mujer italiana de Nápoles que acabó convirtiéndose en su mejor amiga, casi una hermana, como lo había sido Marta tiempo atrás. Con el tiempo, Max entró a trabajar de maestro en una escuela de primaria de Brooklyn y ella en la biblioteca del barrio, a muy pocas calles, y así podían escaparse a comer juntos en el parque si hacía buen tiempo. Al poco vinieron los hijos, Raquel y Franz, ambos de pelo oscuro, pero con los ojos verdes. Y pasaron los años siempre uno al lado del otro, sin esperar más que envejecer juntos y olvidar que quizá su historia pudo haber sido diferente si no hubieran tenido tanta tanta suerte.

Nota histórica

Esta historia empezó hace muchos años, el día que vi el documental *Boira negra*, niebla negra, en Televisió de Catalunya. Nunca olvidaré cuando uno de los guías andorranos más conocidos durante los años cuarenta, Quim Baldrich, contaba que un hombre llamado Manyo le había confesado que había matado a unos judíos y había violado a sus mujeres cuando los ayudaba a atravesar las montañas para huir de los nazis. La viveza de su relato era tan impactante que esa escena me estuvo rondando por la cabeza durante años hasta que se convirtió en el punto de partida de esta novela. Aquel crimen abominable era un claro ejemplo de la cara más oscura de las personas, que siempre aparece en momentos de adversidad, como es el caso de una guerra, pero durante el proceso de documentación me fui encontrando muchísimos episodios históricos que nos hablan de la solidaridad, de la empatía y del amor, y me pareció importante incluirlos. Muchos de ellos, aunque sean reales, podrían parecer el argumento de una película de espías, por eso he creído importante relatarlos.

El mencionado episodio de la violación del Manyo, Lázaro Cabrero, fue descrito por Quim Baldrich. Según decía, él y otro hombre, Valeriano Trallero, violaron a dos judías y mataron a sus maridos. Cabrero nunca fue juzgado por este crimen, aunque sí por haber matado a Jacques Grumbach en otro de sus viajes por las montañas; sin embargo, en el juicio fue absuelto.

La red de evasión andorrana estaba formada por los miembros que aparecen en la novela, Quim Baldrich, Eduard Molné, Conejos y Antoni Forné, y capitaneada por Francesc Viadiu. Nico formó parte de la misma y, efectivamente, trabajaba para la Gestapo y los delató. Excepto sus nombres y el episodio de la persecución en La Massana, que es verdadero y ocurrió como está descrito en el libro, todo lo demás ha sido ficcionado.

Las rutas por las que se movían los pasadores con los refugiados están documentadas en diversos libros y eran las descritas en el libro: el valle de Siguer, el valle de Incles, Peyregrand...

El capitán Dreyer, de la Gestapo, y Berkane, un asesino a sueldo, existieron y se dedicaban a capturar refugiados desde Ariège.

Toda la historia de Jacques Allier es verdadera; él formaba parte del Deuxième Bureau, el servicio de información francés, y fue el encargado de sacar de Noruega todas las existencias de agua pesada que existían en el mundo y llevarlas a Francia. Su periplo con la avioneta, el encuentro con el matrimonio Curie y la llegada al puerto de Burdeos fueron tal y como se narra. Paralelamente, Quim Baldrich contó en varias entrevistas que él pasó por los Pirineos a un general francés que cargaba una maleta con agua pesada de la que no se deshizo en todo el viaje. Quizá con un exceso de audacia, he unido las dos historias. ¿Es posible que si el agua pesada que transportaba Jacques Allier era la única que existía en ese momento fuese la misma que cargaba el general francés con el que se encontró Quim Baldrich? Quién sabe.

Raquel Psankiewicz existió y se salvó de ir a parar a Auschwitz porque su madre le dio una bofetada y la obligó a escapar por una puerta de emergencia del lugar donde las habían recluido. Fuera había un gendarme que fingió no haberla visto, y ella siempre afirmó que aquel fue uno de los actos de resistencia más importantes que se hayan hecho nunca. De mayor, Raquel se dedicó a ir por los institutos de Francia a relatar su experiencia para concienciar a los jóvenes sobre el fascismo.

César González-Ruano era un periodista y escritor afín al régimen franquista, y todo lo que se narra en el libro parece que sucedió, aunque no se puede confirmar. Los hechos los avalan testigos y están recogidos en el libro de los periodistas Rosa Sala Rose y Plàcid Garcia Planas *El marqués y la esvástica*.

En el mismo libro se habla de Rosenthal, un químico de la ciudad de Coblenza que envió a sus hijas y a su mujer al exilio mientras él intentaba buscar a su familia. En su fuga, se topó con la red orquestada por el conocido como Don Antonio, agregado cultural de la embajada española en París, que se dedicaba a hacer firmar poderes a los judíos y luego enviarlos a la muerte para quedarse sus bienes. La sospecha avalada por testigos es que Don Antonio era en realidad César González-Ruano. Rosenthal pudo escapar y por eso conocemos su historia, pero el resto de los compañeros que aquella noche estaban con él en la frontera andorrana murieron y sus cuerpos fueron enterrados en un lugar incierto.

La misión del norteamericano Richard A. Mayhew

está recogida en el libro *Guías, fugitivos y espías*, de Claude Benet, en que describe de pe a pa como su avión, *Queen Marlene*, fue abatido por unos cazas alemanes y él sobrevivió a la caída, aunque yo he variado un poco los personajes en favor de la trama. Pudo llegar a los Pirineos y los atravesó, por eso conocemos la historia.

El episodio del Velódromo de Invierno sucedió: la mayoría de los judíos que vivían en París estuvieron recluidos allí y fueron después deportados a campos de exterminio. También es real lo que pasó en la estación de tren de Le Vernet. El 26 de agosto de 1942 detuvieron a trescientos judíos de la zona y los llevaron al campo de concentración que había al lado del pueblo. Poco después, el 1 de septiembre, los sacaron de allí para trasladarlos hasta Drancy, otro campo desde donde muchos serían llevados en trenes de ganado hacia el este para exterminarlos.

Innervillgraten fue de los pocos pueblos de Austria donde ganó el no a la anexión con Alemania, porque las SS no pudieron llegar hasta allí y, por lo tanto, no coaccionaron a los votantes poniendo las papeletas en las urnas.

La historia del doctor Coco es controvertida. Francesc Viadiu habla de él en su libro *Entre el torb i la Gestapo* y parece que era un médico al servicio de la Gestapo que se dedicaba a cobrar por miembros amputados.

La historia que explica Jacinta de Cal Martí (Cal Martí existió) a Sol y Max también es verídica. Pere Areny mató a su hermano con una escopeta en la cama mientras dormía en Can Gastó, y fue el último condenado a muerte del Principado de Andorra.

Daniel Fité encontró a un hombre moribundo cerca de El Serrat que acabó muriendo. En su documento de identidad ponía que su nombre era Grosjean, y Fité envió una carta a su madre para decirle que su hijo estaba muerto y dónde estaba enterrado.

Los grupos que conseguían llegar a Andorra enviaban el mensaje a los miembros de las redes que estaban en Francia para indicar que lo habían conseguido mediante la canción *Todo va muy bien, señora marquesa*. La canción se emitía a través de las ondas de Radio Andorra.

He viajado varias veces a Andorra, Bescaran y Ariège. En uno de estos viajes hice la ruta por el valle de Siguer hasta llegar al Estany Blau, donde el grupo de fugitivos de la novela llegarán después de muchas horas de travesía, y el paraje es impresionante. Este fue uno de los pasos más utilizados por las redes de evasión. También fui a hablar con la actual propietaria del Hotel Àndria, en La Seu d'Urgell, y me confirmó una información que había leído en algún artículo: su madre había alojado a la baronesa Rothschild con sus dos hijas en el hotel en los años cuarenta y les tuvo que curar las heridas de las piernas porque habían llevado escondidos diamantes durante la travesía por los Pirineos.

Os recomiendo que vayáis a Bescaran, un pueblecito escondido entre montañas que conecta a través de un camino hasta Andorra. Yo he recorrido esa ruta y os aseguro que aquellos parajes hablan por sí solos de todas las personas que los han atravesado a lo largo de la historia.

Finalmente, dejadme que os hable brevemente de la investigación que llevé a cabo para encontrar a la protagonista de este libro. Me interesaba la figura de una mujer que viviera en los Pirineos y que no estuviera especialmente politizada, porque estoy convencida de que este era el perfil de muchas de las mujeres que ayudaron a pasar a la gente, movidas por un sentimiento de humanidad. No la encontré en los libros, al final Sol se ha construido a partir de la suma de pequeñas biografías con que me he ido topando. Cuando me adentré en el estudio de las llamadas redes de evasión que operaban en los años cuarenta en Europa, muchas de las cuales fueron financiadas por el Gobierno británico para recuperar a los pilotos que habían caído en territorio enemigo, fui consciente de que no sería fácil encontrar una historia narrada con voz de mujer. Parecía claro que el trabajo de ayudar a los fugitivos a atravesar la frontera de los Pirineos, ya fuera durante la guerra civil o la Segunda Guerra Mundial, era cosa de hombres. Me centré en este último conflicto, pero en los libros de historia, en los documentales y en todas las fuentes escritas consultadas no había prácticamente ningún testigo femenino que diera fe de la intervención activa de mujeres en esa tarea ingente que supuso pasar a miles de personas a través de las montañas para poder huir del Tercer Reich.

Por eso decidí dejar a un lado los libros, escritos básicamente por hombres, y adentrarme en el mundo de los historiadores e historiadoras locales, testigos orales y documentación de los archivos históricos. No os engañaré, ha sido un trabajo difícil y muy a menudo frustrante en el que, allí donde se abría un camino, este se volvía a cerrar tras dar algunos pasos. Enseguida me encontré con una realidad complicada, aunque muy real: mientras Francia reconoció y condecoró a los que habían colaborado con la Resistencia, España estaba sometida a una dictadura cruenta que perseguía cualquier actitud discordante con el régimen. El silencio se impuso durante cuarenta años y cualquiera que hubiera podido colaborar de una manera u otra con los enemigos de Franco durante la fuga encerró esos recuerdos bajo llave y a menudo ni siquiera habló de ello con sus hijos. Pese a este silencio autoimpuesto, fui encontrando nombres, algunos con una historia muy corta detrás, porque lo que nos ha llegado no es a menudo más que un dato con un nombre asociado; otros podían hablar de una historia más nutrida. Aquí os dejo escritos sus nombres con lo poco o mucho que he conseguido arañar de sus historias, algunas más épicas que otras pero todas dignas de ser rescatadas del olvido.

Laura Gallart, de Palafrugell, pasaba a aviadores abatidos por el castillo de Recasens y Portbou, en el Alt Empordà, y fue delatada por un falangista mientras estaba en Figueres. A pesar de ser detenida y pasar algunos meses en la cárcel, volvió a guiar a gente por las montañas. En 1944 acabó en el campo de concentración de Ravensbrück, donde trabajó en la fábrica Siemens que había en su interior.

Margarita Marty, del pueblo de Dorres, en la Cerdanya. Junto con su hermano y su madre, escondían maquis en casa. En una entrevista dijo que oían pasar las botas de los alemanes y que un resistente le deseó mucha suerte y le dio las gracias por todo lo que había hecho por él.

Anónima, del pueblo de Bàscara en el Alt Empordà. Ayudó a pasar a Empar Lloberas Artau desde este pueblo hasta el campo de concentración de Sant Cebrià, en el Rosselló. Era el año 39 y allí Empar tenía presos a sus dos hijos y a otros familiares que eran soldados del ejército republicano. Los pudo sacar sobornando a unos guardias senegaleses y fue así como regresaron a Cataluña. De esta pasadora sin nombre me habló la nieta de Empar, Teresa Vinyoles.

Anónima, probablemente Maria, casada con el panadero de Setcases. En una entrevista en la *Revista de Girona*, Llorenç Torrent, un pasador y contrabandista, dice: «Una mujer de Setcases me traía a Llanars a gente que huía de los nazis». Por mucho que he intentado tirar del hilo, no he sacado nada más en claro.

Cristina Zalba, de Montagut, era campesina y ayudaba a los guerrilleros maquis.

Eloise, sin apellido conocido, formaba parte de la red de evasión andorrana que capitaneaba Francesc Viadiu.

Carmen Vidal, de Ars, acogió en su casa en 1941 a dos soldados que hablaban un idioma que ella no conocía y les ofreció comida y descanso.

Magdalena Coderch de Camprodon, alias la Mollona, a pesar de ser falangista y espía del régimen, protegía a los judíos en su hotel a cambio de dinero. A causa de su ideología, nadie la delató nunca. Como curiosidad, dicen que fumaba caliqueños sin parar.

Dolors Vergés Sala, de Maçanet de Cabrenys. Su nieto me contó que, en los años sesenta, un coche tipo Cadillac con matrícula alemana se detuvo ante su casa, el Mas Grau de Maçanet, en el Alt Empordà, y bajó una familia que dio las gracias a la mujer por haberles salvado la vida. Su nieto no me quiso dar más datos sobre ella ni su historia porque «la familia es larga y no les gustaría que se mencionara todavía».

María Morera, de Ogassa, en el Ripollès, en 1939 guio muerta de miedo a un grupo del ejército republicano en plena fuga hacia la frontera francesa.

Angeleta Bordoll, de Cal Mateu de Bescaran, ayudó a pasar a unos conocidos hacia Andorra durante la guerra civil y también hacía contrabando.

Maria Busquets, una monja de Portbou, pasó a un

grupo de resistentes en 1942. Fue condecorada por el Gobierno francés.

Braulia Cánovas, activista de la CNT que después de 1939 se exilió en Francia, colaboró con la Resistencia bajo el sobrenombre de Monique. En 1943 la detuvieron y la enviaron al campo de concentración de Ravensbrück. Después de la guerra fue condecorada por el Gobierno francés.

Maria Branyas, nacida en 1906, ayudó a huir a varios eclesiásticos durante la guerra civil.

Neus Català, nacida en 1915 en Guiamets, en el Priorat, fue militante comunista, y después de la guerra civil se tuvo que exiliar, pero en su fuga atravesó la frontera con 182 niños huérfanos. Ya en Francia, se dedicó a colaborar con la Resistencia y convirtió su casa en un centro donde recibía mensajes, armas, refugiados y documentación, hasta que fue denunciada y la detuvieron junto con su marido en 1943. Fue deportada a Ravensbrück.

Generosa Cortina nació en Son, en el Pallars Sobirà, en 1910. Se instaló en Toulouse, donde hacía de correo y custodiaba documentos para diferentes redes de evasión. Fue detenida el 15 de mayo de 1944 por la Gestapo, torturada y finalmente encarcelada en el campo de concentración de Ravensbrück, donde trabajó como mano de obra esclava. Ante la llegada de los rusos, los nazis se dedicaron a matar mujeres, enfermos y gente mayor del campo, pero ella pudo huir. Después de la guerra, el Gobierno de Estados Unidos y el Gobierno francés la condecoraron. Murió en Toulouse en 1987.

Rosa Paytaví, de Rabós, en el Alt Empordà, ayudó y acogió a mucha gente, entre otras a la judía Nina Mitrani, según el testimonio de su nieta, Carme Fabra.

Como los guardias civiles que detenían a los fugitivos no entendían el francés, recurrían a ella porque hablaba ese idioma. Un día acogió a un matrimonio con tres niños, pero al atardecer el hombre le confesó que, en realidad, él era cura y se llamaba mosén Oullet. Treinta años más tarde, el eclesiástico se presentó en Rabós y Rosa y él se fundieron en un abrazo. Su nieta también me contó que el prefecto de los Pirineos Orientales la felicitaba cada año en Navidad y que un hombre apareció un día en el pueblo porque quería que su esposa conociera a su abuela, la mujer que lo había ayudado. La describe como una mujer abierta que se sentía muy identificada con los fugitivos.

Engràcia Vilarodà nació en Rocabruna, Ripollès, en 1918. Según me contó su nieta, Engràcia llevaba a gente desde las montañas (parece que huían del campo de Argelers) hasta Sant Joan de les Abadesses, donde cogían el tren, seguramente después de la guerra civil. Cuenta que años más tarde unos chicos le llevaron flores porque Engràcia ayudó a pasar a sus abuelos.

Roser Fàbregas nació en Prats de Lluçanès el 8 de octubre de 1900. Se exilió en Sant Llorenç de Cerdans, Vallespir, al final de la guerra civil, y ayudó y acogió a refugiados catalanes en la retirada. Durante la Segunda Guerra Mundial, su casa se convirtió en un refugio de personas provenientes de muchos países europeos que tenían que llegar de forma clandestina a España y también de miembros de la Resistencia francesa. También hacía de enlace, y se dice que llegó a hacer de guía, a pesar de que, como acostumbra a pasar, no he encontrado ninguna prueba. Ella formaba parte de una red de evasión llamada Churchill y, por este motivo, la Gestapo la detuvo y la envió al campo de concentración de Ravensbrück, donde los nazis la utilizaron como conejillo de Indias para hacer experimentos, aunque sobrevivió. Durante su vida recibió varias condecoraciones y reconocimientos del Estado francés, del Gobierno británico y del norteamericano. Murió en Narbona en 1988.

Margarita Brugada, conocida como la Morena, vivía en Olot y dicen que por su casa pasaban todos quienes clandestinamente venían de Francia, y por cada uno le pagaban doscientas pesetas. También recibía paquetes de Francia con documentación relativa a aviación, edificios militares de interés y recortes de diarios franceses que le iban a recoger los enlaces de Barcelona. La detuvieron, pero ella lo negó todo.

Carme Gardell y su hija Sabina, de Setcases, después de la guerra se exiliaron a Vallmanya, donde ayudaron a la Resistencia contra los alemanes. Alguien las denunció por haber escondido a René Huerta, el maestro del pueblo, que era maquis. Montserrat Roig hablaba en su libro *Los catalanes en los campos nazis*: «Las dos mujeres se enfrentaron a la policía y se pusieron ante la puerta sin dejar entrar a los agentes. Recibieron golpes, pero consiguieron que los tres resistentes pudieran huir por la parte de atrás». Las llevaron a Ravensbrück y, justo quince días antes de que los rusos liberaran el campo, los soldados echaron el cuerpo de Carme aún con vida sobre un montón de cadáveres pensando que el tifus la había matado. Por la noche, dos francesas la sacaron de allí bajo la luz de los reflectores y la llevaron a la barraca, donde finalmente murió. Sus compañeras del campo guardaron el anillo de casada de Carme y, años más tarde, lo recuperó su bisnieta, que ahora lo luce orgullosa.

Magdalena Duran, de Les, en la Vall d'Aran, acogió en su Hotel Franco-español a una pareja de judíos, Paula Zandmer-Cassen y Henri Cassen. La mujer estaba embarazada y Magdalena hizo llamar al médico del pueblo para que emitiera un certificado falso donde le recomendaba reposo absoluto por enfermedad. Gracias a esto, pudieron esquivar a los guardas aduaneros, que los querían devolver a los soldados nazis que había en la frontera. Hace pocos años sus nietos viajaron al hotel para dar las gracias a la sobrina de Magdalena por haber salvado la vida a sus abuelos y la noticia salió en los diarios.

El último testigo con quien hablé fue María Teresa Blas, de Bescaran. Me dijo que en el pueblo algunas mujeres servían comida caliente a los fugitivos que pasaban la frontera y, entre otras muchas historias, fue ella quien me contó que en Bescaran a la mujer se la denomina «la comunera de la casa», porque la comunera es la viga principal que soporta los tejados.

De todas estas mujeres, cogiendo un poco de aquí y un poco de allá, nació Sol Mentruit, la protagonista del libro, una mujer sencilla y muy arraigada al territorio. Ella, como muchos de estos testigos que la historia no recuerda, ayuda a los desvalidos porque siente que es lo correcto, sin poner ninguna etiqueta. El nombre de Sol me lo dio el historiador de Bescaran Ramon Viaplana; su tía se llamaba así y, por lo que él me explicó, campaba por aquellas montañas como un rebeco.

Hasta ahora os he mencionado a las mujeres que no aparecen en el libro, pero también hay tres que sí tienen un lugar en la novela:

Lina Pla, que regentaba el Hotel Pla, hablaba inglés y acogía pilotos ingleses.

Conxita Grangé, de Espui, en el Pallars Sobirà, hizo de enlace con los guerrilleros y los maquis en

Toulouse. Ella y su tía Elvira Ibarz fueron entregadas a la Gestapo, encarceladas y torturadas en esta ciudad francesa, desde donde fueron deportadas a Alemania. Atravesaron Francia de sur a norte con el llamado tren fantasma, con setecientos detenidos, en un recorrido que duró dos meses, bajo los bombardeos aliados y los ataques del maquis. El 9 de septiembre fueron internadas en el campo de concentración de mujeres de Ravensbrück. Conxita recibió la Legión de Honor y la Medalla de la Resistencia del Gobierno francés y dedicó buena parte de su vida a relatar su experiencia a los estudiantes y a mantener viva la memoria de las mujeres deportadas.

Teresa Carbó Comas, nacida en Begur en 1908, fue militante del POUM y después de la guerra huyó a Francia. Allí formó parte de la red de evasión Martin, en Toulouse. En su casa tenía una mosca en la fachada y por eso se la conocía como «la casa de la mosca»; era un refugio para los miembros de la red y para la gente que huía. La clave para poder entrar era:

—Buenos días, vengo de parte de René.
—¿René? ¿Qué René?
—El fabricante de tejidos.

Su marido, Esteve Morell, fue arrestado por las SS y murió en un campo de concentración en Alemania. Al acabar la guerra, Teresa se marchó a Brasil, aunque acabó volviendo a Francia, al pueblo de Soler, donde murió a la edad de ciento un años.

Agradecimientos

Para escribir esta novela he tenido que hablar con muchísima gente a quien quiero agradecer su colaboración desinteresada.

A Mercè Casademont, que fue la primera en hablarme de Teresa Carbó. Ella también me descubrió el libro *Service de évasion*, de Thérése Mitrani, donde explica cómo funcionaban estas redes. Minuciosa en su trabajo, me fue pasando toda la información que tenía de mujeres que habían ayudado a los refugiados en algún momento.

A Àngels Mach Buch, de la Sociedad Andorrana de Ciencias, que ha sido una ayuda valiosísima para construir una imagen fidedigna de la Andorra de los años cuarenta. Gracias a ella he sabido cómo funcionaban los transportes, los cines que había, cómo era la alimentación, los gobiernos de la época...

A Miquel Serrano, director del Museu de l'Exili de La Jonquera, que me habló de Marta Gallart y me pasó contactos de hijos de posibles mujeres pasadoras, que nunca respondieron.

A Marta Gallart, sobrina de Laura Gallart, que me contó su historia y cómo cruzaba por el castillo de Recasens.

A Josep Calvet, que ha escrito varios libros sobre

redes de evasión y recoge muchísimos testigos de pilotos, judíos y fugitivos, algunos de los cuales aparecen en la novela.

Al historiador Pau Chica, que me habló de dos expedientes del archivo de La Seu d'Urgell donde se mencionaba a Carme Vidal, de Ars, que acogió a dos refugiados a quienes ofreció comida y descanso.

A Albert Blasi, exalcalde de Bescaran, con quien tuve la suerte de hablar y que me contó muchas cosas del pueblo, de las antiguas costumbres y de las mujeres que vivían allí.

A Florenci Crivillé, que con paciencia y una minuciosidad envidiables me fue dando pistas de pasadoras, muchas de las cuales están recogidas en el resumen del final del libro.

A Pere Roura, que me habló de su abuela Dolors Vergés Sala, una de las mujeres mencionadas anteriormente.

A Ramon Viaplana, que nació en Bescaran y me relató mil historias. Su tía Sol cogió al cura del pueblo y lo hizo subir hasta Can Ramonet, en el Port Negre, encima de Sant Julià de Lòria, supongo que para que pudiera escapar.

A Claude Benet, que me explicó cómo se movía la gente en aquel momento para ir desde Andorra hasta Francia y los documentos que necesitaban, cómo vivían los pasadores y dónde se quedaban los alemanes. También gracias a sus libros he podido profundizar en la vida en Andorra durante los años cuarenta, en los testimonios de la época y en las redes de evasión.

A María Rosa Viadiu Bellavista, la hija de Francesca Viadiu, con quien hablé de su padre. Ella me habló de Eloise, la mujer que menciona su padre en el libro.

A Oriol Riart, responsable de la Biblioteca Pública de Esterri d'Àneu, que me habló de Generosa Cortina.

A Noemí Riudor, autora, entre otras, de *La batalla del Pirineo*.

A Miquel Peral Descamps, que me habló de la Mollona.

A Joan Gubert, que me habló de Maria Busquets, la monja que pasaba a gente desde Portbou.

A Raül Valls y Cristina Capó, que me hablaron de Cristina Zalba, que ayudaba a los maquis.

A Rosa Sala Rose, con quien hablé de su investigación sobre César González-Ruano y también de la figura del doctor Coco.

Al historiador Pelai Pagès.

Al Arxiu Històric de Girona.

A Òscar Alegret, archivero del Arxiu de Palafrugell.

A Felip Solé, porque su documental fue el que me hizo descubrir la figura de Quim Baldrich.

A Marta Selvas, mi editora, a quien admiro y agradezco su ayuda.

Y a Imma Falcó, por su sana crítica.

Bibliografía

Bassat, Ll., Gòdia i Recio, I., Do-Allo, M., *Perseguits i salvats: el Pirineu de Lleida: camins de llibertat i memòria del poble jueu*, Diputació de Lleida, Institut d'Estudis llerdencs, Lérida, 2016.
Benavent Catalán, J., *Quan anàvem al cine*, Edicions Salòria, La Seu d'Urgell, 2015.
Benet, C., *Guies, fugitius i espies: camins de pas per a Andorra durant la Segona Guerra Mundial*, Editorial Andorra, Andorra, 2009.
Calvet Bellera, J., *Barcelona, refugi de jueus (1933-1958): escapant del nazisme*, Angle, Barcelona, 2015.
—, *Huyendo del Holocausto: judíos evadidos del nazismo a través del Pirineo de Lleida*, Milenio, Lérida, 2014.
—, *Les muntanyes de la llibertat: el pas dels evadits pels Pirineus durant la Segona Guerra Mundial, 1939-1944*, La Magrana, Barcelona, 2008.
—, *Perseguits i salvats: no volien que existíssim*, Diputació de Lleida, Institut d'Estudis llerdencs, Lleida, 2018.
Calvet Bellera, J., Rieu-Mias, A., Riudor Garcia, N., *La Batalla del Pirineu*, Garsineu, Lleida, 2011.
Pantebre Trasfí, R., *Bescaran*, 2001.
—, *El parlar d'Andorra*, Centre de Cultura Catalana del Principat d'Andorra, Andorra, 1997.

Rubio, I., *Morts, qui us ha mort*, Comanegra, Barcelona, 2021.

Sala, R., *La penúltima frontera: fugitivos del nazismo en España*, Papel de liar - Península, Barcelona, 2010.

Sala, R., Garcia-Planas, P., *El marqués y la esvástica: César González-Ruano y los judíos en el París ocupado*, Anagrama, Barcelona, 2014.

Torrent, Ll., *Tast de frontera: anecdotari de la història de la resistència antinazi i del frau als Pirineus Orientals i a les comarques gironines, 1939-1945*, Club Cultural i Esportiu Passabigues, Santa Pau, 1997.